W0315439

MAZIE, SAINTE PATRONNE DES FAUCHÉS ET DES ASSOIFFÉS

Du même auteur

La Famille Middlestein, Éditions Les Escales, 2014 ; 10/18, 2015.

Jami Attenberg

MAZIE, SAINTE PATRONNE DES FAUCHÉS ET DES ASSOIFFÉS

Traduit de l'anglais (États-Unis)
par Karine Reignier-Guerre

LES ESCALES

Mazie, sainte patronne des fauchés et des assoiffés est une œuvre de fiction. Hormis les personnes, les faits et les lieux connus, existant ou ayant existé, qui donnent un cadre historique au roman, tous les noms, les personnages, les faits et les lieux décrits ont été imaginés par l'auteur ou utilisés de manière fictionnelle. Par conséquent, toute ressemblance avec des personnes, des faits ou des lieux existants ne saurait être que fortuite.

Titre original : *Saint Mazie*
© Jami Attenberg, 2015.

Édition française publiée par :
© Éditions Les Escales, un département d'Édi8, 2016
12, avenue d'Italie
75013 Paris – France
Courriel : contact@lesescales.fr
Internet : www.lesescales.fr

ISBN : 978-2-36569-145-1
Dépôt légal : août 2016
Imprimé en France

Couverture : Hokus Pokus créations

Le Code de la propriété intellectuelle interdit les copies ou reproductions destinées à une utilisation collective. Toute représentation ou reproduction intégrale ou partielle faite par quelque procédé que ce soit, sans le consentement de l'Auteur ou de ses ayants cause est illicite et constitue une contrefaçon sanctionnée par les articles L335-2 et suivants du Code de la propriété intellectuelle.

Journal intime de Mazie, le 9 mars 1939

Hier soir, Fannie s'est pointée au cinéma avec un de ses copains de la haute. Elle m'a d'abord tendu une bouteille de bière, puis elle m'a présenté le type. Elle m'a bien eue, quoi. Il m'a serré la main et donné une cigarette. Ça faisait des semaines que j'en n'avais pas grillé une. J'aurais pas dû, vu que c'est pas bon pour ce que j'ai, mais j'ai pas pu me retenir. C'était aussi merveilleux que dans mon souvenir. Rosie m'aurait tuée si elle m'avait vue. On a fumé pendant un petit moment. On tirait sur nos sèches en parlant de tout et de rien, puis le type m'a dit qu'il avait une proposition à me faire et qu'il ne repartirait pas sans mon accord. Il veut que j'écrive un bouquin sur ma vie.

Un bouquin sur ma vie ? j'ai répondu. Ça n'intéressera personne. Je passe mes journées assise ici, à la caisse du cinéma.

Au contraire, m'a-t-il dit. Ça intéressera beaucoup de monde. Vous êtes la reine du quartier.

Contrairement à ses habitudes, Fannie se taisait. Elle nous regardait, ou peut-être qu'elle regardait seulement le jeune gars. Elle aime bien ce genre de type, et ça se comprend. Faut reconnaître qu'il n'était pas désagréable à regarder. Un Rital en costume sur mesure. Bronzé, bien mis, beau parleur. Vingt-cinq ans à tout casser, mais une assurance à toute épreuve. Le genre de gamin qui fait comme s'il avait déjà tout vu, tout entendu. La vie est nettement plus simple quand on a réponse à tout, j'imagine.

J'ai insisté : Je ne suis pas si intéressante que ça. Les clochards ont des histoires à raconter, pas moi.

Non, m'a-t-il rétorqué. C'est vous qui rendez ces clodos intéressants, pas l'inverse.

S'il ne comprend même pas pourquoi ça vaut la peine de s'intéresser à eux, quel genre de bouquin veut-il que j'écrive ? Ça fait dix ans que je les aide, ces clodos. Impossible de passer à côté d'eux sans rien faire. Et ce joli cœur se pointe ici avec son beau costume, ses beaux cheveux et ses beaux yeux, pour me demander d'oublier jusqu'à leurs prénoms ?

J'ai commencé à fermer boutique. À compter la petite monnaie que j'avais déjà comptée, histoire de lui faire sentir que j'avais plus rien à lui dire.

Fannie s'est penchée vers ma caisse : Je suis désolée de l'avoir amené, m'a-t-elle dit.

Tout le monde est bienvenu au Venice, même les snobs, j'ai soufflé.

Vous avez une histoire à raconter, a repris le type. Là-dessus, je suis sûr de ne pas me tromper. Vous êtes la reine du quartier. Racontez-nous l'histoire de votre royaume.

Sa sèche était collée à ses lèvres comme si elle faisait partie de lui. J'en aurais bien fumé une centaine d'autres, mais le doc me l'a interdit. Le type a glissé les doigts sous le guichet avant de partir. On s'est serré la pince, puis au lieu de se séparer, on est restés comme ça, main dans la main. J'ai eu l'impression de rajeunir, de me liquéfier comme un bloc de glace au soleil. Tout ça parce que ce jeune gars me tenait la main. Et que je tenais la sienne.

Mazie, sainte patronne des fauchés...

Je suis vraiment une pauvre cloche. Une brave petite vieille. Une vraie idiote.

Pensez-y, qu'il m'a dit.

Alors, ce matin, je t'ai sorti du placard et je t'ai donné un bon un coup de chiffon. C'est que j'y pense, non ?

PREMIÈRE PARTIE

Grand Street

1

Extrait de l'autobiographie inédite de Mazie Phillips-Gordon

On me demande souvent pourquoi je passe autant de temps dans la rue. La réponse est simple : parce que j'y ai grandi. C'est sale, mais c'est chez moi. Même les impasses les plus sordides du quartier me paraissent belles. Les clochards savent apprécier leur beauté, eux aussi. Ils tiennent à ces rues comme à la prunelle de leurs yeux. La poussière rougeâtre des trottoirs, la boue des parcs où ils passent la nuit se logent dans les plis de leur front et s'incrustent sous leurs ongles. Soleil, crasse, sueur et bibine mêlés. C'est sale. Très sale, même. Et alors ? Ce n'est que de la terre ! Si vous ne trouvez pas que la terre est belle, j'ai de la peine pour vous. Et si vous ne comprenez pas pourquoi ces rues sont uniques, c'est que vous n'avez rien à y faire. Rentrez chez vous et restez-y.

George Flicker, voisin de Mazie,
285 Grand Street

Avant de devenir la Reine du Bowery, reconnaissable depuis des décennies à ses grandes robes colorées, à son éternel chapeau mou, à sa canne et à ses bracelets au poignet, avant d'être l'ange gardien des clochards du quartier, avant de faire l'objet d'articles dans les journaux et les magazines, avant d'être qualifiée d'éminente New-Yorkaise, de « héros » comme ils disent, bien avant tout cela, elle n'était que Mazie Phillips, ma voisine du dessus, une gamine pour qui j'avais, me semble-t-il, un petit béguin alors qu'elle se souciait de moi comme d'une guigne.

Journal de Mazie, le 1er novembre 1907

J'ai dix ans aujourd'hui. C'est mon anniversaire. Tu es mon cadeau.

Je suis la fille d'Ada et Horvath Phillips. Ils vivent à Boston, loin d'ici. Je ne les vois plus. Sont-ils encore mes parents ? Franchement, ça m'est égal. Mon père est une ordure, ma mère est une cruche.

J'habite à New York maintenant. Rosie dit que je suis new-yorkaise. Alors toi, tu es mon journal de New York.

George Flicker

Au début, Louis Gordon vivait seul dans son grand appartement du troisième étage. Il est resté seul un sacré bout de temps, je m'en souviens. C'était un type gigantesque, gorgé de viande rouge. On la sentait dès qu'on arrivait sur le palier. Toute cette viande qu'il faisait cuire, je veux dire. Et il transpirait constamment. Même en plein hiver, il ruisselait de sueur dès la mi-journée. Il était toujours coiffé d'un chapeau en feutre brun orné d'une plume bleue – le seul détail un peu extravagant de sa tenue. Il n'aimait pas attirer l'attention sur lui, mais cette plume vous indiquait qu'il avait du tempérament, malgré tout. Bref, ce Louis Gordon, ce grand type, Louis, vivait seul au-dessus de chez nous.

Nous étions cinq à l'époque – ma mère, mon père, mon oncle, ma tante et moi –, entassés dans un taudis. Plus l'oncle Al, le frère de ma mère. Il dormait sous l'escalier, mais il passait ses journées chez nous, réduisant encore l'espace dont nous disposions. Ne faites pas cette tête ! À l'époque, les gens étaient vraiment serrés comme des sardines dans tout le quartier. Quant à mon oncle Al, Mazie lui a rendu un fier service par la suite, ce qui en fait un personnage important. Vous verrez, ce n'était pas juste un pauvre fou qui vivait sous l'escalier.

Nous étions donc six dans une seule pièce. Alors que Louis avait deux pièces pour lui tout seul. Vous imaginez ce que c'est, de vivre à six dans une pièce ? C'est oppressant, croyez-moi. On s'y était fait, malgré tout. Moi, j'étais né là-dedans. Je n'avais rien connu d'autre. Nous avions des moments de joie, bien sûr. Et nous avons toujours mangé à notre faim. Aucun de nous n'est tombé malade. Personne n'est mort. Et nous n'étions pas les plus mal lotis ! L'immeuble était un des plus sûrs et décents du quartier. Nous vivions entassés les uns sur les autres, mais nous ne craignions rien. Et c'était propre. Bref, ma famille s'en sortait bien, mais on ne pouvait pas s'empêcher d'envier ceux qui avaient plus d'espace.

Alors, c'est vrai, on était un peu jaloux de Louis. Mais c'était notre voisin, et faut être gentil avec ses voisins, non ? C'est ce qu'on disait, à l'époque. Ma mère l'avait surnommé « le géant silencieux » parce qu'on ne l'entendait jamais, lui qui était si grand ! Pas le moindre grincement, alors que ça craquait de partout dans ce vieil immeuble, je vous le garantis. On entendait tous les malheurs du monde, là-dedans ! Mais, au-dessus de chez nous, c'était tellement calme que ma mère montait parfois au troisième et frappait à la porte, juste pour s'assurer que Louis était encore vivant. Elle se faisait un sang d'encre pour lui. Parce qu'il était vieux garçon. Ça la tracassait énormément.

Il a quand même fini par se marier. Avec Rosie. Paraîtrait qu'il l'avait rencontrée à Boston, sur un champ de courses. Attendez, laissez-moi réfléchir... L'hippodrome s'appelait Readville ! Oui, c'est ça : Readville. Je crois qu'il est fermé depuis des lustres, mais il était très connu, à l'époque. Hmm. Ce n'est pas vraiment un scoop, hein ? [Rires.] Bref, Louis épouse Rosie et l'amène à New York. Elle avait du chien, croyez-moi ! On aurait dit une gitane, avec ses beaux cheveux noirs enroulés autour de sa tête, son trait de khôl sous les yeux et ses lèvres rouge foncé. C'était un beau brin de fille. Juive, bien sûr. Au début, elle souriait à tout le monde parce que tout le monde lui souriait.

En tout cas, Louis n'était plus seul dans son deux-pièces. Nous avions un couple au-dessus de nos têtes, et ça s'entendait : le parquet s'est mis à grincer. Toutes les nuits. Autant dire que ma mère ne se faisait plus de souci. Elle n'avait plus besoin d'aller frapper à la porte ! Ça a duré... Un an, peut-être ? Puis le calme est revenu. Le plancher ne grinçait quasiment plus. Et Rosie a perdu sa joie de vivre. Elle ne souriait plus à personne. Quand on la croisait dans le quartier, en train de faire des courses ou de se promener avec Louis, elle avait l'air triste. Même quand on se disait bonjour dans le hall de l'immeuble, elle vous répondait d'un ton grognon. À tel point que ma mère leur avait trouvé un nouveau surnom : « le géant silencieux et la reine des grises mines ».

Je suis allé chez eux à l'époque. Une fois seulement. Je venais de tomber dans les escaliers et je m'étais éraflé le genou. Le genre de broutilles qui vous arrive quand vous êtes gosse. Il se trouve que Rosie revenait de l'épicerie à ce moment-là. Elle m'a porté jusqu'au troisième pour me soigner. Je me souviens encore de la table qui trônait dans le salon. Immense, en bois ciré, avec plein de chaises autour. Rosie m'a laissé seul, le temps d'aller chercher les pansements dans la salle de bains. Je me suis approché de la table, j'ai posé la main dessus et j'ai fait le tour en comptant mes pas. À quoi pouvait bien leur servir une si grande table ?

Toujours est-il que Rosie s'est bien occupée de moi ce jour-là. Elle m'a consolé, elle m'a pris dans ses bras et m'a serré contre son cœur. Elle me serrait très fort, je m'en souviens. Puis elle m'a lâché et m'a renvoyé chez moi en disant : « Va rejoindre ta mère. C'est elle qui doit s'occuper de toi. »

Peu de temps après – un mois ou deux, peut-être –, Louis et Rosie se sont absentés pendant une semaine. Ils ont demandé à ma mère de veiller sur leur appartement en expliquant qu'ils allaient s'offrir la lune de miel qu'ils n'avaient pas eue. Ma mère a pensé que Louis avait caché son argent, ses « biens mal acquis » comme elle disait, sous les lattes du plancher. Elle a passé la semaine à plaisanter, à nous raconter qu'elle allait soulever les lattes du salon en leur absence, mais en fait c'était très sérieux de sa part : elle était vraiment convaincue que Louis avait quelque chose à cacher. D'après elle, il jouait au gars rangé pour ne pas attirer les soupçons. C'est l'arrivée de Rosie qui lui avait mis la puce à l'oreille. Elle n'avait jamais remis en cause la probité de Louis quand il était célibataire. Bref, elle avait son opinion. Moi, j'ai toujours pensé autrement. Louis, je l'aimais bien. Il trempait dans des affaires un peu louches, c'est sûr. Mais il gagnait aussi sa vie en toute honnêteté, et il en faisait profiter les habitants du quartier : il a d'abord acheté la confiserie, puis le cinéma. Et il donnait toujours une pièce aux gamins qu'il croisait dans la rue. Alors, de quel droit pourrais-je parler de « biens mal acquis » ?

Quand Louis et Rosie sont revenus, ils avaient deux gamines avec eux : Mazie et Jeanie, les sœurs de Rosie. Six mois après l'arrivée des petites, la famille au complet – Louis, Rosie, Mazie et Jeanie – s'est installée de l'autre côté de la rue, dans un appartement plus grand. Un cinq-pièces, à ce qu'on disait. Je ne l'ai jamais vu, mais il paraît qu'il occupait tout l'étage. Et *là*, ma mère s'en est donnée à cœur joie, vous pouvez me croire !

Journal de Mazie, le 3 décembre 1907

Je t'avais perdu ! Maintenant je t'ai retrouvé. Mais je n'ai rien à dire.

Journal de Mazie, le 13 mars 1908

Je ne suis pas douée pour ça. T'ouvrir pour écrire. J'oublie sans arrêt.

Journal de Mazie, le 3 juin 1908

Je ne mens pas. J'en ai vraiment rien à fiche de ce que pensent les gens.

George Flicker

Quand elles sont arrivées à New York, Mazie devait avoir dix ans, Jeanie quatre ou cinq. Moi, j'allais sur mes sept ans. Comme tout le monde, j'aimais les regarder parce qu'elles étaient ravissantes, sans être nécessairement plus belles que les autres gamines du quartier : elles avaient les cheveux bouclés et les yeux noirs, comme toutes les Juives du Lower East Side. Mais Rosie leur achetait de jolies robes, leur mettait des rubans dans les cheveux et les nourrissait correctement. Ce qui fait que les petites Phillips n'avaient pas le teint cireux ou l'air maladif de ceux qui ne mangeaient pas à leur faim – or à l'époque, on croisait beaucoup d'affamés dans les rues de New York. En plus, Jeanie prenait des cours de danse classique, ce qui nous paraissait complètement extravagant, à nous qui n'avions même pas de quoi nous payer une place de cinéma, et qui étions obligés de loger l'oncle Al sous l'escalier. Alors, quand Jeanie paradait en pleine rue dans son tutu, comme une petite ballerine, c'était dur à encaisser. Mais elle était jolie à regarder. Et ça faisait plaisir à tout le monde de voir une jolie gamine dans le quartier.

Mazie ne s'intéressait pas à moi. Je l'ennuyais, j'imagine. Il faut dire qu'elle était constamment en quête de nouveauté, d'excitation. Quand elle vous parlait, elle regardait loin derrière vous comme s'il y avait mieux à faire que d'être là en votre compagnie. Je me sentais vraiment jeunot à côté d'elle. Nous avions trois ans de différence. À cet âge-là, ça compte. N'empêche, je suis convaincu que Mazie était plus mûre que nous tous. Parce que la vie l'avait plus durement éprouvée. Elle était très intelligente, vous savez. Pas de cette intelligence qu'on puise dans les livres – aucun de nous ne lisait. Quant à l'intelligence de la rue, elle l'avait, comme nous tous. Ce qui faisait la différence, c'était ce qu'elle avait vécu. Elle semblait en connaître un rayon sur l'existence. Je la voyais courir sur les toits avec les grands du quartier. Des durs à cuire que ma mère m'interdisait formellement de fréquenter.

Alors, pour répondre à votre question : non, je ne jouais pas avec les petites Phillips. Je me contentais de les admirer de loin. Depuis l'autre côté de la rue, en tout cas.

Journal de Mazie, le 8 juillet 1909

Je cours plus vite que tous les garçons de notre rue. Je leur ai dit que j'étais cap de le prouver, et je l'ai fait. On a couru sur le toit ce soir et j'ai gagné la course. J'ai battu Abe, Gussy, Jacob et Hyman à plate couture. Aucun d'eux n'a réussi à me rattraper. Je les entendais piétiner loin derrière moi. Je peux les battre quand je veux, même en robe. Gussy m'a accusée d'avoir triché, mais comment j'aurais pu tricher ? C'est lui, le tricheur ! Faut être un sacré menteur pour dire des trucs pareils. Quel pauvre minable ! Quand je suis rentrée à la maison, Rosie m'a crié dessus parce que j'avais sali ma robe. Et alors ? j'ai dit. C'est qu'une robe, non ?

Elle a continué à crier. Du calme, a dit Louis. Les gamins, ça se salit, c'est normal. Tais-toi ! a répliqué

Rosie. Pas un mot de plus à propos des gamins. Pas un mot, tu entends ? Après ça, Louis l'a bouclée. Mais Rosie s'est mise à pleurer. Jeanie l'a serrée dans ses bras en la suppliant d'arrêter. J'ai commencé à crier, moi aussi. Mince, alors ! C'est qu'une robe, non ? Je suis sortie en courant. Ils ont pas pu me rattraper. J'ai couru jusqu'au bout de notre rue, puis de celle d'après. Le plus vite possible. Tout ça pour une robe ? Ça valait vraiment pas la peine de pleurer.

Journal de Mazie, le 8 août 1909

Gussy a pris mon poing dans la figure ce soir. Fais gaffe, je lui ai dit. Si tu me traites encore une fois de tricheuse. Une seule fois ! Il l'a fait, et je t'assure qu'il le regrette.

George Flicker

Elle savait se battre. Jusqu'au sang, parfois. Ça nous effrayait. Ça nous épatait, aussi. Elle ne ressemblait ni aux filles ni aux garçons. Unique en son genre.

Journal de Mazie, le 4 janvier 1911

Tu es une vraie cachette pour mes secrets. Je sais que je peux te les confier. À toi, je peux tout dire. Et je vais tout écrire à partir de maintenant. J'aimerais vraiment raconter ma vie à quelqu'un, mais je ne l'ai jamais fait. J'ai tous ces secrets à l'intérieur. Le problème, c'est que je les laisse pas sortir. J'oublie de le faire.

Journal de Mazie, le 3 février 1913

Pas question que Rosie te jette à la poubelle. Elle n'a rien de mieux à faire que de fouiller dans mes tiroirs à longueur de journée. Tu es à moi. Elle ne t'aura pas.

Journal de Mazie, le 1er novembre 1913

J'ai seize ans aujourd'hui et je me suis déjà disputée deux fois avec Rosie. Je ne l'écouterai pas une minute de plus. Toujours à hurler si j'ai le malheur de rentrer tard. Elle me traite comme une sale gosse. Alors que je ne fais rien de mal ! Quelle vieille bique ! Voilà des jours, des semaines, des années que je me tiens à carreau. Je sors une fois, le soir de mon anniversaire. Et elle me fait une scène ? Pour un seul soir ?

George Flicker

Puis elle est devenue une femme – avec de beaux atouts, faut le reconnaître. Et tout a changé, c'est sûr.

Journal de Mazie, le 12 mai 1916

Je t'ai sorti du placard pour pouvoir gueuler de toutes mes forces sans que personne ne m'entende.

Rosie ne comprend pas pourquoi j'aime tant les rues de cette ville. Au lieu de regarder briller les pavés sous la lune, elle réclame que les autorités installent de nouveaux réverbères. Elle ne voit pas le mal que se donnent les cocottes du quartier pour embobiner leurs clients et gagner leur croûte, comme tout un chacun : à ses yeux, ce n'est qu'outrage aux bonnes mœurs. Elle ne voit pas les religieuses en cornette, les Chinois, les marins et les barmen, tous ces gens si différents qui forment le monde : ce ne sont que des passants en travers de son chemin. Quand un taxi dévale la rue, elle ronchonne : pourquoi si vite ? Et moi, je rayonne : où est la fête ?

Voilà ce que je voudrais lui dire : il y a toujours une fête quelque part !

Journal de Mazie, le 1er juin 1916

Toutes les filles que je connais ont un bon ami. Sauf moi. Pourquoi me contenter d'un seul amoureux quand je peux en avoir trois ?

George Flicker

Était-elle plus délurée que les autres gamins du quartier ? Elle l'était plus que moi, en tout cas. Et ce n'était pas difficile. J'étais un enfant sage. Mazie, elle, ne pensait qu'à s'amuser. C'est différent, n'est-ce pas ? Elle était très… démonstrative. Vous ne comprenez pas ce que ça veut dire ? Allons ! Vous m'avez l'air futé. Vous le savez très bien.

Elle était encore brune, à l'époque, avec de longs cheveux ondulés. Elle les relevait parfois en chignon, mais la plupart du temps, elle se contentait de les brosser et de les lâcher sur ses épaules. Elle s'épilait finement les sourcils et se poudrait les joues pour avoir la peau bien blanche. Elle s'habillait en rose ou en rouge, des couleurs chatoyantes, comme si elle voulait vous brûler les yeux. Toujours en robe, rarement la même – elle en achetait sans cesse de nouvelles, qu'elle faisait onduler sur ses hanches avec des allures de séductrice. Impossible de la louper. Elle vous faisait tourner la tête, que vous le vouliez ou non.

Elle bossait par-ci par-là. Dans la journée, elle tenait parfois la confiserie de Louis, mais on ne savait jamais si on la trouverait à la caisse quand on y allait.

En revanche, vous pouviez être sûr de la croiser dans la rue à toute heure du jour ou de la nuit. Le soir, elle faisait la tournée des bars de Bowery Street, y compris ceux qui étaient interdits aux femmes. Ma mère disait souvent que Mazie n'avait aucun sens des convenances. Moi, j'ai toujours pensé que les convenances sont faites pour ceux qui ont besoin de règles. Or Mazie avait forgé les siennes depuis longtemps.

Elle rentrait souvent chez elle au petit matin, à l'heure où mon père partait travailler. Il faut dire que Barney, mon autre oncle, se faisait renvoyer de tous ses boulots à l'époque, à cause de ses problèmes de dos. Pour compenser, mon père avait dû prendre un second job : il s'était fait embaucher dans une conserverie qui mettait des cornichons en bocaux. Il partait si tôt et rentrait si tard que je ne le voyais pratiquement plus. Quand il passait la porte, je collais mon front à la fenêtre pour le regarder s'éloigner dans la rue. Je voulais profiter de lui au maximum... C'est dingue, non ? On était serrés comme des sardines là-dedans, les matelas posés les uns contre les autres. Pas d'intimité, pas de silence. Un matin sur deux, on se réveillait sous les couvertures d'un autre. Pourtant, mon père me manquait dès qu'il n'était plus là. Il faut dire qu'il était gentil, mon père. C'est pour ça qu'il me manquait. Il fumait la pipe. Il en avait plusieurs

– assez belles, d'ailleurs. Je le regardais les bourrer de tabac. Il m'autorisait à le faire, parfois. J'adorais l'odeur qui restait sur mes doigts. Plus tard, j'ai fumé la pipe, moi aussi. Jusqu'à quatre-vingts ans bien sonnés ! À chaque fois, j'avais une pensée pour lui. C'était un travailleur acharné – pour lui, vivre, c'était travailler –, mais il avait ses petits plaisirs.

Pour en revenir à Mazie, quand mon père la croisait à l'aube au pied de son immeuble, elle lui faisait un petit signe de la main. Il répondait d'un hochement de tête. Depuis qu'elle avait grandi, elle effrayait aussi les adultes. Aucun de nos voisins ne voulait être surpris en train de lui parler quand elle arpentait les rues. Les mères se méfiaient d'elle, les pères l'évitaient. Comme s'ils ne l'avaient pas connue et aimée autrefois, quand elle était la petite chérie du quartier ! Ce n'était pas de l'hypocrisie, mais ça y ressemblait.

Journal de Mazie, le 14 juin 1916

Je me suis assise sur les marches du perron avant de rentrer. Je savais ce qui m'attendait. Oh que oui, je le savais ! Quand cette femme ouvre la bouche, ça s'entend de chaque côté de l'East River. Alors, j'ai attendu un peu. Je voulais voir les premiers rayons du soleil éclairer les marches. J'adore assister à leur apparition, quand la lumière s'étire sur les pavés, puis sur le trottoir. J'ai fumé une sèche. J'ai fermé les yeux. Le soleil s'est posé sur moi. Comme un cadeau. Une nouvelle journée nous attend. J'aimerais tant qu'elle comprenne ! Je suis heureuse d'être en vie, tout simplement.

Elle dormait sur le canapé quand je suis arrivée. Enroulée dans un plaid. Elle semblait si tranquille ! Dans ces moments-là, elle a presque l'air d'une enfant, avec son petit menton potelé. Louis déjeunait dans la cuisine, comme toujours. Il était en train de poivrer un reste de steak, qu'il s'était fait cuire avec deux œufs au plat. Il m'a fait un signe de tête. Il sentait venir la dispute et ne voulait surtout pas s'en mêler. Pauvre Louis. Il nous donnerait jusqu'à son dernier cent pour avoir la paix.

Je me suis cognée contre le mur en entrant dans ma chambre. J'avais trop bu, c'est vrai. Je l'ai réveillée. C'était de ma faute. De ma faute. Tout est de ma faute. Rosie s'est pointée cinq secondes plus tard. Elle n'a même pas frappé ! Elle s'est mise à me parler des voisins, comme quoi ils en savent trop et vont finir par mettre le nez dans les affaires de Louis. Alors que chacun devrait s'occuper de ses oignons. J'avais rien à dire là-dessus, alors j'ai rien dit. Je lui ai juste demandé de baisser d'un ton pour pas réveiller Jeanie.

Jeanie s'est réveillée quand même. Elle avait encore dormi en tutu. Plus personne n'avait sommeil, alors on s'est installés dans la cuisine. Rosie s'est remise dans son plaid. J'ai natté les cheveux de Jeanie tandis que Louis nous préparait des œufs. Jeanie a raconté des blagues qui nous ont fait rire. Puis Louis est parti travailler et j'ai fait la vaisselle pendant que Rosie m'observait depuis le canapé du salon. Elle avait l'air mauvais.

Elle m'a dit, un jour, tu trouveras porte close.

J'ai répondu que je passerais par la fenêtre. Qu'elle ne se débarrasserait jamais de moi.

Jeanie tournoyait dans la pièce. De plus en plus vite. Ses nattes se sont dénouées. Rosie me souhaitait tous les malheurs du monde. Je m'en fichais. Pas question de changer quoi que ce soit.

Arrête, Jeanie ! a crié Rosie.

Mais personne ne peut empêcher cette fille-là de danser.

Lydia Wallach, arrière-petite-fille
de Rudy Wallach,
directeur du Venice de 1916 à 1938

Avant tout, j'aimerais préciser que mon récit n'est pas de première main, loin de là ! Vous pouvez m'enregistrer autant que vous voulez, ça ne me pose aucun problème, mais n'oubliez pas que je tiens ce que je vous raconte de ma mère et de ma grand-mère, qui le tenaient elles-mêmes en partie de mon arrière-grand-mère, une femme que je n'ai jamais rencontrée – ou alors, si jeune que je n'en garde aucun souvenir. Il se peut qu'elle m'ait tenue une fois dans ses bras quand j'étais bébé. Je crois que ma mère m'en a parlé, en tout cas.

Pour en revenir à cet entretien, je ne fais que vous transmettre les ragots et les rumeurs qui circulaient à l'époque, toutes ces petites histoires qui ont fini par former une sorte de légende familiale. « Légende » est un grand mot, bien sûr, parce que tout ça n'a guère d'intérêt... On se fabrique les légendes qu'on peut, j'imagine. Or Mazie était la personne la plus légendaire que mes parents aient connue. Une sorte de célébrité. Ils n'en ont jamais approché d'autres, en tout cas. Et puis, Mazie était vraiment connue, à l'époque. Les gens la considéraient comme une icône, une figure historique du quartier. Même s'il n'y avait pas eu d'articles sur elle dans la presse, elle serait restée célèbre dans ma famille parce qu'elle était charismatique et généreuse. Elle menait une vie haute en couleurs – et c'était d'autant plus remarquable qu'elle ne franchissait quasiment jamais les limites du Lower East Side.

Il y a tout de même un détail dont je me souviens, et qui est un fait avéré : Louis Gordon a racheté le Venice en 1915. Il a embauché mon arrière-grand-père comme directeur l'année suivante. Au début c'était Rosie, la femme de Louis, qui vendait les tickets de cinéma. Elle se faisait remplacer à la caisse de temps en temps, mais pour l'essentiel, c'était elle qui tenait la boutique.

George Flicker

Quand Louis a acheté le cinéma, les filles ont vraiment commencé à faire les quatre cents coups. Rosie était trop occupée à la caisse pour les surveiller. Même Jeanie, qui avait toujours été sage, s'est mise à poser problème. On la voyait danser dans les rues pour gagner trois sous. Bella Barker chantait, Jeanie dansait. Les passants s'arrêtaient. Ils applaudissaient et leur lançaient une pièce ou deux avant de repartir.

Elles formaient une sacrée paire, toutes les deux ! Jeanie souriait jusqu'aux oreilles. Un sourire immense, long comme Broadway. Bella avait déjà de grands yeux noirs terriblement sexy qui la faisaient paraître plus vieille que son âge. Et cette voix ! Une voix de femme mûre, rauque et pénétrante. Impossible de passer sans s'arrêter pour l'écouter. Nous savions tous qu'elle irait loin. Elle était taillée pour le succès. Même en duo avec Jeanie, on ne voyait qu'elle !

Le quartier lui a vite semblé trop petit : à l'adolescence, elle est partie chanter en Pennsylvanie pendant un an ou deux, dans les music-halls, avec des compagnies itinérantes. Quand elle est revenue, elle était mariée à son manager, un type nommé Lew, qui paraissait très vieux à côté d'elle. Et elle avait pris un nom de scène : Belle Baker. Elle a vite remporté un grand succès. Pendant ce temps-là, Jeanie continuait de danser dans les rues. L'air de bien s'amuser, comme toujours. Personne n'imaginait qu'elle puisse être dévorée par les mêmes ambitions que Belle.

Journal de Mazie, le 23 septembre 1916

Ce soir, j'ai rencontré deux marins originaires de Californie. San Francisco existe-t-elle vraiment ? Ça semble si loin d'ici ! L'un était grand, l'autre petit, c'est tout ce dont je me souviens. Aucune idée de leurs prénoms. J'en ai déjà trop dans la tête.

Ils disaient que New York leur rappelait leur ville natale, parce qu'il y a la mer là-bas, comme ici. Sauf qu'à San Francisco, le brouillard qui monte de l'océan est si épais qu'on ne voit pas ses pieds, à ce qu'ils disaient.

Menteurs ! j'ai crié.

Ils se sont mis à rire. J'ai demandé : Qu'est-ce qu'il y a de si drôle ?

Ils n'ont pas répondu.

J'ai dansé avec le grand pendant que le petit nous regardait avec un sourire mauvais. Il avait l'air de prendre feu. Quand le grand m'a soulevée dans ses bras, la cravate de son uniforme m'a chatouillé les joues. J'adore les hommes en uniforme. N'importe lequel. Ils ont toujours l'air plus grand quand ils sont bien habillés. Quand ils savent où ils vont.

Quel âge avez-vous ? m'a demandé le grand.

Le bon âge, j'ai dit.

Le bon âge pour quoi faire ? a répondu le type.

Et ils sont repartis à rire. M'en fiche. J'ai l'âge de tout faire. Ils ne le savent pas, mais moi, si.

Le grand avait les lèvres salées quand je l'ai embrassé. Plus tard, je l'ai vu main dans la main avec le petit. Ce qu'ils étaient mignons dans leur uniforme ! Et minces, avec ça. Parfois j'aimerais porter l'uniforme, moi aussi.

George Flicker

Mazie ne s'excusait jamais d'être ce qu'elle était. Elle se montrait dédaigneuse envers ceux qui la critiquaient, même s'ils n'osaient pas le dire à voix haute. C'était le cas de ma mère. Ces deux-là ne s'entendaient pas du tout. Ma mère la qualifiait de « culottée », ce qui, dans sa bouche, n'était pas un compliment. Il lui arrivait de changer de trottoir en apercevant Mazie. Elle ne s'en cachait pas, au contraire : elle se raclait la gorge et frappait ses talons sur le bitume. Elle savait faire un boucan du diable quand ça la prenait ! Si Mazie lui en voulait, elle ne l'a jamais montré. Une fois seulement, je l'ai entendue crier : « Ça me fera de la place ! » quand ma mère a traversé la rue pour éviter de la croiser.

Journal de Mazie, le 1er novembre 1916

Jeanie m'a offert un cadeau pour mon anniversaire, un joli ruban violet foncé. On dirait presque la couleur du ciel à la nuit tombée. Je lui ai demandé où elle avait trouvé l'argent. Elle m'a confié qu'elle l'avait gagné en dansant à côté de Bella.

Elle a ajouté : Bella me donne un penny chaque fois qu'elle en gagne dix.

J'ai répondu : Ça ne me semble pas très équitable.

Elle a repris : C'est elle qui a eu l'idée de faire des spectacles. Et les idées, ça paye. C'est comme ça qu'elle voit les choses, Bella.

J'ai répondu : Toi aussi, tu as des idées.

Non, m'a-t-elle dit. J'aime danser, c'est tout.

Je lui ai demandé combien d'argent elle a. Beaucoup, m'a-t-elle répondu. Alors je lui ai proposé de lui montrer où je te cache, si elle me montrait où elle cache ses sous.

On pourrait échanger nos secrets, j'ai dit.

Jeanie m'a montré toutes ses pièces de monnaie – l'équivalent de quelques dollars –, cachées dans une valise au fond du placard. C'est la valise que nous avions en arrivant de Boston. Je lui ai demandé si elle économisait pour s'offrir quelque chose de spécial. Elle n'a pas répondu.

J'ai insisté : Tu peux tout me dire, tu es mon trésor, ma petite sœur chérie.

Alors elle s'est approchée de mon oreille.

Elle a chuchoté : Je ne partirais pas pour toujours, mais j'aimerais aller travailler dans un cirque.

J'ai répondu : Je viendrais avec toi. Je ferais le tour de la piste à cheval, avec une couronne dans les cheveux, pendant que tu te lancerais dans le vide, agrippée à un trapèze au-dessus de ma tête. Les Sœurs Phillips. On serait le clou du spectacle ! Tous les hommes se jetteraient à nos pieds (je ne lui ai pas dit, mais c'est la partie de l'histoire que je préfère).

Et Rosie ? s'est exclamée Jeanie. Qu'est-ce qu'elle dirait ?

J'ai répondu : Elle ne dirait rien. Elle serait dans le public, et elle applaudirait comme tout le monde.

Tu crois ? m'a demandé Jeanie. On ne lui manquerait pas ?

J'ai dit : C'est qu'un rêve, ma chérie. Ne gâche pas tout.

D'accord, m'a-t-elle répondu. Rosie serait au premier rang, alors.

J'ai dit : Exactement. Elle serait notre plus fervente admiratrice.

Journal de Mazie, le 7 novembre 1916

Je dois encore aller bosser à la confiserie. Quelle barbe ! Toute une journée à servir des gamins, à prendre leurs pièces sales dans leurs mains collantes. Je lève la tête à chaque coup de sonnette, et je suis déçue à chaque fois. Il ne se passe jamais rien d'intéressant. Cette sonnette me donne l'impression d'être un chien qui attend sa pâtée. Moi, j'attends qu'on me donne un truc intéressant à regarder.

Je préférerais accompagner Louis au champ de courses. Ça me plaît, là-bas. Il y a de l'herbe et des arbres, un ciel éclatant au-dessus de nos têtes – pas mal de fumée, aussi. Les hommes ont tous un cigare à la bouche. Et de quoi boire un petit verre. Certains ont de ces flasques ! Incrustées de diamant, histoire de mettre leur argent quelque part. Et généreux, avec ça ! Ils partagent volontiers ce qu'ils gagnent. J'aime aussi que l'hippodrome sente bon et mauvais à la fois. Même le crottin de cheval ne me dérange pas.

Mais Louis n'aime pas m'emmener. Il dit que ce n'est pas un endroit pour une femme. Je le comprends, vu la manière dont les types me regardent. Ça ne lui plaît pas, à Louis. Je croyais qu'il voulait me marier, mais il dit qu'on ne peut se fier à personne là-bas – aucun de ses copains ne lui semble assez bien pour moi, en tout cas. Ça me fait marrer, parce qu'il est comme eux, en fait. Je l'ai taquiné avec ça l'autre jour.

Moi : Rosie t'a rencontré aux courses, non ? Elle a fait comment ?

Je lui plante mon doigt dans les côtes.

Moi : Elle t'a vu de loin ?

Pas de réponse.

Moi : Parce que tu dépasses les autres gars d'une bonne tête, comme une girafe ?

Toujours rien. Louis cache si bien son jeu qu'il n'a même pas l'air d'avoir des cartes dans les mains.

J'ai une idée : aujourd'hui, je vais manger tous les bonbons de la boutique. D'abord les chocolats – les barres, les escargots. Je déchirerai les papiers à coups de dent. Puis les caramels : Squirrel Nut Zippers à la vanille et Tootsie Roll au chocolat, Caramel Creams et caramels durs. Je les mangerai un par un, jusqu'à en avoir mal aux mâchoires. Ensuite, je m'attaquerai aux bretzels au beurre de cacahuètes, puis aux bouchées aux amandes. Après ça, les bonbons acidulés : cerise, fraise, raisin et menthe orange. Et pour finir, les sucettes. Toutes, jusqu'à la dernière.

Je vais tout manger, me gaver de ces cochonneries pour ne plus jamais devoir les regarder.

Journal de Mazie, le 3 janvier 1917

Hier soir, on a partagé une bouteille de whisky, Rosie et moi. J'étais rentrée à l'heure, pour une fois. J'ai poussé la porte de sa chambre pour lui souhaiter bonne nuit, et j'ai vu la bouteille sur la table de chevet. Je ne sais pas depuis combien de temps elle buvait, mais elle avait déjà un sérieux coup dans le nez. Elle ruminait. Quoi ? Aucune idée. Louis n'était pas là. Jeanie était couchée. Je me suis glissée sous les couvertures, Rosie m'a tendu la bouteille, et on a commencé à discuter.

Moi : À quoi tu penses ?

Elle : À nos parents.

Moi : Tu veux nous achever ?

Elle : Tu te souviens de ce qui s'est passé à Topsfield ?

Mince, j'ai pensé. Encore cette histoire. On en avait déjà parlé, Rosie et moi, un jour où Jeanie n'était pas là. La foire de Topsfield, c'était juste avant qu'elle quitte la maison.

On y était allé en famille pour la journée. Tout se passait bien, pour une fois. Papa nous tenait par la main, Jeanie et moi, chacune d'un côté. Rosie marchait entre maman et lui. Papa n'était pas séduisant. Il avait les paupières tombantes, le teint gris comme un bol de soupe froide, et un tas de plis autour des yeux et de la bouche qui lui donnaient l'air furieux. Ce qu'il était la plupart du temps. Les rides ne mentent pas. Mais il était grand et jeune, avec une belle couronne de cheveux sur la tête. Je crois qu'il était assez costaud, aussi. Et ce jour-là, à la foire de Topsfield, il jouait au père de famille.

On marchait dans les allées, main dans la main. Un rabatteur rougeaud nous a crié d'approcher pour voir l'homme le plus mince du monde et son épouse, la femme la plus grosse du monde. Il y avait aussi un contorsionniste à la peau sombre, maigre comme un clou. Il s'enroulait et se tordait sur lui-même sans grimacer, l'air calme, comme si ça ne lui faisait ni chaud ni froid. Il était né pour se déformer. Je me souviens qu'il faisait encore chaud au soleil, alors que l'automne approchait. Je m'amusais à plisser les yeux pour observer le monde entre mes paupières mi-closes. Des types ont salué papa, chapeau enfoncé sur les yeux. Tout le monde connaissait Horvath Phillips. Pour le meilleur ou pour le pire.

J'ai rien raconté de tout ça à Rosie.

J'ai juste dit : Je me souviens qu'il nous a faussé compagnie ce jour-là.

Je savais que c'était la seule chose dont elle voulait que je me souvienne.

Papa nous a donc plantées là. Ne bougez pas, je reviens, a-t-il dit en tournant les talons. J'ai vu sa flasque de whisky glisser d'un bord à l'autre de sa poche tandis qu'il s'éloignait. On a regardé des hommes au visage peint en blanc tirer sur une corde imaginaire. Le jour tombait. Jeanie était fatiguée. Nous nous sommes assises sur un banc, et maman l'a prise sur ses genoux. J'avais les joues brûlées par le soleil et l'estomac retourné par les bonbons.

— Je ne sais pas quoi faire, a dit maman au bout d'un moment. Faudrait peut-être aller le chercher, non ?

Elle parlait à Rosie, la seule d'entre nous en âge de comprendre que la question n'était pas aussi simple qu'elle en avait l'air. Je crois que Rosie n'a rien répondu. Elle bouillait de rage.

— Oui, on va attendre encore un peu, a repris maman.

Il faisait nuit. Les mimes étaient partis, la plupart des familles aussi. Il ne restait que des jeunes gens et des hommes seuls. Maman continuait de tourner la tête vers chaque passant dans l'espoir de le voir revenir.

— Si tu ne vas pas le chercher, j'irai moi-même, a dit Rosie.

Maman le lui a interdit, au motif qu'elle ne voulait pas la laisser traverser le parc en pleine nuit. Rosie s'en fichait, elle voulait rentrer à la maison. Maman craignait le trajet du retour, seule avec nous sur la route. Ce grand pays lui faisait encore peur ; elle le craignait depuis le jour de son arrivée. Et son mariage avec le type le plus terrifiant qu'elle avait pu dégoter n'avait sûrement pas contribué à la rassurer.

Elle a quand même fini par céder à Rosie, et accepté de partir à sa recherche. Je me rappelle l'avoir vue courber les épaules. Jeanie a failli tomber par terre.

Pauvre maman ! Sa beauté s'était déjà enfuie. Elle perdait ses cheveux fins par poignées, quand elle ne les arrachait pas elle-même. Il s'y mettait lui aussi, quand il était en colère. Mais elle avait encore des hanches à se damner. Je la suivais quand on est parties à la recherche de papa, et je me souviens encore de ses hanches qui roulaient sous sa robe. Je m'en souviens, parce que j'ai les mêmes aujourd'hui. Une petite fille agrippée à la taille de sa mère, le visage enfoui dans ses hanches.

Rosie savait où le trouver. Maman aussi. Elles avaient fait mine de l'ignorer tout l'après-midi, alors qu'elles le savaient depuis le début : papa était parti de l'autre côté de la colline. Là où les gens dansaient dans un grand champ éclairé par des lanternes et des bougies blanches. Une petite estrade avait été dressée pour accueillir les musiciens et leurs instruments : des accordéons, des violons, des guitares, et même une planche à laver et une batterie de cuillères. Un type chantait d'une voix rauque – en français, je l'ai su par la suite. J'ai lu le nom du groupe sur la pancarte posée devant l'estrade : Les Danseurs Cajun.

Le public semblait pris de folie : les gens dansaient de plus en plus vite, riaient de plus en plus fort, gagnés par la magie de l'instant. Je sentais la chaleur monter de leurs corps, et je suis devenue presque hystérique, moi aussi. La folie de ces gens ressemblait à celle que j'avais dans le cœur. Ils étaient beaux et libres.

Maman a posé Jeanie près de moi. On s'est pris la main et on s'est regardées. Pendant que maman et Rosie cherchaient papa dans la foule, on s'est mises à danser, Jeanie et moi. Incapables de tenir en place. Les autres petites filles savaient rester sages, pas nous. Je l'ai fait tournoyer jusqu'à ce qu'elle s'écroule, prise de vertige. Je suis tombée, moi aussi. L'herbe m'a chatouillé les mollets.

J'ai levé les yeux. J'ai vu Rosie se frayer un passage dans la foule. Elle avait repéré papa. Il avait l'air heureux – c'est ce que j'ai pensé en l'apercevant, je m'en souviens encore. Les yeux clos, l'air béat, le visage détendu. Les plis qui creusaient son visage s'étaient évanouis. Il enlaçait une jeune brune potelée vêtue d'une longue robe verte qui se soulevait au rythme de leurs pas. Je ne sais pas s'il connaissait cette femme, si c'était elle qui le rendait heureux, ou seulement le fait de danser. Et d'être libre. Je me suis souvent demandé comment j'aurais réagi s'il nous avait quittées pour de vrai, au lieu de rester et de nous infliger sa violence. Lui aurais-je pardonné plus facilement ?

J'ai dit à Rosie : Je me souviens, tu l'as attrapé par le bras et tu nous as montrées du doigt. Tu lui as fait honte devant tout le monde. Quelle audace tu avais !

Papa s'est incliné devant sa partenaire, puis il a suivi Rosie. Autour d'eux, les gens se sont écartés sans cesser de danser. C'est l'image que j'ai gardée : une foule divisée en deux, et au milieu, Rosie et papa.

J'ai repris : Le trajet du retour m'a paru interminable.

Rosie : Moi aussi. J'ai eu l'impression de vieillir de dix ans.

Moi : Maman nous a bordées si tendrement ce soir-là ! Elle nous a couvertes de baisers.

Elle : Je n'ai pas eu le temps de m'endormir. Il m'a emmenée derrière la maison.

Moi : Je sais.

Elle : Jusqu'à ce que je m'évanouisse de douleur.

Moi : Oh, Rosie !

Elle : Tu crois que j'avais mal agi ? Je le méritais ?

Le whisky lui montait à la tête. Elle ne savait plus ce qu'elle disait.

Moi : Tu avais raison, et il avait tort.

Elle : Je suis désolée de vous avoir laissées là-bas.

Moi : On ne t'en a pas voulu. Pas moi, en tout cas. Jeanie ne comprenait même pas ce qui se passait.

Elle : Et je suis revenue vous chercher, pas vrai ?

Moi : Oui. Tu es revenue.

Elle : J'ai toujours essayé de faire ce qu'il fallait, même quand maman ne levait pas le petit doigt.

Moi : C'est vrai.

Elle : Je m'occupe bien de vous, non ?

Moi : On t'adore, Rosie. Tu le sais.

Elle : Je ne suis pas si méchante que ça, alors ?

Moi : Pas du tout. Tu es quelqu'un de bien.

Nous avons continué à boire, Rosie plus que moi, puis nous nous sommes endormies. Quand je me suis réveillée, Jeanie dormait entre nous deux. Je ne sais pas si elle nous avait entendues. J'espère que non. Je ne voudrais pas qu'elle se souvienne de cette journée à Topsfield.

Journal de Mazie, le 1er mars 1917

Le jour était en train de se lever quand j'ai ôté mes souliers ce matin. Rosie se tenait sur le seuil de ma chambre. J'ai baissé les yeux pour éviter son regard. Puis je lui ai tourné le dos, je me suis enroulée dans mes couvertures et j'ai posé la tête sur l'oreiller en priant pour qu'elle me laisse en paix. Dieu m'a entendue.

Je ne suis pas douée pour les prières. Prier me donne l'impression de faire du troc, sans que je sois vraiment certaine de posséder ce que j'échange.

Rosie s'est glissée dans le lit avec moi. Pas de cri, pas de scène. On s'est mises à chuchoter.

On s'est pris la main. La sienne était glacée, comme toujours. Quand nous étions petites, Jeanie et moi, nous nous mettions au lit avec Louis et Rosie. On frottait les doigts de Rosie, et ses orteils bleus de froid, on soufflait dessus pour les réchauffer. Nous étions si bien tous les quatre, au chaud sous les couvertures ! J'aurais voulu que ça dure toujours.

Imagine que tu aies un bébé là-dedans ? a dit Rosie.

Elle me frottait le ventre. Ça m'a donné mal au cœur. Je n'ai aucune envie de me trimballer avec un bébé toute la journée. C'est la dernière chose que je souhaite. D'autant que je ne pourrais plus rentrer dans mes jolies robes.

Elle a continué : Aucun homme respectable ne voudrait t'épouser après ça.

Et alors ? Je ne veux surtout pas me marier. Que le type soit respectable ou non ne change rien à l'affaire. Le mariage, la robe blanche et la bague de fiançailles, très peu pour moi. J'en ai jamais rêvé, et c'est pas maintenant que je vais commencer. Seule la liberté m'attire. Je suis amoureuse de cette ville, et de personne d'autre.

Journal de Mazie, le 20 mars 1917

Oh, Rosie ! Ma pauvre Rosie chérie.

Ce matin, elle nous a traînées chez une voyante, Jeanie et moi. Installée dans un salon poussiéreux sur Essex Street. Il n'y avait rien là-dedans, hormis quelques plantes, une table pliante, des chaises et une plume de paon dans un vase. J'avais aucune envie d'y aller, et Jeanie non plus. Ah, ce qu'elle est jolie, notre Jeanie ! Elle est si fine, maintenant, si charmante avec son teint pâle, sa bouche charnue et ses yeux rêveurs. Et cette manière de marcher ! On dirait qu'elle flotte. N'empêche qu'elle avait l'air mauvais, ce matin. Après avoir été adorable pendant des années, la voilà qui se révolte. Comme quoi, c'est une Phillips, elle aussi. On faisait la tête toutes les deux, et ça se voyait.

Le rideau tiré au fond du salon s'est ouvert et la femme est entrée. Elle portait un collier de pièces d'or autour du cou. Les pièces tintaient à chacun de ses pas. Cheveux sombres, peau sombre, longs jupons colorés. L'attirail habituel, quoi. Certains trouvent ça exotique. Pour moi, c'était juste une gitane, mais Rosie a toujours eu un faible pour ces gens-là.

Au début, la dame a fait mine de ne pas nous voir. À croire que nous étions devenues invisibles. Elle a allumé des bâtons d'encens sur la table et arrosé les plantes sur le rebord de la fenêtre. En regardant bien, je me suis aperçue que les plantes étaient mortes, en fait. Les branches pendaient, les feuilles étaient grises. Ça m'a fait tout drôle. Je ne savais plus très bien si j'étais là, moi aussi.

Puis la gitane s'est assise à table en face de nous. Elle nous a dit qu'elle s'appelait Gabriela, elle a souri à Rosie, qui lui a rendu son sourire. Elle adore cette femme, c'est évident. La gitane a plongé ses yeux dans les miens. Un long moment. Elle cherchait quelque chose, mais je ne lui ai rien donné. Pas question. Ensuite, elle a fixé Jeanie de la même manière, avant de s'attaquer à Rosie. Et pendant tout ce temps-là, on est restées assises sans bouger. Ça suffit, maintenant – voilà ce que j'ai pensé. Vous savez captiver votre public. On a compris.

Après ça, la voyante nous a déclaré que nous étions là pour notre sœur aînée. Comme si je ne le savais pas ! Comment pourrais-je oublier l'existence de Rosie ?

Elle s'exprimait sans accent, contrairement aux autres gitanes que je connais. Elle avait des sourcils très épais, qui lui donnaient l'air sérieux. Était-elle jeune ou vieille ? Impossible à dire.

Elle nous a expliqué qu'elle avait souhaité nous rencontrer pour aider Rosie. Je l'entends encore : « Vous vivez sous le même toit. Vous partagez votre existence. Vous formez une famille. Vous êtes sœurs. Vous êtes liées dans cette vie. Dans la précédente et dans la suivante. »

En voilà une arnaque, j'ai pensé. J'avais hâte de rentrer à la maison pour raconter ça à Louis. J'ai jeté un regard à Jeanie en pensant qu'elle serait de mon côté. Je me trompais : Jeanie buvait ces fadaises comme du petit-lait. Quelle andouille !

Puis la gitane a tendu les mains vers moi. J'ai commencé par rouspéter, puis j'ai cédé et posé ma paume dans la sienne. Elle a suivi quelques lignes du bout de l'index.

— Longévité, argent... C'est bien.

Elle hochait la tête.

— Enfin, l'argent viendra parfois à manquer. Mais vous en aurez, la plupart du temps.

Ses mains étaient douces et fraîches. Ses ongles étaient propres. J'ai toujours admiré les gens qui prennent soin de leurs mains. Elle a frotté une ligne en travers de ma paume avec son pouce, puis une autre, juste en dessous.

Et elle a dit : Ça, c'est pas bon signe.

Elle a serré ma main dans la sienne, très fort, puis elle l'a lâchée.

Et elle a ajouté : Je ne vois pas d'homme dans votre vie. Vous resterez seule.

J'ai croisé les bras.

Et j'ai répondu : J'ai de la compagnie quand j'ai envie d'en avoir.

Chut ! m'a fait Rosie. Elle avait l'air fâché, mais je ne me suis pas excusée. Je n'aime pas qu'on me prédise l'avenir.

— À moi, maintenant, a dit Jeanie en tendant la main.

Gabriela lui a souri d'un air radieux, comme si elle l'aimait. La reine de l'arnaque. Elle a regardé la paume de Jeanie et lui a dit qu'elle avait une belle ligne d'amour. Puis elle a pointé le doigt vers sa tête et ajouté qu'elle ferait un beau mariage. Avec un homme riche. Aimes-tu les riches ? a-t-elle demandé. Comme si Jeanie n'avait pas envie d'épouser un type plein aux as ! J'ai observé Jeanie. Elle n'avait pas répondu. Elle réfléchissait en souriant. Parce qu'elle trouvait ça drôle, peut-être ? J'aurais volontiers répondu qu'on n'en avait rien à fiche, de cette histoire de mariage, mais personne ne me demandait mon avis. Et personne ne m'annonçait, à moi, que j'allais faire un beau mariage.

Gabriela s'est tournée vers Rosie. Et Rosie a glissé sa main dans la sienne aussi naturellement que si elles étaient mari et femme.

— Vous savez déjà tout, a dit Rosie.

— C'est vrai, a dit Gabriela.

— Regardez quand même, a insisté Rosie d'un air grave. Maintenant qu'elles sont là, regardez encore une fois.

— Elles sont fortes toutes les deux, comme vous me l'aviez annoncé, mais cette force de caractère ne changera rien pour vous. Elles vous aiment de tout leur cœur. Je n'ai pas besoin de lire dans leurs mains pour le savoir. Elles mèneront la vie qu'elles doivent mener.

Elle a porté la paume de Rosie à ses lèvres et l'a embrassée. Vu comme ça, l'avenir me semblait assez plaisant.

— C'est encore possible, Rosie, a repris Gabriela. Je le pense vraiment.

Rosie s'est mise à pleurer. La gitane s'est dirigée vers la pièce du fond d'un air solennel. Elle est revenue avec plusieurs flacons qu'elle a posés un à un devant Rosie.

— J'ai interrogé les gens à droite à gauche, et ceux que j'ai interrogés ont fait pareil. Je suis allée au nord de Manhattan, je suis allée au sud, de ce côté du fleuve et de l'autre, et j'ai trouvé ça pour vous.

Elle a tendu un bout de papier à Rosie.

— Suivez les instructions. Tout est écrit là. Quelle quantité, combien de fois par jour. J'ai aussi noté l'adresse d'un Chinois. Il vous plante des aiguilles dans la peau. Et ça vous allume un feu dans le ventre.

Elle a repris la main de Rosie.

— J'irai brûler un cierge pour vous, ma chérie.

Rosie continuait de pleurer. On l'a serrée dans nos bras. Alors comme ça, ma pauvre Rosie ne peut pas avoir de bébé ? Je n'en savais rien. Comment aurais-je pu le savoir ? Nous sommes ses bébés depuis si longtemps, je pensais que nous suffisions à son bonheur. Elle s'est occupée de nous mieux que notre mère ne l'a jamais fait. Elle a toujours été plus qu'une sœur pour nous : une maman. Dire qu'elle souffrait et que nous n'en savions rien !

George Flicker

Ah, vous voulez que je vous parle des diseuses de bonne aventure ? Vous-même, vous en savez quoi, au juste ? Vous les prenez pour les reines de l'arnaque, j'imagine. C'est ce que la plupart des gens pensaient, à l'époque. Ma mère n'était pas d'accord : d'après elle, les voyantes ne mentaient jamais à leurs clients. En revanche, mes amis de Little Italy les fuyaient comme la peste. Ces gens-là étaient très superstitieux : ils craignaient qu'elles leur jettent un sort. Quant à moi, je n'en ai jamais eu peur. Je ne crains que ce que je vois, faut dire. Et j'en ai tant vu dans ma vie ! Inutile de payer quelqu'un pour imaginer pire encore.

Bref, les diseuses de bonne aventure ne me dérangeaient pas plus que ça. Elles avaient la même tête que vous et moi. Elles marchaient dans les mêmes rues. Certaines d'entre elles n'étaient pas très honnêtes, c'est vrai, mais on ne peut pas juger une communauté entière sur les erreurs de quelques-uns. C'est ce qu'on fait dans ce pays, et même partout dans le monde, vous ne trouvez pas ? C'est un des travers de notre époque. Je suis né il y a si longtemps ! J'espérais que certaines choses finiraient par s'améliorer… Je regarde encore les infos tous les soirs. Et j'écoute les conversations autour de moi. Il y a du progrès, c'est vrai, mais pas autant que je l'espérais. Rendez-vous compte : nous sommes en l'an 2000 et il reste tant de problèmes à régler dans ce pays ! J'attendais bien plus du monde d'aujourd'hui. Mais bon… Que peut-on y faire, de toute façon ?

Journal intime de Mazie, le 16 juin 1917

Rosie est encore malade. Couchée sur le canapé, les mains nouées sur le ventre. Elle passe du rire aux larmes en un éclair. Nous l'avons enveloppée dans une couverture. Je l'ai suppliée de jeter les potions que la gitane lui a données. Je lui ai dit : Arrête d'en prendre, Rosie, je t'en prie !

Rien à faire. Elle m'a répondu que j'étais une imbécile, que je ne savais pas de quoi je parlais, que ce genre de chose prend du temps, que la vie prend du temps.

Quand même, je sais que j'ai raison. Ce n'est pas normal, une souffrance pareille.

Elle ferait n'importe quoi pour s'accrocher un peu plus longtemps à son rêve. Gabriela a beau être la reine de l'arnaque, elle ne changera rien aux désirs de Rosie. Je ne peux quand même pas lui reprocher de rêver ! Non, quoi qu'il arrive, je ne reprocherai jamais à personne d'attendre un peu plus de la vie que ce qu'elle vous donne.

George Flicker

À cette époque-là, j'ai atteint l'âge de partir à la guerre – c'est ce que je leur ai raconté, du moins. En fait, j'avais encore quelques mois à tirer avant d'avoir l'âge requis pour m'engager, mais le sergent instructeur ne s'est pas vraiment donné la peine de vérifier. J'aurais dit n'importe quoi pour quitter cet appartement, de toute façon. Nous étions tellement serrés, là-dedans ! Plus je grandissais, plus la pièce me paraissait petite. Je ne rêvais que d'une chose : parcourir le monde. Et s'il fallait pour cela aller me battre dans un pays étranger, j'étais prêt à le faire ! Appelez ça du courage ou de la bêtise, comme vous voudrez. Je ne vous raconterai pas ce qui m'est arrivé là-bas, ni ce que j'ai vu. Je ne suis pas de votre génération. Je n'ai pas besoin de tout raconter par le menu. Ce qui est fait est fait. Inutile de revenir dessus, vous ne croyez pas ?

Toujours est-il que je n'ai pas vu Mazie pendant cinq ans. Je ne peux donc pas vous renseigner sur cette période de sa vie. Je suis parti en France et j'y suis resté après la fin de la guerre. J'ai trouvé du travail, j'ai même vécu avec une Française pendant un an. Ah, cette femme-là, c'était quelque chose, je vous assure ! *Oh là là !* [Rires.] Je me suis bien amusé, c'est certain. J'ai quand même fini par rentrer, parce que ma mère est tombée malade. Et que nous avons eu un tas de problèmes avec l'oncle Al.

Journal de Mazie, le 1er novembre 1917

J'ai soufflé mes vingt bougies. Je suis absolument certaine que je devrais m'amuser bien plus que je le fais aujourd'hui.

Qu'est-ce qui me pousse à chercher les ennuis ? Faut dire que je me tiens à carreau depuis des mois. Même cet été, quand la chaleur pesait sur la ville, même quand je mourais d'envie d'aller guincher, je restais sagement à la maison. Pas un verre de trop. Pas un baiser. Le soir, au fond des impasses, j'aperçois des couples en train de se dorloter. Comme je les envie ! Doigts sur les lèvres, mains sur les miches, pourquoi m'en priver plus longtemps ? Je n'ai pas découché depuis des siècles. Je passe presque toutes mes nuits au chevet de Rosie. J'ai sacrifié mon été à son ventre.

Journal de Mazie, le 13 décembre 1917

Rosie vient de faire une autre fausse couche. Cette fois, j'ai l'impression que sa grossesse n'a duré qu'un instant.

La voilà de nouveau ventre plat, allongée sur le canapé du salon. Il commence à s'affaisser, le canapé. Je le vois plier sous son poids. Les ressorts finiront par percer le plancher si ça continue.

Tout à l'heure, elle m'a pris la main et l'a serrée si fort que j'ai failli crier. Elle m'a demandé de lui caresser les cheveux, mais elle a détourné la tête quand j'ai tendu le bras vers elle. Frotte-moi les pieds, m'a-t-elle dit. Puis : Non, pas comme ça. Tu t'y prends mal. Ne me touche pas.

Tout ça sans me quitter des yeux. Persuadée que j'allais la laisser tomber.

Louis passe son temps dans la cuisine, penché sur son assiette. Il a fermé le cinéma pour quelques jours. Jeanie s'est envolée. La fine mouche.

Et moi, je me console avec la bouteille de whisky cachée dans ma chambre. Je ne peux pas aller m'offrir un coup à boire, mais la boisson sait où me trouver.

Journal de Mazie, le 16 décembre 1917

Je suis au bord de l'explosion. Je n'ai plus aucun contrôle sur moi-même, et j'aime ça.

Journal de Mazie, le 4 janvier 1918

Je n'avais pas envie de rentrer, mais il n'y avait plus personne à qui parler dans ce bar. Alors je suis sortie et j'ai discuté avec un vieux clochard. On a partagé ce qui restait dans sa bouteille et je lui ai tendu ma cigarette. Je me sentais sûre de moi.

Ça fait combien de temps que vous êtes à la rue ? j'ai demandé.

— Depuis plus longtemps que t'es sur terre, ma jolie. Faut être coriace pour tenir si longtemps.

Il s'est frappé le torse.

Alors, j'ai dit : Je pourrais vivre là, moi aussi.

— Je te le conseille pas.

— J'en suis capable. Vous me croyez pas ?

— T'as une maison, toi. Estime-toi heureuse !

— Pourquoi je ne le suis pas, alors ?

Il s'est radouci, et il m'a dit : S'il y a quelqu'un qui t'aime dans cette maison, rentre vite, ma jolie.

Un vent mauvais s'est levé. Je me suis sentie glacée, tout à coup. Je ne voulais pas rester dehors une minute de plus. Je lui ai donné mes dernières cigarettes et je suis rentrée.

Journal de Mazie, le 5 janvier 1918

Rosie a essayé de m'amadouer, ce matin. Ça me changeait des cris, au moins.

Elle : Tu n'as pas envie d'avoir un bon ami ?

Moi : Le monde entier est mon ami.

Journal de Mazie, le 18 janvier 1918

Le vent a encore tourné. Aujourd'hui, Rosie est dure et cassante. Elle vient d'annoncer à Jeanie qu'elle devait arrêter la danse. Les cours, c'est fini – voilà ce qu'elle lui a dit. Et à moi, qu'elle me ficherait dehors si j'osais rentrer tard une fois de plus. Le mois dernier, elle craignait de me perdre, et maintenant, elle me jette à la rue ?

J'ai répondu : Je connais les rues comme ma poche. Ça ne me fait pas peur.

Elle : Et tes jolies robes ? Tu ne pourras pas les emporter sous les ponts !

Moi : Je m'en passerai.

Elle : Tu ne serais rien sans moi.

Jeanie et moi, on a regardé Louis. Aucune réaction. Je crois qu'il a le cœur brisé, lui aussi. Son cœur de géant, brisé en mille morceaux.

Journal de Mazie, le 21 janvier 1918

Ce soir, j'ai prisé dans la tabatière d'un richard venu s'encanailler dans le quartier. Ça m'a pas déplu, c'est sûr. J'ai quand même dû taper sur les doigts du type pour qu'il se tienne tranquille. Monsieur pensait avoir le droit de me peloter en échange d'un peu de tabac ! Il a vite déchanté, ce rien du tout. Même pas un héros comme les marins de l'autre soir. Juste un enfant gâté qui se croit tout permis.

Après, les verres ont commencé à voler autour de moi. J'ai quitté le bar quand les hommes en sont venus aux mains. C'était sacrément drôle, même si j'ai dû lever mes jupes pour enjamber les gars ivres morts étendus par terre, le visage ensanglanté. Ce n'était pas le bar idéal pour une fille comme moi, mais je n'avais pas non plus frappé à la mauvaise porte.

C'est ce que je me disais en rentrant à la maison. Sauf que la lune s'est mise à me juger. À me regarder et à me juger. Je me suis arrêtée au carrefour et je l'ai incitée à continuer. Vas-y, juge-moi. Je te jugerai à mon tour. Que sais-tu de moi ? Vieille imbécile ! Sale lune, va !

En arrivant, je me suis agenouillée devant Rosie. Elle n'avait pas quitté le canapé de la soirée. Elle m'a caressé les cheveux.

Elle m'a demandé : Pourquoi je ne peux pas avoir d'enfant ?

Moi : Je ne sais pas.

Elle : Pourquoi n'es-tu pas plus raisonnable ?

Moi : Je ne sais pas.

Nous sommes restées ainsi un moment, puis je suis venue écrire ces lignes. Elle s'est agrippée à mon cou quand je suis partie.

C'est sa détresse, pas la mienne.

Journal de Mazie, le 22 janvier 1918

Je suis sortie toute la journée et toute la nuit. J'ai pas mis les pieds à la confiserie ni au champ de courses. Je suis restée dans les rues. Rien que les rues, les bars, les hommes, les femmes, le whisky, la bière, les sèches et le tabac à priser. Tout ça, rien que ça, et plus encore. Puis au lit.

Journal de Mazie, le 24 janvier 1918

En me réveillant cet après-midi, j'ai trouvé Rosie et Louis assis à la table de la cuisine. La fièvre est peut-être retombée – voilà ce que je me suis dit. J'ai cherché le regard de Rosie, il m'a semblé clair. Comme le mien ne l'était pas, je me suis sans doute trompée. Impossible de me fier à ce que je voyais, de toute façon.

Sa voix, elle, ne tremblait pas.

Rosie : J'ai tout essayé avec toi. Louis, tu sais que j'ai raison, pas vrai ?

Il ne veut pas s'en mêler, j'ai pensé, mais il a hoché la tête. Fourchette en main, il appuyait doucement sur ses œufs au plat.

Elle : Il faut que ça change. Tu le sais toi aussi, Mazie.

Je m'en voulais de l'empêcher de manger. Les œufs, c'est son péché mignon.

Lui (en levant les yeux vers moi) : Écoute… J'ai quelque chose à te demander.

Hourra ! Le géant a parlé, j'ai pensé.

Lui : C'est une faveur plus qu'autre chose.

Une *faveur* ? Comment pourrais-je la refuser à cet homme-là ? Il veille sur nous depuis des années alors que rien ne l'oblige à le faire. Et il ne m'a jamais rien demandé en échange. Il attendait le bon moment, j'imagine. Il avait glissé sa faveur au fond de ses poches, avec toutes les autres. Le moment est venu. Il l'a demandée, sa faveur. Il savait que je serais obligée d'accepter.

Il m'a dit que Rosie était trop malade ces temps-ci pour travailler au cinéma.

Puis il a posé sa fourchette et pris la main de Rosie. Ou bien est-ce elle qui a pris la sienne ? Je ne sais plus. Ils se soutenaient l'un l'autre, en tout cas. C'est comme ça que ça marche quand vous vivez avec quelqu'un. Je le comprends, même si ça ne m'est jamais arrivé.

Après ça, Louis m'a demandé de tenir la caisse du cinéma.

Voilà comment il m'a présenté les choses :

Lui : C'est un gros boulot, c'est vrai, mais c'est important pour moi. J'ai beaucoup investi dans cette affaire. Et ça tourne à plein régime : les dollars entrent et sortent toute la journée là-bas. Tu es douée pour les chiffres, Mazie. Je ne peux pas embaucher n'importe qui : il me faut une personne de confiance. L'argent a vite fait de disparaître dans cette ville, tu le sais aussi bien que moi. Et puis, ce ne serait pas pour très longtemps...

Moi : Combien de temps ?

Lui : Je ne sais pas exactement.

Là-dessus, je ne pense pas qu'il mentait. En tout cas, il ne cherchait pas à me mener en bateau.

Moi : C'est une cage et tu le sais. Tu me mets en prison.

Lui : Je ne t'ai jamais rien demandé jusqu'à présent.

Rosie : Il t'a tout donné !

Je n'étais pas en position de contester quoi que ce soit. Ils avaient entièrement raison. J'étais prise au piège. Cette fois, Rosie avait réussi son coup.

Vous voulez ma mort ? j'ai dit.

Ils se sont mis à rire comme des baleines.

Rosie : Ce que tu peux être drôle ! Je suis contente que tu n'aies pas perdu ton sens de l'humour. Tu en auras besoin là-bas.

Sauf que j'étais très sérieuse, moi. Je la connais, la caisse du cinéma ! Je m'y vois déjà, enfermée du matin au soir à regarder le monde défiler de l'autre côté de la vitre. Je vais tout rater. La vie va me passer sous le nez. Je vais vieillir dans cette cage. Et j'y mourrai.

2

Extrait de l'autobiographie inédite de Mazie Phillips-Gordon

J'ai toujours aidé les hommes, pas les enfants. C'est un choix. Avec les hommes, je sais y faire : je leur donne quelques pièces, je les aide à trouver un toit pour la nuit ; j'appelle une ambulance si nécessaire. Leurs besoins sont simples à satisfaire. Et s'ils se retrouvent à la rue dès le lendemain, ils ne pourront s'en prendre qu'à eux-mêmes. Avec les gosses, c'est plus compliqué. Il y a des gens pour ça, des gens plus doués que moi, qui ont le temps de s'en occuper. Moi, je me contente de leur distribuer des sucettes. Je n'ai rien à leur dire. Tous les gamins de Bowery Street savent que j'ai un bocal rempli de friandises près de la caisse, et que je leur en donnerai s'ils viennent me trouver. Rien d'autre. Je leur tends un bonbon et je les envoie promener.

Lydia Wallach

Mazie et mon arrière-grand-père, Rudy Wallach, ont travaillé ensemble au Venice pendant vingt ans. J'ai vu plusieurs photos du cinéma, tant de l'intérieur que de l'extérieur, mais aucune d'elles n'était en bon état. L'établissement se trouvait sous les rails du métro aérien de la 2e Avenue. C'était plutôt bruyant, j'imagine. Le bâtiment reflétait le style de l'époque : une architecture néo-classique sous influence européenne. La salle, très haute de plafond, richement décorée, était équipée de fauteuils en velours rouge – c'est comme ça que je me les représente, du moins, même si les photos ne me permettent pas de l'affirmer. Elle pouvait accueillir jusqu'à six cents spectateurs, sur deux étages : corbeille et balcon. Faute d'éléments plus précis, je dirais qu'il s'agissait dans l'esprit de ses concepteurs d'un établissement très haut de gamme.

Journal de Mazie, le 1er février 1918

Ce matin, j'ai fait mes débuts à la caisse du cinéma, coincée dans la cage en verre. C'est tellement petit qu'on n'oserait pas y enfermer un prisonnier. Même les poules se mettraient à brailler si on en faisait leur poulailler.

Je me suis penchée vers Rosie et j'ai dit : Aucun macchabée n'en voudrait pour cercueil !

Elle s'affairait à l'intérieur. La boîte en métal qui sert de caisse, le rouleau de tickets, le pot de crayons bien taillés ont atterri sur le comptoir à toute allure. Suivis d'un carnet, qu'elle a flanqué près du coffre métallique.

Alors seulement, elle m'a répondu : Eh bien, tu reposeras en paix, au moins.

Elle est ressortie et m'a poussée dans la cage. Je me suis cognée contre le comptoir. Il m'a déjà marquée à vie, celui-là.

Je me suis laissée tomber sur la chaise à roulettes et j'ai lentement pivoté sur moi-même. Il y avait juste assez de place pour ça. J'ai vu tout ce qu'il y avait à voir : le radiateur posé dans un coin (il tournait à plein régime, comme s'il m'attendait depuis toujours), la pendule qui comptait les minutes avant 9 heures, le calendrier fixé au mur. Déjà un mois d'écoulé cette année, et février qui m'attendait. La vie va me passer sous le nez – voilà ce que j'ai pensé. C'était d'une évidence absolue. J'ai senti les larmes me monter aux yeux. Comme un bébé.

— Ma pauvre chérie ! a dit Rosie. Tu vas devoir travailler dur.

Moi : C'est pas ça qui m'ennuie. Le travail ne me fait pas peur.

C'est vrai, et elle le sait. J'ai jamais refusé de bosser quand Louis me l'a demandé.

Moi : Ce qui m'ennuie, c'est que je serai seule ici alors que tout le monde sera de l'autre côté.

J'en faisais trop. J'ai tendu les bras et je me suis cognée contre la vitre. Voilà qui donnera plus de poids à mes arguments, j'ai pensé.

Sauf que Rosie a éclaté de rire. Sur le moment, ça m'a fait tellement plaisir que je lui aurais tout pardonné. Elle se moquait de moi, et je ne lui en voulais même pas.

Elle : Seule ? Tu peux être sûre d'une chose, Mazie : ici, tu ne seras jamais seule.

Elle s'est glissée près de moi pour me montrer ce que j'avais à faire : noter le nombre de tickets que je vendrais dans la matinée pour savoir combien j'en aurais vendu à la fin de journée, et aligner les bons chiffres sur le cadenas pour ouvrir le coffre. Puis elle a ouvert un petit tiroir sous le comptoir. Il y avait une flasque à l'intérieur. Elle m'a regardée en haussant les épaules.

Et elle a dit : Ça aide à passer le temps.

Moi : je vois.

Ensuite, tout est allé très vite. La pendule a marqué 10 heures et une file d'attente s'est formée devant le cinéma.

Rosie : Ne te laisse enquiquiner par personne.

Elle m'avait apporté un sandwich pour le déjeuner, emballé dans un petit sac en papier. Elle l'a posé dans un coin et elle est sortie. Je me suis redressée. J'ai senti mes hanches, mon torse et mon ventre s'emboîter les uns sur les autres pour trouver la position idéale. J'ai rejeté les épaules en arrière, mais je savais déjà que je finirais la journée avachie sur ma chaise. Le métro est repassé au-dessus de ma tête dans un fracas de tous les diables. Je ne m'entendais même plus penser, mais qu'y avait-il à penser, de toute façon ? Ce n'était qu'un métro de plus. Rosie était encore là, plantée près de la caisse. Elle m'observait en souriant jusqu'aux oreilles. J'ai pensé que son visage allait se fendre en deux tellement elle souriait. Elle m'avait changé de place, et ça lui plaisait. Je n'étais qu'un pion pour elle. Et elle m'avait mis en cage.

J'ai fait glisser le panneau sur le côté pour ouvrir la caisse. La file d'attente a bougé : les spectateurs ont fait un pas en avant, comme s'ils respiraient tous en chœur. Je les ai bien regardés. Tous. Les femmes qui tenaient leurs gamins par la main, les marins, les soldats et les types en costume qui avaient l'air de chercher un endroit où dessoûler après une nuit de beuverie sur Bowery Street.

J'ai senti ma tête tourner. Ressaisis-toi, j'ai pensé. C'est qu'un boulot.

Rosie a pris la parole.

— Je vous présente Mazie. À partir de maintenant, c'est elle qui tiendra la caisse.

Aussi dingue que cela paraisse, ils ont tous crié « Bonjour, Mazie ! » en agitant la main vers moi.

Lydia Wallach

Mon arrière-grand-père se chargeait de la programmation des films, de la gestion du personnel, de la vente des friandises et de l'entretien des lieux. En gros, tout ce qui se passait à l'intérieur du cinéma relevait de ses compétences. Mazie vendait les tickets et tenait la caisse ; elle faisait aussi office de vigile en cas de problème avec un spectateur. Rudy était un petit homme, sensible et délicat. Sur toutes les photos que j'ai vues de lui, il a une tête de moins que ceux qui l'entourent. Il avait un teint de jeune fille et de petites mains, dont ma mère a hérité. Moi aussi, d'ailleurs. Regardez : vous voyez comme elles sont petites ? [Elle lève les mains.] De vraies mains Wallach, comme on les appelle dans la famille. Autant dire que Rudy n'était pas le mieux placé pour se coltiner les sans-abri ou les soûlards qui faisaient du grabuge pendant les projections ! Et puis, c'était un fils d'intellectuels... C'est vrai, j'oublie toujours cette partie de l'histoire : mes arrière-arrière-grands-parents étaient des intellectuels russes. Ils avaient fui je ne sais quelles persécutions dans leur pays natal et s'étaient installés à New York quand Rudy était bébé. Ils en ont fait un être doux et raffiné, toujours aimable. Jouer les gardes-chiourmes ne l'intéressait pas le moins du monde. Voilà pourquoi, j'imagine, Mazie en est venue à gérer cet aspect-là de leur activité.

Journal de Mazie, le 5 février 1918

Je ne peux pas regarder les films qui passent au Venice. Ça me donne envie de vomir.

Je le savais, mais je l'avais oublié. Je m'en souviens, maintenant, oh ça oui !

Hier soir, j'ai fermé la caisse un peu plus tôt que d'habitude. Ça faisait cinq jours que j'étais assise dans cette cage à me demander ce qui se passait à l'intérieur. Alors, je suis entrée dans le hall. Les plafonds sont si haut là-dedans qu'on se croirait dans un palais de conte de fées. Ou dans un château en Europe. Enfin, c'est juste une impression. Qu'est-ce que j'en sais de l'Europe...

Je voulais voir *Tarzan* avant la fermeture. C'était la dernière séance de la journée. Je me suis glissée dans la salle, entre les rangées de fauteuils en velours rouge. J'ai laissé courir mes doigts sur le tissu patiné. Comme c'est doux ! Et ces grosses appliques rondes alignées aux murs... Difficile de ne pas être sous le charme. Rosie vient ici une fois par semaine pour s'assurer que tout est nickel, les lampes en particulier. Balayez et astiquez, astiquez et balayez ! C'est son mot d'ordre. Elle devrait demander à sa gitane préférée si elle n'était pas général d'armée dans une vie antérieure.

Le film venait de commencer. Tout le monde s'est tu. Au début, j'étais contente de voir tant d'animaux : des lions, des girafes, des serpents et même des alligators. Ils n'avaient pas l'air commode. J'avais l'impression de rêver, d'être face à un spectacle vivant, extravagant, plus grand que nature, bien plus grand que tout ce que je connaissais.

Moins d'une minute plus tard, j'ai commencé à me sentir patraque. Sur l'écran, les animaux se sont mis à enfler, puis à flotter et à danser devant mes yeux. Un truc gluant bouillonnait dans mon estomac. J'ai détourné la tête – trop tard : l'instant d'après, je vomissais dans la travée comme un soûlard dans le caniveau après la fermeture des bars. « Chut ! » a crié un spectateur, puis j'ai senti quelqu'un s'approcher de moi et une petite main se poser sur mon front. Une dame, ai-je pensé. Quand j'ai cessé de vomir, j'ai levé les yeux. C'était Rudy.

Moi : Je ne sais pas ce qui m'arrive.

Lui : Venez, mademoiselle Mazie. Vous avez besoin d'air.

J'ai posé mon bras sur son épaule et nous avons regagné le hall. J'avais les jambes en coton. Il a poussé les portes battantes et m'a adossée contre la cage.

Il m'a demandé si j'étais malade, j'ai répondu que non. Puis il m'a demandé si quelqu'un était malade à la maison, et j'ai répondu que non.

Lui : Parfois, quand l'un de mes fils est malade, on y passe tous. Ça vous tombe dessus sans prévenir.

Moi : Je me porte comme un charme, je vous assure ! C'est le film qui m'a donné la nausée. Je ne sais pas comment vous expliquer… Ça bougeait dans tous les sens.

Lui : Fini les films, alors ?

Moi : Je crois que oui. À quoi bon aller au cinéma, de toute façon ? La vraie vie, voilà ce qui m'intéresse ! Les gens en chair et en os.

L'air frais me redonnait du cran. Je me sentais un peu humiliée, tout de même. Je n'étais pas ravie qu'il m'ait vue pliée en deux dans la travée.

Moi : C'est que du cinéma, après tout. Je m'en fiche pas mal !

Lui : On ne change rien, alors. Vous vous occupez des billets, je m'occupe des films. Vous restez dehors, moi dedans.

Moi : Parfait. Marché conclu.

On s'est serré la louche. Sa main a presque disparu dans la mienne. C'est un drôle de petit homme, ce Rudy.

Journal de Mazie, le 8 février 1918

C'est une chose que d'arpenter la rue, c'en est une autre de la regarder. Jusqu'à présent, je faisais partie des passants : je traînais mes savates parmi la foule. Maintenant que je suis assise du matin au soir derrière les barreaux de ma cage, je vois le monde de manière un peu différente. Des filous et des petits escrocs, j'en avais croisé, bien sûr, mais pas tant que ça. À présent, je les observe de près. Et j'en apprends tous les jours. En fait, ils se fichent pas mal de savoir à qui ils s'adressent, du moment qu'ils obtiennent ce qu'ils veulent. Je crois qu'ils n'avaient jamais cherché à m'embobiner avant, parce que je courais toujours d'un bout à l'autre du quartier. Maintenant que j'ai l'air d'un oiseau en cage, ils ne me laissent plus en paix. À croire que j'ai une cible rouge collée au milieu du front ! Sauf que moi, je ne suis pas un pigeon. Je leur ferai vite passer l'envie de m'entourlouper.

Journal de Mazie, le 10 février 1918

Une vie bénie, voilà ce que j'ai vécu jusqu'ici.

Treize heures par jour assise dans la cage, puis une heure à picoler jusqu'à ce que je m'écroule de fatigue. Pas la force de faire autre chose. Rosie prétend que le boulot me paraîtra plus facile au fil du temps. Ce qui est certain, c'est que sa vie à elle est drôlement plus facile, à présent ! Jeanie la remplace à l'hippodrome. Je l'envie, c'est sûr. Et moi ? Combien de temps faudra-t-il que je passe dans cette cage ? J'y suis depuis deux semaines. Ils ne peuvent pas vouloir que j'y reste toute la vie ! S'ils avaient une leçon à m'apprendre, je jure que je l'ai apprise.

En plus, Jeanie ne se plaît pas vraiment à l'hippodrome. Le seul point positif, d'après elle, c'est qu'elle y croise un chic type, toujours prêt à l'aider. Il soulève son chapeau dès qu'il l'aperçoit, court à sa rencontre et se précipite pour lui ouvrir des portes qu'elle n'avait même pas remarquées.

— Parfois, dit-elle, j'ai l'impression qu'il les crée de toutes pièces, juste pour les ouvrir devant moi.

Le type est vétérinaire à Long Island. Il soigne les chevaux et s'appelle Ethan Fallow.

Moi : D'où ça vient, ce nom-là ?

Elle : Aucune idée, mais il est plus grand que moi, et c'est tout ce qui compte.

Journal de Mazie, le 12 février 1918

Ah, ce métro ! Ce fichu métro de malheur ! Il fait un tel ramdam que je dois crier toute la journée. À moins de se pencher vers le guichet, les mains derrière les oreilles, les gens n'entendent pas un mot de ce que je raconte. Ça les oblige à me prêter attention. C'est déjà ça.

Journal de Mazie, le 22 février 1918

Je ne sais pas quoi penser de ce Rudy. Il se montre gentil et respectueux avec moi. Rien à redire là-dessus. Le souci, c'est qu'il rôde dans le cinéma après la fermeture. Moi, je déguerpis dès que j'ai fermé ma caisse, lui s'attarde jusqu'à la nuit tombée. Il est libre de ses mouvements, c'est sûr. Et je n'ai pas l'impression qu'il arnaque qui que ce soit. Mais pourquoi ne rentre-t-il pas chez lui ? Il a une famille, tout de même ! Une ribambelle de garçons qui courent dans tous les sens. Sa femme et lui sont des machines à bébés. En toute logique, il devrait être pressé de les retrouver à la fin de la journée. Mais la logique n'est peut-être pas mon fort.

Lydia Wallach

Comme je vous l'ai dit, Rudy est mort bien avant ma naissance. Je ne peux donc pas prétendre qu'il me faisait sauter sur ses genoux dans la salle du Venice : ce serait mensonger de ma part. Ce que je peux vous dire, en revanche, c'est qu'il était très réputé pour sa cinéphilie – une cinéphilie légendaire, si tant est que ce type de passion puisse l'être. Oh, je sais ce que vous êtes en train de penser : ce type aimait le cinéma, tant mieux pour lui ! Sauf qu'il ne se contentait pas d'aimer les films : il appartenait à un petit cercle de directeurs de cinéma qui organisaient des projections nocturnes de films d'art et d'essai importés d'Europe. Pendant la Première Guerre mondiale, ils ont même dû les faire passer sous le manteau. Je me doute bien que ça n'intéresse pas grand monde : ce genre de truc ne figure pas dans les manuels d'histoire, loin de là ! Mais j'ai toujours trouvé ça cool de la part de Rudy – à condition d'accorder de l'intérêt à ce qui est cool et ce qui ne l'est pas. C'est un peu mon cas, à vrai dire.

Je n'en sais guère plus, malheureusement. Ce qui est sûr, c'est que mon arrière-grand-mère n'appréciait pas la cinéphilie de Rudy : elle aurait préféré qu'il passe plus de temps à la maison avec les gamins. Par la suite, quand mon grand-père et ses trois frères ont été autorisés à assister aux projections nocturnes, ils ont mieux compris et apprécié la passion de leur père pour le cinéma. Et je crois qu'elle a exercé une certaine influence sur leur vie personnelle. L'un de mes grands-oncles s'est même établi à Hollywood pendant un petit moment – deux ou trois ans, je pense. Il a fait de la figuration dans plusieurs films, mais il n'a pas réussi à décrocher de rôles importants. Et l'un de ses frères, qui s'était installé à Madison, dans le Midwest, a participé à la création d'un centre d'archives cinématographiques. Il a vécu là-bas jusqu'à sa mort. Il est décédé récemment, d'ailleurs. Je ne suis pas allée à la cérémonie, parce que j'avais déjà assisté à beaucoup d'enterrements l'année dernière, et qu'il ne me semblait pas nécessaire de me déplacer une fois de plus.

Quant à moi, je suis juriste pour une chaîne câblée, que je préfère ne pas mentionner dans cet entretien : je m'occupe des cessions de droits des programmes qui bénéficient d'une première diffusion sur la chaîne. J'ai suivi quelques cours de cinéma à l'Université de New York pendant mes études de droit. Nous étions en classe ensemble, n'est-ce pas ? C'est bien ce que je pensais. Je savais que je vous avais déjà vue quelque part. J'ai très vite décidé de me spécialiser dans le droit des entreprises culturelles. Je n'envisageais même pas de faire autre chose. Chez moi, quand on voulait passer un bon moment en famille, on allait au cinéma. Si je pense à mon enfance, la première image qui me vient à l'esprit, c'est un grand pot de pop-corn. C'est presque viscéral, comme souvenir. Il suffit qu'une odeur de caramel au beurre flotte dans l'air pour que je me sente en sécurité. Je me revois petite fille, la main dans le pop-corn, un sourire ravi aux lèvres. Rien que d'en parler me donne envie de lécher mes doigts.

Journal de Mazie, le 1er mars 1918

J'ai rencontré une religieuse, aujourd'hui. Bonté divine, ma première nonne !

Ce n'était pas la première fois que je croisais une bonne sœur, bien sûr. Il y en a plein le quartier, de ces catholiques fermement décidées à sauver nos âmes en perdition. Paraît qu'on s'amuse trop sur Bowery Street ! Mais elles m'ont toujours fichu la paix. Je me demande pourquoi. J'étais peut-être trop bien vêtue : elles ne s'inquiétaient pas pour moi. Elles se font du souci maintenant que je suis assise derrière ma caisse à trimer du matin au soir. Une ouvrière comme les autres, voilà ce qu'elles se disent.

Bon, j'étais en train d'avaler une lampée de whisky, c'est vrai. Une petite lampée et une cigarette, où est le mal ? J'avais fini mon magazine, et le film suivant commençait que vingt minutes plus tard. Jeanie m'avait apporté mon déjeuner avant de partir à l'hippodrome. Les trottoirs grouillaient de monde, mais personne ne s'arrêtait pour me saluer. Les autos crachotaient sur le pavé, et ce satané métro me fracassait les tympans. Il ne me restait plus qu'à picoler en attendant la séance suivante.

Je venais de porter la flasque à mes lèvres quand elle a surgi devant moi, le visage pressé contre la vitre de ma cage, les mains crispées sur les barreaux. J'ai hurlé.

Elle : Réfléchissez avant de lever le coude.

J'ai repris mon souffle. Et j'ai vu rouge.

Moi : Je réfléchis très bien toute seule, merci.

J'ai sifflé ce qui restait au fond de la flasque. Elle a secoué la tête d'un air réprobateur comme tous ceux qui vous jugent au nom de Jésus. Une mèche de cheveux blonds s'échappait de sa cornette. J'ai cru voir pétiller ses yeux bleus, clairs comme du cristal. Pas de maquillage, rien que son visage nu pressé contre les barreaux. Elle n'était guère plus âgée que moi, et tout aussi petite. Pour le reste, impossible de deviner ce qu'elle cachait sous son habit – des courbes identiques aux miennes, peut-être. Bref, deux filles sur Park Row. Sauf que l'une d'elles dévoilait plus de peau que l'autre.

Moi : Je fais de mal à personne.

Elle : C'est à vous que vous faites du mal.

Moi : Bigre.

J'ai soufflé la fumée de ma cigarette dans sa direction. Elle a reculé d'un pas.

Moi : C'est quoi, votre petit nom ?

Elle : Sœur Ti.

Moi : « Ti » comme Tina ?

Elle : Non. Je m'appelle Teresa, mais vu qu'il y a dix autres Teresa à la paroisse, on a toutes des surnoms. Moi, c'est Ti, parce que je suis p'tite.

Je l'ai trouvée plus sympathique, après ça. C'est qu'une gamine, j'ai pensé. Moi aussi, j'imagine.

Elle : On n'est pas là pour parler de moi, mais de vous. Et de votre âme.

Moi : Je suis juive, ma sœur. Inutile de vous faire du mouron pour mon âme.

Elle : Tout le monde a droit au salut.

Moi : N'essayez pas de me sauver, sœur Ti. Vous ne sauriez même pas par où commencer.

Elle s'est mise à rire. Je la trouvais de plus en plus sympathique. J'aurais aimé la voir sans son habit, bien bichonnée, dans un club de la 2e Avenue. Avec un peu de rouge sur ses joues rondes, quelques marins et de la bonne musique, elle aurait enflammé la piste, c'est sûr. Et mûri d'un seul coup. Mais ça ne risquait pas de m'arriver, une soirée avec sœur Ti.

La file d'attente commençait à se former pour la séance suivante.

Moi : Allez donc trouver un autre poivrot à sauver. Faut que je me remette au boulot.

Elle : Tâchez de penser à ce que je vous ai dit.

Moi : Ouste.

J'ai fait un geste de la main pour l'inciter à déguerpir.

Elle s'est éloignée dans un bruissement. Elle me manquait déjà.

Moi : Revenez un de ces quatre. Et venez frapper au carreau.

Elle avait du cran, et ça me plaisait. Pour une religieuse, elle avait aussi du style. Elle semblait à la fois très jeune et très âgée, ce qui me plaisait tout autant. Je me suis dit qu'elle serait peut-être ma première amie sur Park Row. Oui, elle a beau me prendre pour une cause perdue, je suis prête à parier que nous serons amies.

Journal de Mazie, le 3 mai 1918

La fin de la guerre approche, tout le monde le dit, à la radio et dans les journaux. Moi, j'y croirai quand je le verrai. En attendant, tout le monde est content, ce qui est déjà bien. Il y a des défilés tous les deux jours. Plus il y en aura, mieux ce sera, voilà ce que les gens ont l'air de penser. Comme si les défilés pouvaient exaucer nos plus chers désirs ! Les soldats rentrent au bercail, en tout cas. Voilà des semaines que l'air bruisse de joie. J'entends des « hourra ! », mais ils semblent venir de loin. De l'autre côté des murs de ma cage.

Ici, pendant ce temps-là, je me coltine les sans-abri, les traîne-savates et les escrocs à la petite semaine. Sans oublier les types en costard qui cherchent un fauteuil où cuver le vin de la veille. Je me demande bien pourquoi ils ne rentrent pas chez eux, ceux-là. Je me pose encore la question. Au fond, je commence presque à les trouver drôles. Tous, sauf ceux qui traînent des mômes par la main. Pas les mères de famille qui amènent leurs gosses aux dessins animés : celles-là ne me font ni chaud ni froid. Je donne des bonbons aux petits, bien sûr. J'ai un bocal rempli de sucettes sur le comptoir. Les mères paient plein tarif et filent s'installer dans la salle. Non, ce qui me dérange, ce sont ceux qui viennent me réclamer de l'argent pour nourrir leurs gosses. J'arrive jamais à savoir s'ils sont sincères ou non.

Nance est de ceux-là. Elle rôde dans les parages depuis quelques semaines. J'avais déjà entendu parler d'elle à l'époque où j'avais du temps libre. J'étais au fait des derniers ragots à force de traîner dans les bars. Elle prétend qu'elle a des enfants, mais je ne les ai jamais vus. En tout cas, je la chasse de la file d'attente dès que je l'aperçois.

Filez, je lui dis. Laissez mes clients tranquilles. On travaille ici !

Elle fiche le camp. Je la vois longer Park Avenue, traverser pour rejoindre le King Kong Bar, jeter un œil dans la devanture, puis disparaître au coin de la rue. Elle n'est plus qu'une jupe dans le lointain. Trop âgée pour une enfant des rues, trop jolie pour une fille publique. Reste l'arnaque. C'est ça qui la fait vivre, sans doute.

Journal de Mazie, le 10 mai 1918

Depuis quelque temps, tout le monde se demande où est passée notre Jeanie. À quoi je réponds : dans les bras d'Ethan Fallow. Il est venu la chercher sur Grand Street hier soir. Il lui avait apporté un bouquet de roses thé, qu'elle a gardé sur ses genoux pendant une bonne heure, puis ils sont sortis faire un tour. Elle n'était pas encore rentrée quand je me suis mise au lit. C'est bien la première fois que j'allais me coucher avant elle !

C'est fou le temps que ça prend de se faire la cour. D'abord, tu attends que le type t'invite quelque part. Puis tu attends qu'il vienne te rendre visite. Après ça, tu attends qu'il s'extasie sur ta beauté. Puis tu attends qu'il tombe vraiment amoureux. Moi, je n'ai pas la patience d'attendre. Je veux tout, tout de suite. L'amour, comme le reste.

Jeanie passe aussi un temps fou à l'hippodrome. Elle y va sous n'importe quel prétexte, même quand elle n'a rien à y faire. Quand elle est en ville, elle traîne avec Bella Barker, qui est revenue s'installer dans le quartier. Même voix, mêmes yeux – des puits de tristesse. Seul le nom a changé : elle s'appelle Belle Baker maintenant. Quelle différence ? Barker ou Baker, c'est la même limonade.

Jeanie est libre comme l'air maintenant. Elle a mis Rosie et Louis dans sa poche. Elle les dupe à tous les coups. Elle reprend toutes mes ficelles et s'en sert à la perfection. Mais je ne suis pas jalouse. Je ne voudrais pas tenir la main d'Ethan Fallow pendant des heures. Ni hocher la tête chaque fois que Belle ouvre la bouche.

Seule sa liberté me fait envie.

J'en ai parlé à Rosie hier soir.

Moi : Jeanie fait tout ce qu'elle veut.

Rosie : Ce n'est pas Jeanie qui me pose problème dans cette maison.

Journal de Mazie, le 15 mai 1918

La petite Nance est revenue. Les derniers spectateurs de la journée venaient d'entrer dans la salle quand elle a surgi devant ma cage. Plus jeune que moi et déjà ratatinée. Le dos de sa robe partait en lambeaux, ses longs cheveux étaient emmêlés et une tache violette maculait son pardessus beige. Mais elle avait beau dire, je ne croyais pas à son baratin. Elle avait trop de rouge à lèvres pour une mendiante.

Nance : J'vous en prie, mamzelle, j'vous en prie. J'ai plus un sou et mes deux p'tits et moi, on n'a pas mangé depuis une semaine. Vous pourriez pas nous aider, mamzelle ? J'vous en supplie. Un cent, cinq cents, n'importe quoi, mais un p'tit quelque chose, mamzelle.

Impossible de la croire. Elle chantait plus qu'elle mendiait. Et son discours sentait le réchauffé : elle l'avait déjà servi à beaucoup d'autres avant moi.

Moi : Ouste, ma jolie ! Je sais très bien ce que vous feriez de mes fonds de tiroirs.

Nance : J'vous jure sur ma tête que c'est pour mes gosses.

Elle a plongé la main dans l'encolure de sa robe et sorti un médaillon rouillé accroché au bout d'une chaîne. Ses mains tremblaient tant qu'elle a mis un petit moment à l'ouvrir. Quand elle y est parvenue, elle l'a plaqué contre la vitre de ma cage. Il y avait une photo de chaque côté, un garçon et une fille. Deux bébés jaunis.

J'ai senti ma gorge se nouer. J'ai pensé que je n'arriverais plus à respirer si je n'allais pas aider ces gamins-là sur-le-champ. Je ne pouvais pas m'empêcher de songer à Rosie. À son désespoir. Aux mois qu'elle venait de passer sur le canapé.

J'avais un sachet rempli de chocolats sur le comptoir. Je l'ai fait glisser sous la vitre, elle s'en est emparée et elle a fourré ses doigts crasseux à l'intérieur. Tu peux le garder maintenant, j'ai pensé.

Moi : Où est leur père ?

Nance : Il est parti à la guerre et n'est jamais revenu.

Moi : Mes condoléances.

Elle : Pas de condoléances. Ce salaud m'a fait la surprise du siècle : il a rencontré une Française et il est resté là-bas.

J'étais désolée pour elle. C'est toujours plus facile de tourner la page quand rien ne vous rappelle celui qui est parti. Deux gosses dans un médaillon, ça n'aide pas, c'est sûr.

Elle : Il rêvait de décamper depuis un petit moment. Il m'a fait plonger dans la came avec lui, puis il s'est enrôlé dans l'armée pour y échapper. Il a tiré un trait sur moi par la même occasion. Et il m'a laissée avec les deux p'tits sur les bras. C'est drôle, non ? Il préférait aller se battre contre les Allemands plutôt que de passer une minute de plus avec moi.

Elle s'est léché les doigts.

— Bon Dieu que c'est bon ! a-t-elle murmuré.

Je l'ai regardée manger. Elle enfournait les chocolats dans sa bouche sans prendre le temps de respirer. Une vraie morfale. En fait, c'est qu'une gamine affamée, j'ai pensé.

Elle m'a demandé de l'argent. J'ai dit non.

Nance : Ils existent vraiment, je vous le jure !

Moi : Alors, montrez-les-moi. Je ferme ma caisse et je vous suis. C'est la dernière séance. Les spectateurs ne vont pas tarder à sortir.

Elle avait gobé tous les chocolats. Elle aurait pu s'enfuir. Elle est restée.

J'ai pris ce que j'avais à manger dans ma cage (un sachet de bonbons, un demi-sandwich) et je l'ai suivie jusque chez elle. La nuit était tombée. Il faisait noir comme dans un four. Nous n'avons pas parlé de ses problèmes : nous avons discuté de la ville. Des changements qui sont intervenus récemment. À commencer par les automobiles, de plus en plus nombreuses. Nous avons discuté du bruit qu'elles font. De la saleté. Nance était d'accord avec moi : c'est incroyable, ce que la ville est sale ! Comme moi, elle aime la pluie parce qu'elle lave les rues. New York étincelle toujours après une averse.

— Ce que je donnerais pas pour que la pluie me fasse étinceler, moi aussi ! s'est-elle exclamée.

Nous avons longé Mulberry Street et tourné dans une impasse jonchée de détritus, que nous avons enjambés en soulevant nos jupes. Nance s'est arrêtée devant une porte en métal, aux coins ornés de boutons en cuivre. Panneau central peint en rouge, grosse serrure rouillée. Nance a tiré une clé de l'encolure de sa robe. C'est là qu'elle met toutes ses possessions, j'imagine.

— C'est maman, a-t-elle dit.

Elle a ouvert la porte, mais elle est restée plantée sur le seuil, comme si elle avait peur d'entrer. J'ai fini par avoir peur, moi aussi.

Le silence a duré, duré, puis des braillements et des hurlements ont déchiré l'obscurité. Je me suis bouché les oreilles.

— Ça suffit, maintenant, a bougonné Nance.

Elle s'est dirigée vers la seule bougie allumée. L'air empestait la pisse. Je me suis forcée à respirer par la bouche. Quand mes yeux se sont accoutumés à la pénombre, j'ai vu d'où venaient les cris. Un gamin s'est dressé devant nous. Très blond, la peau blême dans le noir.

Lui : Tu nous as laissés toute la journée.

Nance : Et alors ? J'étais partie vous chercher à manger !

Elle a attiré la petite vers elle et les a serrés dans ses bras. Puis elle a dit : Cette gentille dame vous a apporté des bonbons.

J'ai ouvert mon sac pour sortir les friandises. Je voyais mieux la gamine, à présent. Frêle, les cheveux bouclés. Une brindille. Elle a cessé de pleurer en avalant son premier chocolat. La flamme de la bougie éclairait à peine leurs visages, mais j'ai remarqué qu'ils mangeaient comme leur mère, avec l'avidité du désespoir. On aurait dit des chiens affamés, de la bave plein les babines.

Je n'avais qu'une envie : les enlever et les amener à Rosie. Elle les aurait tant aimés ! Et si bien nourris !

On est ressorties dans l'impasse pour partager une cigarette, Nance et moi.

J'ai dit : Ils ne peuvent pas manger que des bonbons jusqu'à la fin des temps.

Elle ne m'écoutait pas, trop occupée à dévorer ma sèche des yeux. Elle en voulait une pour elle toute seule.

J'ai dit que je leur apporterai à manger le lendemain, et je lui ai demandé ce qu'elle comptait faire après ça. Puis je lui ai donné une cigarette, qu'elle a prise sans un merci.

Moi : Je ne serai pas toujours là pour vous aider.

Nance : Pourquoi pas ? Allez, mamzelle Mazie, soyez gentille !

Elle m'a caressé le bras, un sourire somnolent sur ses lèvres bien rouges.

Elle : Vous aimez prendre du bon temps, ça se voit. Tout le quartier sait que Mazie Phillips aime s'offrir du bon temps.

J'ai écarté sa main de mon bras, puis je l'ai prise par le col et je l'ai plaquée contre le mur. Je lui aurais volontiers mis mon poing dans la figure, mais j'ai songé aux gamins et je me suis retenue.

Moi : Tu ferais mieux de penser un peu plus à tes gosses ou tu finiras dans le caniveau, comme ce tas de merde au fond de l'impasse ! Et tes gamins avec.

Elle s'est mise à pleurer.

— Pardon, mamzelle Mazie. Je ne sais pas faire autrement, mais j'suis pas une vilaine fille, je vous le jure.

Je m'en suis voulu. Je n'aurais pas dû m'emporter. Nous ne sommes pas si différentes que ça, elle et moi. Tout comme sœur Ti n'est pas très différente de nous. Tu prends un ou deux virages. Tu manques d'amour. Et tu te fiches en l'air.

Moi : C'est pareil pour moi. Je ne suis pas une vilaine fille.

Elle : J'arrive pas à décrocher, c'est tout. Et ça me pousse à bout.

Moi : Cesse de tout ramener à toi. Pense à eux.

J'ai promis de leur apporter à manger le lendemain matin et je suis partie. Quel endroit infect ! Il était plus de minuit quand je suis arrivée à la maison. Rosie m'attendait dans la cuisine, bras croisés devant une tasse de thé. Elle avait l'air fumasse. Elle m'a observée en plissant les yeux. C'était pas joli à voir. Louis était vautré dans son fauteuil, les mains croisées derrière la tête. Il attendait l'explosion d'un air résigné.

Sauf que j'avais une bonne raison, cette fois ! Ils ne pouvaient pas m'en vouloir d'être rentrée tard. Je me demandais déjà comment aider ces gens. J'étais à la fois triste et pleine d'énergie.

Alors je leur ai parlé de Nance et de ses deux gamins, enfermés toute la journée dans une pièce sombre, avec une seule bougie pour s'éclairer. Je leur ai demandé ce que nous pouvions faire. Louis, qui avait tant de relations, connaissait forcément une personne susceptible de les aider ! Je les regardais tour à tour. J'étais persuadée qu'ils allaient me féliciter. Qu'ils me diraient que j'avais bien agi, pour une fois.

Rosie s'est levée.

Elle a dit : Il est hors de question que je me mêle de cette affaire.

Elle était calme et glaciale. Elle a pris sa tasse de thé et elle est sortie.

Louis m'a regardée en secouant la tête.

Il a dit : Pourquoi viens-tu nous raconter ça ? Je ne te comprends pas.

Sa voix n'était qu'un murmure.

— Après tout ce que nous avons traversé ! a-t-il continué. Après ce qu'elle a enduré, tu viens lui jeter cette histoire à la figure ?

Il est sorti à son tour. J'étais pétrifiée. Je pleure encore en écrivant ces lignes. Assise près de la bougie, pendant que Louis et Rosie chuchotent dans la pièce voisine. Ils me voient comme une fille odieuse, à présent. Égoïste et cruelle. Alors que je veux rendre service, au contraire !

Tant pis. Moi, je ne changerai pas d'avis. J'aiderai ces enfants, quoi qu'ils en disent.

Lydia Wallach

L'aura dont Mazie a toujours bénéficié dans ma famille est en partie due à son immense générosité, non seulement au sein de sa communauté – j'ai cru comprendre qu'elle se montrait exceptionnellement charitable –, mais surtout en faveur de mon arrière-grand-mère, puis de mes oncles, après la mort de Rudy. Cette générosité a contribué à en faire une figure « légendaire ». [Elle mime les guillemets des deux doigts de chaque main.] Et encore, le terme me paraît faible : d'après ma mère, mon arrière-grand-mère avait carrément dressé un autel en son honneur dans le salon ! Et le mur était couvert de photos qui la montraient en compagnie de Rudy. Il n'en reste aucune, malheureusement. Ou s'il en reste, je ne sais pas où elles sont. Les membres de ma famille ont beaucoup déménagé. Les appartements se sont succédé au fil des générations et beaucoup de choses ont été perdues. Je sais que vous cherchez des photos de Mazie. Je suis désolée de ne pas pouvoir vous en donner, c'est tout ce que je peux dire.

Je crois que ma mère adorait entendre parler de Mazie et de Rudy quand elle était petite. Elle aimait beaucoup ses oncles, qui formaient avec ses parents et elle un cercle familial assez restreint. Alors que mes arrière-grands-parents s'étaient efforcés de bâtir un univers autour d'eux en faisant beaucoup d'enfants, aucun de leurs fils, hormis mon grand-père, n'a suivi leur exemple. Et encore ! Mon grand-père n'a eu qu'un enfant, ma mère qui, à son tour, n'a eu que moi. Si bien que leur rêve de peupler la Terre de petits Wallach a échoué – d'autant plus que je n'ai pas l'intention d'assurer ma propre descendance. Un, parce qu'il y a déjà trop de monde sur cette planète. Et deux, parce que les enfants, ça prend un temps fou. Il faut vraiment en avoir envie, ce qui n'est pas mon cas.

J'ai brisé le cœur de ma mère en lui annonçant que je ne souhaitais pas avoir d'enfants. Pour être honnête, elle avait le cœur qui se brisait facilement. Parce qu'elle avait une âme magnifique. Vraiment magnifique. Je l'attribue au fait qu'elle avait été une enfant choyée, par ses oncles en particulier. J'ai toujours pensé que les petites filles qui grandissent entourées d'hommes aimants, susceptibles de leur donner une bonne image d'elles-mêmes, s'épanouissent plus que les autres. Je n'ai pas bénéficié de la même attention. Je n'avais que mon père. Or il a toujours plus aimé ma mère que moi. Jusqu'au moment où il a cessé de l'aimer.

En fait, je crois que j'ai toujours été fascinée par Mazie, moi aussi. Notamment parce qu'elle a emprunté des chemins de traverse. Le mariage et les enfants, ce n'était pas son truc. C'est ça qui la rendait extraordinaire à mes yeux. Le seul fait de savoir qu'il existe d'autres manières de vivre, d'autres chemins possibles, même si vous ne les choisissez pas pour vous-même, ça compte, non ?

Journal de Mazie, le 16 mai 1918

Jeanie m'a remplacée à la caisse du cinéma aujourd'hui.

Je lui ai dit : Inutile d'en parler à Rosie.

Elle a répondu : Ça ne me viendrait même pas à l'esprit.

C'était gentiment formulé. Je veillerai à lui rendre la pareille un de ces jours. Entre sœurs, on sait distinguer un cadeau d'un simple service.

Puis je suis allée faire des courses sur Hester Street pour Nance et ses enfants. J'ai acheté une miche de pain, un pot de confiture de fraises, un grand sac de pommes roses et bien croquantes, et une poignée de carottes terreuses qui avaient encore leurs fanes. J'aurais voulu leur offrir le monde entier. J'ai aussi pris des chocolats, du beurre, du lait. J'ai veillé à choisir des denrées qui ne se gâteraient pas trop vite. Qu'ils n'auraient pas besoin de faire cuire. Ils pourraient se contenter de les jeter dans leurs gosiers affamés. Histoire de recouvrer la santé. En leur apportant à manger, je ne désirais rien d'autre.

La porte était entrouverte quand je suis arrivée. Je l'ai poussée pour laisser entrer les rayons du soleil. La pièce n'abrite ni poêle ni cheminée ni glacière ni évier. Rien pour se laver. Ce n'est qu'une boîte, et dans cette boîte vit cette petite famille triste.

Les gamins se sont rués vers moi en criant Mazie, Mazie, Mazie. Dites-lui bonjour, a dit Nance. Elle était recroquevillée dans un coin, genoux repliés sous le menton, une cigarette à la main. De l'autre, elle protégeait ses yeux de la lumière. Agrippée à ma taille, la fillette a posé sa joue au creux de mes reins. On aurait dit une plume. Son frère s'est emparé du pain que je tenais à la main. Il a voulu le couper en deux, mais ses doigts étaient trop petits et il manquait de forces. Je le lui ai repris, j'en ai coupé un morceau que je lui ai donné, avant de servir sa sœur. Ils se sont mis à manger. Plus rien ne comptait pour eux. J'ai remarqué qu'ils avaient tous deux les yeux rouges et larmoyants, bordés de croûtes. J'en ai pleuré sur le moment, et je continue de pleurer.

Je me suis aperçue que je ne connaissais même pas leurs prénoms.

— Comment s'appellent-ils ? j'ai demandé à Nance.

— Rufus et Marie.

Je leur ai donné la bouteille de lait que j'avais dans mon sac. Le petit a laissé la fillette boire en premier. Elle a bu trop vite et fait couler du lait sur le devant de sa robe, puis elle s'est mise à vomir. Elle a rendu tout ce qu'elle venait d'avaler. Nance n'a pas bougé. Ça m'a fichue en rogne. J'ai sorti un mouchoir de mon sac pour nettoyer les dégâts. La petite pleurait. Ça va aller, je lui disais. Oui, ça va aller, répétait le petit après moi. Ensuite, je lui ai conseillé de manger plus lentement, ce qu'elle a fait.

J'ai décidé de continuer à les nourrir. Et après ? On verra bien. Avant de partir, je leur ai donné une poignée de sucettes, une boîte de crayons de couleurs et du papier blanc.

— Je reviendrai demain, ai-je dit à Nance.

— Et moi ?

— Pardon ?

— J'ai pas droit à une sucette, moi ? Vous me donnez rien ?

On aurait dit une gamine, elle aussi.

Je lui ai lancé une sucette et je suis sortie.

Journal de Mazie, le 17 mai 1918

Ils étaient en train de dessiner allongés par terre quand je suis arrivée. Marie avait tracé un cercle entouré de rayons en forme de tire-bouchons.

— Qu'est-ce que c'est ? j'ai murmuré.

— C'est le soleil. Dehors.

J'ai demandé à Rufus ce qu'il était en train de dessiner.

— Une forêt de sucettes.

Si je pouvais, je les emmènerais chez moi. Tout de suite.

Journal de Mazie, le 18 mai 1918

Je n'avais pas beaucoup de temps à leur consacrer aujourd'hui avant d'aller travailler. Je suis arrivée en pensant que tout irait mieux, que Nance aurait guéri comme par magie. C'était idiot de ma part. Personne ne guérit en une nuit.

La porte était fermée et j'ai tapé un moment avant que Nance vienne ouvrir. La pièce sentait le vomi. Elle a rampé jusqu'à ses couvertures, entassées dans un coin. Les enfants étaient blottis là-dessous, eux aussi.

J'ai demandé ce que je pouvais faire. J'étais prête à appeler un médecin.

Nance : Ces types-là peuvent rien pour moi quand j'suis dans cet état. Ça va durer un petit moment, puis ça passera.

Moi : Je devrais peut-être les emmener à la maison. Pour qu'ils soient en sécurité.

Elle : Ça vous botterait, pas vrai ? Vous voulez me les prendre, hein ?

Moi : Je veux seulement vous faciliter la vie. Ça fait trois jours que je viens vous aider, ma petite dame. Vous ne voulez pas de mon aide ? Tant pis. Mais vous avez des gamins et vous feriez mieux de vous en occuper. Ils n'ont rien fait de mal, eux ! Ils méritent mieux que ça. Bien mieux que ça !

Je me suis peut-être mise à hurler. Peut-être.

Moi : C'est vous qui m'avez demandé de l'aide, non ?

Elle : Maintenant, j'en veux plus, de votre aide.

Elle cherchait à se lever. Ses jambes tremblaient, mais elle a fini par y arriver.

Elle : Vous avez pas à venir chez moi me dire ce que je dois faire. J'ai pas besoin de vous pour aimer mes gamins.

Moi : J'ai jamais dit que vous ne les aimiez pas.

J'essayais de l'amadouer. Je ne voulais pas qu'elle me jette dehors.

Elle : N'allez pas croire que j'sais pas ce que vous pensez de moi. J'ai tout compris, au contraire !

Marie s'est mise à pleurer. Rufus aussi.

Moi : Vous n'êtes pas dans votre état normal. Vous n'arrivez plus à réfléchir. Je suis venue vous aider, c'est tout.

Nance a serré les petits contre elle. Je ne l'avais encore jamais vue les serrer aussi fort.

Elle : Dites au revoir à mamzelle Mazie. À sainte Mazie, plutôt. Elle se croit meilleure que nous autres.

Moi : Je reviendrai demain. Avec du lait.

Elle : On n'en veut pas.

Moi : Je viendrai quand même.

Elle : Qu'est-ce que ça peut me fiche ? J'vous ouvrirai pas si j'en ai pas envie.

Je me suis promis de l'étrangler de mes propres mains si elle s'en prenait à ses gamins.

Journal de Mazie, le 19 mai 1918

Je suis allée chez Nance tôt ce matin. Il n'y avait personne dans l'impasse. Rien que des chats sauvages et des rats occupés à s'écharper. La porte était fermée. J'ai collé mon oreille au battant. La ville était encore calme. J'ai entendu Marie pleurer à l'intérieur. J'avais apporté du lait et des bonbons.

J'ai tapé du poing contre la porte. Je laisse le lait dehors, j'ai crié. Vous n'êtes pas obligée de me parler. Venez juste prendre le lait.

J'ai posé la bouteille sur le trottoir, puis je suis allée me cacher au coin de la rue. Je voulais voir si Nance ouvrirait la porte. J'ai attendu. Rien. Au bout d'un moment, deux énormes chats sales et tigrés ont renversé la bouteille. D'autres les ont rejoints, et ils ont tout lapé. Nance n'est pas venue.

Après ça, je suis allée m'installer dans ma cage. Et j'ai essayé de me renseigner. C'est tout ce que je pouvais faire, coincée là-dedans. J'ai discuté avec Walters, un des flics du secteur. Il aime bien s'arrêter pendant sa tournée pour boire un coup avec moi et flirter un peu. C'est un vieux de la vieille. Cheveux gris et grosse bedaine. Il m'écraserait si je le laissais m'enlacer. Mais il me fait rire et il a une belle bouche bien charnue, alors je finis toujours par lui passer ma flasque. Il voudrait que je l'appelle Mack, mais je ne peux pas m'y résoudre.

Je lui ai demandé s'il avait entendu parler de Nance.

— Nance ? Oh que oui !

Je lui ai raconté ce que j'avais vu. Il a secoué la tête.

— Je suis désolé, Mazie. Si elle refuse de vous ouvrir, vous ne pouvez rien faire. C'est son droit.

Moi : Ses gamins passent leurs journées dans le noir ! Et elle ne leur donne pas assez à manger. Vous ne pouvez vraiment pas aller frapper à sa porte ?

Il avait plus bu que moi, je m'en rendais bien compte.

Lui : Nous savons comment traiter ce genre de cas. C'est notre boulot, pas le vôtre.

Moi : Ah oui ? Eh bien moi, je sais comment traiter les types dans votre genre.

Je lui ai arraché la flasque des mains. Et j'ai crié : Ouste, monsieur l'agent ! Fichez le camp. Je trouverai quelqu'un d'autre pour m'aider. À quoi servent nos impôts, je vous le demande ?

J'ai crié et crié, mais il est parti sans une once de culpabilité. Il se dandinait dans son uniforme, comme tous ses semblables. Un de plus, un de moins, ça ne changeait rien pour moi.

J'ai passé la journée à demander leur avis à ceux qui s'arrêtaient devant ma cage. Ils m'ont tous répondu la même chose : c'est sa porte. J'avais beau leur parler des petits, ils secouaient la tête. Continue de frapper à la porte, qu'ils me disaient. C'est tout ce que tu peux faire.

Une forte tête, voilà ce qu'il me faut. Quelqu'un qui accepte d'aller à l'encontre des règles établies.

Journal de Mazie, le 20 mai 1918

Sœur Ti ! C'est sœur Ti qu'il me faut.

Journal de Mazie, le 21 mai 1918

J'ai passé la soirée d'hier à chercher Ti. Au bout d'un moment, j'ai aperçu une des Teresa. Sœur Terry, c'est son nom. Elle est plus âgée que Ti, et dotée d'une moustache grise. J'imagine que le fait d'être mariées à Jésus leur ôte tout souci d'élégance. Elles ne doivent pas se regarder souvent dans le miroir, c'est sûr. Bref, j'ai appelé sœur Terry et je lui ai promis de la faire entrer gratis au Venice pendant une semaine si elle allait me chercher sœur Ti. Elle m'a répondu que je n'avais pas besoin de l'acheter, parce que le salut est au coin de la rue et qu'il ne coûte rien à personne. Puis elle est partie en courant. Son habit se soulevait comme une vague à chacun de ses pas. Dix minutes plus tard, sœur Ti s'est pointée devant ma cage. De longues mèches blondes s'échappaient de sa cornette. Quand je l'ai vue, j'ai compris qu'elle m'avait manqué. Je crois qu'elle ressentait la même chose. En tout cas, elle souriait comme si elle me connaissait bien. C'est peut-être déjà le cas.

J'ai dit : Je sais que je me noie dans le péché et tout le toutim. Mais si vous acceptiez de me donner un coup de main, ce ne serait pas de refus.

Elle a répondu : Dieu nous aime tous autant que nous sommes.

Je lui ai tout raconté en terminant par ma dernière virée dans l'impasse, quand j'ai trouvé porte close. Je lui ai expliqué que Nance ne me faisait plus confiance et ne me laisserait peut-être plus entrer chez elle. Sœur Ti m'écoutait en regardant droit devant, le visage fermé. J'ai ajouté que je n'arrêtais pas de me demander ce qui pouvait bien se passer là-dedans. Derrière cette grosse porte rouge fermée à double tour. Alors sœur Ti a laissé échapper un cri étrange, presque douloureux. J'ai posé la main sur la sienne.

— Vous ne vous sentez pas bien ? j'ai demandé.

— Ce sont mes dents. Avant, elles grinçaient pendant la nuit, sans que je m'en rende compte, mais ces temps-ci, ça m'arrive aussi pendant la journée. Quand tout va mal. Quand on me raconte une histoire triste. Une histoire pleine d'impiété.

— Une histoire injuste.

— Une histoire pleine d'infortune.

— Une histoire inhumaine.

Ses yeux brillaient d'exaltation. L'air qui circulait entre nous semblait différent, chargé de promesses.

Elle a dit : Il faut sauver ces enfants.

Elle m'a promis qu'elle reviendrait demain pour me donner des nouvelles.

Journal de Mazie, le 22 mai 1918

Rien. Pas le moindre signe.

Je n'en peux plus d'attendre, coincée dans cette cage. Je vais devenir dingue, si ça continue. Ou mourir d'angoisse.

Après dîner, Rosie a taquiné Jeanie à propos d'Ethan. Jeanie n'a même pas rougi.

Quand fera-t-il enfin sa demande, s'il la fait un jour ? Des fiançailles. Rosie serait folle de joie. Si Jeanie se mariait, elle n'aurait plus qu'une seule raison de se faire du mouron : moi.

Journal de Mazie, le 23 mai 1918

Il a fait chaud aujourd'hui, très chaud. Le printemps s'est enfui sans que j'aie eu le temps de l'apprécier. J'ai envoyé l'un des ouvreurs me chercher une bière de l'autre côté de la rue, puis une autre, puis encore une autre avant la fermeture du bar, et j'ai accepté celle que l'agent Walters a tenu à m'offrir quand j'ai fermé ma caisse. Je l'ai emportée avec moi et je la bois maintenant, assise près de la fenêtre ouverte. Une bande de pigeons roucoule sur le toit d'en face. La lune est presque pleine. Ce soir, je m'offre une bonne cuite. Que faire d'autre ? Toujours aucune nouvelle de sœur Ti. Cette attente me rend dingue.

Journal de Mazie, le 24 mai 1918

Louis a gagné le gros lot aux courses. Il nous a offert de nouveaux sacs, un pour chacune. Le mien est rose avec un fermoir orné de pierreries. Il est ravissant, mais je m'en fiche parce que je n'ai toujours pas de nouvelles.

Journal de Mazie, le 25 mai 1918

Sœur Ti est venue, mais les nouvelles ne sont pas bonnes. Je pleure comme une madeleine depuis sa visite.

Ti et les autres Teresa se sont relayées nuit et jour pour faire le guet dans l'impasse. Par deux fois, elles ont même fait appel à d'autres religieuses, qui sont venues du nord de Manhattan pour les aider. Le 22 et le 23 mai, la porte rouge est restée fermée. Elles ont frappé et patienté. Patienté et frappé. Elles étaient toutes coincées là, dans cette impasse infestée de rats, à attendre que cette camée vienne leur ouvrir. Quand je pense que c'est moi qui les ai envoyées là-bas ! J'étais rouge de honte. Je me suis excusée auprès de sœur Ti, mais elle n'a rien voulu entendre : d'après elle, il faisait si beau qu'elles n'ont pas vu le temps passer. Le troisième jour, la porte s'est ouverte.

Sœur Ti : Elle couinait et grinçait sur ses gonds comme un démon tiré du sommeil.

Nance est apparue sur le seuil. Elle clignait des yeux, éblouie par la lumière du soleil. Elle chancelait. On aurait dit qu'elle se relevait d'entre les morts, m'a dit sœur Ti. Puis elle l'a imitée : elle s'est balancée lentement, tête baissée, bras le long du corps.

Les religieuses sont sorties en courant de leur cachette et se sont ruées à l'intérieur.

Tout était sale et puant.

J'ai demandé à sœur Ti si les enfants étaient morts.

Elle : Pas morts, mais pas très vivants non plus. La plus jeune est très chétive. Les médecins ne sont pas sûrs de parvenir à la sauver.

Je n'ai pas vraiment écouté la suite – Ti parlait de malnutrition, d'hématomes et de sang infecté. J'étais trop en colère pour lui prêter attention. Maintenant, je sais ce que voir rouge veut dire. Je sentais brûler en moi les flammes de l'enfer. La rage m'aveuglait. J'ai frappé du poing sur le comptoir : même pas mal. Sœur Ti a reculé d'un pas. Je lui avais fait peur. Je m'en voulais, mais je n'arrivais pas à me calmer.

Sœur Ti : J'aurais dû venir plus tôt, Mazie. Je suis désolée. Nous nous sommes retirées pour prier.

Moi : Où est Nance ? Je vais la tuer.

Elle : Soyez plus indulgente. Cette femme est malade. Nous l'avons transportée à l'hôpital, dans le service des héroïnomanes. Ses deux enfants sont dans le même bâtiment, à un étage différent. La fillette se meurt, le gamin lutte pour survivre.

J'ai fondu en larmes. Les bébés à demi effacés du médaillon de Nance s'effacent pour de bon.

Moi : Que puis-je faire ?

Elle : La même chose que nous. Prier.

Je me suis gardée de lui dire que la prière et moi, ça fait deux. Je vais tenter le coup, de toute façon. Tiens, j'en écris une maintenant, de prière : Faites qu'ils aillent mieux, je vous en supplie !

Journal de Mazie, le 29 mai 1918

La petite Marie est morte. D'après sœur Ti, Nance ira en prison dès qu'elle aura la force de se lever. Les infirmières ne veulent même pas la regarder. Elles la jetteraient à la rue si elles pouvaient. Je ferais pareil, moi aussi.

J'ai passé la journée à pleurer derrière ma caisse.

Lydia Wallach

Les cartons sont entassés dans la chambre d'amis. Honnêtement, je n'ai pas le courage d'aller fouiller là-dedans. Il faudrait que je les ouvre un par un. Et même si je trouvais rapidement ce que vous cherchez, je ne pourrais pas en rester là : une fois que j'aurais commencé, il faudrait que je range tout. Ce serait un boulot énorme, et je n'ai pas le temps de m'y attaquer. Pas d'espace non plus – pas d'espace mental, je veux dire. C'était déjà beaucoup de venir jusqu'ici pour vous rencontrer. Ne vous méprenez pas : je suis contente de l'avoir fait. Je ne cherche pas à vous culpabiliser, pas du tout ! C'est une fatigue supplémentaire, voilà tout. Le trajet de chez moi jusqu'au centre-ville. En plus de celui que je fais pour aller bosser chaque matin, puis pour revenir à la maison après ma journée de travail. Ce train-train me prend toutes mes forces. Alors quand je pense aux cartons, ça me paraît insurmontable. J'en aurais pour plusieurs jours ! Et il faudrait que je trouve une place pour chaque objet, chaque document. Je ne suis pas prête à prendre ce genre de décision. C'est pour ça que je ne peux pas vous aider. À cause des cartons.

Je sais que ce n'est pas la réponse que vous attendiez. Honnêtement, je ne pense pas que ces cartons contiennent grand-chose. De toute ma vie, je n'ai vu qu'une seule photo d'elle. J'en garde un souvenir très vague. Et je n'ai pas revu cette photo depuis des dizaines d'années.

Je suis vraiment désolée. J'aimerais vous aider, mais pour le moment, c'est au-dessus de mes forces. Je viens de divorcer. Et j'ai emménagé dans une grande maison à Westchester. Je n'ai pas été mariée longtemps – vous seriez choquée de savoir à quel point cette union fut brève ! La mère de mon mari est morte l'année dernière, la mienne aussi. Puis un de nos amis est tombé très malade, un cancer du pancréas. On lui a donné trois mois à vivre, et trois mois plus tard, il n'était plus là. Après ça, on s'est regardés, mon mari et moi, et on a compris que c'était fini. On aurait dû se soutenir mutuellement pour surmonter ces épreuves, mais on n'y arrivait pas. Nous étions chacun dans un coin de la pièce, et la distance à franchir nous semblait infinie. Impossible de nous rejoindre. C'était une sensation très concrète. Il y avait tant de fantômes entre nous… La plupart des gens croient que les fantômes sont impalpables. C'est faux. Vous n'imaginez pas la place qu'ils prennent dans une pièce !

Vous n'avez pas à savoir tout cela, bien sûr. D'ailleurs, vous ne m'avez posé aucune question. Mais c'est la seule explication que je peux vous donner. J'ai mis les cartons de ma mère dans la chambre d'amis. Si mon mari avait été là, c'est lui qui aurait tout rangé. Je suis capable de le faire, je suis même assez ordonnée, mais en ce moment, je n'ai pas le courage de trier les affaires de maman. C'est une épreuve de plus. Après toutes celles que j'ai déjà endurées au cours des derniers mois. En attendant, je les laisse là, dans la chambre d'amis. Je l'appelle comme ça mais, au final, ce sera peut-être un bureau. Honnêtement, il y a tellement de pièces dans cette maison ! Elle est bien trop grande pour moi. C'en est presque grotesque. Mais quand j'ai vu la terrasse à l'arrière, je n'ai pas pu refuser. Je m'installe là le matin, je bois mon café en écoutant les oiseaux et le petit ruisseau qui coule au fond du jardin. Je crois que c'est ce dont j'ai toujours rêvé. Oui, j'en avais vraiment envie, mais maintenant que j'ai obtenu tout ça – la terrasse, les oiseaux, etc. –, je m'aperçois que ça n'a pas de sens pour moi toute seule.

Journal de Mazie, le 15 juin 1918

Sœur Ti a perdu Rufus. Elle pensait qu'il avait été envoyé dans un orphelinat au nord de Manhattan, mais quand elle y est allée, on lui a dit qu'il n'y avait jamais mis les pieds. Elle espère le trouver dans un autre établissement – elle en visitera trois demain. D'après elle, il ne sert à rien de téléphoner : il faut se rendre sur place pour en avoir le cœur net. J'ai proposé de l'accompagner, mais elle pense qu'elle sera plus efficace sans moi. Elle a l'habitude.

Ce qui est sûr, c'est que le gamin est sorti de l'hôpital. Donc, il va mieux. C'est déjà ça. Mais où est-il passé ?

Lydia Wallach

J'étais petite quand j'ai vu cette photo. J'imagine à quel point ce doit être frustrant pour vous de ne pas avoir la moindre preuve photographique de son existence. Sincèrement, je comprends très bien ce que vous ressentez. Moi-même, je passe mes journées à accumuler des données et des preuves. C'est le cœur de mon activité professionnelle. En l'occurrence, mes souvenirs ne vous aideront pas beaucoup, parce que je n'ai vu cette image qu'une fois, pendant un laps de temps très court. Bon... Laissez-moi réfléchir. Ce dont je me souviens avec certitude, mais ça ne vous servira peut-être à rien, c'est de la couleur de ses cheveux. J'avais souvent entendu dire que son casque blond n'avait rien de naturel. Que c'était une fausse blonde au look tapageur. C'était même censé être son signe distinctif. Or, la fille que j'ai vue sur la photo était brune. Jeune et brune. Elle se dressait devant le guichet du cinéma – celui du Venice, j'imagine – en compagnie de mon arrière-grand-père. Ils se tenaient tous deux au garde-à-vous, comme des soldats. Et... Ah oui ! Elle portait une croix autour du cou. C'est le souvenir que j'en ai gardé, en tout cas. Mais ça me paraît peu vraisemblable. Parce qu'elle était juive.

Journal de Mazie, le 3 juillet 1918

Je pensais que si j'attendais d'avoir de bonnes nouvelles à raconter, ces bonnes nouvelles finiraient par arriver. Mais je n'ai rien de réjouissant à raconter. J'ai passé deux semaines à boire de la bière glacée du matin au soir, les yeux rivés sur la chaussée dans l'espoir de voir arriver sœur Ti. Elle s'était volatilisée. Je ne l'ai revue qu'aujourd'hui.

Elle a dit : Nous l'avons perdu.

J'ai poussé un cri.

Elle : Non, non, non ! Il n'est pas mort. Il s'est perdu dans le système. Il peut être n'importe où.

Après ça, elle m'a promis de continuer à le chercher. On peut encore le trouver, a-t-elle affirmé.

J'y comptais pas trop. J'étais en nage. Pas question de fondre en larmes. Je m'étais promis de ne pas pleurer.

Alors j'ai tout retenu. J'ai pas pleuré. J'ai l'impression que je ne pleurerai jamais plus.

Ti a glissé sa main dans le kiosque.

— Je vous ai apporté quelque chose.

J'ai tendu la main. Elle a ouvert la sienne et laissé tomber un collier de perles bleu pâle dans ma paume. J'ai tout de suite vu la croix. C'était un rosaire.

J'ai secoué la tête.

— Je vous avais pourtant demandé de me rayer de la liste. Je ne suis pas une âme à sauver.

Elle : Ce n'est pas le salut de votre âme qui m'inquiète, c'est votre état d'esprit. Je vous trouve triste. Prenez-le. Et dites-vous que c'est juste un bel objet auquel vous raccrocher quand les choses vont mal. Il m'arrive de le penser, moi aussi. De n'y voir qu'un joli collier. Mais je vous en prie, Mazie, n'en dites rien à personne.

Je lui ai promis de garder le secret, et je tiendrai parole. J'ai ajouté que je la considérais maintenant comme une amie, et que nous pouvions nous tutoyer. Elle a hoché la tête.

Et elle a dit : Tu es mon amie, toi aussi.

C'est vrai que le rosaire est un bel objet auquel se raccrocher. Ti a raison. Je l'ai laissé dans la cage en partant. Je m'y sens presque chez moi ces jours-ci. Je ne pensais pas que ce serait possible. Je ne pensais pas y rester si longtemps. Mais j'y suis maintenant. Et j'y reste.

3

Extrait de l'autobiographie inédite de Mazie Phillips-Gordon

Une bonne partie des clochards du quartier le sont devenus à la suite d'une peine de cœur. Une fois dans la rue, ils ont vite fait d'oublier ce qu'amour veut dire. Ils n'ont plus d'yeux que pour leur bouteille. S'ils s'accouplent, c'est pour une nuit ou deux, guère plus. C'est une bonne manière de se tenir chaud – à supposer qu'ils aient besoin de se réchauffer. Pour le reste, ils rechignent à partager. Leur bouteille, en particulier. Or aimer, c'est partager. Voilà pourquoi les sans-abri préfèrent tenir ce sentiment à distance. Ils le trouvent joli à regarder chez les autres, mais n'en veulent pas pour eux. Ils s'imaginent qu'il vaut mieux, dans la triste vie qui est la leur, se contenter de ressasser leurs souvenirs amoureux – et ils ont peut-être raison.

Journal de Mazie, le 12 juillet 1918

Rosie a reçu des nouvelles de Boston. Notre mère est malade. Je ne l'ai pas revue depuis que Rosie nous a emmenées, Jeanie et moi. Elle n'est jamais venue nous rendre visite à New York. De toute façon, même si elle l'avait voulu, je suis certaine qu'il ne l'aurait pas laissée faire. Nous n'étions pas fâchées quand nous sommes parties : nous étions terrorisées.

Rosie a décidé d'aller à Boston voir de quoi il retourne. On ne sait même pas ce qu'elle a exactement. Est-ce grave ? De quoi souffre-t-elle ? Aucune idée. Il s'est contenté d'envoyer un télégramme à Rosie pour lui annoncer qu'elle n'allait pas bien.

Du coup, Louis et Rosie ont passé la matinée à se chamailler à propos de ce voyage. Louis ne veut pas qu'elle y aille seule.

Lui : As-tu oublié la manière dont il t'a traitée la dernière fois qu'il t'a vue ?

Elle : Et toi, as-tu oublié que tu as des affaires urgentes à traiter ici ?

Lui : Je pourrais demander à un gars de t'accompagner.

Elle : Quel gars ?

Je me posais exactement la même question. Depuis quand Louis a-t-il des hommes à sa disposition, prêts à partir en voyage pour ses beaux yeux ?

Moi : Je pourrais y aller avec elle.

Pas de réponse. Ils ne m'ont même pas écoutée – ils n'écoutent jamais, de toute façon. J'ai plus rien dit, après ça. Je suis restée là à les regarder en fumant une cigarette. Ils ont continué un petit moment avant de se mettre d'accord.

Dix ans qu'on n'a pas vu nos parents. Peut-être plus. Quel âge ont-ils maintenant ? De quoi ont-ils l'air ? Est-elle encore plus douce et calme qu'autrefois ? Elle l'était déjà tant ! Et lui, est-il encore plus violent ?

Benjamin Hazzard Junior, fils du capitaine de vaisseau Benjamin Hazzard

Ce que Johanna vous a dit est exact. J'ai effectivement rencontré Mazie Phillips. Ce n'est arrivé qu'une fois, après la mort de mon père. J'avais pas mal d'idées bizarres, à l'époque, et celle-là en faisait partie. Je me disais que ce serait bien d'aller rencontrer cette femme dont j'avais tant entendu parler. J'avais le sentiment d'avoir passé ma vie à essayer d'impressionner mon père – ou de *ne pas* l'impressionner, dans certains cas. Car c'était le genre d'homme qu'on cherche à impressionner, en bien ou en mal. Personne ne voulait le laisser indifférent. Quand il est mort, j'étais si désemparé que j'ai commencé à regretter d'avoir joué ce jeu-là avec lui. Enfin... je ne suis même pas sûr que ce soit la bonne explication. Ce doit être plus compliqué que ça, mais je ne me souviens même pas vraiment de ce que je ressentais à l'époque. Quelle importance, après tout ? Tout ce que je sais, c'est que je suis monté dans ma voiture juste après l'enterrement (en laissant ma mère en larmes derrière moi) et que j'ai conduit d'une traite jusqu'à New York pour aller rencontrer la femme dont mon père parlait sans arrêt, y compris devant ma mère. Quel manque de tact, tout de même ! Vous en connaissez beaucoup, vous, des types qui parlent d'une autre femme devant leur épouse et leur gamin ?

Journal de Mazie, le 14 juillet 1918

Le chat est parti, la souris va mettre ses souliers de bal. J'irai faire la tournée des bars après le boulot. Oublier, le temps d'une nuit, ce que j'ai vu ces derniers mois. Louis ne pourra pas m'en empêcher, et il le sait. Même Rosie le sait. Et Jeanie aussi.

Journal de Mazie, le 15 juillet 1918

J'ai les yeux verts. On m'a souvent dit qu'ils brillent au soleil et étincellent au clair de lune, qu'ils ressemblent à des joyaux, à des émeraudes, et même à des yeux de tigre, qu'ils sont captivants, ensorcelants, hypnotiques. Chaque homme y va de son boniment. En fait, ils sont verts, rien de plus. Et une fois les lumières éteintes, on ne les voit plus du tout. Voilà ce que j'ai envie de répondre à ceux qui emploient des mots compliqués pour décrire un truc très simple. Bande d'imbéciles ! Vous savez bien que ça n'aura plus d'importance quand on aura éteint la lumière. Mes yeux sont verts, et puis c'est tout.

Alors hier soir, quand un type a commencé à me parler de mes yeux, j'ai même pas fait mine d'être flattée. Il s'était assis à côté de moi et il avait tapé deux doigts sur le zinc comme s'il annonçait son arrivée. Je buvais du gin. Je me sentais à la fois jolie et un peu méchante. J'aurais dû me méfier, parce que le gin me met souvent dans cet état. Mais certains soirs, et c'était le cas hier, seul le gin fait l'affaire : je ne peux rien boire d'autre. J'ai sorti une cigarette et je m'apprêtais à l'allumer, quand le type a dégainé son briquet. J'ai hoché la tête pour le remercier. Je pensais en rester là. J'ai quand même glissé un regard vers lui, histoire de voir à quoi il ressemblait. Il était en uniforme. Moi et les hommes en uniforme !

Lui : Attendez un peu... Ces beaux yeux-là sont-ils verts ou bleus ?

Moi : Ils ont la couleur de l'argent.

Lui : La couleur de la bonne fortune.

Moi : Si j'étais vous, j'en mettrais pas ma main à couper.

Il a levé la main, comme pour prêter serment. Je l'ai regardé un peu mieux. Grand, bel homme. Le torse puissant et musclé. Son uniforme bien ajusté lui donnait l'air canaille. Des cheveux lisses et ondulés à la fois. Quelques plis sur le front et entre les sourcils – de quoi s'inquiète-t-il ? je me suis demandé. Et ses yeux : verts, évidemment.

Moi : La couleur des ennuis.

Il a secoué la main d'un air suppliant.

— Alors, ma main, vous la coupez, oui ou non ?

J'ai souri.

— C'est bon. Vous pouvez la garder.

Il était basé à Chelsea Piers, et il était venu en ville dans l'espoir de passer un bon moment. Il ne l'a pas dit comme ça, mais c'est ce que j'ai compris. Je lui ai demandé s'il était un héros de la guerre. Il a répondu que tous ceux qui avaient combattu à l'étranger s'étaient conduits en héros. J'ai effleuré son bras. Un sacré beau bras, faut le reconnaître. De méchante à séduite, il n'y avait qu'un pas. Je l'ai vite franchi.

Lui : Je sers dans la marine. Je conduis des bateaux. De très gros bateaux.

Moi : Je dirige un cinéma. Le Venice. Je vends les billets, je rends la monnaie, je tiens les comptes. Je rétablis l'ordre quand il y a du grabuge dans la salle. Je suis la première personne que vous voyez en arrivant, et la dernière en sortant. Vous ne pouvez pas me manquer. J'y suis du matin au soir.

Je m'en voulais de l'inciter à venir me voir dans ma cage, mais c'est le seul endroit où je me sens vraiment chez moi (même s'il appartient à Louis, en fait). Je sais bien que les gens viennent au Venice pour les films, mais depuis quelque temps, je me raconte qu'ils font la queue pour moi, et pour moi toute seule.

Lui : Vous êtes une femme d'affaires, alors ?

Moi : Exactement.

Lui : Vous menez le show.

Moi : Oui.

Lui : Moi, je mène le bateau.

Moi : Oui.

Lui : On a tous les deux l'habitude d'être aux commandes. Comment faire pour s'entendre ?

Moi : Aucune idée. Je ne cède jamais de terrain.

Lui : Même pas un pouce ?

On s'est mis à boire. On a tenu la corde pendant plusieurs heures. De vrais pros. Quand le barman a fini par nous jeter dehors (en prétendant que c'était pour notre bien), on a décidé de traverser le pont de Brooklyn à pied, parce qu'il ne l'avait jamais fait. Je me suis copieusement moquée de lui en l'accusant d'avoir manqué une attraction majeure.

Il a répondu : J'attendais juste qu'une jolie fille me propose de le traverser en sa compagnie.

C'était pas la première fois qu'on me servait ce genre de salade, mais je m'en fichais. Peu importe ce qu'il disait. Il était deux fois plus grand que moi, et beau comme un dieu. C'était un héros et je voulais le serrer dans mes bras. Sentir son corps contre le mien. Presser ma poitrine contre les boutons dorés de sa veste.

Arrivés au milieu du pont, on s'est appuyés contre la balustrade. Il n'y avait pas un chat. L'odeur âcre du fleuve m'a envahi les narines. Le capitaine a glissé un bras autour de mes épaules et m'a montré les étoiles. Je les connaissais déjà toutes par leur nom, mais j'ai fait mine de les découvrir avec lui. Je m'en suis voulu, juste un peu. Je savais qu'il avait besoin de m'apprendre quelque chose pour que ce qui devait se passer ensuite puisse se passer. Je l'appelais « mon capitaine ». Mon capitaine, mon capitaine, mon capitaine. Impossible de m'arrêter.

Il a dit : Appelez-moi Benjamin. On commence à se connaître, maintenant. Vous pouvez laisser tomber les formalités.

J'ai répondu : C'est votre meilleure carte, mon capitaine. Ne la jetez pas si vite.

La lune était presque pleine. Elle me regardait, et je la laissais faire. Vas-y, regarde-moi ! je pensais. Ça m'est bien égal.

Le capitaine continuait de disserter. J'ai appris qu'il est en partie ricain, en partie rital, en partie d'origine inconnue ; que sa mère est décédée l'année dernière au grand désespoir de son père, et que lui-même a du mal à s'en remettre ; qu'il a étudié à l'Académie de Marine et qu'il espère y enseigner un jour.

— Je me rangerai dans dix ans. Peut-être cinq. Mais d'ici là, j'ai soif d'aventures.

Il a dressé la liste des pays qu'il a visités, des mers sur lesquelles il a navigué. Puis il m'a parlé des marins qui servent avec lui sur son navire. Je sais combien ils sont, maintenant. Tous des bons gars, sauf quelques-uns qui sont corrects, sans plus.

— Tout le monde n'a pas l'étoffe d'un héros, m'a-t-il expliqué. Il y a une différence entre servir une cause et la servir avec noblesse. Mais quoi qu'il arrive, je sais qu'aucun d'eux ne manquera à son devoir.

J'ai appris qu'il a été fiancé autrefois, mais que leur couple n'a pas tenu. Pendant la guerre, sa fiancée a travaillé pour la première fois de sa vie. Quand il est revenu, il l'a trouvée changée.

Lui : Elle m'avait oublié.

Moi : Comment est-ce possible ? Moi, j'aurais pas pu.

Il a reculé d'un pas sur le pont et m'a fait pivoter vers lui. Ses grandes mains chaudes sur mes épaules. J'ai rougi et baissé les yeux.

Lui : Mince alors ! Regardez-moi, Mazie. Qu'est-ce qui vous prend ? Vous m'avez tenu tête toute la soirée. Vous m'avez amené ici, au milieu de ce pont, et maintenant vous n'osez plus me regarder ?

Je me suis redressée. Ses yeux verts dans les miens. Rien que des ennuis en perspective.

Il a fait glisser ses mains vers mon visage, m'a attirée contre lui et m'a embrassée. Je lui ai rendu son baiser. On s'est bécotés comme ça pendant un petit moment, histoire de mieux se connaître. Puis il a posé un baiser sur ma lèvre supérieure, et un autre sur ma lèvre inférieure. Je les ai entrouvertes. Il a forcé le passage. Sa langue a envahi ma bouche. Je n'ai même pas essayé de résister. Alors ses mains ont quitté mon visage pour venir se poser sur le décolleté de ma robe. Juste assez échancrée pour laisser deviner la naissance de mes seins. Il les a effleurés, puis il a inséré son doigt entre eux deux, bien serrés sous ma robe. Il m'a caressée doucement, du bout de son doigt. Qui montait et descendait entre mes seins. Puis il a jeté un regard autour de nous pour s'assurer que nous étions seuls, et il s'est penché vers mon décolleté. Il a embrassé le triangle de peau nue. Il l'a léché. Il a glissé sa langue entre mes seins. C'était si bon que j'ai posé la main sur sa nuque pour l'inciter à continuer.

Lui : Oh, Mazie ! Ce qu'ils sont beaux ! Ce que tu es belle ! Tout. Tout est beau chez toi.

Après ça, on s'est débattus, lui avec mes jupes, moi avec le ceinturon de son uniforme. J'avais déjà fait ça avant. Avec d'autres hommes. Pas autant que Rosie le croit. Pas tant que ça, honnêtement. Mais je l'avais déjà fait. Dans un lit. Là, j'étais plaquée contre le pont de Brooklyn. Il m'a soulevée sans difficulté et j'ai enroulé mes jambes autour de sa taille. Je me sentais à la fois vulgaire et unique au monde. On riait tous les deux tellement c'était bon. Ses coups de reins. Ses va-et-vient. J'étais au paradis. Mais je n'ai pas complètement perdu la raison : je lui ai demandé d'arrêter. Parce que je ne veux pas de bébé.

Lui : Moi non plus. Retiens-moi.

Moi : D'accord. Mais fais attention, toi aussi.

Lui : C'est promis.

On s'est embrassés. Longuement, profondément. Et on s'est remis à rire. Il s'est écarté, puis il a replongé en moi, plus loin, plus fort qu'avant. Et il a cessé de me regarder. Il fixait un point derrière mon épaule. Il regardait le fleuve, peut-être. Ou son bateau, ou la lune, ou rien du tout. Puis il a fermé les yeux, poussé un cri, et s'est retiré brusquement. J'ai senti un liquide chaud couler sur mes jambes. Je suis désolé, a-t-il soufflé, et je lui ai demandé de ne pas l'être. Alors il est tombé à genoux devant moi et il a enfoui sa tête sous mes jupes. Il m'a embrassée exactement où il fallait. C'était brutal. Quand j'ai crié à mon tour au milieu du pont, au milieu de la nuit, j'ai presque cru m'entendre appeler au secours.

Il est parti, maintenant. Son navire l'attend. Louis n'était pas à la table de la cuisine quand je suis rentrée.

Et Jeanie n'était pas dans son lit. Comme quoi je ne suis pas la seule souris partie danser.

Benjamin Hazzard Junior

Mon père était un homme particulièrement sympathique. Tout le monde l'aimait. Il faut dire qu'il était revenu de la guerre en héros, ce qui portait à la fascination. Les Américains adorent les héros, n'est-ce pas ? Je crois qu'il ressentait cette adoration au sein même de notre groupe d'amis. Il était *reçu* d'une certaine manière, dirons-nous. Et puis, il était charmant et chaleureux – rien à voir avec l'idée qu'on se fait d'un militaire de carrière, austère et guindé. Il a trompé ma mère pendant des années, c'est vrai. Pas seulement avec Mazie. Avec d'autres femmes dans d'autres villes, et même dans la nôtre. Plus le temps passait, moins il se donnait de mal pour dissimuler ses écarts de conduite. Il estimait savoir comment traiter les femmes et m'a donné de très mauvais conseils en la matière, qui m'ont hanté pendant la plus grande partie de ma vie. Il considérait qu'il avait *droit* à certaines femmes. Il les collectionnait selon son bon plaisir. C'était une attitude tout à fait étonnante. Je la trouverais presque admirable si elle n'avait pas été aussi méprisable !

J'ai été marié deux fois avant Johanna. Vous vous rendez compte ? Trois épouses ! Mais Johanna m'a vu venir : elle m'envoie chez le psy depuis des années. Elle a l'air de penser que ça m'incitera à rester dans le droit chemin. J'ai soixante-quatorze ans, maintenant. J'ai essayé de la convaincre que tout était derrière moi, que j'ai déjà vécu ce que je devais vivre... Rien à faire ! Alors je continue à y aller parce qu'elle me l'a demandé et que je n'ai aucune envie de finir ma vie tout seul.

Je pensais avoir vécu assez longtemps pour qu'on me fiche la paix. Je me suis trompé, visiblement : la paix n'est pas pour tout de suite. Je pensais aussi que j'étais trop vieux pour changer, mais là aussi, je me suis trompé, comme ma chère épouse m'en informe à tout bout de champ. Je m'étais promis de vivre plus vieux que mon père, et j'y suis parvenu : j'ai déjà vécu bien plus longtemps que lui. Pour être honnête, ce n'était pas très difficile, vu qu'il est mort à soixante ans. Ça nous paraît jeune, mais ça ne l'était pas tant que ça, à l'époque. Les gens mouraient bien plus tôt qu'aujourd'hui.

Est-ce que je préférerais ne pas aller chez le psy ? Non. Est-ce que je préférerais vivre tranquillement les années qui me restent, profiter de ma retraite, évaluer les travaux des meilleurs lycéens du pays pour désigner ceux qui seront reçus à la Maison-Blanche, passer mes week-ends à faire de la voile, à contempler mon épouse, ses lèvres prune, son petit derrière, à lui dire qu'elle est ravissante et que j'ai une chance folle de l'avoir rencontrée ? Au lieu d'aller décortiquer mes sentiments chez le psy ? Franchement, oui. J'aimerais aussi manger du steak tous les soirs, mais ce n'est pas possible non plus. Sur ordre d'un tout autre médecin. [Rires] Ah, ces médecins qui détruisent mes rêves !

Journal de Mazie, le 16 juillet 1918

Quelle journée ! Délirante, décadente. À croire que tous ceux qui faisaient la queue pour m'acheter un billet avaient une blague ou un bon mot à me dire. Moi, je n'avais qu'une envie : penser au capitaine et à notre virée sur le pont de Brooklyn. Je pourrais en rêver pendant des jours et des jours sans jamais m'ennuyer. C'est la première fois depuis des semaines que je n'ai pas pleuré au réveil en pensant à la petite Marie.

Journal de Mazie, le 17 juillet 1918

Ti est passée me voir aujourd'hui avec une histoire à faire pleurer dans les chaumières : une veuve de guerre qu'elle a trouvée endormie devant la porte du centre d'œuvres paroissiales, trois bébés blottis dans ses bras.

Pas question de m'en mêler, j'ai dit. Plus jamais. J'ai retenu la leçon.

Je lui ai quand même donné le contenu de mon porte-monnaie. C'est Ti l'arnaqueuse, maintenant. Et moi, le pigeon.

Journal de Mazie, le 18 juillet 1918

Rosie n'est toujours pas rentrée. Elle a envoyé un télégramme à Louis, mais il a refusé de nous le lire. Rosie va bien, c'est tout ce qu'on a pu savoir. Pour la tragédie, faudra repasser.

Comme j'étais encore d'humeur rêveuse, je suis restée au Venice plus tard que d'habitude. Pas envie de rentrer dans une maison vide. Et les bars ne m'attirent pas ces jours-ci. À quoi bon faire des rencontres ? Rien ne pourra rivaliser avec ma virée sur le pont de Brooklyn.

J'ai vu arriver les amis de Rudy. Au bout d'un moment, ils formaient une petite file d'attente devant l'entrée de la salle. Je crois qu'ils font tous le même boulot que lui dans d'autres cinémas de Manhattan. Ils étaient encore en tenue de travail – pas tout à fait mon genre d'uniforme, mais ils étaient bien mis et portaient la veste avec fierté. Ils conversaient à voix basse en fumant et en buvant au goulot de leurs flasques. J'avais fini de compter la recette de la soirée. Je me suis penchée vers eux. J'avais envie de plaisanter.

— On est fermés, messieurs ! j'ai lancé. Il n'y aura pas de projection avant demain matin.

L'un d'eux m'a répondu : Vous nous reconnaissez pas, mamzelle Mazie ? On attend Rudy.

J'ai répliqué : Vous n'avez rien de mieux à faire que de rester plantés toute la nuit devant un écran ? Vous passez déjà vos journées au cinéma. Allez plutôt courir les filles !

Ils ont tous éclaté de rire. Ils n'en ont rien à faire, des filles. Seul le cinéma les intéresse. Les films les hypnotisent.

Rudy est venu les chercher. Ils sont tous entrés. Je les imaginais dans les couloirs, telles des créatures nocturnes, silencieuses, mystérieuses. Ça, je pouvais le comprendre. J'ai fermé ma caisse et je me suis glissée dans le hall. Qu'est-ce qui les attire à ce point-là ? Voilà ce que je voulais savoir.

J'ai passé la tête dans la salle. Je m'étais promis de ne pas regarder le film trop longtemps, mais j'ai pas pu m'en détacher. J'avais jamais rien vu de tel. Le film était en couleur ! Il n'y avait pas d'acteurs : on ne voyait que des ronds et des vagues se déplacer sur l'écran. Donc, c'était pas vraiment un film. Mais c'était en couleur.

Deux secondes plus tard, j'étais pliée en deux, occupée à vomir mes tripes dans l'allée, comme l'autre fois. Rudy a volé à mon secours. Il m'a raccompagnée dans le hall dès que j'ai pu marcher.

Lui : Vous cherchez à vous rendre malade ?

Moi : Ça m'apprendra à me mêler de ce qui ne me regarde pas. Mais dites-moi, Rudy : c'était en couleur, ce truc-là ?

Lui : Oui. Un jour, tous les films seront en couleur. Et on entendra les acteurs parler.

Moi : Eh bien, ce jour-là, vous ne rentrerez plus jamais chez vous !

Lui : En parlant de ce qui ne me regarde pas, j'ai ouvert ça par mégarde.

Il a sorti une enveloppe de sa poche.

Lui : Qui est ce capitaine ? Un de vos amis ?

Je lui ai arraché la lettre des mains. Adressée à « Mlle Mazie Phillips, la divine propriétaire du Venice », elle avait été postée le lendemain de notre rencontre. L'expéditeur n'avait pas mentionné son adresse au dos de l'enveloppe.

Sa missive tenait en peu de mots. Elle disait juste que j'étais ravissante et unique en mon genre, et qu'il penserait à moi chaque fois qu'il verrait un pont, ce qui, dans son métier, lui arrivait très souvent.

Je me suis dépêchée de rentrer. Il n'y avait personne à la maison. J'ai lu et relu la lettre des dizaines de fois, puis je me suis couchée, j'ai mis mes mains entre mes jambes et j'ai pensé aux ponts.

Benjamin Hazzard Junior

D'un point de vue purement intellectuel, je comprends pourquoi il avait gardé de si bons souvenirs de cette femme. Ils se sont rencontrés à une période de leur vie où tout était parfait. Il l'a regardée, il lui a dit qu'elle était sublime, et il est remonté sur son bateau. Ils sont restés parfaits l'un pour l'autre jusqu'à la fin des temps.

Journal de Mazie, le 2 août 1918

Rosie est rentrée tard hier soir, lasse et de mauvaise humeur. Jeanie et moi, on s'est assises sur le canapé pour l'écouter, bien emmitouflées dans le plaid. Notre mère est très malade, a-t-elle dit. Il y a du sang dans sa tête, de plus en plus de sang. On s'est pris la main sous le plaid.

Rosie a continué : Elle est méconnaissable. Son visage ne ressemble plus à rien. On dirait du papier mâché.

Elle s'agrippait aux accoudoirs du fauteuil. Ses ongles s'enfonçaient dans le tissu. Elle était triste et dure. Sa peine me brisait le cœur.

Moi : C'est lui qui l'a mise dans cet état, tu crois ?

Rosie : Bien sûr que c'est lui ! Il prétend qu'elle est tombée, mais je sais qu'il ment. Faudrait qu'elle soit tombée une centaine de fois pour en arriver là. Elle va mourir, maintenant. Sa mort fera de lui un meurtrier, en plus de tout le reste. Et le pire, c'est qu'il ne sera jamais jugé pour ses actes !

Jeanie : Je ne me souviens même pas d'elle. J'aimerais m'en souvenir, pourtant !

J'ai repensé au soir où Rosie est venue nous chercher pour nous emmener à New York. Je m'en souviens encore, bien que la scène se soit passée tard dans la nuit. Jeanie n'avait que deux ou trois ans, à l'époque. Comment aurait-elle pu s'en souvenir ? Pour moi, c'était plus facile. Je n'avais qu'à fermer les yeux pour revoir la maison, le sol crasseux... ou couvert de terre battue ? Je ne sais plus très bien. Nous étions mieux logés autrefois, plus près du centre-ville. C'est son ivrognerie qui nous a entraînés à la campagne, m'avait dit Rosie quelques années plus tard. Comme quoi, le sol était peut-être en terre battue, effectivement.

J'étais couchée, déjà endormie. Rosie m'a soulevée dans ses bras et m'a transportée dans la cuisine, encore enroulée dans mes couvertures. Chut, m'a-t-elle dit. Pas de bruit ! Le plafonnier était allumé. J'ai ouvert les yeux. J'ai vu Louis et mon père, debout au milieu de la pièce. Louis comptait une liasse de billets. Dehors, le vent courbait la cime des arbres. J'entends encore le bruissement des feuilles. Puis nous sommes montés en voiture. On a roulé toute la nuit. Je n'avais pas peur, parce que Rosie était avec nous.

Ma mère n'a pas assisté à la scène. Où était-elle ce soir-là ? Aucune idée. Je ne pense pas qu'elle nous ait dit au revoir. Je ne m'en souviens pas, en tout cas. Je ne sais même plus très bien à quoi elle ressemblait. Je revois vaguement une femme brune attablée seule à la cuisine, la tête penchée sur un bol de soupe. Je ne me rappelle pas l'avoir vue sourire. Les mères sont censées sourire à leurs enfants, non ?

Nous n'avons pas la moindre photo d'elle. Rosie ne s'est pas attardée, ce soir-là. C'était nous qu'elle venait chercher, rien d'autre.

Moi : Je me demande ce qui nous serait arrivé si nous étions restées.

Rosie : Je ne vous aurais jamais laissées là-bas.

Jeanie : La première fois, à quel moment as-tu compris qu'il était temps de partir ?

Rosie n'a pas voulu répondre. Elle nous a envoyées au lit. En nous prévenant qu'elle allait serrer la vis maintenant qu'elle était de retour.

Journal de Mazie, le 15 août 1918

Boire et bosser. Je ne fais rien d'autre ces jours-ci. Pas la moindre lettre pour la Divine Propriétaire. Je crois que la boisson me rend malade : je suis barbouillée dès le réveil. Mais sans ça, je ne supporterais pas cette solitude un instant de plus.

Journal de Mazie, le 18 août 1918

Hier soir, Jeanie et Rosie se sont disputées. Et pour une dispute, c'était une sacrée dispute. Je n'étais pas ravie de les entendre hurler, mais je me félicitais de ne pas avoir déclenché le tapage, pour une fois.

Jeanie voudrait bosser pour Belle Baker. Elle n'aime pas travailler au champ de courses. Le trajet lui pèse, c'est trop long, elle s'ennuie dans le train, elle s'ennuie là-bas. Belle a monté un nouveau spectacle au Thalia, sur Bowery Street. C'est une vedette maintenant, une vraie reine – mais, d'après Jeanie, il lui faut une dame d'honneur.

— Tu as déjà un boulot, a répondu Rosie.

— Un boulot que tu as choisi pour moi, a répliqué Jeanie. Pourquoi est-ce toujours toi qui choisis à ma place ?

— Peut-être parce que je sais ce qui est bon pour toi.

— S'il te plaît, Rosie. Dis-moi oui pour une fois ! Je ne suis jamais en retard, je suis toujours là où j'ai dit que je serai. Je suis toujours bien habillée, bien coiffée, et toujours gentille. Je ne bois pas, je ne découche pas, je ne fais rien de mal. Dis-moi oui, Rosie, je t'en prie !

Elle s'est agenouillée sur le sol de la cuisine, aux pieds de Rosie, les mains jointes. Je l'ai vue de mes propres yeux. Elle l'a suppliée.

J'ai dit : Allez, laisse-la s'amuser un peu !

Jeanie s'est mise à pleurer. Tu peux dire adieu à ton enfance, j'ai pensé. Là, tu grilles tes dernières cartouches. Rosie a tendu la main vers elle. Lui a caressé les cheveux. Et promis d'en parler à Louis.

Bien sûr que je serai jalouse si Jeanie obtient le droit d'agir à sa guise. Mais elle sait ce qu'elle veut, au moins. Comment pourrais-je lui reprocher le désir qui l'anime ?

Journal de Mazie, le 1er septembre 1918

J'étais encore un peu barbouillée, ce matin. Je suis une fille solide, forte comme un bœuf. Le whisky finira bien par tuer le bacille qui s'est installé en moi, quel qu'il soit.

Journal de Mazie, le 15 septembre 1918

Ce matin, Rudy m'a parlé de l'épidémie de grippe qui se répand à travers le pays, y compris à New York. Il a équipé toute sa famille de masques de chirurgiens, et il voudrait que j'en porte un, moi aussi. Il m'a expliqué que nous côtoyons trop de gens différents, au cinéma. Vous prenez leur argent, vous respirez leur haleine, qu'il disait. J'ai secoué la tête. J'aurais l'air d'une imbécile avec ce truc-là, j'ai répondu. En même temps, une petite voix me soufflait que je l'avais peut-être déjà attrapée, cette sale grippe. Mais je me suis bien gardée de l'avouer à Rudy.

Journal de Mazie, le 4 octobre 1918

Les salles de spectacle sont soumises à de nouvelles règles d'hygiène sur décision du ministère de la santé publique. Ils nous ont demandé de fermer pendant la journée et de réduire le nombre de séances en soirée. Il paraît qu'ils nous obligeront à fermer complètement si on refuse de coopérer. Les rues sont pleines de passants qui portent un masque.

Je suis toujours aussi barbouillée et j'ai vomi à plusieurs reprises. Les services de santé ont mis des tas de gens en quarantaine. Je me demande si je ne devrais pas y aller, moi aussi. J'en ai pas envie, mais s'il le faut, je le ferai.

Journal de Mazie, le 8 octobre 1918

Ce matin, Rudy s'est approché de ma cage pour me saluer. On échangeait nos amabilités habituelles quand j'ai été prise d'une terrible nausée. Impossible de me retenir : j'ai vomi sous son nez. Heureusement, j'ai eu le temps de sortir de la cage. Et ça n'a pas duré : je me suis redressée un instant plus tard.

Moi : Désolée. Ça me prend de temps en temps. Depuis quelques semaines.

Rudy : Surtout le matin ?

Je n'ai pas répondu. Il m'a observée en silence. J'ai vu qu'il s'efforçait de garder ses réflexions pour lui. Puis il a renoncé à se taire. Et il m'a dit :

— J'ai quatre gamins à la maison. Et quatre fois, j'ai vu ma femme souffrir de nausées matinales. Je n'en tire aucune conclusion, bien sûr.

Moi : Bien sûr que non.

Rudy : Je vous dis juste que parfois, quand les femmes sont malades le matin, ce n'est pas par hasard.

J'ai plus rien dit après ça. Il m'a promis d'envoyer quelqu'un nettoyer les dégâts que j'avais faits sur le trottoir. Je voulais juste qu'il s'en aille. Il a fini par le faire.

Journal de Mazie, le 11 octobre 1918

Les services d'hygiène nous ont imposé des mesures supplémentaires. On doit laisser les portes ouvertes pendant la journée et veiller à ce que les salles soient propres et bien aérées. Il faut aussi demander à nos clients de ne pas tousser, éternuer ou fumer. Ça va pas être simple.

Rudy m'a encore surprise en train de vomir. D'après lui, si c'était la grippe espagnole, je serais déjà morte.

Lui : Tout ce que je dis, c'est qu'il s'agit peut-être d'autre chose.

Moi : La ferme, Rudy !

Lydia Wallach

L'autre raison pour laquelle ma famille s'était tellement entichée de Mazie tient au parfum de scandale qui flottait toujours sur son passage. Ce petit groupe de gens adorait le drame tel qu'on peut en voir au cinéma ; ils se seraient damnés pour un bon spectacle. Et d'après ce que je sais, avec Mazie, ils ont été servis pendant un bon moment.

Journal de Mazie, le 12 octobre 1918

Ce n'est pas la grippe. Je ne suis pas atteinte d'une maladie mortelle. C'est déjà ça.

Journal de Mazie, le 15 octobre 1918

Il y a deux sortes de docteurs pour bébés. Je me suis renseignée. On m'a donné des noms. En sortant de chez moi, je n'aurai qu'à marcher cinq blocs dans un sens, ou dix blocs dans l'autre. Dans le premier cas, j'aurai un bébé à vie ; dans le second, je n'aurai plus rien dans le ventre, hormis la place nécessaire pour ma prochaine rasade de whisky.

Journal de Mazie, le 16 octobre 1918

Je fume comme un pompier. Complètement mordue. Vu que je ne peux plus boire une goutte d'alcool, je me rattrape sur le tabac. Il y a que ça qui me calme ces temps-ci. Le problème, c'est que Rosie ne supporte pas qu'on fume dans l'appartement.

Elle : Tu es une vraie cheminée en ce moment ! Méfie-toi, tu auras les dents jaunes avant l'heure. Imagine un peu : une jeune femme avec un sourire de vieille... Penses-y avant d'allumer la prochaine !

J'essaie de ne pas l'approcher. Je ne veux pas qu'elle sache. Je ne veux pas l'entendre dans sa bouche. Je ne le supporterais pas.

Journal de Mazie, le 18 octobre 1918

Au diable le capitaine ! Qu'il aille se faire voir ! Monsieur est venu, il a tiré son coup, et il est reparti. Eh bien, ses cartes postales ne signifient rien pour moi !

Journal de Mazie, le 21 octobre 1918

Elle sait. Ils le savent tous.

Ce soir, j'espérais filer dans ma chambre aussitôt rentrée. Il commence à faire froid, un froid d'automne, mais j'étais quand même en nage quand j'ai poussé la porte. J'ai beau faire, je suis dans un sale état en ce moment. Bref, j'espérais me cacher, mais ils étaient tous installés au salon, Louis et Rosie, Ethan et Jeanie, en train de jouer aux cartes. Louis leur montrait un tour de passe-passe. Une bouteille trônait sur la table. Deux couples d'amoureux heureux de copiner. Moi aussi, j'ai connu ça, j'avais envie de dire. Mais je n'étais plus très sûre que ce soit vrai. Et de toute façon, ça n'avait duré qu'une nuit. Rosie m'a proposé de m'asseoir avec eux.

Moi : Je suis fatiguée.

Rosie : Allez, viens t'amuser avec nous !

Jeanie : On ne te voit plus, ces temps-ci.

Je me suis assise près d'Ethan. Il tenait la main de Jeanie, qui avait posé la tête sur son épaule. Ce qu'ils sont mignons ! j'ai pensé, mais l'amertume m'a noué la gorge. Ethan m'a fait un grand sourire. Il a des dents plein la bouche, et il est tellement content de distribuer ses sourires ! On dirait un enfant géant. Certaines personnes sont trop amicales, si vous voulez mon avis. Ethan en fait partie.

Puis j'ai senti son odeur. Impossible de ne pas la sentir : elle émanait de tout son corps. Une odeur de terre et d'écurie. D'ordinaire, cette odeur ne me dérange pas, mais ce soir, je l'ai trouvée morbide. J'avais l'impression d'être assise à côté d'un cadavre. J'ai été prise d'un haut-le-cœur. J'ai réussi à me contrôler. Mais quand j'ai relevé la tête, tout le monde me regardait.

Rosie a demandé : Tu es malade ?

J'ai répondu : Pas du tout.

Elle a plissé les yeux. Elle est vraiment maligne, quand elle veut. Pourquoi faut-il qu'elle soit si maligne ?

Rosie : Tu as grossi.

Moi : Moi, non. Toi, tu es sacrément grosse, en revanche.

Elle : Peut-être, mais je suis aussi grosse que d'habitude. Alors que toi, tu as pris des rondeurs.

Moi : Et si tu t'occupais un peu plus de ton poids, et un peu moins du mien ?

Elle : Laisse-moi finir. Je t'ai entendue réprimer des haut-le-cœur, et pas seulement ce soir. Tu crois que je n'entends pas ce qui se passe dans ma propre maison ?

Ethan a sursauté et s'est mis à me fixer. Jeanie aussi. Louis a continué à battre et à couper ses cartes sans lever les yeux. J'étais en train de perdre la partie.

Rosie a repris : Je ne connais personne qui aime autant les jolies robes que toi, Mazie. Comment feras-tu quand tu ne pourras plus rentrer dedans ?

Moi : J'en achèterai d'autres, j'imagine.

Rosie : Pourquoi as-tu tellement grossi, Mazie ?

Je pensais être dans l'impasse quand Louis a pris la parole.

— Ethan, a-t-il dit, est-ce que je t'ai déjà raconté comment j'ai rencontré Rosie ?

Ethan a secoué la tête.

— Pas que je m'en souvienne.

— Il faisait un temps splendide à l'hippodrome ce jour-là, a commencé Louis.

— Ne change pas de sujet, a protesté Rosie. On parlait de Mazie.

Louis a fait mine de ne pas l'entendre. Il savait où il voulait en venir.

— Il faisait un temps splendide à l'hippodrome ce jour-là, a-t-il répété. Rosie avait dix-sept ans. Elle avait tressé et enroulé ses longs cheveux noirs autour de sa tête. Sa robe lui allait comme un gant.

Il a tracé deux courbes dans l'air avec ses mains pour nous en convaincre.

— On ne voyait qu'elle, a-t-il poursuivi. Les jeunes filles ne se maquillaient pas autant qu'aujourd'hui, mais elle savait se mettre à son avantage. Ah, ce que t'étais belle, ma Rosie ! Une vraie tigresse !

Il s'est exprimé avec une telle fougue que j'ai senti son désir pour elle envahir toute la pièce. Les hormones m'ont peut-être joué des tours, mais je jure que j'ai vu des petites flèches en forme de cœur jaillir de ses yeux et fondre sur Rosie. Louis était toujours aussi gros, aussi chauve et luisant de sueur mais, à ce moment-là, j'ai compris pourquoi Rosie en pinçait pour lui. Tout le monde rêve d'être désiré, surtout les filles comme nous, nées du père le plus méchant au monde.

Louis : Tu servais de la bière aux spectateurs. Moi, j'étais venu pour affaires.

Rosie : Je dirigeais l'équipe des serveuses.

Louis : Tu me dirigeais par le bout du nez, oui ! Un vrai petit chef. Et je t'ai adorée dès le premier regard.

Rosie : C'est vrai. Tu m'as pourchassée pendant toute la saison !

Louis : Exactement, et j'ai fini par t'attraper. Eh bien, tu te rappelles ce que je t'ai dit quand je t'ai attrapée ? Quand tu as enfin accepté d'être ma femme ? Je t'ai dit que ta famille deviendrait ma famille, que tes joies seraient mes joies, que tes problèmes deviendraient mes problèmes. Et que je veillerais sur toi.

Rosie : Je m'en souviens.

Louis : Et ça t'a plu que je dise ça.

Rosie : Oui, ça m'a vraiment plu.

Louis : Vous avez entendu ?

On a tous dit que oui, on avait bien entendu.

Louis : Alors, Mazie, es-tu malade ?

Moi : Non, je ne suis pas malade. Je suis enceinte.

Louis : *Mazel Tov*. La famille s'agrandit. Quelle joie ! Maintenant, laissons-la tranquille. Elle est fatiguée. Il faut qu'elle aille se coucher.

Ce n'est pas aussi simple, hélas. Nous le savons tous. Maintenant que je suis couchée, j'entends Rosie vitupérer dans la pièce voisine. Je l'entends déclarer que je ne veux pas de bébé, que je n'en ai jamais voulu, que je n'ai pas la fibre maternelle. Je l'entends demander pourquoi elle et pas moi ? Puis : Pourquoi la vie est-elle si mal faite ?

Elle a raison.

Louis répond : Parfois, les joies sont distribuées à tort et à travers.

Moi (dans un murmure) : Bonne nuit.

Journal de Mazie, le 22 octobre 1918

Rosie m'a apporté mon déjeuner aujourd'hui, entre la première et la deuxième séance. Une gamelle pleine de ragoût. Elle a traversé tout le quartier depuis la maison pour me l'apporter. Avec une serviette et une cuillère. Bien astiquée, la cuillère. Elle m'aurait noué la serviette autour du cou si je ne lui avais pas tapé sur les doigts pour l'en empêcher.

Moi : Qu'est-ce que tu veux ?

Elle : Il faut qu'on parle.

Moi : Tu ne vois pas que je travaille ?

Elle : Je sais que tu ne veux pas de cet enfant.

Elle ne sait rien de moi. Je n'en veux pas, certes. Mais parfois, quand je pense au capitaine, je le veux quand même. C'est la première fois que j'ai envie d'avoir quelqu'un à aimer. Tout s'emmêle dans ma tête. Je fonds en larmes dès qu'il n'y a personne à la ronde.

Rosie : Moi, je le veux. Je veux ce bébé. Garde-le pour moi, Mazie. Pour moi et pour Louis. Donne-le-nous. On vivra tous ensemble, comme on l'a toujours fait.

Faut-il qu'elle soit désespérée pour en arriver là ! J'ai repensé à la fois où elle nous a emmenées chez la diseuse de bonne aventure, à tous ces mois passés sur le canapé, pliée de douleur. Elle souffre toujours autant, mais avec une vigueur nouvelle. Ce matin, j'ai vu un feu quasi meurtrier briller dans ses yeux.

J'ai dit : Tu le veux tant que ça ? Je te le donne.

Elle a répondu : Tu le penses vraiment ?

J'ai dit que oui. Elle a poussé un cri. Moi aussi. J'avais l'impression que tout se dénouait, tout ce que je retenais depuis des mois, mes doutes, mes questions. Jusqu'à présent, je ne savais pas quoi faire. Maintenant, je sais. J'ai pris une direction plutôt qu'une autre. Pour moi, ça ne change pas grand-chose, mais au moins, je suis sûre de faire le bonheur de quelqu'un.

Journal de Mazie, le 28 octobre 1918

Rosie dit que je porterai un pardessus pour aller travailler et que personne ne remarquera mon ventre ; Rosie dit que je passerai mes journées derrière la caisse, que les spectateurs ne verront rien, que ça ne ternira pas ma réputation et que je pourrai quand même me marier un jour avec quelqu'un de bien ; Rosie dit que je dois rentrer directement à la maison après ma journée de travail pour me reposer ; Rosie dit qu'elle m'apportera à manger tous les jours pour s'assurer que je me nourris correctement ; Rosie dit que je dois cesser de boire et de fumer pour que le bébé soit en bonne santé. Rosie dit Rosie dit Rosie dit.

George Flicker

Je me souviens, ma mère disait : « Elle croit qu'on n'a rien su ? On le savait tous. »

Journal de Mazie, le 31 octobre 1918

Maintenant, ça discute sans arrêt dans cette maison. Ça se dispute aussi. Pour de nouvelles raisons. On n'a pas la place d'accueillir un bébé ici, répète Rosie. On a le plus grand appartement du quartier, répond Louis. On devrait aller s'installer à la campagne, insiste Rosie. Impossible, répond Louis. J'ai besoin d'être en ville pour mes affaires. On en était là ce matin, quand Rosie a lancé une nouvelle piste : Si on allait vivre à Coney Island ? Que diriez-vous d'habiter près de l'océan ? Plutôt mourir que de vivre si loin de Manhattan, a répliqué Jeanie. Marie-toi, a dit Rosie, tu pourras vivre où tu veux ! Et ainsi de suite. Nous quatre, assis à la table de la cuisine. Chaque fois que j'allume une sèche, Rosie me l'arrache des mains. On ne fait que plus ça, à longueur de journée. Discuter.

Journal de Mazie, le 1er novembre 1918

J'ai vingt et un ans aujourd'hui. L'âge de faire ce qui me plaît.

Journal de Mazie, le 3 novembre 1918

Je sais que je devrais sentir la vie grandir en moi, mais j'ai juste l'impression de trimballer un fardeau partout où je vais.

Journal de Mazie, le 5 novembre 1918

Le soir, Rosie pose ses mains froides sur mon ventre. Elle dit que je la réchauffe. Que je suis son poêle. Elle ne quitte pas mon ventre des yeux. Elle se demande à quoi ça ressemble de l'autre côté. Elle reste là, les mains plaquées sur moi, jusqu'à ce que je lui demande d'arrêter.

Journal de Mazie, le 7 novembre 1918

La guerre est finie. Quand l'annonce est tombée, la ville entière a crié de joie. Je n'avais jamais rien vu de tel, et je ne pense pas revoir ça de mon vivant. La fin de la guerre ! On a fermé le Venice. Personne n'avait envie d'aller au cinéma. Je me suis promenée avec Ethan et Jeanie. Des cortèges dans toutes les rues. Partout, des gens qui s'embrassaient et se congratulaient. Des bouteilles qui voltigeaient. Des enfants radieux, sucette dans une main, ballon dans l'autre. Et moi, je riais, je riais sans cesse. Tout le monde riait. Quel soulagement ! Tu as vu ça ? j'ai murmuré comme si je me parlais à moi-même. En fait, je parlais à mon ventre, je le savais bien.

Quand on est rentrés à la maison, on a allumé la radio et appris que l'armistice n'avait pas encore été signé. Ce n'était qu'un cessez-le-feu temporaire. On a fait la fête pour rien.

Journal de Mazie, le 11 novembre 1918

La guerre est vraiment finie, cette fois. C'était écrit dans les journaux. Je n'aurais jamais cru que la ville entière célébrerait la victoire pour la seconde fois en trois jours, mais si. Tous les prétextes sont bons pour faire la fête. On a ri toute la journée, puis, le soir venu, on a pleuré. D'épuisement et de soulagement.

Maintenant, je me sens prête à reprendre une vie normale. Je m'étonne moi-même en l'écrivant, mais c'est vrai.

Benjamin Hazzard Junior

Je crois que j'avais vaguement le projet de la séduire, de jouer avec ses sentiments. La mort de mon père m'avait plongé dans le désespoir et je la tenais pour responsable – de quoi, exactement ? Je ne me l'explique plus aujourd'hui. J'avais dix-neuf ans et, à cet âge-là, vous avez vite tendance à accuser la terre entière de vos problèmes personnels.

Je voulais voir à quoi elle ressemblait. Ça, c'est sûr. J'avais aperçu certaines de ses autres maîtresses. Celles qu'il draguait au club, ces épouses de notables qui buvaient pour tromper leur ennui, et puis celle qui habitait au bout de la rue, une jeune veuve qui n'arrêtait pas de casser des trucs que seul mon père pouvait réparer, bien sûr. Il y avait aussi une de mes profs de maths, celle que j'avais eue au collège, en deuxième année : j'étais quasiment certain qu'il avait couché avec elle, même si personne ne pouvait me le confirmer. Même aujourd'hui, je n'en suis pas sûr à cent pour cent.

Et il y avait Mazie. La New-Yorkaise. Elle était presque mythique à mes yeux. La célèbre Mazie Phillips ! Elle avait fait l'objet d'articles dans les journaux. Mon père connaissait des tas d'hommes politiques, des héros de la Première et de la Seconde Guerre mondiale, et il jouait lui-même un rôle important au sein du Parti républicain dans le Connecticut. N'empêche, la célébrité de Mazie l'impressionnait. Le fait qu'ils se soient rencontrés dans leur jeunesse, en 1918, quand il combattait pour de vrai, au lieu de regarder les films de guerre à la télé comme il l'a fait par la suite, comptait aussi beaucoup pour lui. Je crois qu'il s'est beaucoup ennuyé après cette guerre. Mais peut-être l'aimait-il vraiment ? Oui, c'est possible. Ça non plus, personne ne pourra me le confirmer.

Pour tout dire, malgré le travail d'introspection auquel je me soumets de manière régulière, j'ai encore du mal à définir ce qui s'est vraiment passé ce jour-là. Pourtant, je m'en souviens très bien, là n'est pas le problème. J'avais emporté une bouteille de whisky avec moi dans la voiture. J'en ai bu pas mal pendant le trajet. Plus je buvais, plus mon chagrin s'estompait. Il s'est mué en une sorte de colère, un bloc de colère froide. Je suis arrivé au Venice en milieu de journée. Elle était là, derrière sa caisse. J'ai fait la queue comme si je voulais acheter un ticket. Quand je me suis présenté devant elle, je me suis aperçu que je n'avais rien préparé. Au lieu de réfléchir à ce que j'allais lui dire, j'avais passé tout le trajet à dialoguer mentalement avec mon père.

Comme je restais muet, elle m'a lancé : « Écarte-toi, mon petit, si tu n'es pas là pour acheter un billet. » *Mon petit.* C'est vrai que j'étais un jeunot, à l'époque : je n'avais que dix-neuf ans. Je lui ai demandé : « Êtes-vous Mazie Phillips ? » Elle m'a répondu : « Oui, qui la demande ? ». Là, j'ai dit : « Je suis le fils de Benjamin Hazzard. » Pas de réponse. Elle a allumé une cigarette. Après ça, j'ai pas pu m'en empêcher : je lui ai annoncé la mort de mon père. Sa réaction est restée gravée dans ma mémoire. J'ai qu'à fermer les yeux pour revoir toute la scène : d'abord, sa main s'est mise à trembler, celle qui tenait la cigarette ; puis la cigarette a tremblé à son tour ; ensuite, le tremblement a déferlé sur elle comme une vague. C'est seulement quand il a gagné son visage qu'elle a commencé à pleurer.

Journal de Mazie, le 1er décembre 1918

Le bébé est mort. Rosie n'arrête pas de me prendre dans ses bras, comme si ça pouvait changer quoi que ce soit. Comme si ses bras pouvaient le ramener à la vie.

Elle me supplie : Parle, dis quelque chose ! Je reste muette. Je ne veux pas en parler – jamais. Personne ne pourra me convaincre d'en parler.

Journal de Mazie, le 11 décembre 1918

Des types sont venus prendre mon matelas pendant que j'étais au Venice. Ça faisait dix jours que je dormais sur le canapé. Jeanie dormait dans la chambre de Rosie. Personne ne voulait s'approcher de ce truc.

Journal de Mazie, le 13 décembre 1918

Quand je suis rentrée du travail tout à l'heure, Louis était assis à la table de la cuisine, un verre d'alcool fort à portée de main. Je crois qu'il m'attendait depuis un moment. Rosie était allongée sur le canapé, les yeux cachés sous un petit coussin. « Viens là » m'a demandé Louis. Sa voix tremblait. Je me suis assise près de lui et j'ai posé la main sur son bras.

J'ai murmuré : Louis ?

Il a répondu : Je suis anéanti. Pour toi, pour toute la famille.

Moi : Je m'en sortirai.

Lui : Quand j'étais gamin, le maître nous a fait apprendre des poèmes par cœur à l'école. Depuis, ils sont là, dans ma tête. Ils attendent que j'aie besoin d'eux. Mon poète préféré, c'est Wordsworth. Tu le connais ?

Moi : Je ne l'ai jamais lu.

Lui : Tu devrais. Il était sacrément intelligent ! Je t'achèterai un de ses bouquins.

J'ai répondu que ça me ferait plaisir.

Lui : Ces jours-ci, je n'arrête pas de penser à ce vers extrait d'un poème intitulé *Pressentiments d'immortalité* : « Notre naissance n'est que sommeil et oubli. » Tu comprends ? Alors, je me dis que le bébé a dormi pendant que toi, tu souffrais, et qu'il ne se souvient de rien. Ce doit être vrai, tu ne crois pas ? Dis-moi que j'ai raison, Mazie !

Il pleurait. De grosses larmes de géant. Il s'étouffait presque. Son corps tout entier était agité de tremblements. Rosie s'est levée. Moi aussi. Nous l'avons serré dans nos bras. Notre cher, cher Louis.

Je ne sais pas si nous serons de nouveau heureux un jour. On n'en prend pas le chemin, en tout cas. Je ne sais même plus ce que ça fait, d'être heureux.

Pourtant, un jour viendra où nous irons mieux qu'aujourd'hui. Ça, je le sais. Il faudra bien trouver le moyen d'aller mieux.

Benjamin Hazzard Junior

Qu'est-ce que j'ai fait après ça ? Je suis rentré chez moi. Quand Mazie s'est mise à pleurer, j'ai compris que je m'étais trompé. Que j'aurais dû rester auprès de ma mère. Je n'étais pas là où j'aurais dû être. Alors je suis rentré.

Journal de Mazie, le 1er janvier 1919

Je me suis teint les cheveux en blond. Une nouvelle année vient de commencer. Le passé est derrière moi. Jeanie ne m'a pas reconnue quand j'ai franchi la porte.

J'ai dit : Parfait.

Benjamin Hazzard Junior

Elle avait assez mal vieilli, ce qui m'a un peu surpris. Bien sûr, il suffisait de la regarder pour savoir qu'elle avait été extrêmement sexy. Certes, j'avais dix-neuf ans quand je l'ai rencontrée, et mes hormones tournaient à plein régime, mais je vous assure qu'elle était sacrément jolie à regarder derrière sa caisse. Encore aujourd'hui, le fait d'avoir éprouvé une légère attirance envers elle, alors qu'elle avait l'âge de ma mère, me plonge dans un malaise que je refuse d'analyser.

Je tiens tout de même à préciser que la plupart des autres femmes qui ont traversé la vie de mon père étaient mieux soignées de leur personne. Mazie était une vraie roulure – pardonnez-moi : c'est le terme qui me vient à l'esprit, alors que je ne l'ai pas employé depuis des lustres. Elle avait les cheveux filasse, abîmés par des années de décoloration intensive, des rides profondes aux coins des lèvres et trop de fard aux joues. Son teint hésitait entre le rose et le rougeaud. Nous sommes tous appelés à dévaler la pente, mais certaines tisanes nous détruisent plus que d'autres, vous ne croyez pas ?

Journal de Mazie, le 16 janvier 1919

La loi sur la prohibition a été votée aujourd'hui au Congrès. Pile ce qu'il leur fallait, à ces braves soldats de retour chez eux : une bonne dose de sobriété ! Sœur Ti est venue me voir au Venice tout à l'heure. Elle a fait mine de passer là par hasard, mais j'ai bien compris qu'elle voulait fanfaronner un peu.

Moi : Tu y es pour quelque chose, dans cette histoire de prohibition ?

Elle : Oh ! J'ai dit une ou deux prières, rien de plus.

Moi : Formidable. Maintenant, je saurai à qui m'en prendre la prochaine fois que j'aurai soif !

Cette loi ne changera rien, de toute façon. Ceux qui le veulent trouveront toujours un coup à boire. On est à New York ici. On adore ça. Moi, en tout cas, je n'ai aucune intention de me mettre au régime sec.

Journal de Mazie, le 16 mars 1919

On va tous aller vivre à Coney Island. Rosie nous l'a annoncé ce soir. Le déménagement est pour bientôt. Louis a investi de l'argent là-bas. Première nouvelle ! Depuis quand monsieur bosse à Coney Island ? J'en revenais pas. Ils cherchent une maison près de l'océan.

Rosie : Je crois que ça nous rapprochera les uns des autres. C'est trop agité, ici. La ville vient se mettre entre nous. On n'est jamais en famille.

Jeanie : Pas du tout. Je me sens très proche de toi.

Rosie : Je n'arrive plus à vous tenir, ta sœur et toi.

Jeanie : Mais je suis heureuse ici !

Je me taisais. Impossible de leur donner raison ou tort. Je dors mal depuis que j'ai perdu le bébé. Peut-être que je ne me plais plus ici. Peut-être qu'il est temps pour moi de partir. Comme pour Rosie.

Rosie : Tu pourras travailler pour Louis là-bas. Tu t'amuseras bien, tu verras.

Jeanie : Je ferai quoi ?

Rosie : Il a acheté des autos-tampons à Luna Park.

Jeanie a blêmi comme si elle allait vomir.

Rosie : Si ça ne t'intéresse pas, la porte est ouverte. Tu as d'autres d'options, il me semble.

Elle faisait allusion à Ethan. Nous pensons tous qu'il fera sa demande d'un jour à l'autre.

Jeanie a insisté, malgré tout. Une dernière fois.

Elle a dit : Est-ce pour ça que tu m'as élevée ? Pour que je devienne la fille qui tient les autos-tampons ?

Rosie a répliqué : Je t'ai élevée pour que tu fasses partie de cette famille. Ne prends pas de grands airs. Tu viens du même endroit que moi. Tu ne mérites pas mieux.

Jeanie n'a plus rien dit après ça. Je pensais qu'elle allait se battre pour rester près de son cher théâtre. Mais elle a gardé son calme. Le visage, les mains absolument immobiles. Renonce, voilà ce que je pensais. Renonce, toi aussi. Tu souffriras, c'est sûr, mais ça passera vite.

Journal de Mazie, le 1er mai 1919

Le capitaine est revenu.

J'étais dans ma cage ce matin quand il est arrivé. J'ai levé les yeux : il était là. Il m'a fait un grand sourire, puis il a éclaté de rire. Qu'y avait-il de si drôle ? Je n'avais rien entendu.

Il a dit : Je suis venu te souhaiter un joli mois de mai.

Il était là, comme si neuf mois ne s'étaient pas écoulés, comme s'il était parfaitement normal qu'il vienne m'acheter un billet pour la séance de la matinée. Entre-temps, j'avais tellement pensé à lui qu'il était devenu presque irréel.

Lui : As-tu reçu mes cartes postales ?

J'ai aussitôt regretté de les avoir accrochées derrière moi dans la cage.

Moi : Je crois que j'en ai reçu une ou deux. Monsieur se félicitait de voir du pays. Moi, je n'ai pas bougé d'ici.

Lui : Je voulais seulement que tu saches que je pensais à toi.

La première fois que je l'ai vu, j'ai tout de suite compris que c'était un baratineur. Il a remis ça ce soir, et je ne lui en veux toujours pas. Tout ce qui sort de sa bouche me ravit.

J'avais serré les poings. Je ne m'en suis pas aperçue avant qu'il glisse sa main sous le comptoir et la pose sur la mienne.

Il a murmuré : Je n'écris pas à tout le monde, tu sais.

Je n'ai pas répondu, mais j'ai battu des cils. Impossible de m'en empêcher. Sa voix avait réveillé quelque chose au creux de mes reins. Ou juste à côté.

Lui : Comment veux-tu que j'oublie une jolie fille comme toi ? La vedette du Lower East Side. Je parie que les gens viennent de l'autre bout de la ville pour te voir !

Moi : C'est vrai qu'il y a parfois une sacrée file devant ma caisse.

Je ne supportais plus de sentir sa main sur la mienne. J'ai allumé une cigarette, puis j'ai posé mon autre main sur mon poignet pour l'empêcher de trembler. Je débordais d'émotions. Était-ce de l'amour, de la haine, ou les deux à la fois ? Difficile à dire.

Lui : Moi, je ferais la queue tous les jours pour t'inviter à dîner ! Un dîner et un spectacle, ou un spectacle et un dîner. Comme il te plaira. Ce que tu voudras. C'est toi qui commandes, Mazie.

Je n'avais pas de raison de décliner son invitation, hormis le fait qu'elle m'obligerait peut-être à lui raconter ce qui s'était passé en son absence. Alors j'ai dit oui. Pour demain soir.

En rentrant, j'ai demandé à Rosie de tenir la caisse du Venice demain soir. Elle n'a pas bronché. Ces temps-ci, elle ne peut rien me refuser.

Journal de Mazie, le 2 mai 1919

Quelle soirée ! Je crois que j'aurais dû m'y attendre, mais je n'en suis pas sûre. Aurais-je dû comprendre plus tôt ce qui se passait dans ma propre maison ? Peut-être.

J'ai rejoint le capitaine au coin de la rue, assez loin pour échapper à la vigilance de Rosie. Nous avons marché jusqu'à Little Italy. Je ne lui ai pas donné le bras tout de suite, mais j'ai ri à ses plaisanteries. Il m'a invitée à dîner au *Blue Grotto*. J'ai mangé une des boulettes de viande qu'il avait commandées. Il a voulu porter sa fourchette à ma bouche, mais je la lui ai prise des mains. C'était trop intime, trop rapide. Je m'amusais de le voir si nerveux. Je portais la robe en soie fuchsia que j'ai achetée sur Division Street au printemps dernier, avant de le rencontrer, quand rien de triste n'était encore arrivé. Je voyais bien qu'il faisait des efforts pour garder ses yeux dans sa poche. Après le dîner, il a porté ma main à son visage. Il avait envie de sentir mes doigts sur sa peau. Ceux qui nous regardaient ont dû penser que nous étions vraiment mordus.

J'ai failli lui raconter toute l'histoire, mais je n'étais pas sûre de sa réaction. Et s'il n'en avait rien à fiche ? Après tout, il n'avait pas vu mon ventre s'arrondir. Il n'avait jamais tenu mes cheveux en arrière quand je vomissais dès le réveil. Il n'était jamais allé me chercher des boules de gomme à la confiserie quand j'en mourais d'envie. Ça, c'était le boulot de Rosie. Et de Jeanie. Le capitaine n'en avait rien su. Il n'avait pas sangloté comme un enfant, pleuré pour moi quand j'en étais incapable. C'est Louis qui s'en était chargé.

En quoi cela regardait-il le capitaine ? Il n'avait rien à voir avec cette histoire.

Alors j'ai décidé de revenir en arrière, de faire comme si on reprenait tout à zéro, lui et moi. Comme si je n'étais qu'un flirt, un joli brin de fille avec qui passer une bonne soirée. Ce qui n'était pas complètement faux. J'ai juste changé d'optique. Je me suis vue le faire. Je me suis glissée dans la peau de cette fille un peu frivole. Et ça m'a fait beaucoup de bien.

Après le repas, je l'ai emmené au Thalia. Je voulais voir le spectacle de Belle, celui qui accapare notre Jeanie depuis des mois. C'était la dernière. Belle part en tournée à travers tout le pays. Je voulais aussi montrer au capitaine que je suis liée, même de loin, à une vedette du show-business. Et surtout, je voulais qu'il m'aime. Je le voulais tellement !

Le spectacle venait de commencer. La salle était plongée dans l'obscurité et la fumée de cigarette. Sur scène, un magicien faisait osciller des anneaux d'argent au bout de ses doigts. Il paraissait tout maigre dans le halo de lumière. Le capitaine a sorti une flasque de sa poche.

Il a chuchoté : J'ai une petite surprise pour nous deux.

L'alcool m'a brûlé la gorge. C'était divin. Le capitaine a posé la main sur mon genou. Ça m'a paru tellement naturel que je l'ai laissée là. J'étais déjà un peu grise. Le whisky me réchauffait. Me consumait.

Après le magicien, des danseuses de claquettes sont entrées sur scène. Trois sœurs, originaires de Philadelphie. J'ai souri. Ça me rappelait le trio qu'on formait autrefois,

Rosie, Jeanie et moi. Les sœurs Phillips. Unies comme les doigts de la main. J'en ai presque oublié que nos vies n'étaient pas parfaites. Je continuais à sourire. Il me semblait qu'aucune tragédie ne nous avait frappées et ne nous frapperait jamais, que nous avions tout ce dont nous avions toujours rêvé. Oui, si cet homme en uniforme continuait de me tendre la flasque d'une main et de me caresser le genou de l'autre, si aucun de nous n'esquissait le moindre mouvement, ma vie serait radieuse jusqu'à la nuit des temps.

Les trois sœurs ont été remplacées par un jongleur maladroit qui n'arrêtait pas de faire tomber ses quilles, puis un acteur comique est venu nous raconter des blagues salaces que nous avons écoutées sans rougir, le capitaine et moi. Il avait glissé un bras autour de ma taille et pris ma main dans la sienne. Je n'osais plus bouger : trop agréable. J'ai avalé une petite lampée de whisky, histoire de raviver la brûlure au fond de ma gorge. C'était la douleur la plus exquise dont une fille puisse rêver.

Le rideau s'est relevé. Deux blondinets en costume de marins ont surgi dans la lumière. Ils tenaient à bout de bras une femme en robe blanche, très vaporeuse. Ils l'ont lancée en l'air. Elle a tourné sur elle-même, une fois, deux fois, trois fois, faisant virevolter sa robe autour d'elle, avant de retomber dans leurs bras. C'était extraordinaire. La salle a applaudi à tout rompre. Nous aussi.

Les blondinets ont posé la danseuse au sol et l'ont fait tournoyer sur ses pointes, chacun d'eux l'envoyant vers l'autre tout en augmentant la distance qui les séparait, de sorte que la danseuse devait tourner de plus en plus loin pour les atteindre. À la fin, ses virevoltes occupaient tout l'espace. Elle va s'évanouir, j'ai pensé. À l'instant où j'ai cru la voir défaillir, l'un des blondinets l'a enlacée et renversée en arrière. Elle avait natté et enroulé ses longs cheveux noirs autour de sa tête, et sa bouche était plus rouge que la mienne, mais elle me ressemblait drôlement. Je me suis penchée vers la scène en me frottant les yeux. Ce n'était pas moi, bien sûr. C'était Jeanie.

J'ai regardé les hommes la lancer d'un bout à l'autre de la scène comme si elle ne pesait rien. Je l'avais vue s'entraîner des centaines de fois sans jamais comprendre ce qu'elle était capable de faire. Maintenant, je savais. Elle est libre, j'ai pensé. Et elle ne remettra plus les pieds à la maison.

Après ça, je n'ai pas pu passer la nuit avec le capitaine. J'étais sous le choc. Je lui ai demandé de me raccompagner à Grand Street, puis je l'ai embrassé sur la joue pour lui souhaiter bonne nuit. Il m'a prise par le bras. Il m'a dit qu'il resterait dans le quartier au cas où je changerais d'avis. Puis il s'est penché vers mon oreille. Pourquoi ? a-t-il murmuré.

Je ne le connaissais pas assez pour répondre. Qu'aurais-je dit, de toute façon ? Ma sœur est une menteuse. Moi aussi.

George Flicker

Si Mazie était la rebelle de la famille, Jeanie était l'électron libre. Elles sont aussi inoubliables l'une que l'autre. Même si je le voulais, je ne parviendrais pas à les effacer de ma mémoire.

Journal de Mazie, le 5 mai 1919

Nous ne l'avons pas vue depuis trois jours.
Rosie : Où est Jeanie ?
Louis : Où est Jeanie ?
Ethan : Où est Jeanie ?
Personne ne le sait. Sauf moi.

DEUXIÈME PARTIE

Surf Avenue

4

Extrait de l'autobiographie inédite de Mazie Phillips-Gordon

La plupart de ces gars-là ont connu une enfance pleine de bruit et de fureur. C'était mal parti pour eux dès le départ. Il faudrait avoir un cœur de pierre pour ne pas être ému à l'écoute de leur histoire : des parents qui les délaissaient ou les battaient comme plâtre ; l'alcool comme unique bouée de sauvetage. Comment leur refuser quelques dollars après ça ? Avant de les rencontrer, j'ignorais à quel point j'avais de la chance d'avoir une famille aussi aimante que la mienne. Mes proches m'ont peut-être un peu trop couvée, mais ils ne m'ont jamais laissée tomber.

Journal de Mazie, le 15 novembre 1919

J'écris ici pour la première fois depuis des mois. On a fait les cartons, on a déménagé, on a quitté Grand Street. Rosie disait que l'océan nous ferait du bien, que cette nouvelle vie guérirait nos blessures. Mais qu'en savait-elle, au juste ? Elle n'a jamais été douée pour la guérison.

Je ne t'ai pas trouvé en ouvrant les cartons. Alors, j'ai eu l'impression d'avoir perdu ma vie entière. Ce qui m'arrive ne me paraît pas réel tant que je ne l'ai pas raconté ici, entre tes pages. Tu contiens tous mes secrets. Tu es mon bien le plus précieux. Je l'ignorais avant de te perdre. Je l'ai compris en te retrouvant.

Tu étais dans le dernier carton, tout au fond du placard de Rosie. Je ne savais même pas qu'il restait un carton là-dedans, et je n'osais pas dire à Rosie que je te cherchais : elle aurait compris que tous mes secrets se trouvent au même endroit. C'est grâce à Louis que je t'ai retrouvé : hier, il a décidé de nous emmener au champ de courses. Il nous a priées de nous pomponner pour l'occasion. J'ai demandé à Rosie de me prêter une paire de chaussures à talons, et on s'est mises à chercher ses escarpins bleu nuit, ceux qui sont ouverts au bout et ornés d'un strass en forme de cœur. Je me souvenais très bien de la dernière fois où je les avais portés : j'avais l'impression de marcher dans le ciel étoilé. Le problème, c'est que personne ne les avait vus depuis notre arrivée à Surf Avenue. Encore un trésor perdu dans le déménagement ! J'ai houspillé Rosie jusqu'à ce qu'elle accepte de les chercher pour de bon. Elle s'est agenouillée pour fouiller dans son placard. J'étais en train de penser qu'on avait semé nos objets favoris derrière nous comme des petits cailloux, quand Rosie a déchiré le carton d'un coup sec.

Tu étais là.

Elle a dit : Oh ! Qu'est-ce que c'est ?

J'ai voulu te prendre, mais elle t'a plaqué sur son cœur.

Moi : Donne-moi ça. C'est à moi.

Rosie : Tu as gardé ce vieux cahier ?

Moi : Ça ne te regarde pas. Mêle-toi de tes oignons.

Elle a baissé les yeux. Je m'attendais au pire. Je l'entendais déjà me répondre que mes oignons sont ses oignons. Ou bien : Tout ce que tu fais me regarde.

Mais non. Elle a dit : Tu as raison. C'est à toi.

Aucune de nous n'a élevé la voix. Pas de cri, pas de dispute. Pas la moindre étincelle. Des mois que ça dure. J'ai de la peine pour elle depuis que Jeanie a filé sans un mot. Elle a de la peine pour moi depuis que j'ai perdu le bébé. En plus, elle est convaincue que je ne trouverai jamais l'amour. Je le lis sur son visage. Jusqu'à présent, sa pitié ne me dérangeait pas : elle était tellement triste pour moi qu'elle me fichait la paix. Ces temps-ci, nos disputes me manquent. On se sentait vivantes, au moins. Maintenant, je ne sais même plus s'il y a assez de feu en nous pour allumer l'étincelle.

Elle n'a pas desserré l'étau, malgré tout. Louis non plus. Elle exige qu'il me conduise au cinéma tous les matins et qu'il vienne me chercher tous les soirs. Je vais de la maison à l'auto, et de l'auto à la cage. Dans un sens, puis dans l'autre. Aucune échappée possible. Pas le moindre souffle de liberté.

Elio Ferrante, professeur d'histoire,
Lycée Abraham Lincoln, Coney Island, Brooklyn

Brooklyn est ma passion, alors je suis heureux de vous aider. Je suis né et j'ai grandi ici – je pourrais être député de Bay Ridge ! [Rires.] Et je dois dire que je suis impressionné par votre projet. Vous avez quoi ? Un long article et quelques coupures de presse, rien de plus ? Et pas la moindre photo, n'est-ce pas ? C'est fascinant, vraiment. Vous devriez venir en parler à mes élèves. Ils n'ont pas souvent l'occasion de rencontrer des chercheurs ou des auteurs dans votre genre, encore moins des auteurs prêts à écrire un bouquin entier ! À vrai dire, ils ne savent même pas en quoi consiste le métier de chercheur. Eux, ce qu'ils veulent, c'est engranger des connaissances sans bouger de leur chaise. Ils écoutent, ils mémorisent le cours pour avoir de bonnes notes au contrôle, et une fois le contrôle passé, pouf ! Ils oublient tout. Comme s'ils n'avaient rien appris.

Bon, revenons à Coney Island. Dans les années 1920, les classes moyennes et supérieures formaient l'essentiel de la population. L'agglomération elle-même était complètement séparée du reste de New York parce que le train de banlieue n'allait pas encore jusque-là. Vous m'avez dit que Mazie vivait sur Surf Avenue. C'était, c'est encore aujourd'hui, une longue artère qui présente un visage complètement différent selon que vous habitez à l'un ou à l'autre bout. En 1920, ceux qui résidaient à l'est se trouvaient au cœur de l'action. Je veux parler de Luna Park, bien sûr. Les autos-tampons, les manèges, les grandes roues – tout ça était installé à l'extrémité est de Surf Avenue. C'est là que les gens venaient s'amuser.

D'après ce que vous m'avez raconté, Mazie vivait à l'ouest, dans un quartier nettement plus résidentiel – sauf en été, quand les vacanciers venaient s'entasser dans les cabanons. Mon grand-père avait grandi côté ouest, lui aussi. Pendant l'été, ses parents accueillaient les baigneurs désireux de se changer avant d'aller passer la journée à la plage. Dès les premiers beaux jours, ils installaient une petite cabine dans le jardin de derrière, qu'ils louaient contre une modique somme d'argent. Mon grand-père disait souvent que c'était le job d'été idéal, le meilleur qu'il ait jamais eu : les jolies filles se succédaient dans la cabine, et il n'avait qu'à encaisser les pièces de vingt-cinq cents. Parfois, elles se changeaient sous son nez sans attendre que la cabine soit libre. Je peux vous dire que mon grand-père s'en souvenait encore des années plus tard avec délectation ! [Rires.]

J'ai des tas de photos de cette époque-là. Je vous les montrerai, si vous voulez. Des albums entiers. Ma mère garde tout, comme ses parents avant elle. Quand j'étais gamin, elle me faisait asseoir sur ses genoux pour me montrer ces gros cahiers remplis de souvenirs – parfois vieux d'une centaine d'années. Il y avait des photos, mais aussi des tickets de cinéma, des billets de train, des serviettes en papier, des menus, que sais-je encore ? Donc, elle me faisait asseoir sur ses genoux – imaginez une version miniature de moi-même, en plus sérieux : grosses lunettes, l'air sage [Rires.] – et nous tournions les pages ensemble. « C'est ton histoire, me disait-elle. Et l'histoire, c'est important. Regarde bien. Il y a des tas de choses à apprendre là-dedans. »

Je crois que les photos avaient ma préférence. Il faut dire que mes ancêtres masculins avaient un goût prononcé pour les favoris et les moustaches en guidon ! J'aimais aussi les petits souvenirs glissés entre les pages.

Ma mère n'était pas bête : elle savait que si je me sentais relié à l'histoire familiale, je serais plus enclin à rester dans le droit chemin. Elle pensait que l'appel de la rue serait moins fort, et elle avait raison. D'autant qu'il y avait un tas de bêtises à faire dans les rues de Brooklyn, à cette époque-là ! Il suffisait que je sorte de chez moi pour que les ennuis commencent. Je crois aussi qu'elle cherchait avant tout à me transmettre la culture familiale, à me faire comprendre que j'étais italien, américain et new-yorkais. Tout à la fois. Je viens d'une famille qui adore agiter des petits drapeaux. Pour ceux d'entre nous qui ont su intégrer le système, les drapeaux, c'est formidable. On adore ça.

Journal de Mazie, le 22 novembre 1919

Je reconnais que la maison me plaît, même si je n'aime pas Coney Island. La cuisine est flambant neuve. L'évier est très blanc, le plan de travail et les placards aussi. Des roses thé sont peintes sur les portes des placards. On mange dans de la vaisselle assortie, toute neuve, très blanche elle aussi, ornée de petites fleurs roses et vertes. Au sol, des carreaux noirs et blancs forment un joli damier.

Le problème, c'est que Rosie n'arrête pas de l'astiquer.

En arrivant, elle m'a dit : La crasse est l'ennemi à abattre. Ici, la moindre tache se verra comme le nez au milieu de la figure.

J'ai répondu : Et alors ? Une tache par-ci, une tache par-là, ça prouve que les lieux sont habités !

Elle : On a la table pour ça.

Tout juste. Notre vieille table de cuisine en bois brut qu'elle a fait transporter du Lower East Side jusqu'à Coney

Island. Elle s'y accroche dans l'espoir que Jeanie finira par revenir et que nous mangerons tous autour, comme avant. La pauvre. Elle s'accroche à une chimère, rien d'autre.

Elio Ferrante

Pardonnez-moi, je m'éloigne du sujet : je vous parle de ma famille au lieu de vous renseigner sur Surf Avenue ! Donc, en été, tout le monde voulait aller à la plage. Le reste du temps, il ne se passait pas grand-chose sur cette partie de l'avenue. On ne croisait personne, hormis les gens qui habitaient là. Imaginez un peu ce que c'est d'avoir l'océan sous vos fenêtres : vous devez vous sentir à l'abri de tout. Ou bien en exil, peut-être.

Journal de Mazie, le 1er décembre 1919

Ce matin, en voiture avec Louis.

Moi : Alors, comment vont les affaires ?

Louis : À toi de me le dire. C'est toi qui diriges ma boîte.

Moi : Le Venice n'est pas ton seul gagne-pain, que je sache !

Lui : De quoi tu t'inquiètes, au juste ?

Moi : Je ne m'inquiète pas. Je cherche un sujet de conversation.

Lui : Dans ce cas, cherches-en un autre. On n'est pas obligés de parler business, toi et moi. On a mieux à faire, tu ne crois pas ?

Il semblait fâché. Je n'ai pas insisté.

Lui : Regarde par la fenêtre. J'adore ces belles journées d'hiver, pas toi ?

Il y a des jours comme ça. Louis n'a pas envie de me parler. Et je n'ai pas envie de lui parler. Mais on se retrouve quand même assis côte à côte dans cette fichue voiture.

Journal de Mazie, le 3 décembre 1919

Ce matin, j'ai encore trouvé Rosie dans la cuisine, un chiffon à la main. Comment se fait-il qu'elle ait toujours un truc à nettoyer ? Et pourquoi s'y met-elle dès le petit jour ?

J'ai dit : C'est déjà propre.

Elle ne m'a pas entendue. Elle n'écoute plus personne, surtout pas moi.

Je me sentais incapable de la regarder astiquer les placards une seconde de plus, alors j'ai continué à marcher droit devant moi. Je suis passée devant cette folle avec son chiffon, devant le muet assis à la table de la cuisine, et je suis sortie. La façade de la maison est peinte en rose vif, comme la moitié de ses voisines. Je me suis retournée et je l'ai fixée. Un grand sourire hypocrite aux lèvres.

Puis j'ai marché jusqu'au bout de la rue, là où commence la plage. J'ai mis les pieds dans le sable. L'océan et le ciel s'étendaient devant moi à perte de vue. Des nuages gris s'enroulaient dans l'air mauve. J'aimerais aimer cet endroit. Je le souhaite vraiment. Je veux penser que je vis au bon endroit au bon moment. Un éclair a crépité dans le ciel d'hiver. Je suis au bout du monde, j'ai pensé. Mais à l'horizon, très loin d'ici, la vie continuait. Quelque chose crépitait dans le lointain. Sans moi.

Journal de Mazie, le 13 décembre 1919

J'ai reçu une carte postale de Jeanie. La troisième depuis son départ. Elle est arrivée au Venice, comme les précédentes. Postée de Cleveland.

Voilà ce qu'elle dit : Tout va bien dans l'Ohio. On joue à guichets fermés tous les soirs. Un vrai triomphe !

Elle a entouré son message d'une longue guirlande de roses pleines d'épines. J'ai retourné la carte. C'est une photo du centre de Cleveland, barrée de l'inscription « Bienvenue dans la sixième ville ! »

Si Cleveland est la sixième, j'ai pensé, quelle est la cinquième ? De toute façon, la seule qui compte, c'est New York.

J'ai accroché la carte dans ma cage, à côté des deux premières et de celles du Capitaine. Un mur entier d'endroits que je ne visiterai jamais.

En rentrant, j'ai annoncé à Rosie que j'avais reçu des nouvelles de Jeanie.

— Je ne veux pas le savoir, m'a-t-elle répondu. Je ne veux pas le savoir !

Elle s'est remise à astiquer la cuisine. Je l'ai vue briquer cet évier des centaines de fois depuis qu'on a emménagé.

J'ai dit : Plus propre, ça n'existe pas.

Elle n'a rien entendu.

Journal de Mazie, le 15 décembre 1919

Sœur Ti est passée au Venice aujourd'hui. Ça faisait un bail que je ne l'avais pas vue. Je commençais à m'inquiéter, d'ailleurs. À me demander si elle faisait exprès de m'éviter. Alors j'ai décidé de la taquiner.

Je ne lui en voulais pas vraiment, j'avais juste envie de rire un peu.

Moi : Tu dois t'ennuyer à mourir ces temps-ci. Plus de bibine, plus de grabuge.

Sœur Ti : Détrompe-toi. Les gens trouvent toujours le moyen de faire du grabuge, avec ou sans alcool.

Moi : Tu sais ce qu'on dit : ceux qui n'ont rien à faire préparent de mauvais coups. Et puis, tu as peut-être le chic pour tomber précisément sur ceux qui font du grabuge ?

Elle : Je mets toute mon énergie dans la foi.

Moi : Ah oui ? Moi, c'est la joie qui m'intéresse.

Elle : Si tu savais ce que je vois, tu...

Moi : Je vois exactement les mêmes choses que toi.

À ce moment-là, je me suis entendue parler. Ma voix ressemblait au crissement que j'entends toute la journée au-dessus de ma tête, celui des roues du métro sur les rails métalliques. Ça ne m'a pas plu. À elle non plus. Elle paraissait encore plus jeune que d'habitude, avec son air innocent et ses grands yeux doux. Sœur Bébé.

Elle : Comment te sens-tu, Mazie ? Est-ce que tu vas mieux ?

Moi : Pourquoi cette question ? Qu'est-ce que tu insinues ?

Elle : Je n'insinue rien, mon amie. J'ai entendu dire que tu étais malade, c'est tout.

Moi : Regarde-moi, je respire la santé.

Je m'en suis tenue là. Je ne raconte mes secrets à personne, surtout pas aux bonnes sœurs. J'ai fermé la cage sans même lui dire au revoir.

Journal de Mazie, le 4 janvier 1920

Ce matin, en voiture avec Louis.

Moi : Apprends-moi à gagner au jeu.

Louis : Ne parie jamais plus que ce que tu peux perdre.

J'ai haussé les épaules.

Moi : Ça, je le sais déjà.

Lui : Tu ne devrais pas jouer, Mazie. Tu es trop exaltée. Tes sœurs aussi. Aucune de vous n'est faite pour ça. Vous miseriez tout à l'instinct. Et vous ne savez pas garder votre sérieux. Au poker, vous ne tiendriez pas une minute : vos partenaires liraient dans votre jeu dès la première mise.

Moi : On est émotives, on n'y peut rien !

Lui : Certes. Et c'est pour ça que j'aime vivre avec vous. Je m'ennuierais comme un rat mort si vous faisiez des gueules d'enterrement du matin au soir.

J'ai rien répondu. Je peux miser sur mon instinct, j'ai pensé. Je le sais, quoi qu'il en dise.

Lui : Bon, d'accord. Je vais te donner un conseil. Si la déveine te tombe dessus, ne renonce pas. C'est comme un cheval : faut le dompter, pas se laisser dompter. On traverse tous de mauvaises passes.

Moi : Même toi ?

Lui : Oui. Au jeu comme dans la vie, nous sommes tous logés à la même enseigne. Personne ne sort vraiment du lot. On gagne, on perd. Évidemment, quand tu gagnes, tout devient facile. Ce qui compte, c'est la manière dont tu réagis quand tu perds.

Moi : J'ai longtemps cru que je sortais du lot.

Lui : Je sais.

À ce moment-là, j'aurais voulu l'entendre dire que je ne m'étais pas trompée, que je sortais vraiment du lot, encore aujourd'hui. J'en aurais mangé mon petit doigt.

Je l'aurais arraché avec mes dents pour entendre Louis affirmer que je suis quelqu'un de spécial. Il n'a rien ajouté. Ça ne se réclame pas, ce genre de compliment.

Journal de Mazie, le 3 février 1920

Ça y est. Notre mère est passée dans l'au-delà, si tant est qu'il existe. J'aimerais pouvoir dire qu'elle a bien vécu, mais ce serait faux. J'aimerais dire qu'elle a vécu longtemps, ce serait faux également. Je l'ai à peine connue. Elle ne me manquera pas. Comment regretter ce qu'on n'a pas connu ? J'ai quand même pleuré comme un bébé en apprenant la nouvelle. Rosie aussi. On a versé toutes les larmes de notre corps, agrippées l'une à l'autre. Louis ne savait plus quoi faire. On était plantées au milieu de la cuisine, et on pleurait, on pleurait.

Après j'ai dit : Faudrait l'annoncer à Jeanie. Ça la regarde, elle aussi.

Rosie : Hors de question. Je n'enverrai rien.

Je lui ai écrit quand même. Aux bons soins du gérant d'une pension de Chicago. Dernier domicile connu.

Journal de Mazie, le 4 février 1920

Rosie est partie ce matin. Elle s'est fait conduire à Boston avec une malle vide. En regardant par la fenêtre, je l'ai vue embrasser Louis avant de monter en voiture. Ils se sont enlacés, puis il lui a caressé les cheveux et s'est penché pour poser un baiser sur le haut de son crâne. Enfin, il lui a tendu un sac en papier brun. Un sandwich, sans doute. C'est vraiment gentil de sa part de lui avoir préparé à déjeuner.

Après le départ de Rosie, Louis m'a annoncé qu'il passerait me chercher au cinéma plus tard que d'habitude. Dans ce cas, ne t'embête pas, j'ai répondu. Je rentrerai par mes propres moyens. On se comprend à demi-mot, lui et moi. Inutile d'en rajouter. Il s'occupe de ses affaires, moi des miennes.

En fin de journée, je suis allée boire un verre chez Finny. Tu frappes deux coups à la porte, puis trois, et on te laisse entrer. Ces temps-ci, je préfère ce genre d'endroit aux bars plus bruyants, où l'on peut danser ou écouter de la musique. Ils sont trop joyeux pour moi, là-dedans : je n'ai rien à célébrer, juste envie de rire un peu. Ce qui me plaît chez Finny, c'est que c'est simple et propre. On y vient pour boire, guère plus. Au sol, un plancher usé couvert de sciure. Aux murs, du ciment craquelé et un grand tableau montrant une dame à demi nue – la mère de Finny, paraît-il. J'aime écouter les poivrots. Quand je m'en vais, mes souliers sont gris de poussière, comme si j'emportais un peu du bar avec moi.

En entrant, j'ai reconnu quelques habitués, dont Al, l'oncle de George Flicker. Le nez dans un bouquin, il vidait son verre sans même lever les yeux. Je me souviens de l'époque où il dormait sous la cage d'escalier, dans le premier immeuble où nous avons habité à Grand Street. Il roulait son matelas sous les marches chaque matin. Il s'était même construit des étagères qu'il avait remplies de livres. Aucun d'eux ne me faisait envie, mais j'aimais regarder les couvertures en passant.

J'ai flirté un moment avec William, un jeune banquier. Il fanfaronnait en disant qu'il serait bientôt le maître du monde. Comme il est venu une fois ou deux au Venice, il m'a reconnue quand j'ai franchi la porte. J'ai accepté qu'il m'offre un premier verre, puis les trois suivants. Il a de l'esprit, mais il ne me fait pas rire. Et moi, j'ai juste envie de rigoler un peu. Bon sang, ce que je donnerais pour un bon fou rire ! Je ne voyais que son désir. Il me fixait comme un chien qui attend sa pâtée. J'ai failli lui aboyer à la figure. À un moment donné, il avait le regard tellement fixe que j'ai craint pour lui : il devait avoir mal à l'entrejambe pour se mettre dans un état pareil. J'aurais voulu lui expliquer qu'il y a des professionnelles pour ça, mais je me suis retenue. Faut dire que je n'avais pas vu le capitaine depuis des lustres.

Bref, j'ai fini par céder, mais comme j'ai mes règles, je lui ai seulement offert mes seins. Il les a presque tétés jusqu'au sang.

William l'assoiffé.

Journal de Mazie, le 5 février 1920

Je fais tous les trajets en taxi. Je ne sais pas où est passé Louis. Ce matin, j'ai trouvé du cash sur la table de la cuisine.

Je suis retournée chez Finny en sortant du boulot. Al Flicker discutait dans un coin avec un Italien. Une vraie bombe, ce type-là. Quelle énergie ! Toujours à faire de grands gestes, à regarder de tous côtés. Il s'est retourné une bonne centaine de fois. J'aurais aimé qu'il me regarde, mais c'était la porte qui l'intéressait. Qui attendez-vous ? j'ai pensé.

Au bar, ça rouspétait sec contre lui. C'est un anarchiste, qu'ils disaient.

Moi : Et alors ? Faut bien être quelque chose, non ?

Là, ils se sont tous mis à beugler.

Moi : La politique, ça sert à amuser la galerie, rien d'autre.

Nouveaux beuglements. Que Dieu bénisse l'Amérique, et patati et patata.

Moi : Et si vous lui fichiez la paix, à ce type ? Vous avez l'intention de vous présenter aux élections, peut-être ? L'un de vous veut être maire de ce bouge ?

Pas de réponse. Saletés de poivrots.

George Flicker

Je ne suis pas sûr que l'oncle Al ait été anarchiste au sens politique du terme. Beaucoup de messieurs l'étaient, c'est sûr. Enfin… Je ne sais pas s'ils étaient vraiment des « messieurs » ! Pour en revenir à mon oncle, je crois surtout qu'il se sentait anarchiste dans son rapport au monde : c'est une pensée, un mot qui faisaient sens à ses yeux. Quant aux militants eux-mêmes, et à ce pour quoi ils se battaient, je ne saurais pas vous dire s'il les soutenait activement ou non. Je pense qu'il défendait la liberté de croyance, si je peux m'exprimer ainsi. Il estimait qu'il avait le droit, en tant que citoyen américain, de croire à ce qu'il voulait.

Journal de Mazie, le 8 février 1920

Rosie est rentrée. Louis a traîné la malle derrière elle jusqu'à la cuisine.

Elle a commencé par dire : Cet homme est fou.

Puis elle a dit (en se tournant vers moi) : La cuisine est dans un sale état.

J'ai répondu : Absolument pas.

Louis a ajouté : Assieds-toi. Raconte-nous ce qui s'est passé.

Elle a de nouveau regardé autour d'elle, puis elle a fait le tour de la cuisine d'un air soupçonneux, en effleurant le comptoir et les placards du bout des doigts. Franchement, il lui faudrait une cage, à elle aussi. Au bout d'un moment, nous avons crié : « Ça suffit ! » et elle est venue s'asseoir.

Rosie : Je suis allée à l'hôpital. On m'a dit que son corps n'était plus là. Je suis allée à la morgue. On m'a dit qu'elle avait déjà été enterrée. Je suis allée au cimetière et on m'a donné un numéro. C'est celui qui est gravé sur sa tombe. Il n'y a rien d'autre : pas de nom, pas d'épitaphe. J'ai posé des fleurs dessus. Je me suis dit que quelqu'un devait le faire. Tu comprends, Mazie ? Tu penses que j'ai bien fait de mettre des fleurs sur la tombe de notre mère ?

Moi : Oui, tu as bien agi.

Rosie : J'ai cru mourir de froid là-bas. J'ai pensé : Si je meurs, je ne serai plus qu'un numéro, moi aussi.

Louis : Tu ne seras jamais un numéro, je te le promets.

Rosie : Ce soir-là, j'ai dîné avec tante Edith. Elle m'a dit qu'ils n'avaient rien pu faire, ni elle ni le reste de la famille. Personne n'a pu se mettre en travers de son chemin : il a toujours agi seul, sans demander le moindre conseil. Le lendemain matin, je suis allée à la maison. Elle était presque vide. Un type emportait une table quand je suis arrivée. Il avait tout vendu. Tout ce qui pouvait se vendre, du moins. Ce qui ne fait pas beaucoup, en définitive.

Louis : C'était à lui. Il avait le droit de vendre ce qu'il voulait.

Rosie : Je venais seulement chercher ce qui aurait pu nous revenir. Je pensais qu'elle avait peut-être laissé quelque chose pour nous. Un souvenir du passé, mais je ne sais même pas de quel « passé » je parle ! Il était assis sur le perron de la porte de derrière. En costume noir – celui de l'enterrement, sans doute. Il avait une bouteille à la main. Je ne sais pas ce qu'il y avait dedans, mais ça sentait atrocement mauvais. Il m'a lancé un regard assassin. Il avait l'air complètement dément.

Elle a posé un sac en papier brun sur la table et l'a poussé vers Louis.

Rosie : Je ne m'en suis pas servi, mais j'étais contente de l'avoir sur moi.

J'ai tendu la main vers le sac par curiosité, mais Louis l'a pris avant moi.

Rosie : J'ai cherché ses affaires à elle, et j'ai emporté ce que j'ai pu trouver. Un tas de vieilleries. J'espérais tomber sur nos actes de naissance ou de petits souvenirs qu'elle aurait gardés de nous. Rien ! Elle ne m'a jamais rien donné. Et rien laissé. Que des vieilleries, je vous dis. Des vêtements sales et déchirés. Des chaussures usées. La moitié d'entre elles sont dépareillées. Je ne sais plus... J'ai pris ce que je pouvais dans la chambre. Il m'a suivie. J'ai dit, je prends ça, mon vieux. Il a répondu que personne n'en voulait, de toute façon. Et que personne ne voulait d'elle, de moi ou de nous. J'ai dit, tais-toi ou je te tue. À ce moment-là, je l'ai sorti du sac et je l'ai pointé vers lui. Je suis désolée, Louis. Je n'avais pas l'intention de le faire, je t'assure ! Pendant tout le trajet, je m'étais réjouie de l'avoir emporté avec moi, mais je m'étais promis de ne pas m'en servir. Pas question de marcher dans ses pas, je me répétais. Le problème, c'est que j'ai eu envie de le pointer sur lui dès que je l'ai aperçu. Je voulais lui faire peur.

Je crois que ce sont ses mots. J'essaie de me rappeler tout ce qu'elle a dit.

Louis : Ne t'inquiète pas. Tu n'as rien fait de mal, mon ange. J'avais de bonnes raisons de te le confier, il me semble.

Rosie : Je n'aurais pas tiré, tu le sais bien. Je lui ai montré, c'est tout. J'ai dit, c'est à nous, maintenant. Vous vous rendez compte ? J'étais là, à agiter mon pistolet sous son nez pour emporter un tas de vieilleries ! Quelle idiote ! J'espérais trouver deux ou trois choses, quand même... Je me suis trompée.

Je suis allée ouvrir la malle. Ça puait, là-dedans.

Rosie : Tu crois que je suis devenue folle ?

Louis a juré que non.

Rosie : Il n'y a pas le moindre objet de valeur là-dedans. Ça ne vaut rien, ni pour nous, ni pour personne.

Louis l'a rabrouée gentiment.

Elle a repris : Après ça, il s'est pissé dessus ! Je vous assure que c'est vrai. Au début, il se marrait, parce que je n'arrivais pas pointer l'arme sur lui. Je tremblais trop. Mais quand je l'ai visé vraiment, sans bouger, il a cessé de rigoler. Il n'y avait plus rien de drôle, vous pouvez me croire. C'est là que j'ai entendu un petit bruit. J'ai baissé les yeux. Lui aussi. Il y avait une mare à ses pieds.

Louis a éclaté de rire.

Lui : Tu es une dure à cuire, ma Rosie.

Elle : Merci, chéri. Je suis épuisée, maintenant. Vraiment épuisée.

J'ai commencé à fouiller dans la malle. Rosie avait raison : rien que des vieilleries. Vêtements sales, chaussures trouées, bibelots cassés en deux. J'allais renoncer quand je suis tombée sur un carnet. J'ai failli m'évanouir. C'était un journal intime.

Moi : Et ça, c'est quoi ?

Rosie a secoué la tête.

Elle : Rien, je t'assure. Ça ne vaut rien.

Ensuite, elle est montée dans leur chambre. Elle a passé la journée entière à dormir. Elle dort encore.

J'ai essayé de lire le journal de ma mère. En vain. Mauvais anglais, écriture illisible. À force de vivre avec lui, elle commençait à débloquer. Impossible de déchiffrer le moindre mot. C'est injuste.

Je voulais seulement savoir si nous lui avions manqué après notre départ.

Journal de Mazie, le 10 février 1920

Pas un mot ce matin dans l'auto. C'était calme, trop calme.

Moi : Et si tu me parlais un peu de ta famille, Louis ?

Louis : Pourquoi veux-tu que je t'en parle ?

Moi : Pour ne plus penser à la mienne, pardi ! Je vais devenir dingue si j'y pense une minute de plus.

Il s'est raclé la gorge, puis il est resté silencieux un bon moment.

Finalement, il a dit : Mon père, je l'ai pas connu. Il est mort quand j'étais tout bébé. Ma mère, je m'en souviens. J'avais treize ans quand elle est morte. Elle avait un drôle de rire, très profond, comme le tien. Et une peau superbe. Pâle, très douce. Ce dont je me souviens le plus, parce qu'avec l'âge, mes souvenirs commencent à s'estomper, ce sont ses lettres. Des lettres magnifiques ! Elle en écrivait une chaque année pour mon anniversaire. Elle racontait ce que j'avais fait au cours des mois écoulés, et ce qu'elle me souhaitait pour l'année à venir. Je peux t'assurer que c'est merveilleux de recevoir ce genre de lettres quand on est gamin ! Je les ai toutes gardées. J'aurais aimé qu'elle en écrive d'autres, bien sûr. Après, j'ai dû inventer le reste de ma vie tout seul.

Moi : Où sont-elles, ces lettres ?

Louis : À la maison.

Moi : Je pourrai les voir ?

Lui : Pourquoi ?

Moi : Pour savoir à quoi j'aurais pu ressembler si j'avais eu une mère comme la tienne.

Lui : D'accord. Mais tu t'en sors très bien, tu sais.

Moi : De quoi sont-ils morts ?

Lui : De maladie. Les maladies étaient beaucoup plus fréquentes, à l'époque. Les gens tombaient malades, et ils mouraient. C'était triste, mais on s'en remettait. J'ai une nouvelle famille, maintenant. Je vous ai trouvées.

J'ai fixé le paysage. Le ciel gris pâle scintillait comme s'il y avait un ange là-haut.

Lui : Tu sais, il vaut peut-être mieux que je ne te montre pas les lettres tout de suite. Ça me rend toujours un peu triste de les lire. Je préfère regarder devant moi, pas derrière. J'aime voir le bon côté des choses.

Il s'est tu. On n'a plus rien dit jusqu'à la fin du trajet.

En rentrant, j'espérais trouver Rosie dans la cuisine. Personne. La malle trônait encore au milieu de la pièce. On l'a transportée dans la remise, Louis et moi.

Loin des yeux, loin du cœur.

Journal de Mazie, le 11 février 1920

Hourra ! Elle s'est enfin levée. Quand je suis partie ce matin, elle était de retour dans la cuisine.

Journal de Mazie, le 14 février 1920

Pas d'amoureux en vue. La carte postale du capitaine fera l'affaire.

Arrivée aujourd'hui de San Francisco.

Au recto : une photo de séquoia géant prise dans un endroit appelé Eureka. Un gamin pose à côté de l'arbre pour montrer à quel point il est énorme.

Au verso : « Reste comme tu es. Ne change rien jusqu'à mon retour ! »

Je l'ai accrochée près des autres. Puis je l'ai regardée sans bouger en me demandant ce que ça ferait de rester la même pour toujours. Le séquoia continuerait de pousser, le gamin grandirait, mais moi, je serais toujours là dans ma cage.

Journal de Mazie, le 15 mars 1920

Les flics ont fait fermer le bar de Finny hier soir. Je crois que cette fois, c'est pour de bon. Finny est au poste. J'ai demandé à l'un de serveurs d'aller régler la caution pour qu'ils le laissent sortir. Mack Walters est passé devant le Venice tout à l'heure, histoire de prendre la température, j'imagine. On s'est engueulés à propos de l'arrestation de Finny.

Moi : Je vous ai vu dans ce bar des centaines de fois, et dans un sale état !

Lui : Finny ne peut pas continuer à vendre sa bibine comme si de rien n'était. Il le sait très bien.

Moi : Et vous ? Il me semble que vous continuez à emporter votre flasque avec vous partout où vous allez... Elle fait une bosse dans votre poche !

J'ai pointé le doigt vers son pantalon.

Lui : Ça ? Ce n'est pas une flasque, Mazie.

Il m'a lancé un regard salace. Le vicelard ! J'ai tiré le panneau « fermé » devant ma caisse et je lui ai tourné le dos. Mais je riais sous cape, et il le savait. Il rêve de m'emmener dîner. Il me l'a déjà proposé plusieurs fois. J'ai toujours refusé en disant que je vis à Coney Island, maintenant. S'il me cherche, c'est là qu'il me trouvera.

Journal de Mazie, le 16 mars 1920

J'ai aperçu sœur Ti ce matin. Elle traversait la rue près du Venice. Les ailes de son habit déployées derrière elle. Pas un signe, pas un sourire.

Je n'ai pas besoin d'elle.

Louis est passé plus tard dans la matinée. Il a déposé un sac dans le coffre-fort.

J'ai posé aucune question. À quoi bon ? Il ne m'explique jamais rien, de toute façon.

Journal de Mazie, le 19 mars 1920

Moi : Dis, tu t'inquiètes pas pour Rosie en ce moment ?

Louis : Pourquoi veux-tu que je m'inquiète ?

Moi : Je trouve ça bizarre qu'elle passe son temps à astiquer la cuisine.

Lui : Tu voudrais le faire à sa place, peut-être ? Moi, j'en ai aucune envie !

Fin de la discussion. Louis ne voit même pas où est le problème, j'imagine. Nous aurons donc la cuisine la plus propre de tout Brooklyn.

Journal de Mazie, le 1er avril 1920

Ce matin, j'ai pris le métro aérien de Coney Island à Manhattan. Il vient d'être inauguré. C'était la troisième fois qu'il effectuait le trajet. Je suis montée dedans et j'ai dit au revoir à l'océan.

Ce train-là, je l'attendais depuis des mois. Me voici libre, enfin ! Finis les trajets avec Louis. Je n'aurai plus à attendre qu'il me dépose ou qu'il vienne me chercher. Plus besoin de m'adapter à son emploi du temps, à ses horaires. Vive le train ! À moi le vaste monde ! À partir de maintenant, je ferai ce qu'il me plaira. Je sortirai et je rentrerai, je dirai bonjour et bonsoir quand ça me chantera. Je pourrai de nouveau disposer de mon temps à ma guise.

Vive le train !

Elio Ferrante

Le prolongement du métro aérien jusqu'à Coney Island a bouleversé la ville. Comme je vous l'ai expliqué précédemment, les habitants de Coney Island, même ceux qui ne vivaient pas sur place en permanence, étaient issus des classes moyennes et supérieures. En 1920, l'ouverture d'une ligne directe entre Manhattan et Coney Island a permis à tous les New-Yorkais de se rendre à la plage pour une somme modique. On a donc rapidement assisté à une augmentation très significative du nombre de visiteurs issus des classes populaires, qui venaient passer le week-end au bord de l'océan. C'est l'objet de mes recherches, d'ailleurs : l'impact du métro sur la structure sociale de la population new-yorkaise.

Mais vous avez raison : cette ligne de métro a aussi changé la vie de ceux qui effectuaient le trajet dans l'autre sens. Le fait que je n'étudie pas le phénomène ne le rend pas moins important, au contraire. Si vous habitiez Coney Island en 1920, vous pouviez désormais vous rendre en ville plus facilement. Les trains ont tout changé. Les trains, mais aussi les avions et les voitures, et pendant qu'on y est, le téléphone, aussi. Et la radio !

Les films en couleur ! La télévision ! Les médicaments et les armes. La pollution. Le skateboard. Le préservatif. Le bikini. L'édition. La presse magazine. Le droit de vote. La pornographie. L'ampoule électrique... Je pourrais continuer longtemps ! Tout est facteur de changement. Tout ce qui nous entoure contribue à faire l'histoire. Le changement, et la réaction au changement. Chaque guerre, chaque défaite. Il y a toujours une piste à suivre, Nadine.

Journal de Mazie, le 11 avril 1920

J'adore absolument tout dans ce train : le prendre chaque matin pour aller travailler ; m'asseoir sur les chaises en rotin, bien calée contre le coussin et offrir mon visage à la caresse de l'air brassé par le ventilateur fixé au plafond. C'est d'un chic ! Le train nous berce gentiment, tous au même rythme. Les bébés somnolent, la joue sur le sein de leur mère. C'est bien simple : je ne peux pas m'empêcher de sourire bêtement pendant tout le trajet ! Même l'odeur de fuel me plaît : elle me rend d'humeur coquine. Bizarre, non ? Autour de moi, personne n'a vraiment compris l'importance de ce train. Pourtant, c'est fou, ce qu'un ticket de métro à cinq cents peut changer la vie d'une fille ! Et pour toujours, en plus.

Journal de Mazie, le 1er mai 1920

J'ai reçu une carte postale de Jeanie aujourd'hui. Au recto, une photo de la Ville blanche, le grand parc d'attractions situé au sud de Chicago. J'ai bien aimé les jolis arbustes plantés tout autour du parc. Ça ressemble à Luna

Park, sauf que nous, on a l'océan, alors qu'à Chicago, ils doivent se contenter d'une sorte de grand lac. Au recto, Jeanie précise qu'elle joue depuis quelque temps dans un théâtre appelé le Phoenix.

Ensuite, elle écrit : Pourquoi ne m'as-tu jamais dit que c'est formidable de se coucher tard ?

Elle fanfaronne, c'est sûr. Mais j'espère bien qu'elle s'amuse comme une folle ! J'espère qu'elle sort en talons hauts et qu'elle brise les cœurs sur son passage. Je voudrais tellement savoir que quelqu'un s'amuse quelque part !

Journal de Mazie, le 12 mai 1920

Sœur Ti est venue faire la paix. Elle m'a offert un sachet de bonbons en gage de réconciliation : des pastilles à la menthe si fortes qu'elles vous dégrisent en un clin d'œil.

Puis elle m'a dit : Je n'avais rien fait de mal.

Moi : Ce n'est pas ce que tu as fait, c'est ce que tu as dit qui m'a blessée.

Elle : Ce que j'ai dit ? Je me faisais du souci pour toi, rien de plus.

Comme si elle savait mieux que moi ce que je dois faire ! On a le même âge, que je sache. Et la foi n'a jamais donné à personne l'expérience de la vie. Seule la vie vous apprend à vivre.

Je lui ai pardonné quand même. Elle m'a tant manqué ces derniers mois ! Je l'adore, tout simplement. Rien ne me fait plus plaisir que de taquiner ma p'tite Ti.

Journal de Mazie, le 1er juillet 1920

Jeanie m'a écrit.

Au verso : Je suis amoureuse de l'amour.

Au recto : Une vue de Michigan Boulevard, photographié vers le nord. Rien d'extraordinaire : des immeubles et des autos, comme à New York. En plus propre, peut-être. À moins que ce soit une astuce du photographe ? Tout peut sembler propre du moment que l'image est cadrée de la bonne façon.

Journal de Mazie, le 15 juillet 1920

J'ai croisé Al Flicker dans le train ce matin. Il est monté à Jay Street avec un gros œil au beurre noir.

J'ai lancé : Eh, Al, j'aimerais pas voir la tête de celui qui t'a fait ça !

Je voulais plaisanter un peu, histoire de lui faciliter les choses. Il n'a pas trouvé ça drôle. Il n'a fait aucun commentaire. Il regardait derrière moi, les yeux rivés sur le tunnel. J'ai fini par me retourner pour voir ce qu'il fixait. Il n'y avait rien. Juste le tunnel plongé dans le noir.

George Flicker

Ma mère ne savait pas où il allait, et je ne crois pas qu'il vous l'aurait confié s'il avait été en vie aujourd'hui. De toute façon, Al était assez grand pour agir à sa guise. Et vu que je menais la belle vie en France, à l'époque, je n'étais pas le mieux placé pour critiquer sa façon de vivre. Pourtant, je sentais l'inquiétude monter chez ma mère, dans ses lettres et dans nos conversations téléphoniques. Je me souviens, elle disait souvent que son frère finirait par la tuer. À quoi je répondais : « Comme si une broutille pareille pouvait te tuer ! »

Journal de Mazie, le 5 septembre 1920

J'ai reçu une carte postale du capitaine.

Au verso : Je serai à New York le 4 octobre. Serai très honoré si tu acceptais de dîner avec moi. P.-S. Tu es superbe en rouge.

Journal de Mazie, le 16 septembre 1920

Quelle journée atroce ! Jamais rien vu de tel. Plus jamais ça, c'est tout ce que j'espère.

Une bombe a explosé à Wall Street. Je l'ai entendue à midi. Il y a près de deux kilomètres entre le Venice et Wall Street, mais la détonation m'a fait sursauter. J'ai compris que ce n'était pas tout près, mais pas très loin non plus. Nous étions entre deux séances. Je savais que personne ne viendrait m'acheter un billet avant une bonne heure, alors j'ai fermé la caisse et je me suis plantée sur le trottoir. D'abord, j'ai vu Mack courir comme un dératé. Suivi par d'autres flics de sa patrouille. Je les ai regardés filer. Puis le silence s'est abattu sur la ville. Un silence de mort. La ville entière semblait retenir son souffle, et moi avec. L'instant d'après, des hurlements ont retenti au bout de la rue. J'ai relevé mes jupes et je me suis mise à courir. J'ai pas réfléchi. J'ai descendu Pearl Street sans savoir où j'allais. Je me dirigeais vers l'endroit d'où venaient les cris, c'est tout. Je voulais me rendre utile.

Très vite, j'ai croisé des gens dans l'autre sens. Certains étaient couverts de poussière jaune, comme un parchemin qui s'effrite ; d'autres, moins nombreux, avaient du sang sur leurs vêtements. Aucun d'eux n'était vraiment blessé, mais ils semblaient terrorisés. Ils criaient, l'air hagard. J'étais parfois obligée de les bousculer pour poursuivre mon chemin. Comme j'étais la seule à aller vers le sud, ce n'était pas facile. Ça m'a rappelé l'époque où je courais plus vite que les garçons du quartier. Chaque fois que je jetais un regard par-dessus mon épaule, je les voyais massés derrière moi, incapables de me rattraper.

Plus je me rapprochais de Wall Street, plus il y avait de poussière. Une poussière très jaune, et du sang très rouge. Des tas de débris volaient au-dessus de ma tête. J'aurais voulu tout nettoyer. J'ai prié pour qu'il pleuve, une bonne averse nous aurait fait du bien. Seigneur, j'ai pensé tout bas, laissez venir la pluie ! J'ai levé les yeux, mais je n'ai rien vu. Que des volutes de fumée jaune et verte. Les sirènes d'alarme m'écorchaient les oreilles. Un vacarme à vous rendre folle. La banque Morgan ! a crié quelqu'un. Une bombe a explosé devant la banque Morgan !

J'ai remonté Wall Street, toujours en courant. Vitres brisées aux fenêtres des immeubles. Corps étendus en travers de la chaussée. Quelques bras, aussi. La patte d'un cheval. Pourquoi n'ai-je pas rebroussé chemin ? Du sang partout. Je courais toujours quand j'ai aperçu sœur Ti, agenouillée près d'un blessé. Elle serrait sa jambe entre ses mains pour tenter d'interrompre le flot de sang. Je me suis accroupie. J'ai dénoué mon foulard et nous avons pansé la plaie. Autour de nous, ça courait, ça criait. Les flics, les secours, les blessés. Ti et moi, on est restées ensemble. Après le premier gars, on s'est occupées d'un deuxième, puis d'un troisième et d'un quatrième. J'ai déchiré le bas de ma robe pour fabriquer des pansements de fortune. Mack était là, lui aussi. Je les apercevais, lui et ses collègues, à travers un nuage de poussière. Nous sommes restées jusqu'à ce qu'il n'y ait plus personne à secourir. Jusqu'à ce que tous les corps aient été emportés.

Puis on a traversé Chinatown pour rentrer chez nous. Le pas lourd, la tête vide. Ti s'est figée devant l'église de la Transfiguration.

Elle a dit : Regarde.

J'ai levé les yeux. Une statue se dressait dans une alcôve aménagée au-dessus du porche. Un vieillard taillé dans un bloc de marbre blanc, noirci et abîmé par le temps.

Elle : C'est saint Bosco.

Moi : Eh bien, où étiez-vous aujourd'hui, saint Bosco ?

Elle : Oh, il était avec nous, c'est certain.

Elle s'est signée, les yeux toujours levés vers la statue. En temps normal, j'aurais éclaté de rire, mais ce n'était pas le moment de manquer de respect à quiconque.

Je suis allée chez Finny dans la soirée. C'était ouvert. Pour combien de temps ? Nul ne le sait. Et personne ne faisait de commentaire à ce propos. La moitié des flics du quartier étaient au bar. Je crois que tout le monde avait besoin de boire un coup. C'était sûrement l'une des journées les plus tristes que cette ville ait connues.

Les anarchistes, répétaient les flics. Ce sont eux qui ont fait le coup !

On verra demain, j'ai pensé. La justice fera son travail. En attendant, allons tous nous coucher.

Je viens d'arriver à la maison. Rosie a décrété que Louis me conduirait au boulot demain matin.

Journal de Mazie, le 17 septembre 1920

Levée à l'aube, je suis sortie de ma propre maison sur la pointe des pieds. Un jour comme aujourd'hui, je m'en serais voulu à mort de ne pas prendre le métro avec les autres New-Yorkais ! Nous n'étions pas nombreux au départ, mais peu à peu, le train s'est rempli. Les voyageurs portaient tous des couleurs sombres. Chemises, blouses, vestes, chapeaux : que du beau linge, et que du noir. Le train entier semblait en deuil.

Un type est monté à Flatbush avec un gros cageot de pommes. Des petites pommes bien vertes et bien brillantes. J'ai fait un signe de tête à l'homme, qui m'a saluée en retour. Il était petit lui aussi, très brun, avec une moustache en guidon. Un Italien, sans doute.

Il a dit : Je les ai cueillies hier dans le New Jersey. J'ai passé la journée là-bas. Vous vous rendez compte ? J'ai tout loupé parce que je cueillais des pommes !

Moi : Valait mieux louper ça, de toute façon.

Lui : C'est pas le genre d'événement auquel on a envie d'assister, c'est vrai. Mais c'est pas non plus un truc qu'on voudrait louper.

Moi : J'y étais. C'était pas joli à voir, croyez-moi.

Lui : Sur le moment, j'avais juste envie de frapper quelqu'un – n'importe qui. Je regrette vraiment de pas avoir été là. J'aurais filé un coup de main, au moins !

Moi : Je vous comprends.

Lui : Eh, vous voulez une pomme ?

Moi : Y a rien qui me ferait plus plaisir.

Il m'a tendu un fruit. Puis il a demandé à la dame assise à côté de moi si elle en voulait une. Pareil pour le monsieur d'en face. Et ainsi de suite. Le cageot s'est vidé en un clin d'œil. Bientôt, tout le wagon croquait des pommes. Une même récompense, verte et bien brillante, pour tous ceux qui avaient échappé à la mort. Le train nous berçait d'avant en arrière comme des bébés. On n'entendait plus que le bruit des dents dans les pommes. Personne n'avait oublié ce qui s'était passé la veille. C'est juste que ces pommes-là étaient rudement bonnes.

Elio Ferrante

Aussi imparfaite soit-elle, cette ville a toujours fait front dans les moments difficiles.

Journal de Mazie, le 18 septembre 1920

Louis m'a conduite en ville ce matin. Parce que, a dit Rosie. Parce que.

Dans la voiture, Louis a renchéri : Ne va pas à Wall Street aujourd'hui, tu m'entends ? Ce n'est pas tes oignons.

Moi : Les victimes étaient des travailleurs, comme moi. Comme ceux qui font la queue devant ma caisse, Louis !

Lui : On a déjà perdu une partie de la famille cette année, Mazie. Ça suffit, tu ne crois pas ?

Journal de Mazie, le 2 octobre 1920

Rosie ne me lâche plus : elle revient tous les jours à la charge pour que Louis me conduise en ville. Elle veut juste que j'aille d'une cage à une autre. C'est hors de question. Je continuerai à prendre le train, quoi qu'il arrive. C'est mon seul espace de liberté de la journée.

Ce matin, à quatre pattes sur le carrelage de la cuisine, elle trouvait encore le moyen de me donner des ordres. À genoux, cette femme édicte plus de lois que la plupart des rois sur leur trône.

Moi : Je prendrai le train, bon sang !

Rosie m'a tourné le dos et s'est remise à astiquer le sol. Son silence ne signifie pas qu'elle est d'accord avec moi, loin de là.

Journal de Mazie, le 3 octobre 1920

Louis est encore passé au Venice pour déposer un sac de billets dans le coffre-fort. Ces temps-ci, je me surprends à rêvasser. Et si j'en volais une partie ? Pas tout, mais juste assez. Ce qui est à moi est à toi, Mazie – il me répète ça à longueur de journée. Je pourrais prendre le magot et filer. Et après ? Que ferais-je ? Où irais-je ? À Chicago pour retrouver Jeanie ? Je finirais par vendre des tickets, là-bas comme ici. D'une cage à une autre, une fois de plus.

Journal de Mazie, le 4 octobre 1920

J'avais oublié que le capitaine arrivait aujourd'hui à New York. Comment ai-je pu oublier un truc pareil ? C'est ce qui s'est passé, pourtant. Je n'y pensais plus du tout quand il s'est pointé devant ma caisse. En grand uniforme.

Moi : J'ai oublié de m'habiller en rouge, monsieur.

Lui : Peu importe. Vous êtes ravissante, mademoiselle.

Il pourrait me briser s'il le souhaitait. Je suis si fragile ces temps-ci ! J'ai l'impression d'être en papier. Plie-moi aux quatre coins, si tu veux.

On a remonté Bowery Street.

Lui : Le quartier est plus tranquille que la dernière fois.

Moi : Normal. On ne trouve plus d'alcool nulle part.

Lui : Il y en a toujours quelque part.

Il a sorti une flasque de sa poche. Puis il m'a entraînée vers le square qui se trouve sur Hester Street. Sa main sur mon bras. Il m'a chuchoté des niaiseries à propos de mon coude, et de l'amour qu'il lui porte. J'ai failli le haïr.

On s'est assis sur un banc comme des gens respectables. Un monsieur, sa dame et une flasque qui passe d'une main à l'autre.

Le capitaine : Plus ils cherchent à nous en priver, plus on en veut.

Moi : L'abstinence augmente le désir, paraît-il.

J'ai baissé les yeux. Je me sentais gênée, tout à coup. C'est drôle, je me doutais que ça se passerait comme ça. J'ai toujours su que je serais gênée de le revoir.

Un policier a surgi au coin de la rue. Le capitaine a prestement glissé la flasque dans la poche de son pardessus. Comme un voleur dissimule son butin.

Lui : De quoi as-tu envie par une belle nuit comme celle-ci ?

Ce qui m'aurait vraiment plu, c'est d'aller à Coney Island le présenter à Louis et Rosie. On aurait pris le train ensemble comme des amoureux. Puis on se serait assis à la table de la cuisine avec ma famille. Comme tout le monde.

Il n'a pas attendu ma réponse. Il s'est tourné vers moi et il m'a embrassée. Le filou ! Ses doigts dans mes cheveux, il déclenchait des petits picotements de plaisir sur son passage.

Lui : Qu'en dis-tu, ma belle ? Est-ce une bonne manière de passer la nuit ?

J'ai rougi, plus gênée par l'intensité de mon désir que par tout le reste. Un désir si grand que je me sentais toute petite. Je l'ai suivi jusqu'à son hôtel. C'était propre et calme. Il m'a embrassée sur le seuil de la chambre. Un parfait filou, décidément. Il sentait l'homme. J'aurais hurlé à la lune si j'avais osé.

Lui : Je n'arrive pas à croire que nous avons toute la nuit devant nous.

Je l'ai regardé ôter ses vêtements. Il m'a regardée ôter les miens.

Je lui ai réclamé la flasque. J'en ai avalé une lampée avant qu'il la finisse. Il en a versé un peu sur moi, et j'ai fait pareil sur lui. Il a bu dans les plis de mon corps, j'ai lapé le sien. Je suis tombée à genoux et je me suis penchée vers son ventre. Je l'ai embrassé. Il m'a appelée par mon prénom. Il m'a dit que j'étais belle. Puis nous nous sommes allongés sur le lit. Et cette fois, j'ai hurlé à la lune.

On a continué comme ça pendant une partie de la nuit. Aujourd'hui, je suis à vif. Le moindre geste, le moindre pas me font penser à lui.

Je l'aimerais de toute mon âme si c'était possible. Mais il a déjà une vie, une vie entière loin d'ici ! Il va de port en port, libre comme l'air, et j'ignore ce qu'il fait de ses journées. Ou plutôt, si. Je commence à le savoir. Et je ne suis pas au programme.

Journal de Mazie, le 5 octobre 1920

Dans mon rêve, je lui parle du bébé. Il me tourne le dos et je noue mes bras autour de sa taille.

Lui : Pourquoi tu me racontes ça ?

Moi : Parce que je pensais que tu devais le savoir.

Lui : À quoi ça me sert, de le savoir ?

Moi : Je voulais juste te dire qu'il s'est passé quelque chose en ton absence, et que c'est fini maintenant.

Lui : Je regrette que tu me l'aies dit. J'aurais préféré continuer ma vie sans le savoir.

Moi : Moi aussi.

Lui : Aujourd'hui, tout irait bien. Nous aurions pu continuer comme avant, alors que maintenant je vais y penser jusqu'à la fin de mes jours.

Moi : Moi aussi moi aussi moi aussi.

Journal de Mazie, le 8 octobre 1920

Ce matin, on est restés un moment sur le perron à regarder l'océan, Louis et moi. L'été est fini. Envolé. Il n'en reste plus rien.

Louis : Tu ne veux vraiment pas faire le trajet avec ton bon vieux Louis ?

Moi : Je ne veux pas qu'on me conduise en ville.

Lui : Et si j'achetais une nouvelle voiture ? Une auto flambant neuve. Celle que tu voudras. Je la ferai mettre à ton nom.

Moi : Arrête, c'est trop.

J'ai fondu en larmes. Il a voulu me prendre dans ses bras, mais je l'ai repoussé. Il a une épouse pour ça, lui !

Journal de Mazie, le 9 octobre 1920

Je vais déménager, voilà ce que je vais faire. Je vais retourner en ville. J'ai un boulot, des économies. Je trouverai bien une chambre à louer ! Ce sera parfait pour une fille comme moi. C'est très courant, aujourd'hui. Plein de filles le font. Oui, je convaincrai quelqu'un de me louer une petite chambre. Je n'en parlerai pas à Rosie. J'attendrai qu'elle soit couchée pour boucler mes valises et je partirai au milieu de la nuit. Après, pour me parler, elle devra faire la queue au cinéma, comme tout le monde.

Journal de Mazie, le 11 octobre 1920

Mack est passé me voir au Venice aujourd'hui.

Moi : Quoi de neuf ?

Lui : Rien. Le calme plat.

Moi : Sur ce qui s'est passé à Wall Street l'autre jour, vous n'en savez pas plus ?

Lui : L'enquête est en cours.

Moi : Pas la moindre piste, alors ?

Lui : Il y avait peu d'indices sur place, hormis une tête de cheval, et la pauvre bête n'est plus en mesure de parler. Mais on a quelques individus à l'œil. On n'a aucune preuve contre eux, mais ça ne les innocente pas pour autant.

J'ai frémi. Je n'aime pas ce genre de propos.

Elio Ferrante

À New York, on a un petit problème avec le concept d'autorité. Ici, les flics n'ont jamais répugné à faire usage de leurs poings ou de leurs armes.

Journal de Mazie, le 13 octobre 1920

Tôt ce matin. Le café me semblait encore plus brûlant que d'habitude.

Rosie à quatre pattes sur le sol de la cuisine, occupée à nettoyer des taches inexistantes. Louis assis à table, occupé à manger ses œufs une bouchée après l'autre, sans reprendre son souffle.

Moi : C'est déjà propre.

Rosie continue de frotter.

Moi : Tu m'entends, Rosie ? Cette cuisine est déjà propre.

Elle : Elle sera propre quand je dirai que c'est propre.

Je me suis accroupie près d'elle. J'ai voulu prendre sa main, elle m'a repoussée. Louis s'est levé et m'a soulevée par la taille. Tout ça sans un mot, comme si nous étions en train de répéter une chorégraphie. Un ballet familial sans queue ni tête.

J'ai couru jusqu'à la gare sous une pluie battante. Mon nouveau chapeau y est passé. Je l'ai jeté sur le trottoir en arrivant au Venice, puis je me suis installée dans la cage et je l'ai regardé se gorger d'eau jusqu'à ce qu'un des ouvreurs s'empare d'un parapluie, fonce le chercher et le jette à la poubelle.

Elio Ferrante

Cette conception de l'autorité a son revers, tout de même. Ceux qui en abusent finissent par s'exposer à des représailles.

Journal de Mazie, le 15 octobre 1920

Quelle journée, juste ciel ! Quelle journée !

Elle a commencé par une dispute, comme d'habitude : Rosie me houspillait pour que je renonce à prendre le train.

Au bout d'un moment, Louis s'est écrié : Calmez-vous, à la fin ! J'ai le droit de déjeuner en paix, non ? On dirait deux gamines.

Rosie : C'est elle, la gamine.

Louis : Allez vous chamailler dehors. Je n'en peux plus.

On est sorties sur le perron. Rosie a claqué la porte derrière elle. J'avais de la peine pour Louis. Je savais qu'elle lui passerait un savon après mon départ. Il a dû penser que ça valait la peine de taper du poing sur la table. Il a raison. Faut le faire de temps en temps, j'imagine.

Le ciel matinal était de ce violet éclatant que je n'ai vu qu'ici, à Coney Island. Je suis sûre que l'océan possède un ciel rien qu'à lui, différent de ceux qui s'étendent sur le reste du monde.

Moi : Et si on regardait le ciel, toi et moi, rien qu'un instant ?

Rosie : Pourquoi ne fais-tu jamais ce que je te demande de faire ?

Moi : Regarde le ciel. Regarde-le !

Rosie : Je veux que tu voyages en sécurité. C'est ce qui compte le plus à mes yeux.

Elle s'apprêtait à continuer sur le même thème quand la voiture la plus chic que j'ai jamais vue s'est arrêtée devant la maison. D'ordinaire, les autos ne me font ni chaud ni froid : je m'en fiche comme d'une guigne. Mais je dois avouer que celle-là m'a tapé dans l'œil. C'était une Rolls-Royce gris métallisé. L'air que je respirais m'a semblé différent, comme si l'arrivée de la Rolls l'avait changé. J'ai d'abord cru que Louis avait tenu parole. Je me suis vue à l'arrière, en train d'aller au Venice ou d'en revenir. Quelle caissière au monde possède une voiture pareille ? Moi, j'ai pensé. Moi, et personne d'autre. Une bouffée d'arrogance m'a saisie. J'en ris encore en écrivant ces lignes. Ah, ah ! j'ai songé. Ma voiture est avancée.

Sauf que ce n'était pas ma voiture. Le chauffeur est sorti, un vrai de vrai, avec la casquette et les gants. Il a ouvert la portière arrière et s'est penché à l'intérieur. Une petite main s'est agrippée à son cou. Il s'est redressé, la passagère dans ses bras. J'ai vu sa jambe dans le plâtre avant de reconnaître son visage.

Jeanie est de retour.

5

Extrait de l'autobiographie inédite de Mazie Phillips-Gordon

Certains sans-abri sont d'excellents chanteurs. Le matin, quand j'arrivais au Venice, je les entendais entonner des chants irlandais traditionnels, parfois même une ou deux complaintes de marin. D'autres préféraient dessiner : ceux-là croquaient le square où ils dormaient, le métro sale et bruyant qui passait au-dessus de nos têtes, ou leurs camarades d'infortune en train de vaquer à leurs petites affaires. J'ai des centaines de croquis de ce genre, achetés pour cinq cents ou troqués contre un verre de bière. Certains clochards ont une véritable âme d'artiste. Une passion peu commune pour la vie, pour la beauté. La boisson finit par l'entamer, hélas. La passion s'amenuise, le talent se noie dans l'alcool. Mais une telle débâcle n'arrive pas sans raison. Il faut l'avoir voulu, ne serait-ce qu'un peu, pour tout perdre, même son talent.

Jeanie Phillips, le 21 octobre 1920

Mazie pense que je dois raconter ce qui m'est arrivé, parce que ce serait trop long pour elle de le faire à ma place, et aussi parce qu'écrire me fera du bien, ça m'éclaircira les idées, sans compter que c'est mon histoire, pas la sienne. Elle m'a conseillé de commencer par le début et de continuer dans l'ordre, jusqu'à la fin, sans mentir, parce que ça ne sert à rien de mentir à une page blanche, encore moins à un journal intime – ce serait comme te mentir à toi-même, m'a-t-elle dit. Puis elle m'a tendu ce cahier et ce crayon, et nous y voilà.

J'ai quitté New York il y a un an et demi parce que je voulais tracer ma propre route, choisir mon avenir au lieu d'accepter celui que Louis et Rosie, ou Ethan, avaient choisi pour moi. Si j'étais restée, je serais mariée maintenant ; je bosserais à la confiserie, à l'hippodrome ou à Luna Park, je ferais la cuisine et le ménage comme Rosie, ou j'aurais eu un bébé avec Ethan. C'est pas que je suis trop bien pour ça, ou même que ce ne soit pas un avenir acceptable ; c'est juste que je voulais danser, me servir de mes jambes, de mes bras, de mon corps. Utiliser ce don du ciel, mes armes à moi. Je les aurais perdues si j'étais restée assise à ne rien faire. Voilà pourquoi je ne voulais pas renoncer. Pas tout de suite, du moins.

Alors j'ai commencé à danser avec les frères Folsom, Skip et Felix, deux grands blonds échappés de leur ferme natale en Pennsylvanie. Fini les vaches, plus de pis à traire, rien qu'une brunette à lancer en l'air. On préfère ça, qu'ils m'ont dit. Et l'avenir nous sourit, maintenant. C'est tellement plus drôle de lancer des jolies filles en l'air que de presser les mamelles des vaches ! Ils sont assez grands et costauds pour me lancer et me rattraper, pour me faire tournoyer d'un bout à l'autre de la scène en me donnant l'impression que je vais m'évaporer et disparaître à jamais.

Felix a un an de plus que Skip. Il lit la Bible tous les soirs, par habitude prétend-il, parce que ces histoires l'aident à s'endormir. Il a épousé Elizabeth, la fille qui habille, qui coiffe et qui maquille Belle Baker avant son entrée en scène. Un vrai chérubin, cette Elizabeth, fraîchement débarquée de Philadelphie avec ses joues rondes et ses grands yeux. Et pas contrariante, avec ça ! Le genre de fille qui dit oui par principe et cherche toujours à faire plaisir. Quant à Skip, c'est le dieu dont toutes les filles tombent amoureuses, moi la première.

Attention : je n'ai pas succombé à son charme avant de partir en tournée. Je le jure sur ma vie, sur l'air que je respire, je n'aurais jamais fait une crasse pareille à Ethan. J'ai jamais menti à ce garçon, je l'ai jamais trompé, je l'ai toujours aimé et respecté. C'était mon premier galant et j'en voulais pas d'autres. Mais d'après Belle, en tournée, les coups de cœur s'attrapent comme de rien : c'est très contagieux, pire qu'un rhume. En tout cas, moi, je l'ai attrapé. J'en dormais plus, je rêvassais toute la journée – une vraie midinette. Je suis tombée amoureuse de Skip, de la vie que nous menions ensemble, du trac qui nous saisissait avant le lever de rideau, de la manière dont il serrait mes doigts dans les siens pour me souhaiter bonne chance, des applaudissements qui me coupaient le souffle à la fin de chaque représentation, du whisky et du vin que nous buvions ensuite, moi sur les genoux de Skip, Elizabeth qui caressait les cheveux de Felix, et Belle qui nous criait dessus pour nous soumettre à ses quatre volontés. Cette fille aime être obéie, c'est sûr. Elle dit souvent que c'est elle qui m'a « donné ma chance », comme si elle avait vingt ans de plus que moi au lieu de deux, comme si elle n'avait pas grandi à trois rues de chez nous, dans le Lower East Side. Je la laisse parler, malgré tout, parce qu'elle n'a pas entièrement tort. Sans elle, je ne serais allée nulle part. Ou pas bien loin, en tout cas.

On a commencé notre tournée à Philadelphie (ou Philly, comme on l'appelle entre nous), parce que le mari de Belle vient de là-bas et que son père possède un théâtre en plein centre. On y est restés un mois. Ça nous a permis de répéter le spectacle et de le tester sur un public déjà conquis : ils adorent Belle là-bas. Le succès était couru d'avance. Ensuite, on s'est rendus à Cleveland, histoire de voir ce que la ville penserait de notre petit numéro. Et elle en a pensé du bien, beaucoup de bien même. On s'est vite liés d'une affection réciproque, Cleveland et nous. Ah ! Ce qu'on s'est marré, là-bas ! On jouait dans un théâtre flambant neuf, c'était plein à craquer tous les soirs, les applaudissements n'en finissaient plus. Je m'en suis grisée durant des semaines, jusqu'à ce que les habitants de la ville nous aient tous vus au moins une fois et que le public commence à se clairsemer, parce qu'une fois leur suffisait. Alors Belle a décrété qu'il était temps de partir, et quand Belle parle, on obéit, parce qu'elle dirige la troupe, parce que c'est elle le clou du spectacle et que c'est elle qui attire les foules.

On est partis pour Chicago, parce qu'il y avait plus de blé à se faire là-bas : plus de monde, plus de Juifs. Des Juifs qui aiment autant les chansons yiddish que les chansons américaines, qui les préfèrent même, qui ne s'en lassent jamais, et ça tombait bien, puisque Belle les adore, elle aussi. Son mari nous a accompagnés à Chicago, puis il est rentré à Philly, il voulait y être pour le printemps. Belle n'était pas mécontente de le voir partir, vu qu'il crie plus fort qu'elle – et c'est bien le seul. Ensuite, elle nous a annoncé qu'elle ne chanterait pas tous les soirs avec nous, et qu'à Chicago, nous allions devoir voler de nos propres ailes. Là encore, il a fallu obéir : au début, on jouait seulement les deux représentations du week-end avec Belle, et rien pendant la semaine. On craignait d'être sur la paille, mais Skip, mon chéri, mon charmeur, mon beau parleur, nous a trouvé des contrats supplémentaires à White City, le parc d'attractions de Chicago. J'adorais cet endroit, ses enseignes lumineuses, ses foules joyeuses, ses allées bien propres, ses ciels immenses. Et on s'en sortait bien, là-bas : avec trois représentations en semaine, plus les deux du week-end avec Belle, on n'avait plus de souci à se faire.

Ce qu'on s'est amusé à Chicago ! Tout nous faisait rire. Courir au théâtre, héler un taxi parce que le temps nous manquait, en jaillir en courant, grimper l'escalier quatre à quatre jusqu'à notre loge, et tout ça sans faux pas, car les vrais danseurs ne trébuchent jamais. J'aurais pu continuer longtemps, j'adorais cette vie de nomade, traverser les États-Unis, aller d'une ville à l'autre, m'installer dans une chambre d'hôtel ou une pension, en faire un nid douillet, puis tout fourrer dans mes valises et me remettre en route. Oui, j'aurais volontiers tourné et tourné à travers notre grand pays jusqu'à la fin de mes jours. J'aimais ces gens, ces artistes, et j'aimais la camaraderie qui nous liait. Skip et Felix et Elizabeth et Belle et Jeanie – celle-là, c'est moi, la fille de l'air.

Si j'avais dû m'en tenir à un seul endroit du pays, j'aurais choisi Chicago. Le maire de la ville y est pour quelque chose : il est impayable, ce type-là ! Une vraie vedette, toujours sous le feu des projecteurs, même si le spectacle n'est pas au goût de tout le monde : monsieur fixe ses propres règles, se fiche pas mal de la prohibition et se remplit les poches avec les dollars de l'alcool de contrebande. J'ai lu les journaux et passé assez de temps sur place pour savoir ce que je dis : Chicago est une ville de dingues. Si vous voulez faire les quatre cents coups, c'est l'endroit qu'il vous faut.

Je n'ai jamais rencontré le maire en personne, mais j'ai croisé pas mal de gens qui bossaient pour lui. J'avais parfois l'impression que la moitié de la ville se rendait dans son bureau ou venait d'en sortir ! Un soir, l'un des types qui forment sa garde rapprochée est venu nous saluer dans les loges. Très bien mis, un vrai gentleman, grand et musclé sous son costume trois-pièces, et avec ça, de grands cils et une bouche bien charnue. Il s'appelait Paul. Il était américain, mais ses parents avaient grandi en Italie, si bien qu'il s'était d'abord appelé Paulo. C'est mon petit secret, qu'il m'a dit. On venait juste de se rencontrer, il s'est penché vers moi. Promettez-moi de ne le répéter à personne. Sa main sur la mienne pour sceller la promesse, et je n'avais déjà qu'un mot en tête : Oui.

Paul adorait notre travail, notre spectacle, notre trio. Felix et Skip et moi. Pour nous remercier, il nous a proposé une sortie en ville. Il nous a expliqué que le maire lui avait donné pour mission de veiller au bon respect de la prohibition, si bien qu'il savait exactement où ne pas aller – et quand on pouvait y aller quand même. Il a ponctué ces derniers mots d'un clin d'œil à mon intention. Oui, oui, nous vous suivons, Paul, où vous voudrez, oui.

Il avait sa propre voiture, la plus belle que j'aie jamais vue, avec un chauffeur qui a soulevé son chapeau pour nous saluer quand on s'est installés sur la banquette arrière. Après ça, le type ne nous a plus adressé la parole, une vraie carpe jusqu'à la fin de la soirée, comme si un fantôme avait pris le volant. Paul nous a emmenés dans les meilleurs bars clandestins. Il connaissait tout le monde, y compris les types en costume qui faisaient les cent pas près des portes pour veiller au grain. J'ai passé la nuit à danser dans les bras de Skip, mais je savais que Paul ne me quittait pas des yeux. Son regard transperçait mon partenaire pour venir se fixer sur moi, et je le fixais aussi, droit dans les yeux. Je savais que nous n'en resterions pas là, lui et moi. Je voulais aller plus loin, il le voulait aussi. Je n'avais qu'un mot à dire : oui.

Alors je l'ai dit. Oui, trois fois, dix fois, oui, oui, oui ! Il est marié ? Et alors ? Je dis oui. J'ai l'impression qu'il s'arrange avec la loi, je dis oui quand même. Oui oui oui. Il me dit : Tu n'es qu'une fille parmi d'autres. Je dis oui, c'est vrai. Tu es si menue que je pourrais passer la main à travers toi. Oh, je réponds, je la sentirais, ta main. Rien qu'une jolie petite youpine de New York, il me dit. Moi, j'aurais jamais imaginé que ce soit si désirable, une fille comme moi, mais je le suis pour lui. Il me désire, et il m'obtient.

Et Skip ? Comment je me suis débrouillée pour l'entourlouper ? Nous n'étions pas mariés, mais nous dormions dans la même chambre « comme mari et femme, disait-il, jusqu'à ce que le rideau se lève pour la dernière fois ». Alors, comment ai-je fait ? J'ai menti, tout simplement. Et je mens très bien. J'ai commencé au berceau. Aujourd'hui, le mensonge m'est aussi naturel que la vérité.

On s'est cachés pendant quelques semaines, Paul et moi. Il me donnait rendez-vous en ville, on aurait dit qu'il avait les clés de toutes les portes de Chicago : hôtels, hangars et dancings, grands salons et salons privés et même ma propre chambre, rien ne lui résistait. Il m'a proposé de l'argent à plusieurs reprises, j'ai toujours refusé. Je n'en avais pas besoin. Et puis, j'avais beau être menteuse et infidèle, je n'étais pas et ne serai jamais une fille publique.

J'arrivais au théâtre avec les cheveux en bataille, encore emmêlés par nos ébats. Elizabeth se dépêchait de les peigner et de les boucler pour le spectacle, mais le temps nous manquait et elle devait s'interrompre pour s'occuper de Belle. « Je ne sais plus quoi faire avec toi, geignait-elle. Le vent de Chicago doit être plus fort que je le pense ! » Je riais, un rire coquin, un rire de noceuse, et elle me lançait un regard ironique, l'air de dire : Ce n'est peut-être pas le vent, c'est peut-être Skip, puis elle soupirait : « Ah, ces frères Folsom ! »

Un jour, alors que nous étions encore plus en retard que d'habitude, Belle est arrivée d'humeur massacrante. Son mari était en ville, ce qui compliquait la situation, parce qu'il ne faisait pas vraiment partie de notre famille d'artistes, vu qu'il est plus autoritaire qu'elle et qu'il ne peut pas y avoir deux chefs pour une seule troupe. En voyant Elizabeth me coiffer, Belle s'est mise à rouspéter que c'était *sa* cameriste, pas la mienne. Je grimaçais au seul son de sa voix, si mélodieuse quand elle chante, si intimidante quand elle parle, mais elle avait raison : Elizabeth bossait pour elle, pas pour moi. Finalement, Elizabeth a dit qu'elle aurait préféré me couper les cheveux et s'en débarrasser une bonne fois pour toutes, j'ai dit d'accord, et le lendemain, elle m'a coupé les cheveux, un carré très court, et plus personne n'a pipé mot.

En découvrant ma nouvelle coiffure, les deux hommes de ma vie se sont montrés encore plus empressés : ce nouveau moi plaisait à Paul parce que c'était original, spontané, inattendu, et à Skip, qui me trouvait élégante, moderne et raffinée. Quant à moi, j'étais enchantée par ma nouvelle coupe : avec elle, j'étais un tourbillon, une tornade, une femme toujours en mouvement, désirable et désirée. Durant une semaine, j'ai tenu toutes les cartes en main, et la vie m'a semblé absolument parfaite.

Puis, un matin, je me suis réveillée avec une douleur dans le bas-ventre, un mal sourd et persistant qui m'a alertée ; comme j'avais aussi souillé mon linge pendant la nuit, j'ai compris que quelque chose ne tournait pas rond. J'ai essayé les remèdes de bonne femme, les potions des gitanes, pour me débarrasser de cette douleur et de ces sécrétions jaunâtres – en vain. J'ai compris que j'étais fichue.

Impossible d'en parler à ma famille d'artistes, bien sûr. Ni à Elizabeth, ni à Belle ou à Felix, et encore moins à Skip. Il faut le savoir : si vous mentez, si vous trompez vos proches, si vous avez des secrets, personne ne viendra vous aider en cas de problème. Vous vous sentirez très seul. Totalement invisible. Bref, j'ai trouvé un docteur pour femmes, il m'a regardée là-bas dessous pendant un petit moment, puis il a toussoté, marmonné, hésité et fini par m'avouer, en détournant les yeux, que j'avais la chtouille. La chaude-pisse. Moi ! Moi qui me grisais de mon succès depuis des semaines, moi qui vivais pour les applaudissements du public, j'en étais arrivée là ? À attraper la chtouille ? Oh, l'affreuse, affreuse nouvelle !

Était-ce Skip ou Paul qui me l'avait refilée ? Je penchais pour Paul car j'étais sûre de ne pas être sa seule maîtresse. Il voyait d'autres filles, y compris des professionnelles qu'il payait pour ça, et ces filles-là ont parfois la chtouille, mais voilà que je l'avais moi aussi, alors de quel droit les aurais-je jugées ? J'en ai parlé à Paul, je lui ai demandé s'il n'avait pas un petit problème par là-bas dessous, et il m'a répondu qu'en vivant la vie qu'il vivait, il y en avait toujours un, de ces petits problèmes, par là-bas dessous.

Ensuite, j'ai dû en parler à Skip. J'aurais préféré garder la nouvelle pour moi, mais je savais qu'il fallait l'en informer, alors j'ai couru au théâtre. Je l'ai trouvé assis dans sa loge avec Elizabeth. Ils avaient la mine grave, tous les deux, et j'ai compris : Skip savait déjà qu'il l'avait attrapée, lui aussi. Je suis désolée, j'ai dit, je suis tellement désolée, tout est de ma faute ! Oh, Jeanie, il a murmuré en secouant la tête. Jeanie ! Il n'arrivait pas à me regarder en face, alors Elizabeth lui a pris la main, et j'ai rougi de honte. Puis j'ai remarqué qu'elle pleurait. J'ai compris qu'elle l'avait attrapée, elle aussi, et qu'elle était la maîtresse de Skip. À ce moment-là, j'ai entendu un tonnerre d'applaudissements dans ma tête, une ovation pour Jeanie, la fille de l'air, celle qui entraîne tout le monde dans sa chute. Felix est arrivé quelques minutes plus tard, il sifflotait, il chantonnait, il était prêt pour le show du soir. Il a fallu lui dire à lui aussi, lui avouer que toute la famille était malade, un truc affreux que chacun de nous avait refilé à l'autre. Il nous a écoutés, il est parti sans un mot, et n'est revenu qu'à la dernière minute, au moment d'ouvrir le rideau.

Elizabeth est allée coiffer Belle. Je me suis assise devant le miroir, près de Skip, j'ai lissé mes cheveux, j'ai rougi mes lèvres et noirci mes yeux d'un trait de khôl. Et pendant tout ce temps, je cherchais son regard dans le miroir. Que ressentait-il ? Qui était-il, ce bel ange blond assis près de moi ? Impossible de le savoir, il refusait de me regarder, il se débrouillait pour poser les yeux partout sauf sur mon visage, alors j'ai compris qu'il était aussi menteur et infidèle que moi, nous étions pareils, Skip et moi et Elizabeth, seul le pauvre Felix valait mieux, le brave Felix qui sifflotait en venant travailler et se retrouvait maintenant avec le ventre en feu comme nous autres. J'en étais là de mes pensées quand le spectacle a commencé.

Il ne m'a pas fallu plus de cinq minutes, le temps d'effectuer le premier vrai saut du numéro, pour tomber. Encore aujourd'hui, je ne saurais dire qui m'a lâchée : Skip ou Felix ? Quand vous êtes en l'air comme ça, vous ne savez plus qui doit vous rattraper. Vous vous contentez de fermer les yeux en espérant que chacun fera son boulot. Sauf que cette fois-là, ils ne l'ont pas fait. Alors, Skip, Felix, ou Skip et Felix ? Je ne les ai pas regardés en face après coup, tout est allé si vite ! Ils m'ont lancée, je suis retombée, j'ai entendu quelque chose craquer dans ma jambe, un craquement bien particulier, et j'ai hurlé de douleur. Tout s'est obscurci, j'ai vu des étoiles, les projecteurs, puis plus rien. J'avais perdu connaissance.

Je me suis réveillée à l'hôpital. Un médecin m'a expliqué que si j'étais tombée autrement, je me serais brisé le dos. Ce qui compte, m'a-t-il dit, c'est la manière dont vous tombez. Votre âge, votre forme physique, et la manière dont vous tombez. Vous avez eu de la chance, a-t-il ajouté. Vous vous en tirez avec un plâtre jusqu'au genou, rien d'autre. La chance, j'y crois pas, j'ai répondu. Je préfère écrire ma vie moi-même.

Personne n'est venu me voir le premier jour, ni Skip ni Elizabeth ni Felix. Le lendemain, Belle, ma vieille amie, s'est assise à mon chevet. Je suis navrée, m'a-t-elle dit, mais tu vas devoir quitter la ville. Dès que tu seras assez rétablie pour voyager, je t'achèterai un billet de train pour New York. Ta place est là-bas, auprès des tiens. Tu ne peux plus faire partie de la troupe. J'ai misé sur toi, a-t-elle ajouté, et j'ai perdu car tu as brisé l'équilibre de notre famille d'artistes.

Après ça, elle m'a expliqué qu'elle m'aimait comme une sœur et qu'elle ne m'en voulait pas, qu'elle n'éprouvait aucune rancune et qu'elle veillerait à ne pas ébruiter le scandale tant que je m'engageais à garder le secret, moi aussi. Quand j'ai plongé mes yeux dans les siens, ses grands yeux mélancoliques, j'ai compris qu'elle avait la chtouille, elle aussi.

Après Belle, Paul est arrivé en pardessus de laine et gants de cuir, il respirait l'élégance et sentait bon le feu de bois. Ce qu'il était beau, mon Italien ! Je n'oublierai jamais l'instant de son arrivée : mon bel amant marié s'est penché vers moi, il m'a embrassée sur les deux joues, puis il m'a pris les mains et les a embrassées aussi. Je suis désolé que ça se termine comme ça, m'a-t-il dit. Tu es une fille superbe, tu seras bientôt remise sur pied et tu recommenceras à danser, à t'envoler comme un ange. Je te garderai toujours une place dans mon cœur, a-t-il affirmé. Et quel dommage de casser une jambe aussi jolie, aussi gracieuse que la tienne ! Quand je pense à la joie que cette jambe a procuré au public à travers tout le pays ! Si tu veux, a-t-il conclu, si tu veux que je tue quelqu'un pour te venger, je le ferai.

J'ai dit non. Ensuite, il m'a demandé s'il me fallait une voiture pour rentrer chez moi. Là, j'ai fondu en larmes et j'ai dit oui oui oui.

Si bien que la semaine dernière, je suis rentrée à New York depuis Chicago dans la sublime voiture de Paul. Avant le départ, il m'a de nouveau proposé de l'argent et cette fois j'ai accepté. Je ne me suis pas sentie achetée comme une fille publique, mais gênée comme une femme dans le besoin. Mauro, le chauffeur de Paul, est un ami de son père. Ils se sont connus au pays, leur pays natal, et maintenant, Mauro est aussi mon ami. Pendant le trajet, je lui ai raconté ce qui s'était passé, du début à la fin. Ça m'a fait un bien fou de dire enfin toute la vérité à quelqu'un.

Ce que vous avez fait n'est pas bien grave, m'a-t-il dit. Il y a pire dans le vaste monde ! Vous vous êtes amusée. Quel mal à cela ?

C'est vrai, j'ai répondu. Je me suis bien amusée.

Il n'y a pas de mal à être jeune et à s'offrir du bon temps, a-t-il repris, mais vous devriez cesser de mentir, parce que personne n'aime les menteurs. Et puis, à force de garder vos secrets à l'intérieur, ils se verront sur votre visage. Vous finirez vieille et laide, et plus personne ne voudra vous toucher ou vous aimer. Je me souviens d'une femme à qui c'était arrivé dans mon village natal en Italie, une vraie sorcière, les jeunes garçons lui jetaient des pierres jusqu'à ce qu'elle soit couverte de sang. Ne finissez pas comme ça, mamzelle Jeanie, ne laissez pas les garçons vous jeter des pierres.

Il m'a conseillé d'être gentille, d'être une bonne fille, et j'ai promis d'essayer. Mais ma promesse ressemblait à un mensonge de plus. À l'avenir, je serai bonne et mauvaise, je ferai des bons et des mauvais choix. Je serai comme tout le monde.

Lydia Wallach

Mazie était le héros de la famille, mais j'avoue qu'il m'est arrivé de penser aussi à Jeanie. Dans ces moments-là, je rêvais de vivre sa vie. C'était parfaitement absurde, bien entendu. Je déteste prendre des risques. Je ne cherche pas à braver le danger. Mais j'y pensais, malgré tout. Jeanie, la danseuse, celle qui avait voyagé à travers le pays, qui entrait et sortait des maisons et des cœurs comme un courant d'air. Au bout d'un moment, ces rêveries ont fini par devenir plus qu'une distraction : une façon de réfléchir. Nos différences et le contraste que Jeanie formait avec moi me faisaient cogiter. Si je n'étais pas ce genre de fille, alors quelle fille étais-je ?

Journal de Mazie, le 11 novembre 1920

Ces jours-ci, ma vie se résume à des trajets en train. De la maison au boulot, du boulot à la maison. Jamais une minute à moi. Jeanie m'a suppliée de passer le plus de temps possible auprès d'elle, et je tâche d'obtempérer. Elle est fêlée de partout, ça déborde, ça se répand sous nos yeux. Rosie consacre ses journées à essayer de recoller les morceaux.

Jeanie : Ne me laisse pas seule avec elle.

Moi : Faut que j'aille bosser, ma chérie.

Elle : Tu ne sais pas ce que c'est, d'être coincée avec elle toute la journée !

Moi : Oh que si, je le sais.

Jeanie doit rester encore six semaines dans le plâtre, et même quand elle en sera débarrassée, elle devra patienter avant de pouvoir marcher sur ses deux jambes. D'ici là, je bosse, je compte les dollars, je ferme la caisse et je file à la maison pour me coucher près d'elle. Chaque soir de la semaine. Et chaque soir, elle me pose la même question :

— Raconte-moi ta journée.

Certaines journées sont plus intéressantes que d'autres, mais la plupart se succèdent à l'identique : les spectateurs font la queue, ils glissent un billet sur le comptoir, je leur donne un ticket en échange et je leur souhaite un bon film. Autant dire que ce n'est pas la partie la plus exaltante du boulot. Après, ce qui me plaît, c'est d'observer les passants. Surtout ceux qui traînent dans le coin, l'air désœuvré. Du temps à revendre, et voilà les problèmes qui commencent ! Les bons, les mauvais, ou les deux. Mais ce genre d'énergumène ne court plus les rues : le quartier est nettement plus calme depuis que la plupart des bars ont fermé. Les sans-abri sont allés voir ailleurs, c'est sûr. Maintenant, faut du blé pour s'offrir du bon temps dans cette ville – ce que j'appelle du bon temps, du moins.

Hier soir, sous les draps, Jeanie s'est agrippée à moi. Elle a frotté sa joue contre mon bras histoire d'accaparer mon attention.

Jeanie : Dis-moi que les gens continuent de s'amuser en ville.

Moi : Comment veux-tu que je le sache ? Je passe toutes mes soirées avec toi. Si tu veux que je m'amuse, laisse-moi partir.

Journal de Mazie, le 1er décembre 1920

Sœur Ti s'est arrêtée au Venice ce matin. J'étais drôlement contente de la voir. Jeanie passe son temps à s'apitoyer sur son sort, à moitié groggy, la tête dans les nuages, et Rosie passe le sien à céder à ses caprices. Moi, je ne mange pas de ce pain-là. Voilà pourquoi j'étais ravie de discuter avec Ti. Enfin quelqu'un qui cherche sincèrement à aider son prochain ! Aujourd'hui, elle avait besoin d'un peu d'argent pour secourir des femmes en détresse.

Sœur Ti : Ces filles-là ont de mauvais maris. Ce n'est pas de leur faute.

Le contenu de mon porte-monnaie ne suffisait pas. J'ai pensé au sac que Louis avait déposé dans le coffre-fort en début de matinée. J'ai plongé la main dedans et saisi une poignée de billets verts. Je n'ai pas voulu y regarder de trop près. Mais le sac était plein, c'est sûr.

Je lui ai fourré l'argent dans les mains. Ne m'en parle plus, j'ai dit. Je ne veux rien savoir.

Je souffre encore à la seule pensée de ma propre mère. Quand s'arrêtera cette souffrance ? Disparaîtra-t-elle avec moi ?

Journal de Mazie, le 5 décembre 1920

En arrivant hier soir, j'ai trouvé Jeanie endormie sur le canapé. Elle ronflait, affalée sur les coussins. Un filet de salive coulait sur son menton. Rosie lisait le journal au coin du feu. Au sol, la soucoupe qui avait contenu ce qu'elle donne à Jeanie pour la faire dormir.

Moi (le doigt pointé vers la soucoupe) : Il va falloir que tu arrêtes avec ça.

Rosie : J'arrêterai quand elle ira mieux. Pour le moment, elle a mal. Ses jambes la grattent. Elle a les nerfs en pelote. Tu ne passes pas tes journées avec elle. Tu ne l'entends pas gémir. C'est moi qui m'occupe d'elle, pas toi.

J'ai posé la paume sur le front de Jeanie. Pas de fièvre. Jeanie ? j'ai dit. Elle a battu des paupières. Je me suis penchée vers son oreille.

Moi (dans un murmure) : Veux-tu passer ta vie à dormir ? Ça m'étonnerait !

Aucune réponse.

Moi (en lui frottant le cou) : Tu m'entends ?

Elle (à peine audible) : Oui.

Rosie : Que lui as-tu dit ?

Moi : Je lui ai demandé de se réveiller.

Journal de Mazie, le 29 décembre 1920

Ethan est revenu. Et il a repris sa cour, comme si de rien n'était. En voilà un qui n'est pas rancunier ! Moi, je n'ai pas le pardon si facile. En arrivant, j'ai entendu les pépiements de Jeanie depuis la rue. J'ai souri. Ça faisait plaisir, malgré tout. Je suis entrée. Elle était étendue sur le canapé près de la cheminée, une boîte de chocolats à portée de main, sa jambe plâtrée juchée sur une pile de coussins.

Jeanie : Regarde ce qu'Ethan m'a apporté !

J'ai regardé. Une pile de magazines spécialisés dans les potins.

Ethan : Elle s'ennuyait tellement ! On ne peut pas laisser notre Jeanie mourir d'ennui, pas vrai ?

Moi (dans un souffle) : Doux Jésus ! C'est reparti.

Je les ai laissés à leurs cancans et à leurs bonbons pour rejoindre Rosie qui m'appelait dans la cuisine. Elle se tenait derrière Louis et lui massait les épaules.

Rosie : Laisse Jeanie et Ethan tranquilles. Ils ont besoin de refaire connaissance.

Moi : Quel imbécile, ce garçon !

Pas de réponse. Quel imbécile ! j'ai répété, encore plus fort. Puis je suis sortie fumer sur le perron, face à l'océan. J'ai attrapé mal à la gorge à force de gueuler pour me faire entendre de mes clients. La fin de l'année approche, beaucoup sont en congés. Ce qu'il y a comme bruit en ce moment ! Comment est-ce possible ? Y aurait-il plus de monde dans les rues ? Plus de voitures, plus de métros, plus de gens, plus de bruit. Résultat : j'ai mal à la gorge. Mais je n'arrêterai pas de fumer pour autant. Il me semble parfois que c'est la seule joie qui me reste.

Ethan est venu en griller une sur le perron, lui aussi. Toujours aussi grand et toujours aussi poupin. Un visage de bébé posé sur un crâne d'adulte.

Moi : Je te croyais plus malin que ça. Les docteurs sont censés être intelligents, non ?

Ethan : Je soigne les animaux, pas les hommes.

Moi : T'es pas très malin, alors ?

La nuit était tombée. Le froid, accentué par le vent glacé qui soufflait de l'océan, nous faisait trembler.

Ethan : Je ne peux pas m'en empêcher, Mazie. Mon cœur me pousse vers elle. Jeanie est unique en son genre. Une espèce rare.

Moi : Pas du tout. C'est un chat de gouttière. Le genre de bête qui se frotte contre tes jambes pour obtenir à manger et qui disparaît sitôt rassasié. Tu ne le vois pas ?

Lui : Je vois une créature blessée qui a besoin de mon amour et de mon soutien.

J'ai secoué ma main devant ses yeux à plusieurs reprises.

Moi : Je voulais juste m'assurer que tes yeux sont en état de marche.

S'il se croit capable de gérer une sœur Phillips, libre à lui ! Et je lui souhaite bien du courage.

Journal de Mazie, le 31 décembre 1920

Nous avons fermé le cinéma hier soir jusqu'au Nouvel An. Et nous avons donné un jour de congé payé à tous nos employés.

Louis leur a dit : Cette année est terminée, Dieu merci ! Espérons que la prochaine sera meilleure.

Il a offert une bouteille et un billet de cent dollars à chacun d'eux. L'un des ouvreurs s'est mis à pleurer et l'a serré dans ses bras. Notre cher Louis l'a étreint à son tour.

Dans la voiture qui nous ramenait chez nous, je me suis penchée vers Louis.

Moi (en souriant) : Même en leur donnant un billet de dix dollars, tu leur aurais fait plaisir. Ils s'attendaient à tellement moins !

Louis : Même en leur donnant cent dollars de plus, j'aurais été loin du compte. Ils méritent tellement plus !

Nous sommes tous rentrés à la maison. Quel plaisir de n'avoir rien à faire ! L'heure du déjeuner approche. Louis et Rosie se sont levés tôt pour se rendre en ville, où ils ont dévalisé l'épicerie de Joel Russ. La table est couverte de victuailles, à présent. Jeanie a les idées claires. Il ne lui reste que quelques jours à tenir avant de pouvoir quitter son plâtre, et elle brûle d'impatience. Elle est persuadée d'être guérie. Je le sens ! dit-elle. Nous picorons dans l'assiette de poisson fumé en préparant des coupelles de légumes marinés que nous mangerons en attendant les douze coups de minuit. J'ai sorti ce carnet, aussi. Je le feuillette pour me remémorer l'année passée. Une sale période, franchement.

Jeanie : Ça te rappelle de bons souvenirs ?

Moi : Et toi ? J'ai l'impression que tu étais devenue quelqu'un d'autre.

Elle : Qui, exactement ? Je ne m'en souviens pas.

Moi : Tu m'as manqué.

Elle : Toi aussi, tu m'as manqué.

J'avais du mal à la croire.

Moi : Alors, vous vous êtes remis ensemble, Ethan et toi ?

Elle : C'est étrange, n'est-ce pas ? Il est resté exactement là où je l'ai laissé.

Je n'ai pas pu m'empêcher de penser au capitaine. Moi aussi, je suis restée exactement là où il m'a laissée.

Journal de Mazie, le 1er janvier 1921

Jeanie : Cette année sera ton année.
Moi : Pour quoi faire ?

Journal de Mazie, le 5 janvier 1921

Mack veut vraiment m'inviter à dîner. Il insiste.

Lui : Une vraie sortie avec une vraie lady.

Je lui ai ri au nez.

Lui : Je suis fonctionnaire de police. Si vous ne pouvez pas me faire confiance, où allons-nous ?

Moi : En êtes-vous sûr, agent Walters ?

Lui : Je suis un homme honnête et droit. Pas vrai ?

J'ai ri de plus belle. Un homme honnête, Mack, le plus gros soûlard que je connaisse (ce qui n'est pas peu dire venant d'une soûlarde comme moi) ? Mack avec sa tête énorme, son double menton et sa barbe qui change de couleur plusieurs fois par an, rouge, jaune puis gris, comme si elle n'arrivait pas à choisir la teinte qui lui sied le mieux ? Aucune, peut-être.

Moi (sans conviction) : Mais si, c'est vrai.

Lui : Et si je vous appelais « Mais si » à partir de maintenant ? En voilà une bonne idée ! Et j'ai l'intention de vous appeler souvent, je vous le garantis.

Il s'est éloigné en sifflotant, comme s'il savait un truc que j'ignore.

Journal de Mazie, le 9 janvier 1921

Jeanie est allée chez le médecin. Elle en est revenue avec ses béquilles, les mêmes qu'avant. Ethan et Rosie ont dû l'aider à franchir le seuil de la maison. Elle va boiter pendant un moment, semble-t-il.

Je ne sais pas pourquoi je m'étais imaginé que j'étais guérie ! s'est-elle exclamée. Je croyais qu'on m'enlèverait le plâtre et que je bondirais dans la rue l'instant d'après. Je me voyais déjà virevolter et tourbillonner sous le soleil !

Elle a arrondi les bras au-dessus de sa tête avec une telle grâce que j'ai cru la voir danser pour de bon.

Ethan : Tu es jeune et forte. Tu vas te remettre rapidement. Fais les exercices dont le docteur t'a parlé, et tout ira bien.

J'ai regardé Ethan pour savoir s'il était sincère : il l'était. Puis Jeanie nous a montré sa jambe, malingre, jaunie et couverte de bleus.

Jeanie : J'ai failli tomber dans les pommes en la voyant.

Rosie : Si c'était une patte de poulet, je ne la servirais pas au dîner !

En fait, ce n'est pas seulement la jambe, c'est Jeanie tout entière qui a maigri. En l'observant bien, j'ai remarqué pour la première fois à quel point sa robe plisse sur ses épaules. Son jupon traîne par terre. De petits os pointus jaillissent sous sa peau dans l'arrondi de son décolleté. Ses cheveux sont passés, je ne sais comment, du noir au brun, et pendent mollement dans son dos.

Moi : Il est un peu tard pour t'apitoyer sur ton sort. Tu es sur la voie de la guérison.

Jeanie : Pas du tout. Je ne peux rien faire toute seule !

Ethan l'a emmenée au salon, où elle a fondu en larmes. J'étais dans la cuisine, je l'entendais pleurer. Puis j'ai entendu le vétérinaire la réconforter. Une vraie nounou, celui-là.

Je n'ai pas réussi à la prendre dans mes bras. J'ai dit que je devais aller travailler. Un train à prendre. J'ai longé l'océan. Le vent me cinglait le visage. Quand je suis arrivée à la gare, j'avais les yeux pleins de larmes. Ça ne va pas, mon petit ? m'ont demandé quelques vieilles trop curieuses. Ce n'est rien, j'ai dit. J'ai dû prendre froid.

Journal de Mazie, le 18 février 1921

Sa carte est arrivée avec quatre jours de retard. Monsieur a raté la Saint-Valentin, mais je m'en fiche pas mal. Je ne pense plus à lui, de toute façon. À quoi bon s'encombrer d'une telle canaille ? J'ai quand même accroché la carte postale dans la cage. Elle est trop jolie pour finir à la poubelle. C'est une photo de l'océan, celui qui se trouve de l'autre côté de l'Amérique. Avec les montagnes en arrière-plan. J'aime savoir qu'elles existent, même si je n'irai peut-être jamais le vérifier par moi-même. J'ai passé la journée à me retourner pour les admirer. Je ne sais pas pourquoi, mais cette photo m'a redonné foi en la vie.

Peu importe ce qu'il a écrit au recto. Ses mots sont si inconsistants qu'ils ont à peine imprégné le papier.

Journal de Mazie, le 27 février 1921

J'ai trouvé Jeanie au salon ce matin avant d'aller prendre mon train. Elle s'étirait, se courbait, tentait de se hisser sur la pointe des pieds. Avec l'énergie du désespoir. Puis à moitié accroupie, le souffle court. Chancelante, pantelante comme une pauvre vieille. Obligée de s'appuyer contre le mur pour ne pas tomber. Je me tenais sur le seuil de la pièce. Elle m'avait vue, mais elle continuait de trimer, les joues en feu. Soudain, elle a glissé. Je me suis élancée pour la rattraper. Elle s'est blottie dans mes bras. J'ai posé un baiser sur son front.

Moi : Ne crains rien. Avec une volonté pareille, tu obtiendras tout ce que tu veux.

Jeanie : C'est maintenant que je veux aller mieux, pas plus tard.

Moi : Tu y arriveras, je te dis. Je sais que tu te prends pour une princesse de conte de fées, mais la vérité, c'est que tu descends d'une lignée de fortes femmes.

Je l'ai serrée dans mes bras et elle m'a rendu mon étreinte.

Moi : Il a fallu que tu reviennes dans cet état pour que je mesure à quel point j'ai toujours été jalouse de toi.

Je ne sais pas d'où est venu cet aveu, mais c'était le reflet de mon âme. Enfin une vérité entre nous, j'ai pensé.

Elle : Je parie que tu n'es plus jalouse, maintenant !

Moi : Non, plus du tout.

Eh bien, nous l'aiderons, notre Jeanie ! On va tous s'y mettre pour l'aider à se rétablir. Moi comprise. Ce qu'elle veut, elle l'aura.

Journal de Mazie, le 1er mars 1921

J'ai dit à Mack que j'acceptais d'aller dîner avec lui demain soir. C'était le seul moyen de le faire taire. Il viendra me chercher en début de soirée. Quand j'en ai parlé à Rudy, il a aussitôt proposé de me remplacer à la caisse. Il rêve de me voir amoureuse. Il en rêve plus que moi, plus que Rosie, plus que quiconque.

Lydia Wallach

Elle n'a pas eu de chance avec les hommes. Trouver l'amour à New York n'a jamais été facile. L'homme idéal ne se rencontre pas sous le pas d'un cheval, comme on dit. Il y a sûrement du vrai là-dedans, non ?

Journal de Mazie, le 3 mars 1921

Résultat des courses : échec complet. Sur toute la ligne.

D'abord, le temps était exécrable. Tu parles d'un printemps ! Le vent a soufflé par rafales toute la soirée. De la poussière partout, des détritus qui roulaient d'un bout à l'autre de la rue. J'ai attendu Mack un bon moment devant le cinéma, et j'ai dû plaquer mes jupes contre mes jambes pendant tout ce temps-là pour éviter qu'elles se soulèvent.

Puis Mack est arrivé, saoul comme une barrique. Je l'ai vu trébucher contre une poubelle à quelques mètres du Venice, puis chanceler pour la remettre d'aplomb. J'ai éclaté de rire, avant de me souvenir que cette barrique était censée m'emmener dîner. Et là, je n'ai plus ri du tout.

Doux Jésus, j'ai marmonné. Les ennuis commencent.

Les ennuis ont continué quand Mack a ôté son chapeau pour me saluer (son seul et unique acte de galanterie de la soirée) : le vent s'en est emparé, l'obligeant à courir jusqu'au bout de la rue pour le rattraper. Je me suis tournée vers Rudy, assis devant ma caisse. Il a détourné les yeux en sifflotant.

Quand Mack a enfin récupéré son chapeau, il a trottiné en sens inverse et s'est figé devant moi, le souffle court.

Moi : Êtes-vous complètement gris, agent Walters ?

Mack : Oui, mamzelle.

Moi : J'ai pris ma soirée pour ça ?

Lui : J'avais le trac.

J'étais fumasse. Je me suis mise à crier en agitant les bras. Je lui ai passé un sacré savon. Je ne me souviens même plus de ce que j'ai dit, hormis les derniers mots.

Moi : Et maintenant, Rudy va rentrer tard alors qu'il a une femme et des gosses qui aimeraient le voir plus souvent !

Lui : Désolé. Je ne savais pas comment m'en sortir. Vous êtes tellement jolie, mamzelle Mazie ! Tellement, tellement jolie. Et vous avez de si beaux cheveux !

Il a tendu la main pour les caresser, ce saligaud. Je lui ai tapé sur les doigts et flanqué un bon coup de pied. Il a écarquillé les yeux et j'ai pris peur. Je venais de frapper un fonctionnaire de police ! Qu'ils soient en uniforme ou en civil, ces gars-là font la loi dans le quartier. J'ai vite été rassurée : ses yeux se sont remplis de larmes.

Lui : Ça fait des années que je rêve de vous inviter à dîner. Vous acceptez enfin et, moi, je gâche tout !

Moi : Allons... Ne pleurez pas. Surtout dans votre secteur. Vous auriez l'air malin si on vous voyait.

Il a laissé échapper un sanglot.

Moi : Venez, pauvre idiot. Marchons un peu.

Le temps de clopiner jusqu'au bout de la rue, le vent l'avait dégrisé. Je l'ai emmené chez Finny. Je ne voyais que ça. Un soûlard pour un bar de soûlards. Quand on est entrés, Finny a levé les mains au-dessus de sa tête. Et les clients ont caché leur verre dans leur dos ou sous les pans de leur manteau. Comme s'ils pouvaient nous leurrer ! J'ai haussé les épaules.

Moi : Baissez les mains, Finny. Mack Walters n'est pas en service.

Finny : Ces temps-ci, on ne sait plus à quoi s'attendre avec le bras de la justice.

J'ai poussé Mack vers le comptoir en lui demandant de payer sa tournée. Il a étalé ses billets sur le zinc et tout réglé pour moi jusqu'au petit matin. La soirée a commencé à prendre meilleure tournure. Ce n'était pas si mal, en fait. Vu que je suis rentrée tard, j'en déduis que j'ai passé de bons moments. Une fois requinqué, Mack m'a même fait rire une fois ou deux. Mais je ne l'ai pas laissé m'approcher. C'est étrange, d'ailleurs. Moi qui permets à n'importe quel ivrogne de me prendre par la taille, je refuse la moindre caresse à ceux qui cherchent vraiment à me courtiser.

À un moment donné, Mack m'a effrayée, malgré tout. Il m'a raconté que les flics soupçonnent Al Flicker d'avoir participé à l'attentat contre la banque Morgan l'année dernière.

Moi : Al Flicker ne ferait pas de mal à une mouche. C'est un intellectuel.

Mack : Vous y connaissez quoi, vous, aux intellectuels ?

Moi : Je les connais assez pour savoir qu'ils sont trop absorbés par leurs réflexions pour s'enquiquiner à faire sauter la banque Morgan. Ces gars-là préféreront en discuter toute la journée plutôt que de passer à l'action.

Lui : Eh bien, on le soupçonne quand même, votre intellectuel !

Moi : Franchement, si j'étais le coupable, si j'avais tué tous ces gens à Wall Street, je ne serais pas restée dans le quartier. Croyez-moi, celui qui a fait le coup a décampé depuis longtemps.

La nuit s'achevait quand Mack m'a jetée dans un taxi. Il avait tellement bu qu'il avait presque les idées claires. De mon côté, j'étais aussi grise que lui en début de soirée. Je lui ai tendu la main, il a voulu l'embrasser. Je l'ai laissé faire. Je lui ai accordé ça. J'ai eu l'impression qu'une gelée froide se collait à ma peau. Ce n'est vraiment pas l'homme qu'il me faut, j'ai pensé.

Journal de Mazie, le 16 avril 1921

Sœur Ti en connaît un rayon sur les différents saints de la religion catholique. Elle vient souvent m'en parler en ce moment. D'après elle, chacun de nous est sous la protection d'un saint bien particulier. Quand je lui ai parlé de ma sortie avec Mack, elle s'est mise à glousser.

Sœur Ti : J'ai ce qu'il te faut : Sainte Débarras ! Elle vient en aide aux femmes qui veulent se débarrasser d'un galant ou d'un mari non désiré.

Elle se plante devant ma caisse et me raconte toutes leurs histoires. Parfois, ça vaut largement les journaux à cancans. C'est bien mieux que le récit de ma propre vie, en tout cas. Certains saints ont très mal commencé : ils étaient pleins de défauts avant de devenir exceptionnels. Chaque homme, chaque femme est la somme de ses propres imperfections, dit sœur Ti. Nous péchons et apprenons de nos péchés.

Elle : Tu peux te tromper puis revenir dans le droit chemin.

Moi : Tu le crois vraiment ?

Parce que j'aimerais vraiment y croire, moi aussi.

Il devrait y avoir des saints pour tout. Le saint patron de l'Esprit libre. Le saint patron des gens qui dansent comme des idiots. Un saint pour l'océan. Un saint pour le ciel. Un saint pour la lune. Et un saint pour les amants. J'aimerais me sentir protégée et observée, mais de loin. J'aime l'idée que les saints me regardent. Ils sont en haut et moi en bas.

Je sais bien qu'ils n'existent pas. Je ne suis pas stupide. J'ai juste besoin de rêver un peu au fond de ma cage, c'est tout.

Journal de Mazie, le 20 avril 1921

Jeanie va beaucoup mieux. Ce matin, elle a marché avec moi vers l'océan. Chapeaux, écharpes, et nous voilà dehors, tellement emmitouflées que nous pouvons à peine remuer les lèvres. Nous nous avançons sur la plage balayée par le vent. Ce n'est pas très loin. Mais c'est tout de même au bout de la rue. C'est mieux que rien.

Journal de Mazie, le 25 avril 1921

Une tasse retournée, des feuilles de thé sur la table de la cuisine. Et Rosie d'humeur très enjouée. Aucun doute : la diseuse de bonne aventure est passée en mon absence. Rosie essaie d'assurer à Jeanie un avenir meilleur. Comme si on pouvait payer pour avoir une bonne vie. Comme si notre destin était à vendre.

Journal de Mazie, le 1er mai 1921

Sœur Ti a trouvé Al Flicker au fond d'une impasse en bas de Bayard Street. Salement amoché. Une chance qu'elle soit passée par là ! D'autant qu'elle ne le cherchait pas – elle se consacre aux femmes et aux enfants, d'ordinaire. Mais elle ne pouvait pas continuer son chemin et le laisser là, tout ensanglanté. Moi, je les ai aperçus quand ils ont débouché sur Park Row. Al Flicker s'agrippait à l'épaule de Ti, qui ployait sous son poids. Je suis sortie de ma cage en courant. Je le connais ! j'ai braillé. Je le connais ! Sœur Ti s'est figée. Faut dire que je criais comme une folle. On l'a traîné jusqu'au cinéma. Rudy a blêmi à la vue du sang.

Ce qu'il peut être nouille, parfois ! Je lui ai demandé d'aller chercher des linges. On a fait asseoir Al sur les marches qui mènent au balcon. Il avait une grosse plaie sous l'œil et le nez en bouillie. Ses longs bras et ses grandes jambes repliés sur lui, comme s'il cherchait encore à parer les coups. Je me suis souvenue de son matelas roulé sous l'escalier à Grand Street et de ses étagères remplies de bouquins.

Qui vous a mis dans cet état ? j'ai demandé.

Les flics, il m'a répondu.

Il a ajouté que c'était pourtant pas un crime de s'exprimer, de réfléchir et de savoir ce qui se passe dans le monde.

J'ai jamais posé de bombe nulle part, il a dit.

Nous avons épongé le sang de ses plaies avec une serviette, puis une autre, et encore une autre, jusqu'à ce qu'il cesse de couler. Puis j'ai envoyé un des ouvreurs prévenir sa sœur. Elle est arrivée peu après. Je crois bien qu'elle m'a dit merci, un mot que je n'aurais jamais cru entendre de sa bouche. Cette femme me déteste depuis que je suis gamine. Il n'y a plus de rancœur qui tienne quand il s'agit de sauver nos proches, j'imagine.

George Flicker

C'est à cette époque-là, quand Al a commencé à avoir des ennuis, que ma mère m'a demandé de rentrer. J'ai d'abord fait la sourde oreille. En France, les filles me trouvaient charmant ; elles s'offraient avec une liberté dont les Américaines n'auraient jamais usé avec moi. Je savais très bien qu'à peine rentré à New York, je ne serais plus qu'un Juif du Lower East Side parmi des milliers d'autres. Tous les gars du quartier auraient le même nez que moi et mes états de service seraient vite oubliés. Je ne serais ni plus ni moins respecté qu'un autre. Alors qu'en France, j'étais un soldat juif américain – autrement dit : une rareté. On me traitait à la fois en ennemi et en sauveur, je brandissais mon engin comme un champion et je gagnais à tous les coups.

J'ai cent ans maintenant. Le matin, je me lève, je lis le journal en buvant mon café, je mange une brioche, puis je vais faire un tour dans le parc. En rentrant, je m'allonge un peu et je passe souvent le reste de la matinée à penser à mon séjour en France, qui reste l'un des moments les plus heureux de ma vie. Mais les lettres de ma mère se faisaient de plus en plus pressantes. Je me souviens qu'une fois, au téléphone, elle a pleuré pendant toute la conversation. Ça m'a complètement retourné. Parce que cette femme-là ne pleurait jamais. Plus vaillante qu'elle, ça n'existait pas ! Quand elle pleurait, c'est qu'il y avait vraiment un problème. Face aux larmes de ma mère, les plus jolis minous de France ne faisaient pas le poids. Je suis rentré aux États-Unis.

Journal de Mazie, le 15 mai 1921

Je sais qu'Ethan est à la maison avant même de le voir. Les signes ne trompent pas : des rires, des fleurs, c'est qu'il est là.

En rentrant tout à l'heure, j'ai d'abord vu les lis dans la cuisine, avachis dans un vase. Ils sentaient vaguement le pipi, comme si un chien s'était pris d'affection pour eux. Puis j'ai entendu Jeanie rire pour un rien, juste pour partager un bon moment avec ce garçon.

Ils dansaient dans le salon. Je me suis approchée pour les regarder. Louis et Rosie aussi. Il a deux pieds gauches, notre Ethan. Je suppose que c'est la raison pour laquelle il s'est épris d'une danseuse : on admire toujours ce qu'on n'a pas. Il a failli la faire tomber en la penchant en arrière. On a tous poussé un cri.

Jeanie : Ne vous inquiétez pas. Ce n'est rien.

Ethan : Je vais prendre des cours.

Elle : Tu es gentil.

Lui : C'est toi qui es gentille.

Elle : Inutile de prendre des leçons.

Lui : J'ai progressé, alors ?

Elle : Tu ne peux pas régresser, en tout cas.

Il lui a marché sur le pied, elle a glapi, il s'est confondu en excuses. Rosie a failli aller vérifier qu'elle n'avait rien de cassé. Ses précieuses jambes !

Jeanie : Ce n'est rien, je t'assure.

Ethan : Tu me promets que tu ne m'en veux pas ?

Elle : Mais oui, je te le promets.

À ce moment-là, je crois que nous l'avons tous scrutée pour savoir si elle disait la vérité.

Journal de Mazie, le 31 mai 1921

Al Flicker s'est encore fait tabasser cette nuit, et ce n'était pas joli à voir. Je le tiens de Rudy, qui le tient d'un de nos ouvreurs, qui le tient d'un de ses amis qui bosse dans la police et qui a assisté à la scène.

J'ai aperçu Mack cet après-midi. Il patrouillait dans le secteur. J'ai gueulé que je voulais lui parler d'Al Flicker. D'abord, il a fait comme s'il n'avait rien entendu, puis il a été obligé de s'approcher parce que les passants commençaient à le regarder de travers. Quel pleutre, tout de même ! Il a sautillé jusqu'à ma caisse, il a levé sa matraque, l'a posé sur le premier barreau de la cage et l'a fait passer sur tous les barreaux de la cage, du premier au dernier, le plus lentement possible. Je n'ai pas eu peur. Je n'aurai jamais peur de lui.

Mack : Vous ne croyez pas que vous me devez un peu de respect, mamzelle Mazie ?

Moi : Vous ne croyez pas que vous et les brutes qui vous servent de collègues devez respecter les habitants du quartier ? Et cesser de bastonner le premier innocent qui passe ?

Lui : Je n'y étais pas. De toute façon, je ne vois pas de quoi vous parlez.

Moi : Il n'a rien fait.

Lui : Occupez-vous de ce qui vous regarde, Mazie.

Il ne comprend rien à rien. Tout ce qui se passe dans le quartier me regarde.

George Flicker

Al continuait à se faire tabasser. On craignait qu'il n'en sorte pas indemne. Quand il s'est mis à divaguer, on s'est dit que le cerveau avait été touché. Il les appelait ses « nuits d'infortune ». Le pauvre gars rentrait à l'aube, clopin-clopant, les vêtements et le visage ensanglantés, l'air estourbi. Il se cognait contre les meubles, se retrouvait le cul par terre, puis il nous lançait en souriant : « Encore une nuit d'infortune ! » Je ne sais pas pourquoi il ne restait pas à la maison. C'était plus fort que lui : il estimait qu'il avait le droit de sortir quand ça lui chantait. Il avait raison, d'ailleurs.

J'ai essayé de lui en parler à plusieurs reprises, mais il m'a envoyé promener. Finalement, ma mère a insisté pour que j'aie une discussion franche avec lui, alors je l'ai emmené à Washington Square, où il allait parfois jouer aux échecs. Là, je lui ai dit que nous nous faisions vraiment du souci pour lui. Il m'a répondu qu'il fallait pas s'en faire, que, grâce à la couleur de sa peau, il s'en sortait mieux que, beaucoup d'autres dans ce pays, et qu'il était parfaitement capable de survivre à une petite bastonnade de temps en temps. « Le plus important, m'a-t-il assuré, c'est qu'au réveil, je suis libre de repartir me balader. Je peux m'asseoir où je veux, manger ce que je désire. Je suis libre ! » Puis il a conclu : « Tout ça ne me tracasse pas vraiment, parce que je sais que ça pourrait être pire. » J'ai trouvé que c'était une belle manière de voir les choses, mais je n'étais pas rassuré pour autant. Parce que c'était aussi le genre de propos que tiennent les personnes un peu dérangées.

Je lui en ai reparlé un peu plus tard, et il m'a dit : « George, je sais où je veux en venir. » J'ai demandé : « Où veux-tu en venir ? », et il m'a répondu : « Si tu poses la question, c'est que tu n'as pas compris. » Il a fait un grand cercle avec ses bras. Là, j'ai pensé qu'il débloquait vraiment. Où voulait-il en venir ? J'aurais bien voulu le savoir ! Dans ces moments-là, c'était difficile de ne pas le traiter de dingo. Il devait être quelque part entre la folie et la normalité, j'imagine.

Journal de Mazie, le 4 juin 1921

Louis m'a emmenée au boulot aujourd'hui. Sans raison particulière. On avait juste envie de passer un moment ensemble. On n'a même pas eu besoin d'en parler. Il s'est réveillé tôt, moi aussi, et on est partis.

Louis : Alors, tu en penses quoi, d'Ethan ?

Moi : Du bien.

Louis : Il est venu me demander la main de Jeanie.

Moi : Quelle surprise !

Il s'est agité sur son siège et j'ai vu ses doigts de géant se crisper sur le volant. Une goutte de sueur a perlé sous son feutre noir.

Lui (encore plus bas que d'habitude) : Je ne suis pas son père. Elle fait ce qu'elle veut. Mais toi, qu'en penses-tu ? Il est gentil avec elle, non ?

Moi : Si Jeanie l'aime, elle devrait l'épouser. Ce pauvre gars est complètement fou d'elle, et c'est parti pour durer.

Lui : Il lui assurera un bon avenir.

Moi : Ça ne fait aucun doute. Elle est tout pour lui. Et puis, il a un bon boulot. C'est pas le genre à dérailler.

Lui : Je te crois volontiers. Je voulais avoir ton avis. Rosie l'apprécie, elle aussi. Ce n'est pas que je n'ai pas confiance en son jugement, au contraire ! Personne n'a l'esprit plus affûté que ta sœur. Mais je sais qu'elle préférerait vous voir mariées, Jeanie et toi. Alors que moi, je veux juste vous voir heureuses.

Après ça, on n'a plus rien dit pendant un long moment. Je me suis laissée envahir par des idées noires, j'ai essayé de les chasser – pas moyen. La tristesse m'a submergée.

Moi : Oh, Louis ! Tu sais bien que je suis un cas désespéré. Pas de mari en vue.

Lui : Tu vaux mieux que ça, de toute façon.

Il s'est exprimé sans réfléchir, ce qui m'incline à penser qu'il n'est pas loin de la vérité, ou du moins de sa vérité à lui. Ça m'a suffi. Et ça me suffira pour un bout de temps.

Journal de Mazie, le 12 juin 1921

Je suis allée à la plage ce matin et j'ai aperçu Jeanie près de l'eau. Pas encore complètement redevenue elle-même, mais plus près que jamais de la Jeanie d'avant l'accident. Bondissante. Virevoltante. Le sourire aux lèvres, même lorsqu'elle trébuche dans le sable. Encore menue, trop menue, mais en bien meilleure forme. Sur ses deux jambes. Et deux jambes semblables. Elle disait bonjour au vent. Oui, oui, oui. Les mouettes s'égayaient dans le ciel. Je lui ai fait un signe de la main. Elle aussi. On ne s'est pas rejointes. Ce n'était pas nécessaire. Savoir qu'elle assistait au même lever de soleil que moi suffisait à mon bonheur.

Jeanie Phillips, le 7 juillet 1921

Je sais où Mazie cache ce carnet, mais je jure que je ne lirai rien. Je veux juste ajouter quelques mots à ceux que j'ai déjà écrits ici. Me dépouiller d'une vieille histoire, pratiquer une saignée. Personne ne veut me parler de maman. Elle n'est plus, je le sais, à quoi bon l'évoquer ? Et pourquoi maintenant, alors que je n'ai guère pensé à elle au cours de ma vie ? Je ne l'ai quasiment pas connue, papa non plus, et je n'ai presque pas de souvenirs d'eux. Mais j'ai quelque chose à raconter.

Rosie et Mazie m'ont assez répété que papa était un sale type pour que je les croie sur parole. Il la battait, il l'a battue comme plâtre pendant des années. Rosie dit que c'est un salaud, et je la crois. Mazie dit que je dois être reconnaissante à Rosie de nous avoir tirées de là, et je la crois aussi. À ce qu'elles m'ont raconté, notre mère était une vraie beauté autrefois. Une femme splendide. Je laisse mon imagination s'emparer de cette notion, je l'accepte sans sourciller, bien que la seule image que j'ai gardée d'elle ne soit pas reluisante : des yeux cernés de noir, des cheveux clairsemés qu'elle s'arrachait par poignées. Je ferme les yeux et j'attends qu'elle redevienne une belle femme de chair et de sang, parce qu'elles me l'ont décrite ainsi, et que je veux les croire.

Quand je pense à lui, je le vois en train de danser. Ces souvenirs-là sont très nets. La première image remonte à ma toute petite enfance : il me porte dans ses bras et valse d'un bout à l'autre de la pièce. La seconde image est celle d'une sortie en famille, la seule que nous ayons jamais faite ensemble, me semble-t-il. Une fête foraine. Nous y avons passé des heures. Papa a disparu au bout d'un moment, et je me suis endormie sur les genoux de ma mère pendant qu'elle me caressait les cheveux. Comme j'étais bien ! Je me sentais en sécurité, bien calée sur ses cuisses, ses hanches me semblaient douces et généreuses, et je ne désirais rien d'autre que le contact de ses doigts sur ma peau. Caresse-moi les cheveux, serre-moi contre toi, fais-moi danser à travers la pièce.

Quand nous l'avons retrouvé, il y avait de la musique, plus forte, plus entraînante que tout ce que je connaissais, et des guirlandes de lumières partout. Dans mon souvenir, elles se comptent par millions, mais je sais qu'il y en avait beaucoup moins en réalité. J'étais si petite, et tout me semblait si grand ! J'étais éblouie. Tant de lumières ! Tant de gens ! Ils dansaient, et notre papa dansait parmi eux. Avec une dame que nous ne connaissions pas. Je l'ai regardé. Il semblait si heureux ! Mais Rosie l'a interrompu : elle est allée le chercher sur la piste pour qu'il cesse de danser avec cette femme. Je me souviens encore de ce que j'ai pensé à cet instant précis : pourquoi Rosie veut qu'il s'arrête alors qu'il est si heureux ?

Ce qui s'est passé ensuite, je ne m'en souviens pas. J'ai compris plus tard que papa avait eu réellement tort de nous laisser seules, tort de tenir cette femme dans ses bras, et surtout tort de frapper maman et Rosie quand nous sommes rentrés à la maison après la fête. Je sais tout cela. Mais je continue de penser qu'il n'y a rien de plus beau dans la vie que de voir un être aimé s'illuminer de bonheur. N'est-ce pas ce dont nous pouvons rêver de mieux ?

Journal de Mazie, le 15 août 1921

Je viens juste de lire ce que Jeanie a écrit ici avant de nous filer entre les doigts. Tout est passé au second plan depuis qu'elle a de nouveau mis les voiles.

La vie est pleine de mensonges en attente d'être énoncés.

Journal de Mazie, le 1er septembre 1921

Des éclopées. Pourtant, Rosie et moi n'avons même pas fait la guerre.

Journal de Mazie, le 15 septembre 1921

Elle était aimée, et ça ne l'a pas empêchée de partir. Elle a tout quitté comme si ça ne signifiait strictement rien pour elle. Moi, j'ai besoin d'amour. J'en veux, et je n'en ai pas. Elle en a, et elle le jette aux orties !

Journal de Mazie, le 3 octobre 1921

Aujourd'hui, j'ai enfin reçu une carte de Jeanie.

Elle écrit : Je n'en ai pas encore terminé.

6

Extrait de l'autobiographie inédite de Mazie Phillips-Gordon

Ce sont des ivrognes, pas des criminels. Ils passent pourtant la moitié de leur temps en prison. Les flics leur tapent dessus pour un rien. Je les ai vus faire de mes propres yeux pendant des décennies. Les riches, eux, commettent toutes sortes de délits sans que nul ne s'en émeuve. J'ai moi-même bu quantité d'alcool pendant la Prohibition – et encore ! C'est le moindre de mes méfaits. Je connaissais la loi, et je savais la contourner sans me faire remarquer. Personne ne m'a jamais jetée en prison.

Journal de Mazie, le 1er novembre 1921

Vingt-quatre ans aujourd'hui. J'ai l'impression d'en avoir cent.

Ce matin, Louis m'a demandé de monter dans sa voiture. J'ai accepté. Je dis oui à tout ces derniers temps. Il n'a même pas démarré. Il s'est assis derrière le volant, moi sur le siège passager. On entendait le cri strident des mouettes au bout de la rue. Louis a pris la parole.

Louis : Dis, frangine…

Moi : Oui, frangin ?

Lui : J'ai bien réfléchi. Je crois que tu devrais faire partie de la famille. Légalement. Devenir une Gordon comme ta sœur et moi.

Moi : Je fais déjà partie de la famille. Tu m'as élevée, tu m'as nourrie et tu as veillé sur moi.

Lui : Je voudrais que ce soit officiel. Je m'occupe de toi depuis des années. Maintenant, j'aimerais que tu portes mon nom. Avec l'autre, c'est plus compliqué. On ne peut pas savoir ce qu'elle fera, quand elle reviendra – si elle revient un jour, ce qui n'est pas garanti. Alors que toi, tu vis avec nous comme si tu étais notre fille. Tu n'as pas l'intention de partir. Pourquoi ne serais-tu pas une Gordon, toi aussi ?

J'ai essayé de peser le pour et le contre. Gordon ou Phillips ? Mon père est un salaud fini. Une brute épaisse. Il n'y a rien de pire qu'un homme qui bat sa femme. Malgré tout, je suis une Phillips, et je le resterai. Que je le veuille ou non, son sang coule mes veines. Mais je suis également une Gordon. Quand Jeanie est repartie, nos relations ont changé. La famille s'est réorganisée. Une fois de plus.

Moi : Ta proposition me fait honneur, Louis. Mais je ne suis pas sûre de vouloir renoncer à mon nom.

J'ai prié pour qu'il ne se sente pas insulté par mon refus.

Lui : Et si tu portais les deux noms ? Tu serais à la fois une Phillips et une Gordon. Qu'en dis-tu ?

Moi : Eh bien... Je crois que je pourrais m'y faire.

Lui : Je t'adopterai. Tu seras comme ma fille.

Moi : Je le suis déjà, Louis.

On s'est étreints, le géant et moi, jusqu'à ce que les larmes nous montent aux yeux.

Savoir que je porterai son nom me fait un bien fou. Savoir qu'il veut me faire sienne. Je me suis rarement sentie aussi en sécurité.

Journal de Mazie, le 16 avril 1922

Hier, Louis m'a annoncé qu'il souhaite mettre le cinéma à mon nom. Je paierai moins d'impôts, m'a-t-il dit. Et toi, Mazie, tu auras enfin ta part des bénéfices. De toute façon, a-t-il ajouté, je gagne à la fois trop d'argent, et pas assez.

Allez comprendre, j'ai pensé.

Louis : Le cinéma sera à ton nom. Ce sera mieux pour toi. Tu as pris la direction des opérations depuis un petit moment. Plus tard, le Venice sera à toi pour de bon.

Moi : Comme tu voudras. Donne-moi un stylo et dis-moi où signer.

Journal de Mazie, le 1er mai 1922

Ai reçu une carte postale du capitaine. L'ai à peine lue. Reconnu sa signature, regardé le lac, les montagnes, quelque part en Oregon. Du ciel bleu tout autour, une journée idéale loin d'ici. Il y était, pas moi. Qu'est-ce que ça peut me faire ? Je l'ai accrochée dans ma cage avec les autres.

Tous ces gens qui vont et viennent n'ont qu'à rester où ils sont, ça m'est bien égal.

Journal de Mazie, le 11 mai 1922

Aujourd'hui, j'ai aperçu Louis sur Park Row, en grande conversation avec un Juif très bien mis. Costume de prix sur son corps mince, beau visage aux traits fins, teint olivâtre, et avec ça, des yeux de biche ! Une jolie kippa épinglée sur le haut du crâne. Des souliers si bien cirés que je les voyais briller depuis ma cage, à cinquante mètres de là. D'ordinaire, les religieux ne sont pas mon genre, mais je serais prête à changer d'avis pour celui-ci. S'il me le demandait, je lui couperais des tranches de pain *halla* quand il veut.

J'espérais que Louis l'amènerait au Venice. Je leur ai même fait signe d'approcher. Soit Louis ne m'a pas vue, soit il a fait mine de ne pas me voir. Ils ont discuté un moment, puis Louis a pris congé de mon futur époux (sans lui serrer la main) et chacun est parti de son côté.

Louis s'est approché de la cage en sifflotant, les mains dans les poches.

Moi : C'était qui, le jeune type avec qui tu parlais ?

Louis : Je ne parlais à personne.

Moi : Je viens de te voir avec lui. Un Juif bien mis.

Lui : Ah, ce type-là ! Aucune importance.

Il a souri, l'air de rien, mais je me suis sentie glacée. C'était la première fois de ma vie que Louis me faisait froid dans le dos.

Elio Ferrante

Louis Gordon était-il un criminel ? Commencez par vous demander ce qu'est vraiment un criminel. L'histoire nous apprend que certains des plus grands dirigeants du monde se sont illustrés dans des activités illégales. La moitié de nos présidents sont des criminels de guerre, ne l'oubliez pas ! Même au sein de ma propre famille, il y en a deux ou trois qui ne sont pas très nets. Pourtant, je les adore ! J'ai assisté à des quantités de bagarres. Normal, quand on grandit à Brooklyn. Rien à voir avec la Mafia : ce n'était que des gars un peu plus durs que les autres. Certains ont vraiment mal tourné. D'autres se contentent de brasser de l'air, comme on dit.

Je pense aussi à mon cousin Joseph. Son problème à lui, c'est le jeu. À cause de ça, il s'est fourré dans des situations compliquées dont il n'arrivait plus à sortir. Au bout du compte, il s'est fait pincer pour une histoire d'arnaque à la carte bleue. Un délit de col blanc, sans véritables victimes. C'est comme ça que Joseph le voyait, en tout cas. Par chance, c'est aussi ce qu'a pensé le juge. Il est en semi-liberté, maintenant. Dans un centre de réadaptation. Sa femme l'a quitté. Elle a embarqué les trois gamins, mais elle a laissé le chien. Sous prétexte que c'était son chien à lui. Devinez qui a écopé du clebs, vu que Joseph ne peut pas le garder ? Moi, bien sûr.

C'est un chien superbe, ceci dit. Un Akita. En avez-vous entendu parler ? Ils sont originaires du Japon. Ils ont un pelage très doux, on dirait des peluches. Et ils n'ont d'yeux que pour leur maître : au mieux, ils vous témoigneront un vague intérêt, au pire, ils ne vous regarderont même pas. Ils sont d'une loyauté à toute épreuve pour la main qui les nourrit.

Mon cousin s'est vraiment bien occupé de cette chienne. Elle a des dents très blanches, autant que les vôtres. Cet animal a été aimé et choyé toute sa vie. Le poil abondant, les yeux brillants, elle est en grande forme ! Elle passe ses nuits devant la porte à attendre le retour de son maître – elle le faisait déjà avant son arrestation, quand la femme de Joseph, elle, était partie se coucher ! Alors, d'après vous, celui qui déploie de tels trésors d'affection pour un chien peut-il être complètement mauvais ? Pourtant, Joseph a mal agi, je le sais. Il a commis un crime. Cette histoire a complètement gâché notre repas de Thanksgiving. Vous savez, quand vos invités s'efforcent de *ne pas* mentionner le prénom de quelqu'un mais que vous l'entendez quand même ? C'était comme ça pendant toute la soirée.

Savez-vous qu'un documentaire est sorti il y a quelques années sur les gars de Coney Island ? Pas spécialement sur Louis, mais sur les types comme lui. Ceux qui faisaient des affaires à Luna Park, par exemple. J'ai demandé au personnel de la médiathèque de se le procurer. Les élèves le regardent de temps en temps pour essayer de gratter des points supplémentaires. Je pourrais l'emprunter et le regarder avec vous, si ça vous dit. Je vous raconterais ce que je sais. La plupart de ces types étaient perçus comme des héros. On en faisait des légendes ou des saints. Même s'ils s'arrangeaient avec la loi !

Journal de Mazie, le 15 juin 1922

Ai reçu une carte postale de Jeanie. Comment s'est-elle débrouillée pour aller jusqu'en Californie ?

Ai passé la journée à m'imaginer que le capitaine irait assister à l'un de ses spectacles. Un pur hasard : il entrerait et s'installerait dans la salle, il aurait peut-être une fille à son bras. Jeanie et lui ne sauraient jamais que je les aime tous les deux.

Journal de Mazie, le 2 juillet 1922

Ai aperçu le jeune Juif très élégant au bout de la rue. Celui avec qui Louis discutait l'autre jour.

Personne ne sait ce que Louis trafique. Pas même Rosie, je crois.

Elio Ferrante

Le cousin dont je vous parlais l'autre jour, celui qui bosse dans la police, a fait des recherches : il n'a rien trouvé sur Louis Gordon. Aucune mention dans les registres de police. Pas d'arrestation avant 1923. Évidemment, s'il travaillait sous des faux noms, il se peut qu'il ait été arrêté et que nous n'en sachions rien. En outre, mon cousin a limité ses recherches à la ville de New York. Si Louis avait été condamné ailleurs, nous n'en saurions rien non plus. Enfin, sachez que ces archives n'ont pas été modernisées depuis quatre-vingts ans : elles ne sont donc pas d'une fiabilité à toute épreuve. Néanmoins, si l'on en croit les documents existants, Louis Gordon n'a jamais été arrêté ni inculpé du moindre délit.

Journal de Mazie, le 3 août 1922

Je comptais les pièces dans ma cage quand on a tapé contre la paroi. J'ai levé les yeux. C'était le capitaine qui pressait son front sur la vitre.

Il a dit : La voilà, la plus jolie femme du monde !

Je suis sortie en courant et me suis jetée dans ses bras. Une vraie gamine. Comme si j'allais le garder pour toujours.

Que puis-je faire, sinon l'aimer ?

Je sais bien que je suis censée lui en vouloir parce qu'il n'est jamais là quand j'ai besoin de lui, mais je ne lui en veux pas. C'est un courant d'air, et alors ? Ce qui compte, c'est que nous passions de bons moments ensemble quand il est là. Avec lui, je redeviens la fille frivole que j'étais quand je ne connaissais rien à la vie, une fille toujours prête à s'amuser. Et c'est de ça dont j'ai besoin en ce moment. De m'amuser. De rire. De sentir mes mains serrées dans les siennes. Ses baisers partout, sa sueur sur ma peau. Le monde entier réduit à nos étreintes. Même le bruit qu'il émet quand il a fini, cette espèce de grognement de satisfaction qui n'a rien à voir avec moi, me fait rire. Ce n'est que lui. Un homme comme les autres. Ni plus ni moins faible. Je l'aime ainsi. Et j'aime que tout se termine par un grognement. Très humain, lui aussi.

Journal de Mazie, le 5 août 1922

Hier soir, moite de sueur dans sa chambre d'hôtel. J'avais tout lâché pour aller coucher là-bas et transpirer avec lui. Deux jours durant. Il m'avait offert une douzaine de bracelets en or qui tintaient à mon bras. Le ventilateur tournait au plafond, la fenêtre était grande ouverte, une bouffée d'air frais montait du fleuve, mais nous étions en nage, malgré tout. Impossible de me détacher de lui, et lui de moi.

Il a dit : Viens avec moi en Californie.

Je lui ai ri au nez. Pas par méchanceté : j'étais sincèrement amusée. D'où lui venait une idée pareille ? Rien que ça, c'était drôle. Et si je partais vraiment avec lui ? Voilà qui serait encore plus drôle. À quoi ressemblerait ma vie loin d'ici ? Il y a si longtemps que je n'ai pas songé à quitter New York que j'ai presque l'impression de n'y avoir jamais songé. Alors j'y ai pensé en plus de tout le reste, et ça aussi c'était drôle, parce qu'il me tenait dans ses bras, couverte de sueur. J'ai ri de plus belle.

Lui : Ne te moque pas de moi.

Moi : Je ne me moque pas. Tu me demandes beaucoup.

Lui : Au contraire. Je te demande la chose la plus simple du monde : épouse-moi, Mazie.

Moi : Et je ferais quoi en Californie ?

Lui : Exactement la même chose qu'aujourd'hui. Pour le restant de notre vie.

Moi : Il n'y a pas que ça dans la vie !

Mais qu'y a-t-il d'autre, au juste ?

Lui : Je demande la main d'une dame, et voilà comment je suis reçu ?

Moi : On ne se connaît même pas !

Il a inséré ses doigts en moi.

Lui : Je te connais très bien.

Et moi je pensais : Si je pars, Rosie ne trouvera plus jamais la cuisine assez propre. Et si cet homme m'apprécie à ce point, pourquoi ne vient-il qu'une fois par an ? Et comment le faire durer, cet amour-là ? Je ne connais que les amours d'un jour.

Lui : Là-bas, l'air est plus clair, le ciel plus bleu et les arbres aussi hauts que des gratte-ciel.

Moi : Ce n'est pas possible.

Lui : Crois-moi, Mazie, ces arbres-là te font vite oublier les gratte-ciel !

J'ai refusé de l'épouser, mais je l'ai dit gentiment. Je l'ai embrassé et j'ai murmuré que c'était seulement parce que j'avais peur de dire oui. Ce qui n'est pas faux, mais pas tout à fait vrai non plus. Au fond, je n'ai jamais été capable de lui parler franchement de quoi que ce soit.

Je te connais très bien, voilà ce qu'il m'a chuchoté à l'oreille toute la nuit. Ce matin, il avait quand même l'air soulagé que j'aie dit non. À moins que mon imagination me joue des tours ? Parce que je préfère penser qu'il est soulagé ? Peut-être. Il m'a dit et redit que je pouvais changer d'avis. Que la Californie serait toujours là, et lui aussi. Un endroit superbe, gigantesque, à l'autre bout du pays. J'ai rassemblé mes affaires et je suis retournée à ma vie. Il est reparti sur son bateau. Tout le monde va me demander où j'étais passée. Je répondrai, mais pas tout de suite. Demain. Aujourd'hui, je vais rêver de la Californie.

Journal de Mazie, le 6 août 1922

Quand je suis arrivée à la maison, j'ai trouvé Rosie en larmes sur le carrelage de la cuisine. Complètement hystérique. Impossible de la calmer. La lumière crue du petit matin ne dissimulait rien – ni les rides qui creusent son front, ni la moustache qu'elle ne se donne plus la peine d'épiler, ni ses yeux rouges et gonflés. Je lui ai tendu un verre d'eau, elle l'a repoussé. J'ai essayé de la prendre dans mes bras, elle s'est dégagée. Chut, j'ai murmuré en lui caressant les cheveux. En vain. Rien n'y faisait. Alors je l'ai giflée. Là, elle m'a lancé un regard assassin, comme si elle allait me tuer sur-le-champ. C'était pas joli, mais ça valait mieux que de l'entendre pleurer.

Puis elle a dit : Tu n'as pas le droit. Disparaître sans prévenir. Tu ne peux pas me faire ça.

J'ai répondu : Je suis désolée, Rosie. Je n'avais pas l'intention de disparaître. Je me suis laissée embarquer dans un truc. Une petite histoire. Avec un homme.

J'aurais dû lui avouer que je l'aimais, cet homme-là. Lui expliquer ce qu'il est pour moi, ce que je suis pour lui. Mais c'est mon secret, bon sang. Le capitaine est à moi, rien qu'à moi.

J'ai repris : Où est Louis ?

Rosie : Parti vaquer à ses affaires, comme d'habitude.

Moi : Qui sait ce qu'il trafique quand il sort d'ici ?

Elle : Tout allait bien jusqu'à son départ. C'est quand je suis seule que je commence à débloquer. Je ne voulais pas me mettre dans un état pareil, je t'assure !

Moi : Tu vas mieux ces temps-ci.

Elle : Non. Pas vraiment.

Au fond, j'ignore ce qu'elle fait de ses journées ; elle ne sait rien des miennes. Elle pourrait passer ses matinées à pleurer et ses après-midi à hurler, je n'en saurais rien.

Je l'ai serrée dans mes bras. Cette fois, elle s'est laissée faire. Louis est revenu peu après. Peut-être l'avait-il entendue hurler de là où il était ? Elle ne pleurait plus, mais nous étions tout de même affalées sur le carrelage, elle et moi.

Il est entré en sifflant. Il a dit : La cuisine est vraiment étincelante aujourd'hui, ma chère et tendre. Puis il s'est penché vers Rosie, il a posé un baiser dans ses cheveux et lui a tendu les mains. Elle s'est redressée. Il s'est tourné vers moi. J'ai pris sa main et me suis relevée à mon tour.

Ce soir, je me suis mise au lit avec une flasque de whisky. J'étais censée rêver, mais je ne sais plus de quoi.

George Flicker

À mon retour, je me suis réinstallé à Grand Street, dans l'appartement où j'avais grandi. Vous imaginez un peu ? J'avais parcouru le monde. J'avais fait la guerre. J'avais sauvé des vies. J'avais même été décoré. Regardez ! [Il montre la décoration accrochée au miroir de la coiffeuse.] C'est mon étoile de bronze. Et je me suis retrouvé dans cette chambre, toujours aussi petite, toujours aussi humide. Ce n'était pas agréable, croyez-moi ! Mes parents avaient vieilli, et ils commençaient à sentir le rance, comme moi aujourd'hui. Les ennuis de l'oncle Al nous mettaient les nerfs à vif. On se marchait dessus, là-dedans. Littéralement. Ma mère était convaincue que j'avais pris quinze centimètres en France. Une crise de croissance, qu'elle disait.

En plus, il a fallu que je me remette à chercher du boulot. J'ai dû repartir de zéro, alors que j'avais déjà lancé deux ou trois trucs en France. Et ça, ma petite fille, ça ne me faisait vraiment pas rire. Repartir de zéro, et sous le regard de ma mère, en plus ! Heureusement, j'avais travaillé pour un fabricant de cravates en France. Il m'avait appris à les faire et à les vendre. En arrivant à New York, je me suis fait embaucher dans une fabrique de cravates pour quinze cents de l'heure. J'ai mis de côté ce que je pouvais, et dès que j'ai eu assez d'économies, j'ai acheté mes propres cravates que je revendais dans la rue. Ça marchait bien, mais ce qui m'intéressait vraiment, c'était l'immobilier. Pas très original, direz-vous. À New York, tout le monde espère faire fortune dans l'immobilier ! Comment voulez-vous arpenter ce quartier sans y penser ? Louis Gordon bossait déjà dans le secteur, je m'en souviens. Il possédait quelques immeubles en plus de ses... autres investissements. Il touchait un peu à tout, vous savez.

Elio Ferrante

D'après ce que vous m'avez raconté, il semble peu probable qu'il se soit contenté de jouer aux cartes. Le blanchiment d'argent ? C'est possible. Il était peut-être aussi prêteur sur gages. Propriétaire de bars clandestins. Trafiquant de drogue. On peut tout imaginer !

Journal de Mazie, le 22 septembre 1922

Ce matin après le petit déjeuner, Louis nous a proposé d'aller à la plage.

Venez, a-t-il dit. Il n'y a personne. La rue est à nous !

Il a ouvert la porte. Une brise marine s'est immiscée dans la cuisine. Fraîche, humide, délicieuse. Une petite claque sur la joue. Rosie a interrompu son ménage. Elle s'est frotté la nuque.

Louis : Faisons comme si nous possédions tout le quartier. Comme si nous étions les souverains de Coney Island !

Moi : Je serai la princesse, Rosie. Et toi, la reine.

Rosie a dit non. C'était couru d'avance : impossible de l'emmener après le petit déjeuner. Pas avec toute cette vaisselle dans l'évier. Moi, j'ai dit oui.

Il m'a donné le bras et nous sommes allés jusqu'au bout de la rue. Les mouettes faisaient le grand huit. Nous nous sommes arrêtés au bord de la plage, là où commence le sable. Je me suis appuyée contre son épaule. Il a pris ma main et l'a embrassée.

Louis : Et si nous parlions de ta sœur ? Et de sa santé mentale ?

J'ai failli tomber à la renverse. J'attendais ça depuis des années. Qu'il me parle enfin de Rosie. De sa folie.

Moi : Je me fais tellement de souci pour elle !

Lui : Elle s'en fait beaucoup pour toi, elle aussi.

Moi : Pour moi ? Je croyais que nous devions parler d'elle.

Lui : C'est vrai.

Moi : Tu crois qu'elle débloque ?

Lui : Tu vis avec nous. Tu en sais autant que moi. Elle se porte comme un charme pendant des semaines. Des mois, même.

J'ai acquiescé. Il avait raison. Tout se passait bien jusqu'à ce que je parte deux nuits avec le capitaine. C'était après que Rosie avait perdu pied.

Moi : Et entre vous, comment ça se passe ? Une fois la porte fermée. Ça, je ne le sais pas.

Lui : Derrière la porte, elle dort comme un bébé.

Il a fait une grimace.

Lui : Sauf quand elle ne dort pas du tout.

Moi : Que faut-il faire ?

Lui : Être là quand elle a besoin de nous. Rentrer à l'heure dite. Respecter sa routine. C'est important pour elle.

Moi : Et ma vie, alors ?

Il s'est contenté de hausser les épaules. Un petit aéroplane a survolé l'océan, et Louis me l'a montré du doigt, mais il n'a rien dit. Plus un mot. La brise qui m'avait caressé la joue me piquait les yeux, à présent.

Moi : N'en ai-je pas fait assez ? Ne suis-je pas assez là pour elle ?

Il s'est éloigné.

Moi : Et moi ? Qu'est-ce que je deviens, moi ?

George Flicker

Il n'a jamais été arrêté. Pas à notre connaissance, en tout cas. Si vous voulez mon avis, Louis était loin d'être le pire de sa catégorie. C'était peut-être l'un des moins mauvais, à vrai dire.

Je vais quand même vous raconter une anecdote. Je me souviens encore de la dernière fois où je l'ai vu dans le quartier. Je venais de rentrer de France. Il devait être deux heures du matin. J'aurais fait n'importe quoi pour fuir cet appartement. Les rues étaient désertes, et je n'en revenais pas de les voir si propres. Il y avait moins de petits lascars. Et beaucoup moins de détritus. Je n'entendais que le bruit des feuilles d'automne sous mes pas.

C'est alors que Louis a surgi derrière moi. J'ai sursauté, ce qui m'arrivait rarement. À l'époque, j'étais bien plus costaud qu'aujourd'hui ! J'ai rapetissé en vieillissant, mes os aussi, mais en ce temps-là, j'étais en pleine possession de mes moyens. Un jeune gars grand et bien bâti qui venait de servir son pays. J'étais rentré depuis peu, et je me tenais encore sur mes gardes, comme j'avais appris à le faire sur le champ de bataille.

Mais Louis était une sacrée baraque. Quand il m'a tapé sur l'épaule, j'ai aperçu cette énorme silhouette derrière moi et j'ai fait un bond. J'ai vraiment eu peur. Il a éclaté de rire. « C'est moi, Georgie ! s'est-il exclamé. Ton ancien voisin. Tu te souviens ? — Louis ! j'ai dit. Bien sûr ! » Mon cœur battait à cent à l'heure. Je me suis plié en deux, le souffle coupé. Je riais, mais j'étais encore terrifié.

Il m'a tapoté le dos, le temps que je me calme. « Je suis désolé, répétait-il. Je ne voulais pas te faire peur. » Après ça, on a bavardé un moment. Il m'a remercié d'avoir combattu pour notre pays et m'a félicité d'avoir été décoré. Ma mère avait dû lui en parler, j'imagine. Puis il m'a donné sa carte en me disant que si j'avais besoin de quoi que ce soit – un boulot, de l'argent, que sais-je encore ? –, il serait ravi de me venir en aide. « Entre anciens voisins, c'est normal ! » a-t-il conclu.

Je me souviens encore de la pensée qui m'a traversé l'esprit : « Même au fond du gouffre, je n'appellerais pas ce type. Pas question de lui demander du boulot. Je ne suis pas un voyou. »

Elio Ferrante

Je devine à quel point ça vous ronge d'admettre que vous ne saurez jamais la vérité. Il semble *probable* que Louis Gordon ait bâti sa fortune sur des activités illégales, mais rien ne le prouve. Vous n'en aurez jamais le cœur net. Acceptez-le. Il y a tant d'autres choses que vous ne saurez jamais ! Personne ne peut prétendre à la vérité absolue. Ce n'est pas un droit.

Journal de Mazie, le 11 novembre 1922

Louis a été hospitalisé. Il était aux courses, il est tombé et son cœur l'a lâché. Il discutait avec un entraîneur, une main sur la bête, quand il s'est effondré. La jument a pris peur : elle s'est réfugiée dans son box, et n'a plus voulu en sortir. C'est ce que l'entraîneur m'a expliqué à l'hôpital où il est venu prendre des nouvelles de Louis. Je lui ai fait tout raconter. Dans les moindres détails.

Moi : C'était à quel hippodrome ?

L'entraîneur : À L'Empire City, mademoiselle.

Moi : De quelle couleur était la jument ?

Lui : Couleur chocolat.
Moi : Comment s'appelle-t-elle ?
Lui : Santa Maria.
Moi : Partait-elle favorite ?
Lui : Plus après ça.
Je suis juste passée à la maison pour faire ma toilette, parce que l'une de nous doit le faire. Rosie ou moi. Ce sera moi. Histoire d'être présentable au cas où. Et j'ai l'impression que le cas de Louis est critique.

Journal de Mazie, le 13 novembre 1922

Louis est mort hier. Nous lui tenions la main, Rosie et moi, une de chaque côté. Une vieille ritournelle m'a traversé l'esprit.

Mon ami me délaisse, ô gué, vive la rose.
Mon ami me délaisse, je ne sais pas pourquoi.

Nous sommes restées là, les doigts noués aux siens. Pour le toucher le plus longtemps possible. Que pouvions-nous faire d'autre ? Puis Rosie s'est penchée vers lui. Elle a chanté en hébreu, un air que je n'avais jamais entendu. Il est entre deux mondes, m'a-t-elle dit. La chanson parle de ça. Achever une vie ici, en commencer une autre ailleurs. Moi, je ne voulais pas qu'il s'en aille. J'ai porté sa main à ma joue. J'ai senti sa peau passer du chaud au tiède, puis du tiède au froid. Et nous avons pleuré. Tant pleuré. Plusieurs personnes ont passé la tête dans la chambre – un médecin, une infirmière, puis une autre. Au bout d'un moment, ils ont renoncé et nous ont laissées seules.

Journal de Mazie, le 14 novembre 1922

Nous étions quatre, puis trois, et maintenant nous ne sommes plus que deux.

Journal de Mazie, le 15 novembre 1922

Rosie est prostrée dans la cuisine. On dirait une pierre. À peine vivante. J'ai eu toutes les peines du monde à la conduire au cimetière. Impossible de trouver Jeanie pour l'avertir que Louis était malade, mourant, puis mort. Elle est... quelque part en Californie. Elle sera toujours quelque part. En Californie ou ailleurs. Et Louis ne reviendra plus, maintenant.

Il n'y avait que nous deux, les tantes de Louis et leurs maris. Le sol était couvert de feuilles mortes. On s'est frayé un chemin jusqu'à la tombe. Tous les Gordon pleuraient. Rosie est restée plantée là comme un piquet, puis elle est tombée à genoux. Coupée en deux. Le bas de son corps s'effondrait, tandis que la moitié supérieure refusait de céder au chagrin. Sa robe était pleine de terre quand elle s'est relevée. Je l'ai époussetée en disant : ça va aller.

Je l'ai répété une dizaine de fois avant de m'apercevoir que je le disais à voix haute, et pas seulement dans ma tête. Tout le monde me regardait. J'ai passé un bras autour des épaules de Rosie et je l'ai dit une fois de plus.

Ça va aller.

Journal de Mazie, le 17 novembre 1922

Nous avons fait Shiv'ah à la maison aujourd'hui. Nous ne sommes pas pratiquantes, Rosie et moi, et nous n'avions pas spécialement envie de respecter ce rituel, mais Louis était juif, à sa façon. C'est pour lui que nous avons invité ses tantes. Elles ont pris possession des lieux comme un escadron, une armée d'endeuillées. J'étais quand même bien contente de les voir arriver. L'une d'elles a apporté une tonne de poisson fumé – on aurait dit un mur tant il y en avait. Elles se sont mises au travail avec énergie. Bruyantes et affairées. C'était bon de les entendre jacasser, râler, ouvrir les portes des placards pour y trouver ce qu'elles cherchaient.

Rosie était avachie dans le canapé du salon. Ce matin, j'ai remarqué que les médicaments de Jeanie avaient disparu. Je les avais observés dans l'armoire à pharmacie toute la semaine en pensant qu'ils aideraient peut-être Rosie à traverser les jours à venir. Je n'ai pas eu besoin de le lui suggérer : elle a compris toute seule. Je l'ai laissée tranquille toute la journée. Je lui ai juste demandé de passer du canapé au fauteuil. J'estimais qu'elle devait trôner dans la pièce, comme une reine à qui on vient présenter ses hommages. J'espérais aussi que le fauteuil l'aiderait à se tenir droite, parce qu'elle semblait constamment sur le point de tomber.

J'ai passé une bonne partie de la matinée à esquiver les visiteurs qui voulaient me faire la conversation. Certains d'entre eux m'étaient familiers. Je les avais rencontrés aux courses ou à Grand Street. Mais la plupart m'étaient inconnus. Qui étaient ces types, d'où sortaient-ils ? Une lueur fauve brillait dans leur regard. Je les imaginais tapis dans les coins sombres de la ville. Occupés à ramper et fureter comme d'autres créatures nocturnes – punaises, rats, chats de gouttière. Ils se ressemblaient tous : costume sombre, chapeau noir, peau tavelée. Ils empestaient le cigare et l'alcool, un mélange qui ne m'avait jamais gênée jusqu'à présent. Sur eux, il m'insupportait, comme s'ils avaient abusé d'une mauvaise eau de Cologne. Quelle bande de malfrats ! j'ai pensé. Ils se sont présentés comme des associés de Louis. Tous, jusqu'au dernier. Une cohorte de types dans mon salon, et pas un seul ne me plaisait.

Puis le jeune Juif bien mis est arrivé. Il a serré la main de tout le monde avant de s'arrêter devant moi. De près, je l'ai trouvé beau, vigoureux, le cheveu lisse et brillant, l'air intelligent. Il a murmuré quelques mots en hébreu et m'a pris la main.

Lui : Comment allez-vous, mademoiselle Mazie ?

Moi : Je m'en sortirai. J'ai perdu un proche, pas un mari. Ça, c'est une vraie tragédie.

Nous avons regardé Rosie, tête inclinée sur le côté, bras ballants, jambes pendantes.

Lui : J'irai me présenter plus tard. Avant cela, j'aimerais m'entretenir avec vous.

Je l'ai emmené dans l'ancienne chambre de Jeanie. Là, il m'a dit son nom. Je me suis rappelé l'avoir lu dans les journaux, mais je n'avais jamais vu de photos de lui, parce qu'il n'en existe aucune.

Lui : Je travaillais avec Louis.

Moi : Il travaillait avec beaucoup de monde, apparemment.

Lui : J'aimerais vous racheter sa part de l'affaire.

Moi : De quelle sorte d'affaire s'agissait-il ?

Il a souri, mais son visage s'est aiguisé. Comme s'il s'apprêtait à me dévorer toute crue. Je n'aurais même pas le temps de me défendre, j'ai pensé. Mais j'étais trop lasse pour avoir peur.

Lui : Quand on est intelligent, mademoiselle Mazie, on ne pose pas ce genre de question. Or Louis me vantait souvent votre intelligence.

Moi : Il avait raison.

Lui : C'est vous qui tenez la caisse, pas vrai ? Louis me disait souvent que vous comptiez l'argent. Eh bien, je suis là pour racheter la part de Louis. Pour remettre les compteurs à zéro.

Moi : Entendu. Allez-y.

Il m'a tendu une enveloppe.

Lui : Ouvrez-la et comptez.

Moi : Pour quoi faire ? Je ne sais pas ce que vous faisiez ensemble, Louis et vous. Je ne sais pas ce que ça vous rapportait, et par conséquent, je ne sais pas si cette enveloppe contient ce qu'il faut, trop ou pas assez. La somme que vous me proposez ne signifie rien pour moi.

Il n'a pas apprécié mon petit discours, mais il ne pouvait guère le contester. Alors il est sorti. Je suis restée là, l'enveloppe à la main. La fille à la caisse qui tient la caisse. Un instant plus tard, on a frappé à la porte. C'était l'un des malfrats. Il voulait racheter la part du mort, lui aussi. Il m'a tendu une enveloppe. Après lui, un autre est entré, puis un autre, et encore un autre. Ça a duré un petit moment, cette procession d'hommes avec des enveloppes. Après leur départ, je me suis mise à compter l'argent. Que faire, sinon ? Puis j'ai ouvert la porte de la chambre. Personne au salon. Ma sœur faisait le ménage dans la cuisine. Les tantes de Louis étaient toutes parties, sauf une, qui s'apprêtait à le faire. Je me suis dit que Rosie allait déjà mieux : elle n'avait pas laissé ces dames astiquer sa cuisine.

Moi : Nous avons reçu beaucoup d'argent aujourd'hui.

Rosie : Je brûlerais tout, si ça pouvait me le ramener.

Ensuite, on a mangé le mur de poisson fumé jusqu'à ce qu'il n'en reste rien.

George Flicker

Je vais vous raconter une dernière anecdote à propos de Louis Gordon. Il paraît qu'à sa mort, des cris de joie ont résonné dans les gradins de l'Aqueduc, à Queens. Pas parce que c'était un sale type, mais parce qu'à sa mort, la moitié des gars présents dans l'hippodrome ont été libérés de leurs dettes.

Journal de Mazie, le 20 novembre 1922

Nous avions rendez-vous chez le notaire aujourd'hui. Rosie possède maintenant notre maison de Surf Avenue, deux immeubles de rapport à Chinatown, la moitié de quatre chevaux de course, le quart d'une douzaine d'autres et des autos-tampons à Luna Park. Moi, je possède une salle de cinéma. Je l'avais déjà depuis un moment, mais il fallait que je l'entende pour en prendre vraiment conscience. Du vivant de Louis, je ne m'en suis jamais sentie propriétaire. J'avais signé des papiers, mais c'est lui qui encaissait tout. Maintenant, il n'est plus là. Rosie a également hérité de ce qu'il avait déposé à la banque, ce qui ne fait pas beaucoup parce que Louis n'était pas fanatique de ce type d'établissement.

Et ce n'est pas tout, j'en suis sûre. Il en avait mis au coffre ou planqué dans les placards. De l'or, des diamants, des dollars. Je les ai entraperçus. Un éclat au fond d'un tiroir. Mais c'est à Rosie, maintenant. Pas à moi.

On est arrivées à la maison un peu hébétées. Les enveloppes pleines de billets étaient toujours dans la chambre de Jeanie, empilées sur son lit. Nous n'avions pas eu le cœur d'y toucher. Nous n'avions pas besoin de cet argent, mais nous ne pouvions pas le jeter non plus.

Tu crois qu'il faut les cacher ? j'ai demandé à Rosie.

Débrouille-toi pour que je ne les voie plus, a-t-elle répondu.

Alors j'ai glissé toutes les enveloppes sous le matelas, les unes après les autres. Il était plus haut, ensuite. Et il tremblait un peu. Ce n'est pas bien grave, puisque personne ne viendra dormir là. Personne n'en saura rien.

Journal de Mazie, le 23 novembre 1922

J'ai repris ma place dans la cage aujourd'hui. Rudy m'avait proposé de me remplacer aussi longtemps que nécessaire, mais Rosie a voulu que j'y retourne. C'est notre boutique, m'a-t-elle dit. Faut veiller au grain. Elle ne met pas en doute la loyauté de Rudy, c'est un honnête homme, d'après elle, mais il a ses faiblesses, comme nous tous, et bien des bouches à nourrir. Si tu le laisses trop longtemps seul avec tout cet argent, a conclu Rosie, il finira par se le mettre dans la poche ! Je n'ai pas discuté, trop heureuse de retrouver la Rosie d'avant, tranchante et acerbe. J'y vois un signe de retour à la vie. Quant à moi, je sais très bien que Louis accordait à Rudy tout ce qu'il demandait, que Rudy n'avait jamais été tenté de le voler, et qu'il ne me volera jamais rien.

Quel soulagement de me réinstaller derrière ma caisse sous les cartes postales de Jeanie et du capitaine ! J'ai levé les yeux vers la Californie. Ils pourraient être sur la Lune, ces deux-là, ça me ferait le même effet. Le temps que je compte mes pièces et mes billets, la file d'attente s'était formée pour la séance de 11 heures. J'ai reconnu les habitués : les mères et leurs gamins, les hommes qui n'ont rien de mieux à faire. Les voilà, mes vrais amis ! j'ai pensé, et ça m'a fait rire. Un rire doux-amer, deux saveurs que je connais bien.

Puis, chacun leur tour, après m'avoir acheté un billet, ils m'ont offert un cadeau. Une fleur, une carte, quelques bonbons achetés au coin de la rue. Marques de sympathie, marques de regret.

Nous avons appris pour Louis, m'ont-ils dit. Nous sommes vraiment désolés.

Nos condoléances, mamzelle Mazie.

Vous nous avez manqué.

J'ai tenté de retenir mes larmes. Je ne voulais pas qu'ils me voient pleurer. J'ai échoué. Tant pis. Je ne peux pas me reprocher d'être sensible à leur compassion ! Ces gens se sont levés ce matin et se sont souvenus qu'ils sont hommes parmi les hommes, femmes parmi les femmes. Ce n'est pas le cas de tout le monde. Voilà pourquoi ce sont mes amis. De vrais êtres humains, pas des malfrats.

Sœur Ti est venue dans l'après-midi. Elle s'est dirigée droit vers la cage et elle a frappé au battant de son petit poing fermé. Je n'avais jamais ouvert à personne, mais pour elle j'ai fait une exception. Parce qu'elle me l'a demandé. Elle m'a serrée dans ses bras. Sa joue a effleuré la mienne. Elle avait la peau douce, elle sentait le savon – le même que celui de l'hôtel où j'ai passé un week-end avec le capitaine. Puis elle a glissé un médaillon dans ma main.

Prends-le, m'a-t-elle dit. C'est saint Jean l'Évangéliste. Le saint patron des endeuillés. Il veillera sur toi.

Je n'en avais pas vraiment besoin. Pas aujourd'hui, du moins. J'avais tout Park Row avec moi.

Journal de Mazie, le 1er janvier 1923

Doux Jésus ce que cette maison est vide !

Journal de Mazie, le 10 janvier 1923

En rentrant hier soir, j'ai trouvé Rosie devant la porte de Jeanie, bras croisés, dos voûté, les traits figés dans une expression que je ne lui connaissais pas. Elle a sursauté quand je lui ai effleuré l'épaule.

Moi (en lui tapotant le dos pour la rassurer) : À quoi penses-tu ?

Rosie : Cet argent ne me dit rien qui vaille.

Moi : Peut-être, mais il est à nous. Et on n'a rien fait de mal.

Elle : Tu le crois vraiment ? Tu penses que nous sommes de bonnes gens ?

Il y a un an, peut-être deux ou trois, j'aurais répondu non, du moins en ce qui me concernait. Aujourd'hui, j'en sais un peu plus.

Moi : Nous ne sommes pas de mauvaises gens, Rosie. Vraiment pas. Et c'est déjà beaucoup.

Journal de Mazie, le 15 janvier 1923

Rosie m'a accompagnée en ville ce matin. C'était la première fois qu'elle quittait Coney Island depuis la mort de Louis et notre rendez-vous chez le notaire. Elle voulait aller à Chinatown jeter un œil aux immeubles dont elle a hérité. Elle m'a dit qu'elle avait entendu des tas d'histoires à leur sujet – vétusté, délabrement, risque d'impayés. Il faudra peut-être changer de gérant, m'a-t-elle expliqué. Elle s'était vêtue avec soin et portait un nouveau chapeau, mauve avec une broche épinglée dessus, et une voilette en dentelle qu'elle a rabattue sur son visage. Ses joues avaient rosi. D'où venait son émotion ? Peu importe. J'y vois un signe de renaissance, c'est tout ce qui compte.

Journal de Mazie, le 10 février 1923

Sœur Ti avait besoin d'argent pour acheter des manteaux aux filles du quartier, alors je suis allée en chercher dans la chambre de Jeanie. J'ai ouvert une enveloppe et pris quelques billets. Rien de plus. Je ne vois pas à quoi d'autre ça peut servir.

Journal de Mazie, le 13 mars 1923

Rosie a de nouveau pris le train avec moi ce matin.

Moi : Tu as encore un rendez-vous d'affaires ?

Elle : Je vais chez le coiffeur.

Moi : Pourquoi ? Tu es très bien coiffée.

Elle : Dites donc, Mademoiselle, ça vous dérange que j'aille en ville ?

Moi : Non. Je me demandais ce que tu allais y faire, c'est tout.

On a continué sur le même ton jusqu'à l'arrêt suivant. Tout semblait inversé : c'était moi qui lui réclamais des comptes, et elle qui esquivait mes questions.

Finalement, j'ai dit : Fais ce que tu veux.

Et elle a répondu : Je me passe de ta permission.

Les portes du wagon se sont ouvertes, elle est descendue. M'a tourné le dos sur le quai. Ne s'est même pas retournée pour me faire un signe de la main.

Journal de Mazie, le 3 avril 1923

Il y avait quarante-six enveloppes dans la chambre de Jeanie. Il n'y en a plus que quarante et une. Je ne suis pas folle. C'est moi qui les ai comptées. Il y en avait quarante-six en février quand j'ai pris quelques billets pour sœur Ti. Ce n'est pas mon argent. Je ne devrais pas me poser de questions, mais je m'en pose.

Journal de Mazie, le 20 avril 1923

J'ai reçu une carte de Jeanie. Postée de Los Angeles.

Au recto : le panneau géant qui indique HOLLYWOOD-LAND sur une colline.

Voilà des années que je vois des photos de ce panneau dans mes magazines. J'ai senti mon cœur s'accélérer, impossible de m'en empêcher. Puis j'ai retourné la carte.

Au verso : Ce qui t'est arrivé vient juste de m'arriver et c'est affreux, Mazie.

Beaucoup de choses me sont arrivées sur cette terre, mais je savais très exactement de quoi elle parlait.

J'ai jeté la carte, alors que je mourais d'envie de l'accrocher au mur avec les autres. Il ne faut pas laisser les mauvaises nouvelles vous encercler. Ça attire le mauvais œil. Un peu comme cet argent, caché sous le matelas de Jeanie. Il reste trente-neuf enveloppes.

Journal de Mazie, le 1er mai 1923

Du thé au fond d'une soucoupe, des volutes d'encens dans le salon. Des assiettes sales dans l'évier. Rosie a disparu. Les gitanes sont venues, j'en suis sûre. Je le sens à plein nez. Je n'ai pas pu me résoudre à compter les enveloppes.

Elio Ferrante

Ma grand-mère paternelle avait des origines tziganes, mais ce n'était pas le genre à vous lire les lignes de la main. De toute façon, son mariage avec un non-Rom l'avait exclue de la communauté. Sa couleur de peau lui donnait l'air italien – sicilien plus exactement. Ah la Sicile ! C'est la quintessence de la Méditerranée. Vous devriez me voir en été : ma peau brunit tellement au soleil que je peux me revendiquer de plusieurs ethnies différentes, des Latinos aux Afro-américains. Je deviens un citoyen du monde dès le mois de juin ! Pour en revenir à ma grand-mère, elle connaissait pas mal de filous, malgré tout. Et elle avait souvent une anecdote à raconter, plus ou moins véridique, mais toujours édifiante. Elle nous expliquait notamment que les personnes seules, celles qui sont en quête de compagnie et de réconfort, constituaient des cibles faciles pour les diseuses de bonne aventure. De nombreuses veuves tombaient dans le panneau, si j'ai bien compris. Une des arnaques les plus courantes consistait à leur soutirer de l'argent – dix, cent, voire mille dollars – et à faire mine de le brûler sous leurs yeux : « Regardez, disaient les gitanes. Brûlons ces billets et nous brûlerons votre chagrin avec eux ! » La veuve croyait voir partir ses dollars en fumée pendant la séance, alors que la voyante les avait déjà fait disparaître dans la doublure de sa jupe. Elle mettait tout dans leurs jupes. Des pièces, des bijoux, des billets. Y en avait autant qu'à Fort Knox là-dedans !

Journal de Mazie, le 9 juillet 1923

Je sais bien que Rosie passait trop de temps à faire le ménage, et que ce n'était pas normal. Maintenant, elle ne fait plus rien et la maison est franchement répugnante. L'été n'arrange rien : avec les fortes chaleurs, tout devient collant. Les taches de thé s'accumulent sur la table de la cuisine, attaquées par une armée de fourmis. Je passe mes journées et mes soirées au Venice. J'essaie d'être partout à la fois en l'absence de Rudy, qui est de nouveau malade. Je n'en peux plus. Je n'y arrive pas. J'ai besoin d'aide.

Lydia Wallach

Rudy a fait cinq crises cardiaques au cours de sa vie. En 1923, il devait en être à sa troisième. Certaines étaient moins graves que d'autres. À chaque fois, il s'en remettait en quelques semaines et reprenait le boulot. Sauf après la cinquième, qui lui a été fatale. C'était un homme calme, aimant et attentif : il encaissait les chagrins et les angoisses d'autrui sans flancher. Son cœur flanchait le premier, en fait. Il se retrouvait à l'hôpital, et là, tout s'effondrait autour de lui. Ma grand-mère, les enfants, le cinéma. Ces univers si différents passaient par lui, il tenait tout en place. Je comprends bien ça, moi. Si vous relâchez votre attention, tout se débine. Le tissu se détend et votre univers ne tient plus qu'à un fil.

Journal de Mazie, le 15 juillet 1923

J'ai parlé de Rosie à sœur Ti. Je lui ai tout raconté. Quel soulagement de confier ne serait-ce qu'un petit pan de ma vie à une oreille attentive ! Or en ce moment, Rosie envahit toute ma vie. Rosie et le Venice.

Ti a les gitanes en horreur – pour autant qu'elle soit capable de tenir quiconque en horreur, elle qui n'a d'aversion pour personne. Allons ! Certaines d'entre elles sont sympathiques, je lui ai dit. Elle prétend que non. Elle les a trop côtoyées pour leur pardonner. Ou même pour oublier leurs méfaits.

Sœur Ti : Ces femmes-là te voleront jusqu'au dernier sou et t'abandonneront dans le noir et le froid sans même se retourner.

Moi : Je ne crois pas que Rosie ait l'impression de se faire arnaquer.

Elle : Et moi je crois que cet argent serait mieux employé ailleurs.

Moi : Les voyantes savent peut-être apaiser son chagrin ?

Elle : Le vol est un délit. Ces femmes devraient être punies par la loi.

Je n'ai pas pu m'empêcher de rire, comme toujours quand Ti essaie de jouer les dures.

Moi : Te voilà bien peu clémente ! Je croyais que nous étions tous sous la protection d'un saint patron ?

Elle a interrompu sa diatribe pour examiner ma question.

Elle : Saint Dismas veille sur les criminels. Mais seulement s'ils sont prêts à se repentir.

Moi : Ces gitanes n'éprouvent pas de repentir.

Elle : Non. Pas le moindre.

Journal de Mazie, le 28 août 1923

J'ai pris l'argent. Je l'ai pris et je l'ai mis en lieu sûr. Elle ne le retrouvera pas. Il ne restait plus que vingt enveloppes. C'est bien assez pour tenir un certain temps, mais bien peu au regard de ce qu'il y avait au départ. De toute façon, ce n'est plus mon argent, ni le sien. Il est entre des mains étrangères, à présent.

Isabel Kaller, comptable,
Église de la Transfiguration, Chinatown

Nos premières archives datent de la fin du XIXe siècle. Ce sont de vrais trésors. Les comptables de l'époque tenaient les registres avec un soin admirable. Si vous voyiez leurs écritures ! Des lettres minuscules et des colonnes de chiffres parfaitement alignés... Je ne cesse de les admirer. Le seul fait de les manipuler, de les soupeser, me remplit de joie.

J'ai feuilleté le registre de l'année 1929. J'ai trouvé mention d'un fond établi par Mlle Mazie Phillips-Gordon en l'honneur de sa mère, Mme Ada Phillips. Les sommes versées étaient affectées aux femmes et aux enfants en détresse. Il est spécifié qu'il s'agit d'un don « à l'aveugle », la donatrice ayant demandé à l'église de ne pas l'informer de la manière dont seraient employés les fonds, ou plus exactement, de l'identité des personnes qui seraient amenées à en bénéficier. Grâce au registre, nous savons que ces sommes ont servi à reloger des femmes battues qui avaient fui leur mari, à régler leurs frais médicaux et ceux de leurs enfants. À l'époque, la paroisse travaillait en étroite collaboration avec des églises de Montréal et de

Buffalo : ces femmes battues ont pu quitter New York et entamer une nouvelle vie au Québec ou sur les bords du lac Erié. Je suis incapable de vous dire combien de femmes ont reçu l'aide de ce fonds. Des centaines ? Des milliers ? Aucune idée. Beaucoup, beaucoup de femmes, en tout cas. Le premier versement était très substantiel, et Mlle Phillips l'a alimenté d'année en année jusqu'à sa mort, en 1964.

Ce que nous ferions d'une telle donation si elle nous arrivait aujourd'hui ? Seigneur ! Nous pourrions financer tant de grands projets ! Je préfère ne pas y penser, mais j'y pense quand même. Vous comprenez ? Ce serait merveilleux. Vraiment.

Journal de Mazie, le 2 septembre 1923

Elle est devenue folle. Elle a mis la chambre à sac pour retrouver les enveloppes. Défait le lit, retourné le matelas, arraché les rideaux. Jeté le tapis sur le trottoir. Je crois qu'elle l'a lancé par la fenêtre, mais je n'en suis pas sûre.

George Flicker

Ça a bardé entre Mazie et Rosie pendant un moment, mais personne ne savait pourquoi.

Journal de Mazie, le 3 septembre 1923

Elle est venue hurler devant ma caisse aujourd'hui. J'ai gueulé en retour. Une vraie compétition. Elle essayait de me griffer en glissant les mains sous la vitre. Au début, je ne l'ai même pas reconnue. Quelle cruauté dans son regard ! Je n'en revenais pas. Puis elle a agrippé les montants de la cage à deux mains et l'a secouée pour m'obliger à sortir. Elle n'est pas de mon sang, j'ai pensé. Ce n'est pas ma sœur.

Rosie : Où sont-elles ? Où sont les enveloppes ?

Moi : Je les ai emportées, c'est tout ce que tu dois savoir.

Elle : Rends-les-moi. J'en ai besoin.

Moi : Arrête, Rosie. Tu fais n'importe quoi.

Elle : Tu ne comprends rien à rien.

Rudy s'est précipité et l'a arrachée à la cage de toute la force de ses petites mains. Elle lui a échappé et s'est enfuie en courant.

Journal de Mazie, le 4 septembre 1923

Prends ton mal en patience, m'a conseillé sœur Ti. C'est tout ce que tu peux faire.

J'aimerais dire à Rosie que je connais sa douleur. Je sais qu'elle souffre comme personne, mais je sais aussi que cette douleur n'est ni plus ni moins atroce que celle d'un autre. Nul ne souffre éternellement.

Journal de Mazie, le 1er octobre 1923

Elle erre dans le quartier. Je suis allée à Bayard Street pour collecter les loyers d'octobre. Les locataires m'ont répondu qu'elle était passée avant moi. Elle a pris leur argent et l'a donné illico à ses voyantes favorites, ça ne fait pas un pli.

Journal de Mazie, le 1er novembre 1923

Bon anniversaire, Mazie ! J'ai vingt-six ans aujourd'hui, et ma vie est un véritable chaos.

Sœur Ti m'a apporté un bouquet de marguerites, et je suis allée boire un verre avec Mack dans la soirée. Je ne lui ai rien pardonné, mais j'avais besoin de compagnie. J'ai beau voir défiler une foule de gens devant ma caisse à longueur de journée, je ne me suis jamais sentie aussi seule.

Journal de Mazie, le 2 novembre 1923

Les loyers se sont encore envolés. D'abord dans sa poche, puis dans les leurs.

Journal de Mazie, le 5 novembre 1923

Je l'ai aperçue dans la rue, je l'ai attrapée par le bras, mais elle s'est enfuie. Je l'ai poursuivie à travers Chinatown. On a couru et couru.

Moi : Je t'en prie, Rosie, je t'en prie !

Moi : Reviens à la maison, je t'en supplie !

Moi : Je t'aime, tu m'entends ?

Je l'ai perdue de vue sur Canal Street.

Je ne suis même pas sûre que cette poursuite ait vraiment eu lieu. J'en ai peut-être rêvé. Ou alors je me suis trompée, et j'ai poursuivi quelqu'un d'autre.

Journal de Mazie, le 4 décembre 1923

Rosie est revenue. Elle dormait sur le canapé quand je suis rentrée. Maigre, les cheveux gris, la bouche ouverte. Elle ronflait. Je l'ai enveloppée dans une couverture pour qu'elle n'ait pas froid. J'avais peur de la toucher, peur qu'elle disparaisse.

Je lui pardonnerai tout si elle parvient à se pardonner elle-même.

Elio Ferrante

Ces gitanes-là finissent toujours par lâcher leur proie. Elles ne peuvent pas arnaquer indéfiniment la même personne. Elles vont et viennent, changent d'apparence et se remettent en chasse.

Journal de Mazie le 3 janvier 1924

Je l'ai trouvée sur la plage hier soir. Dans l'eau jusqu'à la taille. Elle avait laissé la porte ouverte en sortant. Je suis rentrée du travail et repartie aussitôt. J'ai longé la rue en criant son nom comme les gens qui ont perdu leur chien. Je l'ai aperçue en arrivant sur la plage. Elle s'était éloignée du rivage. Mais pas assez pour se noyer. Elle ne voulait pas mourir. J'écris ces mots pour leur donner du poids. Pour que ce soit vrai.

La lune l'enveloppait dans sa lumière blême. Était-ce ma sœur ou son fantôme ? Je suis entrée dans l'eau. Je l'ai rejointe et tirée vers le rivage. Nous avons trébuché. Les vagues encerclaient nos chevilles et nous tremblions de froid. Rosie était à la fois blanche et bleue. Je l'ai serrée contre moi pour la réchauffer, mais elle m'a repoussée.

Rosie : J'ai passé une sale année, Mazie.

Moi : Je sais.

Elle : La vie n'a pas été tendre avec moi. J'ai trente-quatre ans, et rien pour le prouver. Plus de mari. Pas d'enfant. Que me reste-t-il ?

Moi : Moi. Je suis là. Je ne te quitterai pas.

C'est vrai. Je ne la quitterai jamais.

Moi : Allez, viens ! Il fait un froid de canard. Tu vas attraper la mort. Et si tu meurs, je te tue. De mes propres mains.

J'aurais voulu qu'elle soit belle sous la lune – tout le monde l'est – mais sa beauté s'est enfuie. Elle s'abîme depuis des années, ma Rosie. Ses cheveux ont viré au gris. Ils flottaient autour d'elle, presque mauves au clair de lune. Profonds sillons autour des yeux, de la bouche. Menton fuyant et tremblant. Quand elle s'effondre, la beauté ne se relève pas. La nature l'a voulu ainsi. Seule sa peau de porcelaine demeure intacte. Elle me rappelle la Rosie d'antan.

Elle avance à petits pas vers sa tombe. Qu'elle ne compte pas sur moi pour l'enterrer. Ça, pas question.

Moi : Je te tuerai si tu meurs.

J'ai fait mine de l'étrangler. Je ne plaisantais qu'à moitié. Nous étions là à claquer des dents comme des imbéciles, debout dans l'eau glacée. Nos lèvres bleuissaient. Deux mourantes, l'une plus vive que l'autre.

Au bout d'un moment, elle s'est affaissée contre moi et m'a enlacée pour se réchauffer. Est-ce son corps ou son esprit qui a capitulé le premier ? Peu importe. J'ai pris ce qu'elle était capable de me donner.

Moi : Dis-toi que tu as été aimée, au moins !

Nous avons fondu en larmes. J'ai épanché mon chagrin dans son cœur brisé, elle a épanché le sien dans mon cœur solitaire.

Journal de Mazie, le 2 avril 1924

J'ai reçu une carte postale du capitaine. Les chutes du Niagara. Ce n'est pas loin de New York. Un billet de train, et j'y serais pour la journée. Je peux visualiser le trajet dans ma tête.

J'ai lu une fois ce qui était écrit au verso, et ça m'a suffi. Mais la photo me plaît, alors je l'ai accrochée au mur de la cage. J'ai l'impression d'entendre le fracas de l'eau à chaque fois que je la regarde. Je sens les gouttes mouiller mon front. Il doit faire froid près des chutes. L'air vous rougit la peau. Comme un homme qui vous giflerait en voulant laisser une marque sur votre joue.

Journal de Mazie, le 15 avril 1924

J'ai décidé de déménager. De me réinstaller à Manhattan avec Rosie. Là-bas, je pourrai plus facilement garder un œil sur elle en sortant du boulot.

Rosie : Je n'ai pas la force de trier les affaires de Louis !

Moi : Laissons-les ici, alors. On n'en a plus besoin.

Elle : La maison n'est vraiment pas en bon état.

Moi : Laissons-la comme ça. Les nouveaux propriétaires s'en chargeront.

Elle : Où irons-nous ?

Moi : Où nous voudrons.

J'ai fini par la convaincre. Elle a accepté de déménager. Accepté de continuer à vivre. Pour le moment, je ne lui en demande guère plus.

TROISIÈME PARTIE

Knickerbocker Village

7

Extrait de l'autobiographie inédite de Mazie Phillips-Gordon

Aussi chaotique que fût ma vie, je ne me suis jamais retrouvée à la rue, sauf quand j'avais envie de prendre l'air.

Pete Sorensen,
propriétaire du Journal de Mazie Phillips,
quartier de Red Hook, Brooklyn

Il le faut vraiment ? [Soupir.] Bon. Allons-y, alors.

Comment j'ai trouvé ce journal ? Eh bien, je suis toujours à l'affût. Je marche les yeux baissés dans l'espoir de découvrir des trucs. J'arrive parfois à les revendre ou à m'en servir au magasin. Il y a plusieurs années, j'avais trouvé trente-deux Polaroids montrant une dame chinoise d'une cinquantaine d'années en train de se déshabiller. C'était de loin ma meilleure trouvaille, et ça l'est resté longtemps ! Les photos semblaient dater des années 1980. Elles avaient pâli, mais la jupe de la dame m'a tout de suite rappelé ces années-là. Parce que ma mère avait porté la même ? Peut-être. Je n'ai vraiment pas envie d'imaginer ma mère en train de l'enlever, en tout cas ! [Rire gêné.]

Bref, je suis tombé sur ce lot de photos, et je me suis vite rendu compte qu'elles avaient été prises dans l'ordre et selon un scénario bien précis : j'enlève mon chemisier, j'enlève mon soutien-gorge, j'enlève ma jupe. Était-ce excitant ? Difficile à dire. Je les ai gardées un moment, en tout cas. Je n'arrêtais pas de me demander pour qui elle se déshabillait. Qui avait pris les photos ? À supposer qu'il y ait eu quelqu'un d'autre dans la pièce, ce qui n'est pas certain. J'ai retourné ces questions dans ma tête pendant un an ou deux, je crois. Puis j'ai cessé d'y penser. J'ai compris que je n'aurais jamais les réponses, et que je m'en fichais, au fond. Je n'avais plus besoin de connaître la fin de l'histoire. Le fait d'avoir découvert les photos me suffisait, tu comprends ?

Quant au journal de Mazie, c'est une tout autre affaire. Je l'ai trouvé il y a deux ans à peu près. En automne. Je traversais les anciens chantiers navals de Navy Yard, à Brooklyn, pour me rendre au boulot. C'était quelques mois avant l'ouverture de mon atelier, quand je bossais encore dans les studios de production installés là-bas. J'ai aperçu un gros carton près de l'endroit où se tenait autrefois une vente aux enchères de voitures d'occasion. Je me suis approché. J'ai vite évalué le contenu du carton et compris que je ne pourrais ni le vendre ni m'en servir : il renfermait un tas de vieilles ampoules électriques, un rouleau de tickets de cinéma et une flasque en métal. Je l'ai débouchée. Elle sentait encore l'alcool. Un alcool éventé, mais quand même ! L'odeur était encore là.

Puis j'ai vu le journal intime et les cartes postales. L'ensemble était assez miteux, je dois dire. Le carnet avait manifestement été relié de cuir, mais la couverture partait en lambeaux. Les pages se détachaient – elles se seraient envolées si je n'avais pas fait attention. Le papier avait jauni et s'effritait sous mes doigts. Pourtant, j'ai tout de suite eu l'impression que ce carnet me parlait, qu'il *voulait* que je le lise. Ça paraît fou, non ? Ce truc avait l'air d'une vieillerie sans importance, mais c'était un vrai trésor, en fait. Je l'ai fourré dans mon sac à dos et je suis allé bosser.

J'ai commencé à le lire pendant ma pause déjeuner. Ça m'a tellement plu que je suis arrivé en retard au boulot. En fin de journée, quand je suis sorti des studios, je suis allé m'installer dans un café et j'ai repris ma lecture. J'ai tout lu ce soir-là, d'une seule traite. L'écriture de Mazie n'était pas toujours très claire, comme tu as pu le constater, mais je me suis accroché. Je me rappelais vaguement avoir entendu parler d'elle, et ce que j'avais entendu m'avait donné l'impression que c'était une sainte – ou ce qui en tient lieu de nos jours. Quand j'étais petit, je fréquentais une école catholique. On m'apprenait un tas de choses sur les saints du calendrier, mais je ne pensais jamais à eux comme à des personnes réelles. Or Mazie était bien réelle. C'était ses mots à elle que j'avais sous les yeux.

Certains passages m'ont beaucoup touché, parce que j'y ai vu des similitudes avec ma propre vie. Mazie avait souvent l'impression d'avoir mal agi, mais elle ne reniait pas ses actes. Elle estimait avoir eu l'occasion de se racheter, de devenir quelqu'un de bien, tout en sachant qu'elle n'effacerait jamais l'autre Mazie. Nous vivons tous avec notre passé. Je vis avec le mien. Tu vis avec le tien. Je ne suis même pas sûr que Mazie ait réellement mal agi. Ce qui est certain, c'est que, même enfermée toute la journée derrière sa caisse, elle a mené une vie passionnante. Dans ces cas-là, si tu tombes, tu tombes de haut.

En arrivant à la fin du journal, j'ai lu plus lentement, parce que je ne voulais pas qu'il se termine. J'aurais voulu continuer à lire. J'aurais voulu qu'elle vive éternellement. J'ai fondu en larmes en lisant les dernières pages. Puis j'ai glissé la flasque dans la poche intérieure de ma veste, près de mon cœur. Elle y est toujours. J'ai un petit béguin pour cette femme, tu sais. Et je suis content d'avoir gardé la flasque. Grâce à elle, j'emporte un peu de Mazie partout où je vais.

Journal de Mazie, le 1er octobre 1924

Nous voici de retour à Grand Street, même étage qu'autrefois, six portes plus loin. Dans l'immeuble où j'ai grandi. Nous louons un appartement de deux chambres, une pour Rosie, une pour moi. À quoi bon en garder une pour Jeanie ? Elle ne reviendra plus. Nous n'avons quasiment rien apporté, hormis la table et le canapé. Seules figures familières de notre nouvelle maison. Une table pour manger et un canapé pour s'affaler.

Je vais de nouveau au Venice à pied. Chaque matin, je me mêle à la foule du Lower East Side – Juifs, Russes, Italiens, Allemands, Chinois, Gitans, flics, gamins, petites frappes et jolies filles. Quel tourbillon ! Je suis au paradis.

Malgré tout, je regrette parfois le trajet en train depuis Coney Island, et surtout le temps qu'il m'offrait pour me préparer à la journée à venir. Je trouvais toujours un siège de libre, je m'installais, je regardais les gens monter et se recueillir en eux-mêmes, comme moi. Des coquets et des débraillés. Je sais qu'ils vont me manquer, ces gens qui allaient bosser à Manhattan en même temps que moi. Je tâcherai de me souvenir de leurs visages, de leurs attitudes. Je n'aurai pas l'occasion de retourner à Brooklyn avant un moment, j'imagine. Quand on a traversé le fleuve, on reste de l'autre côté.

Je crois que nous serons bien ici, même si j'essaie encore de comprendre ce qu'ici veut dire. Nous n'avons pas ouvert les cartons. Rosie m'a promis de tout ranger, mais nous sommes arrivées depuis des semaines, et elle n'a rien sorti, hormis les ustensiles de cuisine, quelques robes et deux ou trois paires de chaussures. Moi, je t'avais mis en lieu sûr. Tu renfermes tant de secrets ! Les miens, et ceux de Jeanie.

Journal de Mazie, le 11 octobre 1924

Rosie déteste notre nouvelle cuisine. Elle prétend qu'il y a de la moisissure partout. J'ai beau frotter, me dit-elle, je n'arrive pas à m'en débarrasser. Moi, je ne vois rien, mais elle m'assure du contraire.

Rosie (le doigt tendu) : Là ! Là !
Moi : Où ?
Elle : Là !

Journal de Mazie, le 1er novembre 1924

J'ai vingt-sept ans aujourd'hui. Rosie m'a servi de la glace avec des framboises et du chocolat fondu quand je suis rentrée à la maison, et j'ai trouvé une plaquette de chocolat sur mon lit en allant me coucher. Des douceurs pour la douce. Une petite fête bien tranquille. Ça m'allait très bien. Elle était calme, pour une fois. Pas un mot à propos de la cuisine.

Journal de Mazie, le 14 novembre 1924

Jeanie m'a envoyé une carte d'anniversaire. Je l'ai reçue aujourd'hui, avec deux semaines de retard.

Au verso : Tu seras toujours plus âgée et plus sage que moi. J'entends ta voix dans ma tête quand je m'y attends le moins.

Comme si elle était prête à m'écouter !

Pete Sorensen

Ah, les cartes postales ! C'est vraiment quelque chose, n'est-ce pas ? Tous ces endroits qu'elle a vus sans y être jamais allée. Et la Californie ! [Il porte la main à son cœur.] Nous ne sommes pas d'accord, toi et moi, à propos de celle des chutes du Niagara. Le message du capitaine nous laisse perplexes, pas vrai ? « Tu aurais pu être à sa place. » Tu trouves ça romantique ? Moi, je pense que c'est glacial. Il lui crachait au visage en écrivant cette phrase. Lui annoncer qu'il s'était marié, mais qu'elle avait eu sa chance... Pourquoi lui dire un truc pareil ? À la place de Mazie, j'aurais préféré ne rien savoir. En fait, je trouve ça insultant de la part du capitaine.

Journal de Mazie, le 4 janvier 1925

Nous sommes encore sur le départ, et je n'y peux strictement rien. Elle n'écoute plus ce que je lui dis. Et je ne supporte plus de l'entendre hurler. Ni d'entendre les voisins taper au plafond. Ses larmes me rendent folle. Sans parler de son doigt pointé vers le sol, les murs, les coins, les fissures, les moisissures, les microbes qui n'existent pas. Je ne vois rien, elle voit tout. La nuit, je rêve qu'elle tend le doigt vers des taches imaginaires.

Journal de Mazie, le 1er mars 1925

234 Elizabeth Street, deuxième étage, cuisine flambant neuve. Récurée du sol au plafond. Le soleil entre à flots, nous mettons nos mains en visière pour ne pas être éblouies.

Moi : Tu as des objections ?

Elle : Aucune.

Journal de Mazie, le 31 juillet 1925

Rosie déteste nos voisins. Pourquoi ? Voici la liste de ses doléances : M. Hershel, le voisin du dessous, pue le poisson ; elle déteste le croiser dans le hall, surtout quand il fait chaud, et il fait très chaud ces jours-ci. M. Menachem, le voisin du troisième, est trop religieux ; elle est sûre qu'il la regarde de travers parce qu'elle ne va pas à la synagogue le vendredi soir. Quant à la couturière russe qui occupe la chambre d'à côté avec son nouveau-né, Rosie ne peut carrément pas la supporter. Le bébé fait trop de bruit, paraît-il. Inutile de protester : d'après elle, puisque je ne suis pas là de la journée, je ne peux même pas imaginer ce qu'elle subit.

Moi : Va te promener, alors.

Rosie : Du matin au soir ?

Personnellement, je tuerais père et mère pour me promener du matin au soir, mais je doute qu'elle souhaite se l'entendre dire.

Moi : Ce n'est qu'un bébé ! Comment peux-tu détester un bébé ?

Elle : Il n'est rien pour moi.

Moi : Un petit être sans défense !

Elle : Il me porte sur les nerfs.

Je n'aime pas cette expression dans sa bouche. Quand elle est sur les nerfs, rien ne peut la calmer.

Journal de Mazie, le 3 août 1925

Mack Walters est mort. Son cœur a lâché. Ti et moi avons assisté à l'enterrement à Queens ce matin. Je ne l'avais pas vu depuis longtemps. Un an, peut-être plus. Nous avions cessé de nous parler, cessé de flirter depuis un petit moment. Puis il a été transféré au nord de Manhattan. Après ça, on ne s'est plus croisés. Pourtant, je n'oublierai jamais le jour de l'attentat à la bombe, quand nous avons tous couru vers Wall Street. Ti s'en souvient très bien, elle aussi. Un jour comme ça, où on assiste ensemble à quelque chose de terrible, ça ne s'oublie pas. Ça ne s'efface pas. Voilà pourquoi j'ai tenu à rendre hommage à Mack.

Il était catholique. Évidemment, Ti connaissait toutes les prières. Elle les récitait avant même que le prêtre commence à les dire. L'église m'a plu, avec ses rangées de bancs en bois, doux et frais sous la peau, ses vitraux qui divisent les rayons du soleil, et toutes ces statues de la Vierge avec l'enfant Jésus. Une mère et son fils. Ça ne signifiait rien pour moi, mais tout pour sœur Ti.

J'ai été étonnée de ne voir que des flics à la cérémonie. Aucun parent du défunt n'avait fait le déplacement. On m'a expliqué qu'il avait perdu père et mère dans sa petite enfance. Ses collègues étaient sa seule famille. J'ai aperçu nombre d'entre eux écraser des larmes sous leurs paumes. Moi aussi, j'ai grandi sans mes parents, mais Rosie a toujours été mon point d'ancrage, bien qu'elle ne soit pas très solide elle-même. Le pauvre Mack ne pouvait compter sur personne : ni père ni mère ni sœur à demi folle.

Après la messe, un des flics m'a demandé si j'étais Mazie, j'ai répondu oui, alors d'autres flics sont venus me saluer, suivis par d'autres encore. Bientôt, une petite foule s'est massée autour de moi. C'est Mazie ! criaient-ils. La fameuse Mazie ! Mack n'arrêtait pas de parler de vous. Ah ! Ce que vous lui avez brisé le cœur !

J'avais oublié que j'étais capable d'une chose pareille. Briser un cœur.

Ti me tenait la main pendant tout ce temps-là. J'ai vu que ça te rendait nerveuse, m'a-t-elle expliqué ensuite. Elle a raison. Pourtant, l'attention que peuvent me porter des inconnus ne m'avait jamais gênée auparavant. Que m'arrive-t-il ? J'ai dû m'habituer à ce qu'il y ait des barreaux entre eux et moi, voilà tout. Quand la foule s'est dissipée, je me suis souvenue que certains de ces flics avaient peut-être frappé Al Flicker. J'ai regretté d'être restée muette, alors que j'aurais pu leur fermer le clapet. Mais j'étais là pour rendre hommage au défunt, et c'est ce que j'ai fait.

Journal de Mazie, le 15 août 1925

J'ai reçu une carte du capitaine. Postée de Washington D.C.

Au verso de la carte : il m'annonce qu'il est revenu vivre sur la côte est.

Au recto : l'obélisque érigé en l'honneur du Président Washington.

Une bite géante.

Pete Sorensen

Pour être honnête, j'aime les filles qui ont vécu, celles qui n'ont pas froid aux yeux. Les vierges effarouchées, c'est pas mon truc... Faut dire que je ne suis pas né de la dernière pluie, moi non plus ! Ceci explique cela, j'imagine. J'aime la maturité dont font preuve les femmes qui ont de l'expérience. Et puis, ces femmes-là sont moins enclines à vouloir installer une relation dans la durée, ce qui me convient parfaitement, vu que je n'ai jamais voulu m'installer. Ni quelque part ni avec quelqu'un. Ouvrir un atelier, pour moi, c'était déjà énorme ! En fait, la seule personne avec laquelle j'aurais voulu m'installer, c'est Mazie. Je l'ai compris en lisant son journal. J'avais même envie de l'épouser ! Je te jure que c'est vrai. C'est dingue, non ? Je l'entendais parler si distinctement dans ma tête que j'avais l'impression de la connaître. Je ne connaissais pas tout d'elle, bien sûr. Mais je savais qu'elle adorait marcher dans les rues de New York, comme moi. Et ce que je savais de sa personnalité m'inclinait à penser que j'aurais pu passer ma vie avec elle.

Journal de Mazie, le 1er septembre 1925

112, Delancey Street. L'immeuble est rempli de vieilles dames. Rien que des catholiques bien élevées. Ti a entendu dire qu'un appartement venait de se libérer dans le bâtiment, et nous en a parlé. Ces dames sont les plus charitables de sa paroisse. Généreuses et sages comme des images sous leur couronne de cheveux blancs. Une armée de petites souris occupées à tricoter : elles se réunissent tous les soirs au coucher du soleil avec leur ouvrage. Dolores, la voisine du dessous, celle qui souffre terriblement de son genou, nous a déjà proposé une couverture en patchwork. Nous habitons un trois-pièces au quatrième étage. La rue est calme. La cuisine est propre. J'ai demandé à Rosie de faire courir son doigt sur le plan de travail et de me le montrer : pas un gramme de poussière.

On est là, on y reste.

George Flicker

Ce qui était vraiment étrange avec ces dames-là, c'est qu'elles déménageaient sans cesse. Pendant des années, elles ne sont jamais restées plus de six mois au même endroit. Je m'en souviens parce que j'envisageais de changer de métier en ce temps-là. Je voulais me lancer dans l'immobilier. J'avais le sentiment que c'était un des seuls secteurs florissants de New York. Quel que soit le contexte économique, tout le monde a besoin de se loger, pas vrai ? Et dans ce secteur-là, on ne vous demandait pas de diplômes pour débuter. Bref, ça m'attirait. Je me suis mis à tourner autour des propriétaires du Lower East Side. Je voulais les connaître et connaître leurs secrets. J'en avais déjà croisé quelques-uns, parce que j'avais fréquenté leurs gamins à l'école ou parce que je les croisais dans le quartier. Je leur menais une cour effrénée ! Les gentils comme les méchants, sans distinction. Je les branchais, j'écoutais les ragots du jour. Une des phrases qui revenait le plus souvent dans leur bouche concernait Rosie et Mazie : « Devine quoi ? me disaient-ils. Les sœurs Gordon veulent encore déménager ! » Elles étaient devenues nomades – allez savoir pourquoi ! De vraies gitanes.

Journal de Mazie, le 1er novembre 1925

Vingt-huit ans aujourd'hui. J'ai encore la taille fine, mais mes seins me semblent énormes cette année – à moins qu'ils aient grossi l'année dernière sans que je m'en rende compte ? Comme s'ils n'étaient pas déjà assez gros ! J'ai mal au dos à force d'être assise toute la journée à compter et recompter les dollars, le nez dans mes revues à l'eau de rose. Les files d'attente s'allongent de jour en jour. On gagne de l'argent. Beaucoup d'argent, et légalement. Chaque mois, je donne une poignée de gros billets à sœur Ti. Je suis une bonne gestionnaire. Voilà ce que j'ai compris cette année. Voilà ce que je sais faire. De l'argent.

Bon anniversaire ! m'a dit Dolores. J'ai prié pour vous.

Ti m'a dit la même chose et m'a donné une boîte de pastilles à la menthe. Rudy m'a serrée dans ses bras et m'a offert un foulard. Rosie m'a massé les épaules quand je suis rentrée à la maison. Je suis voûtée, maintenant. Elle le voit, elle sait que j'ai perdu ma démarche d'antan, énergique et assurée. Elle m'a dit : Ton dos te fait autant souffrir que le mien, à présent.

Elle se trompe. Je ne crois pas qu'elle connaisse ma douleur. Ni que je connaisse la sienne.

Journal de Mazie, le 8 novembre 1925

Il est revenu. Sa dernière visite remontait à un an – peut-être deux ou trois ? Pourtant, je n'ai pas été surprise de le voir. Il s'est avancé vers moi et je suis partie avec lui. Je n'ai pas cillé, pas sursauté, je suis partie avec lui. Sans m'accorder un instant de réflexion. Il était le dernier dans la file pour la dernière séance. Il a acheté son billet comme les autres, et quand je lui ai rendu la monnaie sans lever les yeux, il a attrapé ma main et l'a gardée dans la sienne. Je suis restée là, les joues en feu, le reste aussi. Il brûlait comme moi, on se consumait comme des idiots, rien qu'à se regarder et à se tenir la main. J'ai appuyé ma tête contre la cage, et il a tendu le bras vers ma joue. Sa paume était fraîche, mon visage était brûlant.

Ça brûlait, ça brûlait, ça brûlait.

Moi : Tu es en retard.

Le capitaine : Pour quoi ?

Moi : Tu viens de manquer mon anniversaire.

Lui : Oh, Mazie, je manquerai toujours ton anniversaire !

Moi : Peu importe. Aujourd'hui, c'est toi mon cadeau.

Lui : Je crois plutôt que mon cadeau, c'est toi.

Plus tard, dans la chambre d'hôtel, il a approché sa bite de mon sexe et l'a laissée là un petit moment en faisant des commentaires sur la taille de mes lèvres, sur le spectacle qu'ils offraient tous deux l'un contre l'autre. Ils sont magnifiques, disait-il, et je l'écoutais avec fascination. Moi non plus, je ne pouvais pas détacher mon regard de ce spectacle, si bien que nous avons continué ensemble à admirer ces parties de nous qui se touchaient, qui enflaient, tandis qu'il faisait lentement tourner le monde autour de sa bite.

Je ne connaîtrai jamais ce degré d'intimité avec personne d'autre.

Il est marié, à présent. Je le savais déjà, mais il m'a montré son alliance. Il l'avait mise dans la poche de sa veste avant d'arriver au Venice.

Il m'a expliqué qu'il tenait à me dire la vérité.

J'ai répondu que son mariage ne changeait rien, que ça n'avait pas d'importance, et je le crois vraiment. Nous avons notre histoire, ils ont la leur. Son épouse du Connecticut ne signifie rien pour moi. Je l'ai eu avant elle. Et j'ai décidé de ne pas le garder, parce que je savais qu'il n'était pas homme à rester. J'en ai eu la preuve à l'instant précis où il s'est avancé vers moi la nuit dernière.

Journal de Mazie, le 9 novembre 1925

Aujourd'hui, j'ai fumé comme un pompier et vidé ma flasque de whisky. Léché l'alcool jusqu'à la dernière goutte. La neige s'est mise à tomber, en avance sur la saison. Les spectateurs chassaient en souriant les flocons qui s'accrochaient à leurs manteaux. Ensuite le ciel s'est paré de grands nuages couleur pêche. Personne ne voit le ciel comme je le vois, j'ai pensé. Personne d'autre n'est assis là à le voir changer à longueur de journée. Je regarde la neige, je regarde les nuages, et tout devient un spectacle. Rien que pour moi.

Pete Sorensen

J'adore cette femme parce que c'était une forte tête et qu'elle savait ce qu'elle voulait. Je ne pense pas qu'elle l'ait toujours su, mais elle a fini par le découvrir. C'est ce que j'ai pensé en lisant la dernière partie de son journal. D'après moi, elle a passé beaucoup de temps à essayer de définir son but dans la vie. Elle ne le cherchait peut-être pas, mais elle l'a trouvé. Or combien d'entre nous parviennent à savoir quel est leur but dans la vie ? Moi-même, je suis assez convaincu d'avoir trouvé ma voie en ouvrant l'atelier, mais je me trompe peut-être. Et si j'étais destiné à devenir peintre ? Ou à construire des maisons ? En revanche, je suis certain que je me serais fourvoyé en continuant à faire de la musique. Même si on reformait le groupe pour partir en tournée, ça n'intéresserait personne ! Dans ce cas, ma place est peut-être à Saint Paul auprès de ma mère ? Je devrais veiller sur ses vieux jours ? Ce ne serait pas absurde, loin de là. Beaucoup de gens le font. Ils prennent soin de leurs parents. Et ça, Mazie l'avait compris ! Mieux, elle l'a mis en pratique. Elle savait se comporter en être humain, tout simplement.

En lisant son journal, je me suis dit que je devrais être plus sûr de moi, avoir plus de réponses. Je n'étais pas jaloux d'elle. En revanche, je m'en voulais un peu. Ce n'est pas bien grave. Il faut s'en vouloir un peu pour faire avancer les choses. Tu vois ce que je veux dire ? Oui, je sais que tu comprends.

Journal de Mazie, le 15 janvier 1926

Dolores est morte, et il nous a fallu deux jours entiers pour nous en apercevoir. Nous pensions tous qu'un animal s'était coincé quelque part ou qu'un rat avait crevé sous le plancher. Elle était morte pendant le week-end. Le temps qu'on la trouve, ses cheveux avaient blanchi. Le club tricot ne se réunit ni le samedi ni le dimanche. Voilà pourquoi cette pauvre femme n'a été découverte que lundi.

Rosie prétend que l'odeur de son corps imprègne encore les murs.

Elle : Tu ne sens rien ? Je suis sûre que ça sent.

Moi : Je ne déménagerai pas, Rosie.

Elle : Qui parle de déménager ?

J'ai demandé à sœur Ti de m'apprendre une prière qui aurait plu à Dolores. Tout ce qu'elle a fait pour moi, je le ferai pour elle.

Moi : Quelle tragédie de mourir seule comme ça !

Ti : Elle a vécu longtemps, c'est tout ce qui compte.

Moi : Rosie est au bord de la crise de nerfs. D'ici un jour ou deux, elle va décréter que l'immeuble est hanté !

Ti : Chère Rosie. Il n'y a qu'elle pour imaginer des choses pareilles !

Moi : Je passe mon temps à chercher des appartements. Je n'en peux plus.

Ti : Deux Juives errantes.

Journal de Mazie, le 13 février 1926

J'ai reçu une carte postale du capitaine.

Au recto : un bateau à voile sur l'océan.

Au verso : Avec amour, Benjamin.

Pas un mot de plus.

Chaque matin, je m'approche du lavabo, je me lave la figure, je me brosse les dents, je me brosse les cheveux, puis juste avant de partir, je jette un regard vers mon pubis, et je pense à lui.

Cet homme lubrique, terrible et sublime à la fois.

Journal de Mazie, le 18 février 1926

Ti est vraiment ma meilleure amie, une fille sur qui je peux compter. Elle passe au Venice presque tous les jours maintenant, même quand il pleut. Parfois, elle vient aussi dîner à la maison après ma journée de travail. Rosie se fait une joie de la dorloter. Elle adore les religieux, de toute nature et de toute obédience. Du moment qu'ils ont la foi, elle leur fait les yeux doux. Et même si Ti n'est pas Jeanie, nous avons l'impression qu'elle fait partie de la famille. Je n'ai qu'un regret : je ne suis jamais allée chez elle. Nous nous connaissons depuis des années, pourtant !

Moi : Ti, pourquoi tu ne m'invites jamais chez toi ?

Elle : C'est minuscule. On aurait à peine la place de s'asseoir autour de la table.

Moi : Oh, Ti. Pour toi, je me ferais toute p'tite !

J'aime bien la taquiner. Ou essayer de lui chatouiller le ventre à travers son habit. Ma p'tite Ti. Aujourd'hui, elle m'a dit qu'elle m'inviterait un de ces quatre. Dès que nous serons installées dans notre nouvel appartement.

George Flicker

D'après les propriétaires que je connaissais dans le quartier, les sœurs Gordon payaient leur loyer rubis sur l'ongle et restituaient toujours les lieux en parfait état, plus propres qu'ils ne l'étaient à leur arrivée. Bref, personne n'avait à se plaindre. Leur comportement faisait jaser, voilà tout. Il faut dire que c'était assez dingo, non ? Quel plaisir éprouvaient-elles à être constamment sur le départ ? Je n'y comprenais rien. Leur famille avait toujours été du genre à se serrer les coudes, mais à force de déménager, il n'y avait plus rien à serrer. Quelle mouche les avait piquées ? Elles bougeaient si vite qu'on renonçait à les suivre.

La seule chose dont vous pouviez être certain, c'était de trouver Mazie derrière sa caisse sur Park Row aux heures d'ouverture du cinéma. J'allais souvent déjeuner à Chinatown, vu que mes bureaux n'étaient pas loin, et j'en profitais pour la regarder. C'était mon petit plaisir. Pour être honnête, mon béguin n'avait pas faibli. Au contraire ! Nous étions encore jeunes, elle et moi. Sa poitrine prenait de l'ampleur chaque année et elle savait la mettre en valeur sous ses jolies robes. Elle avait vraiment une silhouette à se damner, vous savez !

Je lui faisais un signe de la main en arrivant au coin de la rue. Si elle n'était pas occupée à vendre des billets ou à lire l'un de ses magazines favoris – elle adorait la presse du cœur –, elle me saluait à son tour. Parfois, elle me soufflait un baiser. Et elle criait : « Mesdames et messieurs, voici George Flicker, l'un de nos plus valeureux combattants ! » Contrairement à beaucoup d'autres, elle n'avait pas oublié mes faits d'armes pendant la guerre.

Journal de Mazie, le 1er avril 1926

416 Mulberry Street. Cette fois, l'immeuble est rempli de jeunes célibataires, dont la plupart étudient à l'école d'infirmières. Dernier étage. Le vendredi soir, elles vont ensemble au cinéma. Elles font la queue devant ma caisse, je leur vends des billets et elles me remercient poliment, l'air intimidé. Je ne suis guère plus âgée qu'elles, mais j'ai l'impression qu'un siècle nous sépare. Elles ne font que commencer ; moi, j'ai souvent le sentiment d'avoir déjà fini.

Journal de Mazie, le 3 mai 1926

Rosie : Qu'est-ce qui les amuse tant ? Pourquoi sont-elles si heureuses, bon sang ? Et ces gloussements ! Peux-tu m'expliquer pourquoi elles passent leur temps à glousser ?

Moi : Elles sont jeunes et pleines de vie ! Madame voulait de la jeunesse, non ? Aucune d'elles ne va clamser du jour au lendemain, au moins.

Rosie : Sauf si je m'en charge moi-même.

Journal de Mazie, le 15 mai 1926

Sœur Ti habite près du fleuve, dans un bâtiment étroit mais assez haut, occupé par toutes les Teresa de sa congrégation. L'immeuble est très calme, ça chuchote dans les couloirs et le hall est plongé dans la pénombre. En entrant, j'ai eu l'impression de quitter Manhattan. Comme c'est étrange ! Chez moi, j'ai toujours le sentiment que la rue m'appelle. Chez Ti, c'est tout le contraire. On n'entend rien.

L'ascenseur était en panne. J'ai suivi Ti dans l'escalier en colimaçon pour monter chez elle, au dernier étage. Nous avons tourné et tourné. Elle vit comme une princesse en haut d'une tour, j'ai pensé. Sitôt entrée, elle a ôté sa cornette. Elle paraît si jeune avec ses cheveux dénoués sur les épaules ! Et contrairement à moi, c'est une vraie blonde.

Sa chambre est aussi petite qu'elle me l'avait annoncé. Murs peints en gris foncé, deux petites fenêtres carrées, dont une donne sur le Woolworth Building.

Moi : La nuit, les lumières du gratte-ciel ne t'empêchent pas de dormir ?

Ti : Je n'ai pas besoin de beaucoup de sommeil.

Moi : Tu as raison. À quoi bon dormir ?

Elle : Quand il y a tant de choses à faire !

J'ai aperçu un poêle près de la petite table de bridge qui sert à prendre les repas. Aux murs, un très grand portrait de Jésus, et d'autres plus discrets ; un petit lit en bois brut, un oreiller, une couverture en laine ; des livres en latin sur une étagère ; une bible sur la table de nuit. Ti ne possède guère plus que les gens auxquels elle vient en aide.

Sur la table de nuit près de la Bible, il y avait aussi une photographie encadrée montrant Ti et ses parents devant une chute d'eau. Prise au nord de l'État, j'imagine, puisque c'est là qu'elle a grandi. Sur la photo, Ti avait l'air enfantin, les cheveux lâchés, un grand sourire aux lèvres. J'ai pensé, c'est Ti avant sœur Ti.

Elle a entrouvert une fenêtre et posé une marmite pleine de ragoût sur le poêle. J'avais acheté du pain au marché la veille. Je l'ai coupé en morceaux. Nous avons à peine sali nos cuillères, préférant tremper le pain dans la sauce. Après, on s'est léché les doigts. Le plat était bien salé, comme je les aime. Une fois les bols vides, nous les avons poussés au centre de la table.

J'ai remarqué l'alliance qui brille à son annulaire. Mariée au Christ. J'ai pris sa main et fait tourner l'anneau autour de son doigt. Je lui ai demandé si elle avait toujours su qu'elle serait appelée.

Ti : Je crois que mes parents avaient d'autres projets pour moi. Je suis fille unique. Ils rêvaient d'un beau mariage et d'un ou deux petits-enfants à dorloter.

Moi : Et toi, tu n'en rêvais pas ?

Elle : Moi, je rêvais d'étoiles et de paradis. Je rêvais que quelqu'un veillait sur moi et me protégeait. Toutes mes rêveries parlaient de Dieu.

Moi : Tu l'aimes vraiment ?

Elle : Oui. Vraiment. Mon cœur se gonfle quand je pense à lui.

Je suis restée sans voix. Mon cœur à moi se gonfle pour mille raisons, et pour rien en particulier.

Elle : Tu connais l'amour, toi aussi. Qui aimes-tu, Mazie ?

J'ai pensé au capitaine.

Moi : Personne. Ou plutôt, personne à ce point-là.

C'était elle qui me tenait la main, à présent.

Elle : Je ne cherche pas à te convertir. Je t'accepte telle que tu es. Mais j'aimerais t'aider.

Il n'en fallait pas plus pour me mettre en colère. Faut dire que Ti a le don de m'agacer. Quand elle essaie de m'aider, je vois rouge. Je ne supporte pas qu'on m'aide. Et je n'apprécie pas qu'elle se croie plus sage que moi. J'ai ôté ma main de la sienne.

Elle : Je ne veux pas que tu changes, Mazie. Je te le promets. Je me fais du souci pour toi, voilà tout. Je sais que tu as des secrets. Rien ne t'oblige à me les dire. Sauf si tu le souhaites. Je ne suis pas ton confesseur. Je suis ton amie.

Moi : Mon amie. Exactement. Tu n'es ni ma mère ni mon Dieu. Rien de tout ça.

Elle : Je te l'ai dit. Je ne suis rien de tout ça. Je le sais.

Moi : Parfait. Rien de tout ça.

Je me suis calmée. Tout était si tranquille ! Le silence, la lune et le Woolworth Building. Que faire de ma colère, alors ? Allais-je la frapper ? Non. Je l'aime tant !

Elle : Tu pourrais confier tes secrets à quelqu'un d'autre. Personne ne le saurait. Ça t'aiderait peut-être à te sentir mieux, qui sait ?

Je lui ai promis d'y songer. Elle n'en demandait pas plus. Elle voulait juste s'assurer que je l'avais entendue. Mais je n'en ferai rien. Je n'ai aucune envie d'aller « confier mes secrets à quelqu'un », comme elle dit. Ouvrir mon cœur à un inconnu ? La bonne blague ! Pour ça, je m'en remets à ce journal.

Avant de partir, je lui ai offert une pile de magazines féminins. Rien que des histoires d'amour. Elle a éclaté de rire.

Elle : Que veux-tu que j'en fasse ?

Moi : Tu les liras quand tu seras fatiguée de Jésus.

Elle : Jamais je ne me lasserai de mon sauveur.

Moi : Oh là là, toi et ton sauveur !

Elle les a pris quand même. Je sais qu'elle apprécie ce genre de lecture. J'ai vu briller une lueur coquine dans ses yeux. Qui n'aime pas s'encanailler de temps en temps ? Et puis, j'ai du mal à croire qu'elle ne rêve que de lui. Et toutes les nuits, en plus !

Journal de Mazie, le 18 juin 1926

J'ai reçu une carte de Jeanie.

Voici ce qu'elle dit : Ma chérie, je m'installe dans la baie de San Francisco jusqu'à nouvel ordre. Il y a tant d'argent à se faire ! Salles combles tous les soirs. Viens me voir si tu veux.

S'il y a bien une chose qui ne me tente pas (hormis de sauter du pont de Brooklyn), c'est d'aller en Californie. J'aimerais qu'elle nous téléphone, quand même. Ça me ferait plaisir d'entendre sa voix.

George Flicker

À cette époque-là, j'ai appris un truc que je n'ai jamais raconté à Mazie ou à Rosie, parce que c'était un peu délicat. Et puis, je n'aime pas me mêler des histoires de famille quand ce n'est pas la mienne, sauf si on me le demande expressément. Donc, je n'ai rien dit aux sœurs Gordon. Je tenais l'info de mon cousin Morrie, qui avait vu Jeanie danser à San Francisco. Elle se produisait dans un club appelé Le Capri. Or d'après Morrie, ce n'était pas un endroit très recommandable. « Ah oui ? Qu'est-ce que tu faisais là-bas, dans ce cas ? » j'ai demandé à Morrie. Savez-vous ce qu'il m'a répondu ? « Oh... J'ai pas eu le choix. On m'y a traîné sans m'expliquer ce que c'était. »

J'ai haussé les épaules. Cause toujours, Morrie. Bref, Jeanie dansait là-bas. Avec un éventail, puis sans éventail. Il y a pire, direz-vous. C'est vrai. Et comme je n'y étais pas, je lui accorde le bénéfice du doute. Je le fais de plus en plus en vieillissant. Accorder le bénéfice du doute. Ça ne me coûte pas cher.

Réfléchissez. Tenez-vous vraiment à savoir quel genre de danse elle pratiquait ? Qui cela peut-il bien intéresser aujourd'hui ? Vous ? Est-ce important pour vous ? Ça m'étonnerait.

Journal de Mazie, le 1er juillet 1926

Je ne crois pas à l'enfer, mais c'est peut-être là que je finirai.

Je suis allée à confesse rien que pour faire plaisir à Ti. J'ai ânonné ce qu'elle m'a appris, les pardonnez-moi mon père, les j'ai péché, j'ai beaucoup péché.

J'avais du mal à croire que le type assis de l'autre côté du rideau ne raconterait pas mes secrets au premier clodo qu'il trouverait dans la rue en sortant de l'église. Alors je me suis limitée à quelques aveux, juste pour voir l'effet que ça faisait. J'ai évoqué certains amants que j'ai eus dans le quartier.

Autrement dit, et pour être vraiment honnête avec ce journal, je me suis plus vantée que confessée.

J'ai essayé de ne pas rire. J'ai vraiment essayé ! Je l'entendais grommeler. Au bout d'un moment, il m'a demandé si j'avais d'autres péchés à confesser.

Moi : Oh ça oui ! Beaucoup d'autres.

En sortant, je suis allée boire un coup chez Finny. Et j'ai pensé : au moins, on ne pourra pas dire que je n'ai pas essayé !

Je sais bien que j'ai laissé beaucoup de secrets dans l'ombre, des secrets dont je devrais parler, d'après Ti. Mais je ne suis pas prête et ne le serai peut-être jamais. En fait, je ne suis même pas sûre que ces secrets soient un fardeau. Peut-être me procurent-ils du réconfort ? Me sentirais-je vraiment mieux si quelqu'un savait tout de moi ?

George Flicker

C'était étrange, cet attrait soudain pour la religion catholique. Je ne crois pas qu'elle ait été catholique à cent pour cent, comme on dit, mais elle passait beaucoup de temps avec cette jeune religieuse. Elles étaient très amies, toutes les deux. On les voyait marcher dans la rue bras dessus bras dessous, toujours à se faire des confidences au creux de l'oreille. Et je sais que Mazie allait à l'église de temps en temps. Elle devait prier, aussi. Prier *ce type-là*. Est-elle allée jusqu'à se convertir ? Franchement, je n'en sais rien.

En fait, ce qui me paraît le plus étrange, c'est qu'elle ait adhéré à une croyance, quelle qu'elle soit. N'oubliez pas que sa famille n'avait pas mis les pieds dans une synagogue depuis des années ! Peut-être même n'y étaient-ils jamais allés.

Faut croire que cette religion avait du sens pour elle. C'est tout ce qui compte, non ? Du moment que ça marche. J'y crois beaucoup, moi. Du moment que ça marche. Du moment que ça vous donne des raisons d'espérer.

Journal de Mazie, le 1er novembre 1926

J'ai vingt-neuf ans.

On vient de s'installer dans un nouvel appartement. Le énième. Rien de nouveau à ça. Ce qui serait nouveau, ce serait de rester quelque part.

Pete Sorensen

Après son vingt-neuvième anniversaire, Mazie délaisse un peu son journal. Il tombe en sommeil pendant un petit moment. Au début, j'avais une théorie là-dessus. Je pensais qu'elle était triste de ne plus voir le capitaine, et que cette tristesse l'avait réduite au silence. Elle espérait, elle priait peut-être pour qu'il revienne, mais elle n'osait pas le dire à voix haute. Ni même l'écrire.

Puis j'ai développé une autre théorie, comme quoi l'exaltation et l'attrait de la nouveauté sont l'apanage de la jeunesse. Je m'explique : quand vous êtes jeune, tout vous paraît exaltant. C'est normal : vous avez tout à apprendre, tout à découvrir. Moi, j'avais vingt-deux ans quand je suis parti en tournée avec le groupe. Les deux premières années, j'avais l'impression que chaque jour m'apportait son lot de découvertes. Bon, la plupart du temps, c'était une nouvelle fille, mais ça compte aussi, non ? [Rires.] La troisième année, j'ai commencé à avoir des repères, et la quatrième, l'année de mes vingt-cinq ans, j'étais déjà un vieux routard. Mon esprit s'est ralenti, le monde a ralenti autour de moi. J'ai cessé de le regarder d'un œil neuf. J'ai commencé à faire le point sur ce que j'avais appris.

Donc, le journal de Mazie se ralentit. Elle n'écrit plus que deux ou trois fois par an pendant un moment, mais elle oublie rarement son anniversaire. Moi, je fête rarement le mien. Les bougies, les gâteaux, les cadeaux, c'est pas mon truc. Je me contente d'aller boire une bière avec mes potes. Mais je ne critique pas les gens pour qui ça compte. D'abord, les anniversaires vous permettent de marquer le passage du temps. Quand vous êtes débordé, ça vous oblige à vous recentrer sur vous-même, à dresser le bilan de l'année écoulée. Si vous êtes plongé dans la routine, au contraire, votre anniversaire vous redonnera peut-être le sentiment d'être unique. C'est ce que faisait Mazie chaque année : elle écrivait quelques lignes dans le journal pour son anniversaire. Je la comprends. Et je ne la débinerai jamais pour ça.

En revanche, je lui en voulais un peu, parce qu'elle avait laissé beaucoup de blancs dans son récit. Des semaines entières sans rien écrire ! Moi, j'avais envie de tout savoir. De voir ce qu'elle avait vu. Et puis, je me faisais du souci pour les autres. Je me demandais, comment va Rosie ? Et Jeanie ? Et sœur Ti ? J'étais avide d'informations. Je me disais, pourquoi je ne peux pas savoir ce qui s'est passé ? C'était infernal ! Mets-toi à ma place. Comment tu te sentirais, toi, si un de tes proches disparaissait du jour au lendemain ?

Journal de Mazie, le 4 avril 1927

6, Clinton Street. Nos voisins du dessus sont mariés, plus âgés que nous, sans enfant. Il est bibliothécaire, elle est institutrice. Ils sont juifs. Des Juifs calmes et cultivés. Ils ont l'air gentil.

Rosie : J'irai peut-être leur emprunter des bouquins.

Moi : Ils auront peut-être des choses à t'apprendre.

Elle : Ah bon ? Tu crois qu'ils sont plus malins que moi ?

Je me fiche de ce qu'elle pense. Il y a une boulangerie dans l'immeuble d'à côté. Chaque matin, l'odeur du pain frais se glisse dans l'appartement quand j'ouvre les fenêtres. Elle m'enveloppe et me colle à la peau pendant des heures.

Journal de Mazie, le 1er mai 1927

Ti s'est pointée devant ma cage. Assez tard. Il faisait déjà nuit. Je ne l'avais pas vue depuis des semaines. Elle a gratté à la porte de son petit poing fermé. Elle avait les joues roses.

Moi : Que me vaut cet honneur ?

Ti : Rien de spécial. Je voulais juste profiter de cette belle soirée. Viens marcher avec moi. Donne-moi des nouvelles du reste du monde.

Elle avait passé la journée dans un refuge à aider des sans-abri. Elle semblait déprimée. Je savais que Rosie m'attendait à la maison, mais ça ne me coûtait rien de donner un peu d'amour à Ti, alors je l'ai raccompagnée chez elle.

Nous avons traversé Park Row, longé l'hôtel de ville et descendu Broadway. En marchant, nous avons parlé d'argent, celui qui inonde la ville depuis quelque temps, plus que de coutume, me semble-t-il. Celui qui fait tourner la tête, mais qui ne dure pas. La ville se nourrit de faux espoirs. Les immeubles poussent comme des champignons. C'est que du vent, tout ça. De la poudre aux yeux.

Après, je lui ai parlé d'un film qui sortira à l'automne. Un film parlant. Rudy est surexcité. Il pense que ça va tout changer. Pour les pauvres et les affamés, m'a répliqué Ti, ça ne changera rien du tout ! Elle ne faiblit jamais, ma p'tite Ti. Et je ne pouvais guère la contredire.

Ensuite, elle m'a posé des questions sur notre nouvel appartement. Elle voulait savoir si nous allions y rester, cette fois-ci. J'ai répondu que Rosie semble satisfaite, mais que je ne peux présager de rien avec elle. Je ne suis même pas certaine qu'elle ferme l'œil une fois couchée.

Moi : Je ne me donne même plus la peine d'ouvrir mes cartons.

Ti : Et ça te fait quel effet ?

Moi : J'ai l'habitude, maintenant. Même si certaines paires de chaussures me manquent terriblement.

Ça l'a fait rire. Ma futilité l'amuse.

On s'est arrêtées devant la statue dressée en l'honneur d'Elizabeth Ann Seton, fondatrice de la communauté des Sœurs de la Charité. Ti l'aime beaucoup, parce qu'elle a ouvert une école pour jeunes filles et aidé les enfants pauvres.

Ti : Elle devrait être sanctifiée.

Moi : Tu es aussi généreuse qu'elle.

Nous sommes arrivées devant son immeuble.

Elle : Viens chez moi. J'ai des chocolats.

Moi : Du calme, du calme. Des chocolats ? Te voilà bien délurée, sœur Ti !

J'avais déjà dormi chez elle, deux fois seulement, et longtemps auparavant. Rosie tient à ce que je couche à la maison, et je lui fais généralement ce plaisir. Quand on dort ensemble, Ti et moi, je n'ai pas l'impression d'être sa sœur. Je ne suis pas non plus son amante. Ti ne se laisserait pas entraîner sur ce terrain-là. Elle n'a pas mon audace. Mais il y a de l'amour entre nous. On se serre l'une contre l'autre. Quel bonheur d'être dans les bras de quelqu'un, et de tenir quelqu'un dans ses bras ! Elle paraît si petite, lovée contre ma poitrine. On s'enlace sans rien dire. Hier, j'ai juste soufflé quelques mots sans réfléchir. Ils m'ont échappé, je crois.

J'ai murmuré : Tu es divine.

Elle a fondu en larmes.

Je ne suis pas triste, m'a-t-elle dit. Je te le promets. C'est trop de plaisir, voilà tout.

Pete Sorensen

J'avais vraiment envie qu'elle rencontre un type bien. Je tournais les pages en espérant que ça se produirait. Puis j'ai pensé à Ti. Le type bien, c'était elle.

Journal de Mazie, le 1er novembre 1927

J'ai trente ans. Combien ? Trente ans.

Journal de Mazie, le 2 février 1928

Rosie prétend qu'elle a du mal à respirer. L'air ne passe plus comme avant. La farine de la boulangerie s'agrippe à ses poumons. Elle s'est accumulée depuis des mois, et maintenant, ça ne passe plus, prétend-elle.

Moi : Menteuse.

Rosie : Écoute-moi respirer. Là. Tu entends ce sifflement ?

Je l'ai suppliée. Laisse-moi rester ici ! Laisse-moi vivre avec l'odeur du pain frais le matin, avec les gentils Juifs du dessus qui lisent calmement leurs bouquins, avec Bowery Street à deux pas de la maison.

Moi : On commence tout juste à se sentir bien ici. Tu ne t'en rends pas compte ? Tu n'es pas plus sereine ?

Elle : Je n'arrive plus à respirer.

Journal de Mazie, le 1er avril 1928

C'est fou, les efforts que je dois déployer. 14 Division Street. Au-dessus de la boutique de confection féminine de Josie, la tante de Louis. C'est le seul appartement de l'immeuble. Il n'y a que nous et Josie. Une cuisine taillée dans un diamant brut. Une fenêtre qui donne sur le marché. Une nouvelle robe pour Rosie tous les matins si ça lui chante. Et pour moi aussi, tant qu'on y est.

Moi : On reste ici, cette fois.

Rosie : On verra.

Ai-je le droit d'ouvrir les cartons ? Allons-nous pouvoir enfin déballer nos affaires ?

Journal de Mazie, le 1er novembre 1928

Jeanie m'a téléphoné ! Oui, Jeanie. Pour mon anniversaire.

Moi : Comment vas-tu, petite sœur ?

Jeanie : À merveille. C'est le rêve, ici ! Tout est facile en Californie. Je danse et je joue toute la journée.

Moi : La belle vie, quoi !

Elle : Tu me manques. Tu me manques sans cesse.

Elle a fondu en larmes, moi aussi. De vraies fontaines. À ce moment-là, un type s'est approché de la caisse. Il voulait un billet pour la séance de 14 heures. J'ai fermé le guichet en lui criant de revenir plus tard. Il a frappé à la vitre. J'ai montré les dents.

Moi : Ne m'obligez pas à sortir. Je vous casserai le cou !

Jeanie : Tu travailles dur, n'est-ce pas ?

Moi : Il faut bien que quelqu'un fasse bouillir la marmite.

Elle : Comment va Rosie ?

Moi : Et si tu lui posais la question ?

Elle : Tu as raison. Je devrais lui téléphoner.

Je sais qu'elle n'en fera rien. C'est idiot, cette fâcherie ! Jeanie a peur de sa réaction, c'est évident. Il faut dire qu'elle a brisé le cœur de Rosie, et par deux fois. On ne s'en sort pas impunément, dans ces cas-là. On est sur des charbons ardents pendant un petit moment.

Journal de Mazie, le 1er janvier 1929

Je pensais voir Ti et lui souhaiter la bonne année, mais elle s'est évaporée. Disparue depuis des semaines. Je ne l'ai pas vue à Noël non plus. J'avais acheté un cadeau pour elle. Un petit oreiller parfumé. Je l'ai laissé dans la cage. Elle finira bien par venir le chercher.

Journal de Mazie, le 9 février 1929

Je suis sortie déjeuner à Chinatown aujourd'hui. Je voulais voir le défilé du Nouvel An chinois. J'avais entendu les tambours en fin de matinée. Ils résonnaient dans tout le quartier ! Le fracas des cymbales me remplissait d'orgueil, alors que je n'avais rien de particulier à faire valoir. Leur fierté me gonflait à bloc.

Il s'est mis à neiger, mais le défilé a continué quand même. Le dragon rouge et or a descendu Canal Street en tapant des pieds, les flocons blancs nous enveloppaient comme des larmes de cristal. C'est l'année du serpent, m'a glissé un passant. Et le serpent, c'est la sagesse. J'ai décidé d'y voir un bon présage. Cette année, je serai plus sage. Je vais enfin ouvrir les yeux.

Puis quelqu'un m'a pris le bras. C'était Ti. Je me suis jetée à son cou, je ne voulais plus la lâcher. Elle a ri. On ferait mieux d'avancer, a-t-elle dit. Sans quoi on va attraper froid. Alors nous avons traversé Chinatown bras dessus bras dessous, en queue du défilé, entourées d'écoliers qui riaient et jacassaient en poursuivant le dragon.

Moi : Où étais-tu passée ?

Ti : J'étais mal fichue.

Moi : Tu ne me fais pas la tête, au moins ?

Elle : Bien sûr que non ! J'étais fatiguée. J'avais peu de temps à moi, et je l'ai passé à dormir. C'est l'hiver. Il fait froid.

Moi : Tu te justifies beaucoup, je trouve.

Elle : Je ne te mens pas, pourtant. Je suis toujours sincère avec toi.

Moi : Je sais. Je m'inquiétais de ne plus te voir, c'est tout.

Elle : Si je ne suis pas venue, ce n'est pas à cause de toi, mais des gamins dont je m'occupe et de ce qu'ils subissent. Si tu voyais dans quoi ils vivent ! De vrais taudis. Les logements sont une honte dans le quartier. Et pas que les logements ! Tout me fait honte. J'ai l'impression de passer mon temps à colmater des brèches. Dès que j'en répare une, une autre s'ouvre un peu plus loin. J'ai à peine le temps de me mettre à l'abri. Comment veux-tu que je protège les plus petits et plus faibles que moi ?

On s'est arrêtées. Les gens qui suivaient le défilé nous ont entourées, puis doublées. Moi, je regardais Ti. Elle semblait désespérée. Les traits tirés, le visage émacié, presque vieilli ; elle avait perdu du poids, me semblait-il. Ce n'était plus ma douce Ti, mais un fétu de paille desséché, le genre de fille pour laquelle on s'inquiète quand on la croise dans la rue.

Moi : C'est bon, Ti. J'ai compris.

Elle : Parfois, j'ai l'impression de ne pas avoir assez de prières en moi.
Elle m'a saisi le coude.
Elle : Ne le répète à personne, je t'en prie.
Moi : À qui veux-tu que je le dise ?

Journal de Mazie, le 14 février 1929

J'ai reçu une carte postale du capitaine.
Au verso : Je suis père désormais.
Je devrais envoyer un cadeau, non ?

Pete Sorensen

Quand je me suis plongé dans le journal, j'avais envie de tout savoir, mais je n'en ai parlé à personne autour de moi. Je ne l'ai pas montré non plus. Mazie l'avait écrit en secret toute sa vie, et je trouvais normal de garder ce secret. Et ça me donnait l'impression de le partager avec elle.

Puis je t'ai rencontrée et j'ai tout de suite pensé que tu adorerais ce journal. Je te trouvais formidable ! Je savais que tu saurais l'apprécier à sa juste valeur. J'étais certain que tu saurais quoi en faire – ou plutôt, que tu saurais s'il fallait en faire quelque chose. Je t'en ai parlé. Et tu m'as dit que tu pensais pouvoir remplir les blancs. Tu avais envie d'essayer, en tout cas. Tu pressentais que le journal pouvait devenir ton projet, ton nouveau projet professionnel. Et moi, j'adore ça, les gens qui font des projets !

Nous avons poursuivi la discussion et évoqué ton manque d'enthousiasme vis-à-vis de ton travail. Moi, j'ai toujours été un type passionné, au contraire. Je suis très occupé depuis que j'ai ouvert la boutique attenante à mon atelier, les affaires marchent bien et j'ai embauché plusieurs personnes. Ça compte beaucoup pour moi. Je tiens à être un bon patron. Même si je ne suis pas tout le temps les mains dans le cambouis, j'aime dessiner les objets que je vends. Le seul fait d'être là tous les matins et d'être moi-même, c'est essentiel pour moi, et je m'y tiens.

En revanche, pour toi, les choses étaient un peu plus compliquées. Aucun de tes projets de film n'avait abouti. Trop intellos. Tu n'avais jamais réussi à obtenir les fonds nécessaires. Et même si tu as tout de suite compris que tu ne pourrais pas en tirer un film, le journal de Mazie t'a plu parce qu'il te rappelait ce que tu avais fait autrefois. Tu cherchais à retrouver ta passion d'antan, celle qui t'avait poussée à faire des films. Alors je t'ai proposé de te prêter le manuscrit. Au cas où ça pourrait t'aider. Maintenant, tu écumes la ville entière pour trouver des gens susceptibles de te donner des infos sur Mazie. C'est drôle, non ? Nous avons tous deux la même fascination, mais nous y réagissons de manière très différente. Moi, j'aurais pu passer le reste de ma vie à rêvasser en lisant son journal.

Journal de Mazie, le 1er mars 1929

Ti est plus mal en point que je ne le pensais.

Je ne l'avais pas vue depuis un mois, voire deux, je ne sais plus très bien. Je croyais qu'elle m'avait abandonnée. Je me demandais ce que j'avais fait de mal. Je pensais que je ne reverrais jamais son joli minois et qu'elle n'avait pas envie de revoir le mien. Alors j'ai brisé mon vœu de sobriété. J'ai ressorti ma flasque.

Qu'est-ce qui ne va pas ? m'a lancé Rosie. Tu es complètement dans la lune !

Hier matin, j'ai cru l'apercevoir au bout de la rue, en grande discussion avec une jolie fille, à l'air dégourdi, la bouche très rouge. C'est moi, j'ai pensé. La fille dégourdie. C'est moi qui devrais être en train de discuter avec elle. J'ai fait un signe de la main à la religieuse, puis j'ai compris que ce n'était pas Ti. Elle était plus âgée, bien plus âgée que Ti, et elle ne m'a pas souri ni rendu mon salut. Où est mon amie, alors ? Je me suis posé la question toute la journée. J'ai bu plus que de raison. Je suis même allée chez Finny après le boulot. J'y suis restée un bout de temps, plus longtemps que d'ordinaire. En sortant, j'ai décidé d'aller la chercher, tout en haut de sa tour s'il le fallait.

J'ai traversé le sud de Manhattan. Je me suis arrêtée un moment devant la statue d'Ann Seton, celle qu'elle aime tant. J'ai fait un signe de croix, même si je ne savais pas très bien ce que ça signifiait. Je me disais, faites qu'elle ne m'abandonne pas. Elle ne me ferait jamais ça, n'est-ce pas ? Pas de son propre chef. Pas elle, pas ma p'tite Ti.

Le hall plongé dans l'obscurité, l'ascenseur en panne, encore et toujours en panne. J'ai pris l'escalier, la tête me tournait, j'avais trop bu, faut dire. Une grappe de nonnes devant sa porte, toutes mutiques sauf une.

Moi : Où est-elle ? Où est Ti ? Où est mon amie ?

Pas de réponse.

Moi : C'est la tuberculose ? Je m'en fiche, je la verrai quand même.

Elles ont secoué la tête.

Ce n'est pas la tuberculose. Elle a mal dans la poitrine. Le sein droit.

Moi : Laissez-moi entrer.

Elles n'ont pas essayé de me barrer le passage – elles n'y seraient pas arrivées, de toute façon.

Elle n'a plus que la peau sur les os, les os sous la peau. Elle perdait du poids depuis un moment, et je n'avais rien vu. Personne n'avait rien vu. Ti n'avait dit à personne qu'elle ne se sentait pas bien. J'avais trop à faire, m'a-t-elle expliqué. J'ai effleuré sa joue en murmurant son prénom. Je me suis penchée vers elle.

Elle a ouvert les yeux.

— Tu es saoule.

Moi : C'est vrai.

Elle : C'est malin. Je vais devoir prier pour toi toute la nuit, alors que je croyais en avoir fini avec ça.

Moi : Arrête. C'est moi qui vais prier pour toi. Je vais prier, je te le jure !

Elle : J'accepte tes prières, Mazie. Tu es un ange !

Elle a tendu la main vers ma joue.

— Mais promets-moi de te laver les dents avant de commencer !

J'ai passé la nuit à son chevet. Je viens de rentrer à la maison. Rosie m'a préparé un bon petit déjeuner. J'ai dû me forcer à le manger pour ne pas être malade aujourd'hui. Si je n'avais pas dû aller travailler, je n'aurais rien avalé. J'ai l'impression que je n'aurais plus jamais envie de manger. Après m'avoir nourrie, Rosie a jacassé pendant un bon moment – une diatribe contre les vendeurs ambulants qui bloquent chaque matin la porte de l'immeuble.

Moi : Tu vas devoir t'y faire. Nous ne pourrons pas déménager avant un petit moment.

Rosie : Tu crois que j'exagère ? J'ai parfois du mal à passer, je t'assure !

Moi : Ma meilleure amie est mourante. Ti se meurt, tu m'entends ? Je ne bougerai pas d'ici pendant un moment. Je suis épuisée. Laisse-moi rester ici. Nous ferons tout ce que tu voudras quand elle aura fini de mourir. Quand elle sera morte.

Elle : Et s'il y a le feu et que je ne peux pas sortir ?

J'ai tapé du poing sur la table, le seul meuble que nous avons gardé avec nous.

Moi : Nom de Dieu, Rosie ! Laisse-moi rester ici, tu entends ?

Pete Sorensen

Enfin, oui, évidemment que je voulais t'impressionner ! Je voulais que tu me perçoives autrement ; que, pour toi, je ne sois pas seulement un gars qui bosse de ses mains toute la journée. Sais-tu que je n'ai même pas terminé le lycée ? Tu en connais beaucoup, des comme moi ? Je suis un vrai bouffon sur le plan intellectuel. Alors que toi, tu es très cultivée. Et très chic. C'est vrai, t'as toujours l'air chic ! Tu t'habilles chic. Tu respires le chic. Alors j'ai pensé qu'en voyant le journal, tu commencerais peut-être à éprouver envers moi ce que j'éprouvais envers toi. Je le voyais comme une sorte d'offrande. C'était l'un des objets les plus précieux que j'ai jamais possédés – pour autant qu'on puisse « posséder » un objet de ce genre. Je crois que je ne savais même pas à quel point il était précieux pour moi avant de te le donner. Je me suis dit : je vais lui donner, et j'aurai peut-être ma chance avec elle. Je vais lui donner, et peut-être qu'elle m'aimera pour ça.

Journal de Mazie, le 25 octobre 1929

Hier soir, je suis passée par Wall Street avant d'aller rendre visite à Ti. Il fallait que je voie ça, le jour où la bourse de Wall Street s'est effondrée. Eh bien, j'ai vu ! Les gens sanglotaient à tous les coins de rue. C'était presque beau, cette ville en deuil. J'ai fait comme s'ils pleuraient pour sœur Ti.

Moi (en arrivant chez elle) : Ne me quitte pas, Ti.

Elle : Je ne te quitterai pas, j'irai vers lui. C'est différent, tu ne penses pas ?

Cette idée la réconforte. Pas moi.

Je l'ai prise dans mes bras. Je lui ai demandé pour la énième fois d'aller se faire soigner à l'hôpital, et elle m'a répondu non. Elle préfère mourir là, dans son lit.

Moi : Laisse-moi au moins t'apporter une autre couverture ! Tu mérites une grosse couverture bien chaude.

Elle : Je ne vaux ni plus ni moins qu'une autre. Nous sommes tous égaux devant Dieu.

Moi : Et si je t'offrais des draps de soie ? Tu devrais être couverte de soie. Te rouler dedans.

Elle : Tout se vaut, Mazie. Tu ne le sais pas encore ? Ouvre les yeux et tu comprendras.

J'ai soulevé la couverture et je me suis allongée près d'elle.

Moi : Des draps de soie pour une princesse !

J'ai passé la nuit avec elle. Je l'ai tenue contre moi jusqu'au lever du jour, en retenant mes larmes lorsqu'elle gémissait de douleur. Quand j'ai retraversé Wall Street ce matin, les trottoirs étaient jonchés de débris. Des types en costume trois-pièces gisaient sur la chaussée, à demi inconscients. La ville n'est plus la même, j'ai pensé. Mais c'est peut-être moi qui avais changé. J'avais dormi dans des draps de soie pour la première fois de ma vie.

Lydia Wallach

Mon arrière-grand-père est resté seul à la tête du cinéma pendant au moins six mois, car Mazie passait tout son temps au chevet d'une amie mourante. Cette période a marqué les esprits dans ma famille parce qu'elle correspond aussi à l'époque où Gilbert, l'aîné de mes grands-oncles, est mort brutalement. Mon arrière-grand-père travaillait au cinéma ce jour-là. Il n'a donc pas pu accompagner son fils dans ses derniers instants. Tout était allé très vite : Gilbert est tombé malade et mort une semaine plus tard. Personne n'était responsable, mais ce fut un choc, en particulier pour Rudy (même s'il est toujours difficile de juger de l'intensité d'un tel chagrin), parce qu'il s'était senti complètement inutile et absent pendant cette horrible semaine. Ce qui est sûr, c'est que ce deuil l'a frappé plus violemment que ne l'avaient fait ses propres crises cardiaques. D'après ma mère, c'est son père à elle qui a été chargé de courir jusqu'au cinéma pour annoncer la terrible nouvelle à Rudy. Il l'a alors vu se décomposer sous ses yeux – littéralement : le sang a quitté son visage, qui a pâli, puis jauni, puis blanchi. L'inverse de ce qui se produit quand on rougit. C'est en ces termes que mon grand-père en a parlé à ma mère, qui me l'a raconté à son tour. Après ça, la couleur n'est jamais revenue sur ses joues : Rudy est devenu blême, et l'est resté jusqu'à la fin de sa vie.

Elio Ferrante

Inutile de plonger dans les archives : sans son nom de famille, je ne trouverai rien sur sœur Ti. Et même si vous pouviez me donner son patronyme, je crois que j'aurais du mal à dénicher quoi que ce soit, parce que Mercy Place, l'endroit où Ti travaillait, a fermé en 1960. Là-dessus, j'ai trouvé quelques infos, en revanche. C'était un centre d'œuvres sociales installé sur Cherry Street, pas très loin du Knickerbocker Village. Il avait été fondé à la fin du XIXe siècle pour venir en aide aux immigrés. Les religieuses distribuaient des vêtements et de la nourriture aux familles pauvres, logeaient les sans-abri et allaient soigner les malades chez eux. Rien d'inhabituel, en somme. Tout de même, j'aurais vraiment aimé trouver son nom dans les archives. Je suis triste qu'elle ait été oubliée. Il faut s'y faire, j'imagine. L'histoire oublie certaines personnes. Même si les effets de leurs travaux perdurent, leur nom n'apparaît nulle part.

Journal de Mazie, le 5 janvier 1930

Le capitaine est revenu.

Je pensais que je ne souhaitais pas le revoir. Je l'avais rayé de l'histoire de ma vie. Monsieur est parti, monsieur est père. Il ne reviendra plus à New York, ou s'il revient, ce sera en famille, avec femme et enfant. Tant pis. Au revoir, monsieur. Bon débarras et bonne nuit. Voilà comment j'imaginais la fin de l'histoire, et cette fin me convenait. Mais je ne peux pas me mentir à moi-même. Pas dans ce journal, du moins. Alors, oui, j'étais ravie de l'apercevoir dans la file d'attente hier soir. Je le connais depuis si longtemps ! Nous nous sommes enlacés et offerts l'un à l'autre tant de fois ! Il se souvient de moi quand j'étais encore jeune fille ; je me souviens de lui quand il était l'homme le plus séduisant de la Terre.

Il n'est plus capitaine et ne parcourt plus les océans. Il est devenu homme d'affaires. Il travaille pour le père de sa femme. Pas d'uniforme. C'est un type normal, en somme. Fortuné, mais normal.

J'ai commencé par lui demander comment marchaient les affaires.

Lui : Tu veux parler du krach ? On s'en remettra. Les Américains ont besoin de voitures.

Moi : Ils ne savent plus marcher ?

Lui : Tu as passé toute ta vie à Manhattan. Tu ne sais pas à quoi ressemble le reste du pays. Même ceux qui n'ont pas besoin de voiture en veulent une !

Il m'a invitée à dîner, et j'ai dit oui. Il a insisté pour commander du steak.

Lui : Tu manques de vitamines, ça se voit. Tu es toute pâle.

Moi : Je suis en deuil.

Lui : De qui ?

Moi : D'une foule de gens.

Lui : Je suis navré.

Après ça, je n'ai rien pu avaler.

Lui : Viens avec moi à l'hôtel. Tu m'inquiètes. Laisse-moi te consoler.

Moi : Tu es père, maintenant.

Lui : Et alors ?

Moi : Je ne sais pas pourquoi, mais pour moi, ça fait une grande différence.

Lui : On n'est pas obligés de faire quoi que ce soit. Je pourrais juste te serrer dans mes bras.

J'ai éclaté de rire, si fort que tous les clients du restaurant se sont tournés vers moi. Je leur ai adressé un signe de la main.

Lui : Allons. Inutile de faire une scène.

Moi : Bon, d'accord. Je viens avec toi.

Lui : Tu es sûre ?

Depuis que je lui avais confié mon chagrin, je n'avais plus envie de rentrer chez moi. Pas tout de suite, du moins. Mon appartement respire la tristesse, celle que je traîne depuis des mois. Elle est partout : dans mon lit, dans la cuisine, sur le visage de ma sœur dans la chambre voisine, dans les pages de ce journal.

Au pire, me disais-je, je m'offrirai une petite partie de jambes en l'air avec un beau garçon. Puis je rentrerai à la maison.

Il m'a emmenée à son hôtel, un établissement plus chic que ceux d'autrefois, quand il n'était qu'un simple marin. Cette fois, monsieur était logé au nord de Manhattan ; le portier portait un uniforme à boutons dorés et baissait les yeux. Il s'est incliné devant son riche client, comme il se doit.

Il y avait du whisky sur la table et une odeur fruitée dans la chambre. On s'est assis côte à côte, il m'a embrassée sur la joue et dans le cou. J'ai gloussé bêtement, sans pouvoir m'en empêcher.

Lui : Tu es toujours aussi belle.

J'ai soupiré et pris sa main dans la mienne

Moi : Écoute... Pourrait-on faire ce que tu as dit ? Juste se prendre dans les bras ?

Lui : Qu'est-ce qui se passe, Mazie ? Qu'est devenue la reine de Bowery Street ?

Moi : Je suis triste.

J'ai fondu en larmes. Ne pleure pas, m'a-t-il dit, et il m'a embrassée de nouveau. Désolée, j'ai soufflé. Je ne peux plus m'arrêter, maintenant. Il faut que je pleure. Il le faut.

Lui : S'il le faut vraiment, je tiens à ce que tu me racontes tout. Tu ne peux pas t'arrêter là, à mi-chemin. Finissons-en. Dis-moi tout ou garde le silence. Vide ton sac et n'en parlons plus.

Je lui ai tout raconté. D'abord la mort de Louis, et le fait qu'il commettait toutes sortes de délits, ce qui avait fait de moi une criminelle, à petite échelle, bien sûr, mais une criminelle tout de même, puisque j'avais bénéficié de ses gains et que je n'avais rien fait pour le remettre dans le droit chemin. Après ça, j'ai commencé à me sentir un peu mieux, même si c'était affreusement triste et déplaisant à raconter. Puis je lui ai avoué que ma sœur était folle depuis des années, que j'essayais de l'aider du mieux possible, que je la haïssais aussi, à cause de ce qu'elle me faisait subir. J'ai continué en disant que Ti était morte, que je l'avais beaucoup aimée, et que cet amour était mort à son tour, alors que moi, je m'étais donné beaucoup de mal pour m'améliorer, pour devenir la personne qu'elle voulait que je sois, mais que ça n'avait rien changé à son destin : elle était morte quand même. Alors à quoi bon faire tant d'efforts si tous nos amours finissent par mourir ?

Lui : Ils ne meurent pas tous. Regarde : je suis ici avec toi ce soir. Nous sommes ensemble. Toi et moi.

Était-il sincère ? Il m'écoutait, mais m'entendait-il vraiment ? Je n'en suis pas sûre. J'avais l'impression qu'il se contentait d'énoncer les mots adéquats, ceux qu'on attend dans ce genre de situation. Sauf qu'ils ne me convenaient pas, ces mots-là. Pas du tout. Alors j'ai continué mes aveux. Je lui ai parlé du bébé que j'avais perdu presque huit ans plus tôt, le bébé qui était de lui. Je lui ai raconté que j'avais tenu ma grossesse secrète, que personne n'était au courant, hormis ma famille, et que j'avais prévu de confier l'enfant à Louis et Rosie, qui l'auraient élevé comme le leur.

À ce moment-là, le capitaine a ouvert la bouche, pour protester peut-être, mais il n'a rien dit. J'ai compris qu'il tournait tout ça dans sa tête, il se disait qu'il y avait eu un bébé, puis plus rien, et il attendait la suite. Alors je lui ai expliqué que le bébé était mort dans mon ventre pendant mon sommeil. Je lui ai parlé du matelas, du sang qui avait imprégné le matelas, de comment je m'étais réveillée en sang dans des draps rougis, le ventre tordu de douleur ; je lui ai dit que j'avais failli mourir tant j'avais saigné, mourir de tristesse aussi, de culpabilité et de désespoir.

Il s'est mis à pleurer. Il m'a demandé si c'était un garçon ou une fille, et j'ai répondu un garçon. Il m'a dit qu'il était vraiment désolé pour moi, pour tout ce que j'avais enduré, et que s'il avait appris ma grossesse, il serait revenu et m'aurait épousée parce qu'il avait le sens des responsabilités. J'ai répondu que nous ne nous étions vus qu'une seule fois à l'époque, que je ne savais rien de lui et que je n'avais pas voulu qu'il se sente « responsable » ni obligé de m'épouser ; que d'ailleurs, c'était une bonne chose, parce que s'il l'avait fait, il serait probablement en train de coucher avec une autre femme dans une autre chambre d'hôtel, vu le genre d'homme qu'il était. Ma remarque l'a vexé. Je n'en avais pourtant pas l'intention. Tu n'es pas obligée d'être blessante, m'a-t-il lancé. Je me suis excusée.

C'était mon enfant aussi, a-t-il dit.

Ce n'est plus l'enfant de personne, j'ai répondu.

Ce qui s'est passé ensuite résulte de notre chagrin et des animaux que nous sommes, lui et moi. Nous avons ôté juste ce qu'il fallait de vêtements pour nous imbriquer l'un dans l'autre. Au début, je n'étais même pas vraiment prête à l'accueillir. Puis j'ai senti mon ventre se réchauffer brusquement, et j'ai cessé de le regarder. Il ne me regardait pas non plus. J'ai fixé le mur derrière lui en enroulant mes jambes autour de sa taille. Je n'arrivais même pas à savoir si ça me faisait du bien ou du mal. Du bien, du mal, du mal, du bien. Impossible d'éprouver les deux en même temps.

Après, je n'ai pas souhaité rester avec lui. Je ne voulais pas me réveiller dans ses bras. Ni reprendre notre conversation là où nous l'avions laissée. J'ai annoncé que je devais rentrer. Il n'a pas protesté. Peut-être songeait-il au fils qu'il avait perdu, et à celui qu'il avait maintenant. À bientôt ! j'ai dit. Oui, à bientôt, m'a-t-il répondu. Un au revoir qui avait tout d'un mensonge.

Je suis sortie de l'hôtel et j'ai marché pour rentrer chez moi. Il y avait un bout de chemin à parcourir, mais il faisait froid, un froid cinglant, et ça me plaisait. En arrivant au sud de Manhattan, j'ai commencé à comprendre, à comprendre réellement, ce qui a changé dans cette ville. Elle a perdu sa dignité. Maintenant, il y a des vagabonds partout, des ivrognes à tous les coins de rue, c'est sale et les gens ont l'air affamé. La misère ne se limite plus aux taudis du Lower East Side : elle s'est répandue dans toute la ville. Je n'avais jamais rien vu de tel. Comme souvent, j'ai dû lever mes jupes pour enjamber des types assoupis dans le caniveau. Sauf que cette fois, il y en avait beaucoup. Et pas seulement des types : des femmes et des enfants, aussi. Un peu partout dans Manhattan. Comment se fait-il que je n'aie rien vu ? Étais-je aveuglée par le chagrin ? Avais-je passé trop de temps enfermée dans ma cage ? Toujours est-il qu'il m'a fallu attendre ce matin pour ouvrir les yeux. Maintenant, je sais. Je sais à quel point ma ville va mal.

J'ai repensé à Ti, à toutes les fois où nous avions marché ensemble dans ces mêmes rues. Qu'aurait-elle pensé ce matin ? Je l'ai imaginée, enveloppée dans les plis de son habit, penchée sur les vagabonds. Si elle m'avait accompagnée aujourd'hui, nous ne serions jamais arrivées à la maison. Elle se serait arrêtée devant chaque homme, chaque femme, chaque enfant. Elle ne disait jamais non à une main tendue.

J'ai fouillé mes poches et je me suis accroupie près d'un gars couché sur le trottoir. Il avait une sale coupure à la joue. La peau noire de barbe, de crasse et de sang séché. Du sang sur son col de chemise et son manteau. Il tremblait de froid. Ils tremblaient tous, d'un bout à l'autre de la rue.

Je lui ai tendu une pièce de vingt-cinq cents.

Et j'ai dit : Avec ça, tu te paieras un lit pour la nuit.

Je lui en ai tendu une deuxième.

Et j'ai ajouté : Avec celle-là, tu te paieras un repas chaud.

Je lui en ai tendu une troisième.

Et j'ai conclu : Avec celle-là, tu t'offriras un coup à boire.

Je sais que Ti n'aurait pas approuvé ma conclusion. Faut dire qu'elle n'a jamais su s'offrir du bon temps, ma p'tite Ti.

8

Extrait de l'autobiographie inédite de Mazie Phillips-Gordon

Les plus jeunes peuvent encore changer le cours de leur vie, et je leur donne volontiers un coup de main s'ils le souhaitent. Avec les plus âgés, c'est presque inutile. La plupart d'entre eux sont à la rue depuis si longtemps qu'ils ne sauraient pas quoi faire d'un toit s'ils en avaient un. Ils se sont habitués à dormir dehors, le dos calé dans les plis du bitume. Leur inconfort a fini par devenir confortable. Et réconfortant.

Elio Ferrante

J'ai toujours adoré enseigner la crise de 1929 à mes élèves. Je sais que ça peut paraître un peu bizarre, mais c'est réellement ma période favorite. Je crois que c'est dû à son caractère extrême : pour moi, elle l'emporte dans tous les domaines. Aucune autre crise économique ne fut aussi longue, aussi dévastatrice et aussi généralisée. Bref, quel que soit le critère que vous choisissez d'aborder, la Grande Dépression gagne à tous les coups ! Et les superlatifs, ça plaît à mes élèves. Je dirais même que c'est le seul moyen d'attirer leur attention. Vous devriez voir leurs têtes quand je leur raconte que les banquiers se jetaient par les fenêtres ! Et quand je leur parle des files d'attente pour la soupe populaire… Là, ils sont tout ouïe, je vous le garantis ! Nombre d'entre eux sont connus des services sociaux du quartier. Leurs parents reçoivent des bons de nourriture. Alors si je leur explique que ces bons ont été créés suite à la crise de 1929, je sais qu'ils vont m'écouter. Ils sont stupéfaits quand je me lance dans la description de ce qu'était New York à l'époque – une ville déchue dont la moitié de la population avait sombré dans une misère noire. Ils n'étaient pas là dans les années soixante-dix et quatre-vingt, quand j'étais moi-même un gamin, et que New York était encore, pardonnez-moi de le dire, une ville de merde. Mais l'idée qu'une telle misère ait pu exister ici même, qu'il y avait des soupes populaires quasiment partout, ça les fascine. Or rien ne me fait plus plaisir qu'une classe entière de gamins qui m'écoutent les yeux écarquillés. Tous ces visages levés vers moi, tous ces gosses qui boivent mes paroles, j'adore ça ! Franchement, si je pouvais, je ferais cours toute l'année sur la crise de 1929.

Journal de Mazie, le 1er février 1930

J'ai repris ma place habituelle derrière la caisse du Venice. J'y suis de nouveau tous les jours, et, ce matin, Rudy est venu me trouver pour parler affaires. L'avenir s'annonce mal, dit-il. Juste après le krach, les gens venaient au cinéma pour oublier leurs soucis, mais maintenant, ils n'ont plus de quoi s'acheter un billet. Et d'après lui, ça n'est pas près de s'arranger. Le désespoir se lisait sur son petit visage blême. Pauvre Rudy ! Il n'est plus que l'ombre de lui-même.

Je l'ai écouté, et j'ai dit : Nous travaillerons à perte s'il le faut, mais nous ne fermerons pas le cinéma. Pas question de virer nos employés. On ne va pas les mettre à la rue comme tout le monde, non ?

Ce soir, j'en ai parlé à Rosie pendant le dîner.

Moi : Personne ne sait quand cessera la crise.

Elle : Et alors ? On attendra. Pas question de fermer.

Moi : Exactement. Pas question.

Elle : Je vendrai mes bijoux s'il le faut. Le reste aussi. Louis adorait le Venice.

Moi : On forme une famille, maintenant. Rudy, nous et toute l'équipe. On ne peut pas leur faire ça.

Elle : Je ne comprends même pas pourquoi tu m'en parles.

Moi : Je voulais seulement m'assurer que nous étions d'accord. Parce que c'est une décision sur laquelle nous ne pourrons pas revenir.

Elle : Il y a beaucoup de choses sur lesquelles on ne s'entend pas, toi et moi. Mais là-dessus, je pense que nous sommes d'accord : nous ne mettrons pas nos employés à la rue avant d'avoir dépensé notre dernier nickel.

Ah, ma Rosie chérie. Je l'adore quand elle est comme ça.

Lydia Wallach

Mazie et sa sœur ont fait tourner le cinéma à perte pendant deux ans, en payant les employés sur leurs économies. Il paraît qu'elles avaient beaucoup d'argent – des sacs de billets cachés un peu partout. Mais quand même, ce n'est pas rien de soutenir une équipe à bout de bras pendant deux ans !

Journal de Mazie, le 15 février 1930

Personne n'est venu au Venice aujourd'hui. J'ai vendu trois tickets ce matin, puis plus rien. C'était pareil hier, la semaine dernière, et celle d'avant. Alors j'ai décidé d'aller jeter un œil à la concurrence. Ces temps-ci, au lieu de faire la queue devant le Venice, ils piétinent devant l'entrée de la Bowery Mission pour obtenir un bol de soupe.

Je me suis emmitouflée dans mon gros manteau d'hiver et j'ai glissé un paquet de cigarettes tout neuf dans mon sac en me disant que je les distribuerais à ceux qui voudraient en griller une. J'avais encore jamais vu les files d'attente de la Mission de près, ou si je les avais vues, je ne leur avais pas prêté attention. En plus du manteau en laine que Rosie m'a offert en décembre, je portais des gants, une écharpe et un chapeau, et je marchais vite, en balançant les bras le long de mon corps pour me réchauffer. Malgré tout, je sentais l'air glacé s'insinuer sous mes vêtements. Et je me disais, si j'ai froid, les vagabonds doivent être transis !

En arrivant près de la Mission, j'ai longé la file d'attente pour la soupe populaire. La plupart des hommes avaient une valise. Si je n'avais pas su pourquoi ils étaient là, j'aurais pu croire qu'ils partaient en voyage. En fait, ils transportaient ce qui restait de leur vie, le peu qu'ils avaient sauvé de la déroute.

J'ai reconnu plusieurs d'entre eux, et je les ai salués au passage : les petits filous de Bowery Street, habitués à ce genre de cantine, mais aussi bon nombre d'habitants du quartier, toute une main-d'œuvre privée d'ouvrage, qui ne faisait plus que tendre la main, le dos rond sous le froid. Je ne connaissais ni leurs prénoms ni leur situation exacte, mais leurs visages m'étaient étrangement familiers. Où les avais-je vus ? J'ai compris quand plusieurs d'entre eux ont soulevé leur chapeau en me voyant arriver. Comment allez-vous, mamzelle Mazie ? Je me suis figée. Maintenant, je les reconnaissais : c'était mes clients, les habitués du Venice. Contraints de quémander un bol de soupe. Je leur ai tendu mon paquet de sèches. Certains gars en ont pris plus d'une, mais je n'ai rien dit.

Puis quelqu'un m'a touché le bras. Je me suis retournée, prête à offrir ce qui restait dans le paquet.

Lui : C'est moi, Mazie. William. On s'est rencontrés chez Finny. Vous vous souvenez de moi ? Ça fait un bail, c'est sûr.

Si je m'en souvenais ? Comment aurais-je pu oublier William l'Assoiffé, celui qui avait tété mes seins jusqu'au sang un soir d'hiver ?

Moi : Oh, William ! Bien sûr. Je vous aurais reconnu entre mille.

J'ai battu des cils comme une jeune fille. Je voulais qu'il se sente séduisant, même là, dans cette file d'attente. Il a pris une sèche, et m'a dit qu'il traversait une mauvaise passe, comme tout le monde.

Moi : Même les banquiers peuvent tomber, alors ?

Lui : Surtout les banquiers. Mais je n'étais pas vraiment banquier, en fait. Juste employé de banque. Et maintenant, je ne suis plus rien.

Il s'est mis à pleurer, au beau milieu de la file. J'ai eu très chaud, tout à coup. Et j'ai senti les larmes affluer à mes paupières, moi aussi. Je lui ai caressé la joue. Il était si arrogant, autrefois ! Je ne supportais pas de le voir ainsi, privé de cette arrogance qui le caractérisait. Je n'en demande pas beaucoup à la vie. J'aimerais seulement que mes souvenirs restent intacts.

Moi : Ne soyez pas triste, William. Pensez aux bons moments qu'on a passés ensemble. On s'est bien amusés, non ?

Lui : J'ai fini de m'amuser, maintenant.

J'ai sorti ma flasque de la poche de mon manteau.

Moi : Buvez. Ça vous réchauffera.

Le temps qu'il porte la flasque à sa bouche, les autres gars réclamaient leur part. Ils l'ont vidée en un rien de temps. J'ai pas eu le cœur de refuser. Quand chacun d'eux a eu sa ration de tabac et d'alcool, ils ont recommencé à piétiner dans l'air glacé ; certains sautaient à pieds joints pour se réchauffer, d'autres se recroquevillaient sur eux-mêmes, les bras noués autour de la taille. J'avais froid, moi aussi. Un froid qui me pénétrait jusqu'aux os.

Alors j'ai lancé : En sortant de la Mission, venez me voir au cinéma, je vous ferai rentrer gratis. Venez tous, messieurs, vous m'entendez ? Vous serez au chaud, vous regarderez un film, ça vous changera les idées. J'vous garantis que ça vous fera du bien. Et c'est moi qui invite, d'accord ?

Ils ont poussé des cris de joie. Je sais bien que ça n'arrangera rien, au fond. Ce n'est qu'une faveur passagère. Je ne peux pas les inviter tous les jours : je ferais fuir les autres spectateurs. Mais pour une fois, une fois seulement, je peux bien les laisser se réchauffer sous mon toit !

En fin de journée, Rudy m'a confié que la moitié d'entre eux avaient dormi pendant tout le film.

Journal de Mazie, le 16 février 1930

Je n'ai pas souvenir que nous nous soyons disputés, Rudy et moi, depuis que nous travaillons ensemble. Mais hier, je l'ai fâché. Il était furieux que j'aie laissé entrer les sans-abri. Il est venu me trouver tôt ce matin, avant que j'ouvre ma caisse, et il m'a demandé de le suivre à l'intérieur. On s'est assis au balcon. Je n'avais pas mis les pieds dans la salle depuis une dizaine d'années. J'avais oublié à quoi elle ressemblait. Tu parles d'une propriétaire ! J'étais presque soulagée que Rudy n'ait pas encore allumé toutes les lampes : je n'avais pas très envie d'examiner les lieux de trop près. L'air me semblait lourd et poussiéreux, comme si j'avais pu le saisir à pleines mains. Mais je me trompais peut-être. Parce que ça ne sentait pas le moisi, ni l'alcool. Et le velours des fauteuils était encore doux sous mes doigts. Des fauteuils aussi chics et confortables qu'autrefois. Des fauteuils assez bons pour moi, et pour tous ceux qui franchissaient les portes de la salle. Voilà ce que je voulais expliquer à Rudy.

Lui : Le Venice n'est pas un asile de nuit, Mazie.

Moi : Je sais. Mais il y a six mois, ces gars-là étaient comme vous et moi. Ils avaient du boulot, un toit et quelques dollars en poche. Nous ne valons pas mieux qu'eux. C'est la ville entière qui va mal, Rudy.

Lui : Si les gens apprennent que nous laissons entrer gratuitement les sans-abri, ils ne reviendront plus, même quand ils pourront de nouveau aller au cinéma.

Moi : Le cinéma, justement. Il compte tellement pour vous ! Imaginez le bien que ça peut leur faire, à ces types qui n'ont même plus de quoi s'offrir une petite distraction de temps en temps !

Lui : Parlons-en, de ce que le cinéma signifie pour nos clients. Pardonnez-moi, mais beaucoup de ces vagabonds ne sont pas très propres. Ce n'est pas de leur faute, bien sûr, mais qui voudrait s'asseoir près d'un type qui ne sent pas la rose ? Imaginez que vous ayez mis quelques dollars de côté pour venir ici – vous avez invité votre fiancée, ou bien c'est le cadeau d'anniversaire que vous offrez à votre femme. Bref, imaginez que vous sortiez en ville et que vous vous retrouviez dans une salle remplie de types qui ne se sont pas lavés depuis une semaine ou deux parce qu'ils dorment dans la rue. Croyez-vous que vous auriez envie de revenir ? Comment voulez-vous garder notre clientèle, dans ces conditions ?

Je l'ai écouté. J'ai écouté attentivement tout ce qu'il avait à me dire. Ce n'est pas rien pour lui, le Venice. Il se dévoue corps et âme pour ce lieu depuis si longtemps ! On s'était réparti les tâches : l'extérieur pour moi, l'intérieur pour lui. Nous avions conclu un pacte. Et je venais de le briser.

Moi : Je vous rappelle que c'est *mon* entreprise, Rudy.

Lui : je vous en prie, Mazie. Soyez raisonnable !

Moi : Ça ne durera pas éternellement. Et je ne les laisserai pas tous entrer. Seulement ceux qui se tiennent à carreau.

Lui : Comment le saurez-vous ?

Moi : Je le sais parce que ça fait dix ans que je les voie faire la queue devant ma caisse. Je les connais bien, croyez-moi.

Journal de Mazie, le 7 avril 1930

William vient tous les jours au Venice. Il me chipe des sèches et je lui donne parfois un peu de monnaie. L'autre jour, je lui ai apporté une savonnette. Je l'ai glissée dans sa main sans faire de commentaire. Il hoche la tête, je fais de même. D'après Rudy, il a ses habitudes : il s'installe au balcon et ronfle gentiment pendant un film ou deux. Je ne le vois jamais partir.

Parfois, je me demande s'il est triste ou fin saoul. Je ne tiens pas à éclaircir le mystère. Je ne le juge pas, je voudrais juste savoir comment l'aider – à supposer que je puisse l'aider. Certains d'entre eux sont des causes perdues : je ne peux rien pour eux, hélas. Mais comment pourrais-je renoncer à secourir mon assoiffé, celui qui a tété mes seins autrefois ?

Journal de Mazie, le 15 avril 1930

Voilà une semaine que je n'ai pas vu William. Personne n'a pu me donner de ses nouvelles. Ce soir, j'irai faire un tour dans le quartier pour essayer de le retrouver. Je ne peux pas le laisser disparaître sans rien faire.

Journal de Mazie, le 16 avril 1930

Pas de William. Il ne fait vraiment pas bon dormir dehors en ce moment : des corps partout, avachis sur les trottoirs. Certains semblent à peine vivants. Un sac d'os sous des vêtements crasseux, c'est tout ce qu'il en reste. Je leur ai donné ce que j'avais au fond de mes poches, puis je les ai retournées dans l'espoir de trouver quelques pièces de plus.

Journal de Mazie, le 1er mai 1930

Je l'ai trouvé ce soir au fond d'une impasse qui donne sur Bowery Street. Il avait la lèvre en sang, sa chemise était déchirée et pleine de vomi. Il saignait sous le tissu rougi. Il m'a expliqué qu'il avait bossé pour une compagnie de chemin de fer et dépensé ce qu'il avait gagné. La nuit précédente, un de ses comparses lui avait volé le peu qui restait. Et je me suis réveillé ici, salement amoché, a-t-il conclu. J'ai fait venir une ambulance, j'ai attendu qu'elle arrive, puis je suis allée chez Finny. J'ai bu un coup, encore un, puis encore en autre, et j'ai accepté qu'un type me raccompagne jusque chez moi. Je l'ai laissé m'embrasser et me toucher les fesses sur le pas de la porte, mais j'avais vu trop de sang dans la soirée pour aller plus loin.

Journal de Mazie, le 4 mai 1930

Ce matin, je suis allée à l'ancienne église de Ti parce qu'elle me manque. J'ai assisté à la messe en me rappelant qu'elle croyait à tout cela. Puis je me suis confessée, sincèrement, et cette sincérité m'a fait du bien. En sortant, je me suis signée devant l'autel, juste pour voir si l'air serait différent sous mes doigts. Je n'ai rien senti de particulier. L'air reste toujours le même. Moi aussi, j'ai pensé. Je suis toujours Mazie.

Journal de Mazie, le 8 juillet 1930

Rosie s'est remise à chanter sa vieille complainte. Ça fait des mois que ça dure. Pitié ! Je ne veux pas déménager encore une fois. Je ne veux pas je ne veux pas je ne veux pas.

Oh, ce que cette rue est mal famée, maintenant ! s'écrie-t-elle. Mazie, tu ne vois rien ? L'association installée au coin de la rue nous amène tous les voyous du quartier. Oh, nous ferions mieux de quitter New York, d'aller vivre à Boston, de retourner à Coney Island, de nous installer au nord de Manhattan, de nous installer à Brooklyn, d'aller vivre dans un endroit sûr où personne n'a faim.

Rosie, je réponds, les gens ont faim d'un bout à l'autre du pays.

Elle : Je le sais bien ! Mais rien ne nous oblige à vivre avec eux.

Moi : Rappelle-toi, nous avons grandi dans une maison au sol couvert de terre battue. Nous ne valons pas mieux qu'eux.

Elle : Je ne me sens pas en sécurité dans ce quartier, voilà tout.

Moi : Espèce de vieille folle ! Tu es bien plus courageuse que moi. Rien ne te fait peur.

Elle : Je me sentirais mieux si tu étais plus souvent à la maison. La nuit, surtout.

Moi : Je passe déjà presque tout mon temps à la maison. Je ne peux pas faire plus.

Elle : Je sais où tu vas en sortant du Venice. Tu m'entends : je sais où tu vas !

Comment lui dire que j'ai besoin d'un peu de gnôle à la fin de la journée ? Comment lui expliquer que l'alcool me réchauffe, me rend douce comme du velours dedans comme dehors ? Comment lui avouer que j'ai besoin de la compagnie des hommes, que j'aime flirter avec eux, que leurs regards et leurs boniments me nourrissent mieux que son sauté de bœuf ? Seigneur ! J'ai tant besoin de m'assurer que je suis encore une femme, pas seulement un oiseau en cage ! Maintenant que Ti s'en est allée, mes sorties chez Finny sont tout ce qui me reste. Pourquoi devrais-je y renoncer ? C'est le seul moment de la journée qui soit à moi, rien qu'à moi.

Journal de Mazie, le 1er août 1930

Plus personne ne vient me demander un peu de monnaie pour l'asile de nuit : il fait trop chaud. En hiver, ils ne rêvent que de ça : se réchauffer. En été, j'ai l'impression que ça leur est presque égal de dormir dans la rue. Il fait meilleur dehors, faut dire. Les sans-abri préfèrent la saleté et la sueur à l'air confiné des dortoirs. Mieux vaut cuver son vin sous la brise nocturne, voilà ce qu'ils pensent. Alors un peu de monnaie pour se payer à manger, ça oui. Quelques pièces pour s'offrir un coup à boire, c'est pas de refus non plus. Mais pour un toit ? Non, merci. Pas ce soir, en tout cas.

Journal de Mazie, le 2 septembre 1930

Jeanie m'a téléphoné. Elle dit qu'elle est tombée malade, qu'elle a dû cesser de danser pendant un moment, et qu'elle a moins de public depuis son retour sur scène. Elle est revenue à Chicago, et sa jambe lui fait mal dès qu'un vent froid se lève sur le grand lac. J'ai répondu que je lui enverrais de l'argent.

Jeanie : Ce n'est pas pour ça que je t'ai appelée. Je ne veux pas mendier.

Moi : Qui te parle de mendier ? C'est moi qui t'ai proposé de l'argent, non ? Je peux t'en donner. Inutile d'en faire tout un plat.

Elle : Maintenant, tu vas croire que je ne suis pas capable de subvenir à mes besoins !

Moi : Pas du tout. Tu es partie depuis si longtemps que la question ne se pose même plus.

Elle : Que vas-tu penser de moi ? Je crains tellement ton opinion !

Moi : Ah oui ? Ce serait bien la première fois.

J'étais cassante. J'avais vu clair dans son petit jeu. Elle téléphonait pour avoir de l'argent, rien d'autre. Je lui ai demandé d'appeler un chat, un chat. Alors elle m'a demandé cent dollars et je les ai envoyés.

George Flicker

Mon père est parti très brutalement au cours de l'été 1930. Sa mort nous a anéantis, car c'était un homme remarquable, un homme d'une grande bonté. Nous nous sommes un peu consolés en songeant qu'il avait bien vécu, ce qui est vrai, car il était très âgé, mais tout de même... Quelle tristesse ! Nous l'aimions énormément. Puis ma mère est morte à son tour, peu de temps après. Elle ne pouvait pas vivre sans lui. Là encore, nous avons été écrasés par le chagrin. C'était si brutal ! D'autant que ma mère était une force de la nature. Tout le monde l'admettait, même ceux qui ne l'appréciaient guère – et ils étaient nombreux. En revanche, personne n'a pu dire qu'elle avait bien vécu. Nous la connaissions assez pour savoir qu'elle n'avait jamais été très heureuse.

Après ça, je me suis retrouvé seul dans notre minuscule appartement avec l'oncle Al. Même moins peuplée, la pièce paraissait toujours aussi exiguë. Un jour, j'ai demandé à Al s'il pensait que mes parents hantaient l'appartement. Je voulais juste plaisanter, mais il m'a répondu très sérieusement. « Bien sûr, m'a-t-il dit. Où veux-tu qu'ils aillent, sinon ? » Ce jour-là, j'ai commencé à comprendre qu'il n'avait plus toute sa tête. Je ne m'en étais pas rendu compte auparavant, puisque ma mère s'occupait de lui. Et elle lui consacrait tout son temps. Je savais qu'elle était soulagée depuis mon retour. Elle pouvait compter sur moi pour aller le chercher quand il s'endormait dans un parc – ce que j'ai fait à de nombreuses reprises –, mais je travaillais beaucoup, à l'époque, et je n'avais pas pris conscience de l'étendue du problème. Tout a changé après la mort de mes parents. Désormais, c'est moi qui devais veiller sur l'oncle Al. Pour être honnête, il ne débloquait pas en permanence : la plupart du temps, il était lucide, le nez dans ses bouquins – il avait toujours été un intellectuel, un type brillant et cultivé –, mais il dormait dans la rue une nuit sur deux. Résultat : il était beaucoup trop maigre et couvert de bleus. Je ne pouvais quand même pas le laisser se détruire à petit feu ! Je me sentais vraiment responsable, plus encore depuis la mort de mes parents. Je suis un être humain. Comme vous, comme nous tous. On veille les uns sur les autres, c'est normal.

Je n'avais pas trente-six solutions. Soit je m'occupais de lui, soit je le faisais soigner dans un centre spécialisé. Or financièrement, je n'étais pas en mesure de le faire. Pas encore, du moins. Il aurait fallu que je trouve un bel endroit, une clinique privée où on l'aurait traité avec égards, pas un hospice ou une maison de retraite : Al n'aurait jamais survécu là-dedans. J'avais entendu dire que certains établissements publics étaient atroces, de vraies chambres de torture. Je ne voulais pas de ça. Pas pour l'oncle Al.

Je travaillais à plein-temps pour Frederick French, un des promoteurs les plus connus de l'époque. Son nom ne vous dit rien, j'imagine ? C'est normal, vous êtes si jeune ! À ce moment-là, French n'avait pas encore lancé la construction du Knickerbocker Village, mais il avait déjà un joli catalogue de biens à proposer à la clientèle. Moi, j'étais tout en bas de l'échelle. Ça ne me dérangeait pas : j'étais content de bosser pour lui, d'avoir mis un pied à l'étrier. Je ne comptais pas vendre des cravates jusqu'à la fin de mes jours, ça c'est sûr. Comment voulez-vous faire fortune avec des cravates ? Alors, je me levais tôt, je trimais toute la journée et quand je rentrais, si la chance était de mon côté, je trouvais Al à la maison en train de m'attendre. On dînait ensemble, puis on sortait faire un tour dans le quartier, entre hommes. Parfois, nous allions boire un verre. Si le temps était sec, nous marchions jusqu'à Washington Square. Al jouait aux échecs, moi je fumais un cigare en le regardant battre à plate couture les pauvres types qui avaient osé le défier. Ces soirées-là étaient assez agréables, et je m'étais résigné à ce mode d'existence, du moins tant que mon oncle était en vie.

En revanche, si la chance n'était pas avec moi, je trouvais l'appartement vide en rentrant. Ces soirs-là, je ressortais aussitôt et je partais à la recherche de l'oncle Al. Au mieux, je le trouvais au bout de la rue, à la bibliothèque, ou à Washington Square en train de jouer aux échecs. Au pire, je mettais des heures à le retrouver, ou je ne le retrouvais pas du tout. Ces soirs-là, j'étais incapable de dormir. Je ne craignais plus les flics – ils lui fichaient la paix, à cette époque-là. On aurait dit qu'ils avaient oublié ce qui les avait mis en rogne contre Al des années plus tôt. Ils avaient déniché un autre bouc émissaire, j'imagine.

Non, ce qui m'inquiétait, c'est que mon oncle constituait une proie facile. Il était quand même un peu dérangé. Il n'essayait même pas de se défendre si quelqu'un voulait lui faire les poches ! Les rues n'étaient pas sûres, à l'époque. La crise avait mis tout le monde à bout. Alors je vivais dans la peur de ce qui pouvait arriver à l'oncle Al.

Quand je le cherchais, je jetais toujours un œil chez Finny. Al y avait ses habitudes. Ce bar n'existe plus, bien sûr. La dernière fois que je suis passé devant, et ça fait déjà un bail, c'était une boutique de fringues hippies. Tout change, n'est-ce pas ? Pourtant, Finny a longtemps été un de ces bars qui ne fermaient jamais, quoi qu'il arrive. Avant, pendant et après la Prohibition, vous étiez toujours sûr de trouver à boire chez Finny ! Les flics l'aimaient bien, faut dire. J'imagine que ça lui a évité pas mal d'ennuis. Quant à moi, pendant toute cette période, je m'installais volontiers devant une chope de bière. Avant cela, je n'avais jamais été un grand buveur, et je ne le suis pas resté après, mais à ce moment de ma vie, la boisson me procurait un certain réconfort. J'étais miné par mes problèmes avec l'oncle Al. Et puis, même si j'avais du boulot, tant d'autres n'en avaient pas ! Les gens mouraient de faim dans les rues. Tout le monde était triste. Et je n'échappais pas à la règle.

En plus, j'avais l'impression de sacrifier ma jeunesse à un homme qui ne voulait pas vraiment de mon aide. Lui, ce qu'il voulait, c'était sa liberté. Il y tenait comme à la prunelle de ses yeux ! Et je le comprends. Au nom de quoi aurait-il dû rester à la maison jusqu'à mon retour ? Sauf que moi, je me sentais responsable de lui. Alors j'avais rangé mes rêves aux oubliettes – m'installer, me marier, avoir des enfants. Au lieu de vivre ma vie, j'avalais une bière chez Finny et je passais ma soirée à chercher Al dans le quartier.

Comme vous le savez, je n'étais pas seul à arpenter les rues en quête d'une âme perdue : il y avait Mazie, aussi. Moi je cherchais mon oncle. Et Mazie... Eh bien, à cette époque-là, au début des années 1930, elle commençait tout juste à devenir celle qu'elle allait devenir, si je peux m'exprimer ainsi. Et puis, elle avait toujours été un peu excentrique. Oui, excentrique. Il fallait l'être pour se promener toute seule en pleine nuit ! Ça faisait jaser chez Finny, croyez-moi. Les habitués la taquinaient là-dessus. C'était hypocrite de leur part, bien sûr. Pourquoi pouvais-je le faire, et pas elle ? Enfin, l'important, c'est qu'elle le faisait quand même, quoi qu'ils en disent.

Journal de Mazie, le 5 octobre 1930

En ce moment, chaque fois que je vais chez Finny, les gars se moquent de moi parce que je passe mes soirées dans les rues. Ils insinuent que je fais le trottoir. Savez quoi, les gars ? Mazie s'est dégoté un nouveau boulot à mi-temps, ah, ah ah ! Hier soir, j'ai méchamment tiré l'oreille de celui qui riait le plus. J'ai vu les larmes lui monter aux yeux, même s'il n'a pas voulu admettre que je lui faisais mal.

Je suis la reine du quartier, j'ai dit. Ne t'avise pas de l'oublier !

Il m'a promis de s'en souvenir.

George Flicker était là, lui aussi. Je me suis toujours bien entendue avec lui, même s'il passe la moitié de nos conversations à fixer mon décolleté. De temps en temps, je soulève son menton pour l'obliger à me regarder dans les yeux. Je ne trouve pas ça drôle, lui non plus, mais on rit quand même. Je n'arrive pas à me fâcher avec lui : je le connais depuis si longtemps ! Je sais que ce n'est pas un mauvais bougre. C'est même un type bien, à vrai dire. Je regrette seulement qu'il ne sache pas garder ses yeux dans sa poche.

Hier soir, je suis allée m'asseoir à sa table après avoir tiré l'oreille du type.

Moi, je sais pourquoi je passe mes nuits dehors, m'a-t-il dit. Mais toi, Mazie ? Pourquoi fais-tu ça ? Ce quartier n'est pas un endroit sûr pour une dame comme toi. Parce que tu es une dame, bien sûr – n'en déplaise à ces petits plaisantins !

J'ai voulu répondre à sa question. Alors, j'ai parlé, parlé sans m'arrêter. Si seulement je me souvenais de ce que j'ai raconté ! J'étais très exaltée, ça c'est sûr. Et j'ai dit tout ce que j'avais à dire.

George Flicker

Un soir, elle m'a tenu un discours que je n'oublierai jamais. Nous étions chez Finny, et les habitués l'avaient taquinée plus rudement que d'habitude. Ils disaient qu'elle faisait le trottoir, qu'elle cherchait le client, que sais-je encore ? Ils aimaient l'asticoter, en ce temps-là. Elle était jeune et encore assez jolie pour qu'ils s'en donnent la peine. C'est affreux à dire, n'est-ce pas ? Mais l'âge m'autorise à dire certaines vérités, semble-t-il. On me pardonne tout, maintenant ! Pour en revenir à Mazie, elle a fini par se fâcher et elle a tiré l'oreille d'un des gars pour le faire taire. Puis elle a crié : « Je suis la reine ! » et tout le monde s'est mis à rire. Alors je l'ai invitée à se réfugier à ma table. J'étais installé dans un coin du bar. J'avais déjà pas mal bu. Je lui ai demandé pourquoi elle passait ses soirées à aider les sans-abri au lieu de rester tranquillement chez elle.

« On vit une sale époque, m'a-t-elle répondu. New York a perdu sa dignité. Pourquoi ne pourrais-je pas offrir un coup à boire à ceux qui n'ont plus rien ? Qu'est-ce que ça me coûte de leur donner un peu de savon pour se laver, ou de leur payer une place dans un asile de nuit ? Je ne fais que vider mes poches. Cet argent, je l'ai. Que veux-tu que j'en fasse ? M'acheter une nouvelle robe ? J'en ai plein mon placard. Partir en vacances ? Pour aller où ? Je me réveille tous les matins dans la plus belle ville du monde. Me payer à dîner dans un bon restaurant ? Les petits plats de ma sœur suffisent à mon bonheur. Non, franchement, je préfère donner mes sous aux gars qui dorment dans la rue. Avant, je donnais à des gens sans les connaître, je ne voulais pas avoir à regarder la misère en face, je ne voulais pas savoir où irait mon argent. Maintenant, c'est le contraire. Je veux être sûre qu'il sert à quelque chose. Je veux me rendre utile ! Alors je passe mes nuits dehors. Pourquoi est-ce si difficile à comprendre ? »

Elle était très émue. Les larmes roulaient sur son visage. Je lui ai tendu mon mouchoir. Elle a répété : « Pourquoi, Georgie ? Pourquoi est-ce si difficile d'admettre que je suis quelqu'un de bien ? »

Journal de Mazie, le 1er novembre 1930

J'ai trente-trois ans aujourd'hui.

Rosie m'a offert une canne pour mon anniversaire.

Moi : Que veux-tu que j'en fasse ?

Elle : Je sais que ton dos te fait souffrir. Mais je sais bien que tu ne cesseras pas de marcher pour autant. Alors j'ai pensé qu'une canne te serait utile.

Je l'ai examinée de plus près. C'est un bel objet, en bois laqué noir.

Elle : Je sais ce que tu trafiques dans le quartier.

Moi : Vraiment ?

Elle : Tout le monde sait que tu passes tes nuits à secourir les sans-abri.

Je me suis levée et j'ai fait quelques pas avec la canne. J'ai tout de suite senti mon corps se redresser.

Elle : Tu es une sacrée gamine, Mazie.

Moi : Il y a longtemps que je ne suis plus une gamine.

Elle : Pour moi, si. Tu es ma gamine pour toujours.

George Flicker

Un autre soir, toujours chez Finny, elle m'a parlé de Rosie. Elle était déjà installée quand je suis entré. J'ai levé mon chapeau en l'apercevant, et elle m'a fait signe de venir m'asseoir à côté d'elle. Comme ça : en tapotant la banquette. Je me souviens du plaisir que ça m'a fait. J'avais l'impression d'être quelqu'un d'important, tout à coup. Je me suis approché et, pour être honnête avec vous, je me sentais un peu à l'étroit dans mon pantalon quand je me suis assis près d'elle. Allons, ne rougissez pas, ma petite ! Nos premières pulsions sexuelles déterminent notre vie entière. C'est bien ce que Freud disait, non ? Je n'y connais pas grand-chose en psychologie, mais je sais ce que Freud disait, comme tout le monde. Et je peux vous assurer que le petit garçon en moi était ravi que Mazie lui demande de venir s'asseoir à côté d'elle ! « Tout va bien ? » j'ai demandé en me glissant sur la banquette. « Rien ne va, au contraire, m'a-t-elle répondu. Les rues du quartier sont plus misérables que jamais, et ma sœur est toujours aussi folle. » Je lui ai demandé ce qui se passait. « Vous allez encore déménager, c'est ça ? » Elle a ouvert de grands yeux. Elle semblait stupéfaite que je sois au courant de leurs nombreux changements de domicile. Peut-être un peu gênée, aussi. Je l'ai rassurée en disant que je ne cherchais pas à me moquer d'elle. « Je ne savais pas que tout le monde était au courant », a-t-elle répliqué. « Pas tout le monde, j'ai dit. Je travaille dans l'immobilier. C'est pour ça que je le sais. Et puis, je me fais du souci pour vous. Deux femmes seules, sans homme pour veiller sur elles. » Je fanfaronnais un peu, je me disais que ça valait le coup d'essayer, de voir ce qu'il en sortirait. « Ce qu'il faut à Rosie, c'est pas un homme qui veille sur elle, c'est un homme sur lequel elle puisse veiller. Et là, enfin, j'aurais la paix ! Je la marierais dans la seconde si je le pouvais, mais elle n'acceptera jamais. Elle aimera Louis jusqu'à son dernier souffle. »

Journal de Mazie, le 3 décembre 1930

Cette nuit, j'ai fait venir une ambulance. Les infirmiers n'ont pas eu un regard pour le moribond que je leur demandais d'emmener. Le plus costaud des deux, une vraie baraque, aurait pu le soulever dans ses bras, mais il se contentait de le traîner sur le trottoir.

Moi : Il est bleu de froid ! Vous ne pourriez pas lui témoigner un peu de respect ?

L'infirmier : Il n'en saura rien. Regardez-le : il est ivre mort.

Moi : Ne soyez pas si cruel.

J'ai aboyé plus que parlé. Et cette fois, il m'a écoutée. Il a manipulé le type un peu moins rudement ; il a même tiré sur les pans de son manteau pour le remettre en place. Bref, je lui ai fait de l'effet. Je crois que c'est ma voix. Elle a changé depuis quelque temps : elle est devenue plus rauque, plus caverneuse. Faut dire que je dois beugler pour me faire entendre de mes clients à chaque passage du métro aérien. Je suis une femme de la tête aux pieds. Aucun doute là-dessus. Une femme avec une voix d'homme. Parfois, ça me surprend moi-même : je ne sais plus qui parle. Mais je ne m'en plains pas. Cette voix-là m'est bien utile. Elle m'aide à me sentir plus forte. Et j'ai besoin de toutes mes forces quand je descends dans la rue à la nuit tombée.

Journal de Mazie, le 8 janvier 1931

J'ai accompagné un jeune boiteux jusqu'à l'asile de nuit qui se trouve au coin de la rue. Il m'a dit qu'il s'appelait Zizi et j'ai éclaté de rire. Ils ont de ces surnoms, ces gars-là ! Je devrais les noter un de ces jours. Ça ferait une sacrée liste.

Journal de Mazie, le 6 février 1931

William est passé me voir en coup de vent aujourd'hui. Le temps de me soutirer quelques pièces, et il était déjà reparti. Son manteau part en lambeaux : il ne tient plus qu'à un fil (et quelques boutons). Il m'a remerciée, puis il s'est éloigné sur Park Row. Assez heureux pour siffloter. C'est déjà ça, j'ai pensé.

Journal de Mazie, le 2 mars 1931

Cette nuit, j'ai fait venir une ambulance pour Zizi. Il venait de me montrer sa cheville (enflée, d'un bleu si pâle qu'il tirait sur le gris) et ses orteils (d'une étrange couleur verdâtre).

Zizi : Je ne veux pas aller à Bellevue.

Moi : Il le faut. C'est le seul hôpital du quartier.

Lui : Vous viendrez me voir, alors ? Promettez-moi de venir !

J'ai promis, mais je sais que je n'en ferai rien. Ma place est dans la rue, pas ailleurs.

Journal de Mazie, le 1er avril 1931

18, Mott Street. En plein cœur de Chinatown. Moi, ça me va : on est à quelques rues du Venice. Pour le reste, ce déménagement me paraît absurde, plus encore que les autres. Aujourd'hui, Rosie semble penser qu'elle sera mieux ici qu'ailleurs. Elle prétend que le bruit ne la dérange pas, vu qu'elle ne comprend rien à ce qu'ils baragouinent. C'est un immeuble neuf, situé en face d'un des nôtres, et nous avons le dernier étage pour nous seules. Mais demain ? Qu'en dira-t-elle demain ? Je lui donne un mois pour se lasser des odeurs de cuisine chinoise : elle me dira que ça l'écœure, tous ces fumets différents des siens. Pour l'instant, elle jure que non. Je raffole des nouilles sautées, dit-elle. Je pourrais en manger toute la journée.

Je la connais, ma Rosie. Elle en aura vite sa claque. Et il faudra repartir.

Journal de Mazie, le 19 avril 1931

En faisant mon tour du quartier, j'ai surpris un vieux type en train de piquer la valise d'un autre. Le volé était trop aviné pour s'apercevoir qu'on lui avait piqué sa valise ; le voleur trop pinté pour s'enfuir avec. Il a chancelé et s'est cogné contre un mur. La valise lui a échappé des mains. Elle s'est ouverte, répandant son contenu sur le trottoir : rien que des vieilles hardes. Une odeur atroce s'est élevée dans le ciel nocturne. Suivie d'une mite solitaire.

Je me suis approchée du voleur et je lui ai donné un coup de canne.

Moi : C'est ton ami, non ? Ne vole pas ses affaires.

Lui : Dans la rue, y'a pas d'amis qui comptent.

J'ai appuyé plus fermement la canne dans son dos.

Moi : Tu n'as que des ennemis, alors ?

Je l'ai forcé à ramasser les vêtements et à rendre la valise à son comparse. Qui continuait de roupiller tout son saoul.

Le voleur m'a craché sur les pieds. J'étais furieuse. Ouste ! j'ai crié en levant ma canne. Je lui ai tapé sur la jambe avant qu'il déguerpisse. Je regrette de ne pas avoir frappé plus fort. J'arrête pas de me répéter que j'aurais dû lui laisser des bleus. Et je me déteste de penser un truc pareil.

Journal de Mazie, le 4 mai 1931

Cette semaine, j'ai fait venir deux ambulances, payé à douze gars de quoi s'offrir un lit dans un asile de nuit et réglé une facture d'hôpital. J'ai aussi acheté un gros carton de savonnettes. J'ai décidé d'en avoir toujours quelques-unes sur moi pour les distribuer aux plus crasseux d'entre eux. Je sais qu'ils s'en serviront. À chaque fois, c'est un peu de crasse en moins dans les rues. Un gars après l'autre.

Journal de Mazie, le 14 mai 1931

Zizi a été amputé de son pied. À Bellevue, on lui a donné des béquilles, et on l'a fichu dehors. En le voyant clopiner, je lui ai donné tout ce que j'avais au fond de mes poches.

Moi : Que va-t-on faire de toi, Zizi ?

Lui : Il fait moins froid, mamzelle Mazie. C'est déjà ça.

On s'est assis sur un banc et on a passé un moment à discuter, lui et moi. Je lui ai demandé pourquoi on le surnomme Zizi. Il m'a expliqué que c'est le diminutif de Zylberman.

C'est comme ça que tu t'appelles ? j'ai dit. J'ai connu des Zylberman autrefois. Quand j'étais enfant. Ils vivaient sur Grand Street, près de chez nous.

Ce sont mes cousins, m'a-t-il répondu. Je suis arrivé de Philadelphie pour leur rendre visite et je suis jamais reparti.

Au début, il avait du boulot puis on l'a viré, comme tout le monde. Ses cousins aussi. Alors il n'a pas voulu rentrer chez lui. Il avait trop honte. Ensuite, tout a empiré, son pied a commencé à pourrir, ses intestins aussi, et il avait de plus en plus honte.

Je lui ai demandé s'il préférait pourrir sur un banc du Lower East Side ou ravaler sa honte et rentrer à Philadelphie. Il m'a répondu qu'il craignait d'être mal reçu par sa famille, à cause de son pied en moins.

Lui : Je serais même pas capable de gagner ma croûte, mamzelle Mazie !

Moi : Ta mère est-elle encore en vie ? Est-ce qu'elle tient à toi ?

Lui : Oui. Elle m'aime beaucoup.

Moi : Alors, elle sera heureuse de te voir revenir, quel que soit ton état.

À ce point de la discussion, j'ai hélé un taxi qui nous a conduits à Grand Central, où je lui ai acheté un billet pour Philadelphie. Il m'a remerciée à n'en plus finir. Puis je l'ai mis dans le train, il a fondu en larmes et m'a fait de grands adieux penché à la fenêtre du wagon, appuyé sur ses béquilles.

L'histoire terminée, je suis rentrée chez moi.

Journal de Mazie, le 15 juillet 1931

J'ai dû appeler une ambulance en urgence la nuit dernière. Le gars est mort avant qu'elle arrive. Sa main dans la mienne. La puanteur s'élevait dans l'air chaud comme un tourbillon de poussière. Une odeur de bête crevée, une odeur de merde. Elle m'a collé à la peau toute la journée.

Je n'arrive plus à savoir si ça me fait du bien ou du mal de raconter tout ça dans ce journal. Parfois, j'ai l'impression que ça m'oblige à revivre ce qui vient de se passer, alors que je préférerais tout effacer de ma mémoire en arrivant à la maison.

Journal de Mazie, le 3 août 1931

Ce matin, à la table de la cuisine. Je déjeune, elle pousse ses œufs contre le bord de son assiette. Sa fourchette crisse contre la faïence.

Moi : Qu'y a-t-il ?

Rosie : Rien.

Moi : Dis-le.

Elle : Cette odeur...

Moi : Quelle odeur ? Je ne sens absolument rien.

Journal de Mazie, le 11 septembre 1931

J'ai fait la connaissance d'un jeune artiste. Il vient échanger ses croquis contre un peu de monnaie depuis quelques semaines. Il s'appelle Ray. Vu qu'il ne dessine que le pont de Brooklyn, j'en ai un certain nombre, maintenant. Tant pis. Je les prends sans faire de commentaire. Les croquis sont très réussis, faut dire. Il plaisante en me disant qu'il me vend le pont de Brooklyn, et nous éclatons de rire. J'en ai accroché un dans la cage, à côté des cartes postales.

Hier soir, je l'ai aperçu dans une impasse. Je n'avais pas compris qu'il était à la rue. Je croyais qu'il était fauché, comme beaucoup d'artistes, mais pas à ce point. Il m'a raconté que sa compagne l'avait quitté et qu'il n'avait pas eu l'argent nécessaire pour payer le loyer suivant. Un de ses amis lui avait donné quelques billets en échange de ce qui restait dans la pièce – des bouquins, des tableaux. Il avait déjà vendu le reste depuis longtemps. Il se reprochait tout : sa déveine et son incapacité à s'en sortir.

Ray : C'était pas inévitable ! J'ai choisi d'en arriver là. J'ai perdu la bataille. J'suis pas très doué pour le reste.

Moi : C'est quoi, le reste ?

Lui : Vous savez bien... La vie, quoi.

Il est plutôt séduisant, ce Ray. Il a de longues jambes et porte beau dans son costume, avec son melon vissé sur ses boucles blondes. Pour l'heure, il a les traits tirés et les joues creuses, mais je suis sûre qu'il se requinquerait en un rien de temps s'il mangeait de nouveau à sa faim. Et alors là, il serait beau à se damner.

Il a sorti son carnet de sa poche, prêt à me vendre un autre croquis.

Moi : Ne vous sentez pas obligé de me vendre vos dessins. Tenez. Voilà de quoi vous payer un coup à boire. J'ai l'impression que vous avez très soif.

Lui : Je ne suis pas un mendiant. Je suis un artiste.

Il a ôté son chapeau et l'a posé sur son cœur. Puis il m'a observée avec attention. J'ai pas bougé. Je le trouvais de plus en plus beau. Je crois que j'en pinçais un peu pour lui.

Lui : Mais j'ai très soif, vous avez raison.

Alors j'ai pris son dessin, il a pris les pièces que je lui tendais et j'ai glissé le croquis à côté des autres. Entre les pages de ce journal.

Pete Sorensen

J'ai fait encadrer tous les croquis du pont de Brooklyn. Il y en a vingt-deux en tout. Je n'ai pas pu m'en empêcher. Je les ai accrochés dans l'atelier. Ils ont un succès fou. Tout le monde me fait des compliments ! Un mur entier couvert de dessins du pont de Brooklyn, quasiment identiques, tous signés Ray Frieburg. J'ai fait des recherches sur lui. Il n'est jamais sorti du lot.

Journal de Mazie, le 1er novembre 1931

Trente-quatre ans. Pour fêter ça, je me suis offert une virée dans les boutiques de Division Street. J'ai acheté trois robes, une violette et deux bleues, dans de belles teintes foncées, comme des pierres précieuses. En soie, toutes les trois. J'étais d'un chic avec ça ! Excellent choix, vraiment. Après, j'ai longé Bowery Street. Je me suis vite sentie coupable, égoïste et futile en voyant tous ces gens dans la misère. Le temps d'arriver à la maison, j'avais retrouvé le moral, parce que j'ai besoin de me sentir séduisante, même si personne ne voit ce que je porte quand je suis assise dans la cage. J'en ai besoin. C'est moi. C'est à moi.

J'ai montré les robes à Rosie. Elle a tâté les tissus, examiné les coutures, tendu la violette devant elle en se regardant le miroir. Elles sont impeccables, a-t-elle conclu. Élégantes et d'excellente qualité. Puis une ombre est passée sur son visage, et elle a ajouté qu'elle regrettait de ne plus pouvoir rentrer dans des vêtements si serrés à la taille.

Elle a grossi, c'est vrai. Ses bras, en particulier : ils sont devenus énormes. On dirait ceux d'un gorille. Elle commence à dévaler la pente. Bientôt, ce sera une vieille dame. Ses cheveux sont presque tout gris et des plis se sont creusés autour de sa bouche. Pas plus tard que la semaine dernière, je lui ai gentiment suggéré de se teindre les cheveux.

Elle : Pour qui ?

Moi : Pour toi.

Journal de Mazie, le 6 février 1932

William est mort. Je l'ai su par un de ses comparses, un dénommé Gerard. Il est venu me taper de quoi se payer un lit pour la nuit. On dirait qu'ils se passent le mot, ces temps-ci : va trouver cette bonne vieille Mazie dans sa cage, elle t'arrangera le coup ! Ce Gérard, j'ai mis un moment à le reconnaître. La rue ne l'a pas arrangé : il a pris dix ans depuis notre dernière entrevue. Je me souvenais d'un chérubin aux joues roses. J'ai retrouvé un échalas aux yeux cernés, cheveux clairsemés et teint grisâtre.

Moi : Je vous connais ?

Gerard : Oh, ça oui.

Moi : C'était quand ?

Lui : Je vous ai rencontrée avec William, le jour où vous nous avez tous laissés entrer gratis au cinéma. Ça fait un bail, mais pas tant que ça.

Moi : Presque deux ans, je crois.

Lui : L'eau a coulé sous les ponts, pas vrai ?

Moi : Tu n'étais qu'un gamin. Regarde-toi, maintenant !

Lui : Le vent froid vous change un homme.

J'ai regretté ce que je venais de dire. Pourquoi l'avoir blessé ? Il devait savoir à quel point il avait vieilli. Inutile d'insister.

Moi : Pas tant que ça. T'as bonne mine, malgré tout.

Lui : J'vous crois sur parole. Il y a longtemps que je me suis pas regardé dans un miroir.

Moi : Et ton ami William, comment va-t-il ?

Il n'a pas pipé mot, se contentant de pointer le doigt vers le ciel. J'ai d'abord levé les yeux sans comprendre, puis j'ai tressailli.

Moi : Oh.
Lui : Oui.
Il est mort depuis des mois, et je n'en savais rien.

Journal de Mazie, le 27 février 1932

Ce mois-ci, j'ai fait venir quatre ambulances et payé six hébergements à l'asile de nuit. Et je ne fais que commencer, me semble-t-il. Je pourrais les aider du matin au soir, ça ne suffirait pas. C'est sans fin. J'aurai beau faire, il en restera toujours un sur le pavé.

Journal de Mazie, le 8 mai 1932

Quand j'ai levé les yeux, juste avant de fermer ma caisse hier soir, j'ai aperçu le capitaine. Ou plutôt Ben, comme je l'appelle maintenant. Il y a des lustres qu'il n'est plus capitaine de vaisseau. Et un bail qu'il n'est plus le capitaine que j'ai connu autrefois.

Il pleuvait. On a couru jusqu'à la cafétéria la plus proche et on s'est assis au comptoir. Pourtant, j'avais promis à Rosie de rentrer dîner, pour une fois. Je m'en suis voulu de ne pas tenir parole, mais nous devions discuter, Ben et moi. De quoi exactement ? Je l'ignorais. Tout ce que je savais, c'est que nous ne nous étions pas encore tout dit.

Quand nous avons passé commande – un café pour lui, un autre pour moi, je me suis rendu compte que nous n'avions jamais été sobres lors de nos rencontres. Ce serait notre première soirée sans alcool, sous la lumière crue du comptoir, qui plus est. Cette fois, nous n'aurions pas le choix : il allait falloir être nous-mêmes. Rien que nous-mêmes.

Il m'a montré des photos de son fils, qu'il a appelé Benjamin, comme lui. Le gosse est très mignon : en complet veston et nœud papillon, le regard vif, les cheveux lissés en arrière avec une raie sur le côté. J'ai failli m'étrangler en ravalant mes larmes, mais il n'a rien vu et j'en suis sacrément fière.

J'ai demandé à Ben quel genre de gamin c'était, et il s'est agité sur son tabouret, l'air embarrassé.

Ben : Mon fils est déjà en colère contre tout. Ce n'est pas de son âge. D'autant que nous avons une belle vie là-bas ! Il ne sait rien des vrais problèmes – ceux qui pourraient vraiment lui casser les pieds.

Moi : Les gamins sont plus malins que nous, tu sais. Et il me paraît plutôt malin, ton gosse. Ça se voit sur la photo.

Lui : C'est un bon petit gars. Je ne me plains pas. C'est juste que… je me sens coupable envers lui. Ah, je ne sais plus où j'en suis.

Moi : Tu pourrais changer d'attitude. C'est toi, et toi seul, qui décides de l'homme que tu es.

Lui : Je suis comme ça depuis trop longtemps. Je ne sais plus faire autrement.

Moi : C'est une décision à prendre, Ben. Il ne tient qu'à toi de changer.

Lui : Tu parles comme ma femme.

Moi : Pourtant, c'est bien la dernière chose que je souhaite !

On n'a pas ri sur-le-champ, mais quand on l'a fait, tout s'est détendu entre nous. Je l'ai laissé prendre ma main, même si je savais déjà que je n'accepterais pas de le suivre jusqu'à son hôtel après le dîner. J'avais surtout envie de parler. Je me sentais plus en confiance avec lui qu'avec le prêtre auquel je me confie de temps en temps. Ben n'est pas un inconnu, je ne crains rien de lui. J'ai l'impression qu'il peut tout entendre. Nous sommes vraiment amis, maintenant. Il n'attend rien de particulier. Comme moi, il cherche seulement quelqu'un à qui parler. Et nous avons beaucoup parlé hier soir. J'ai tenu des propos qui m'ont étonnée. Parce que je n'avais pas encore pris conscience de tout cela avant de le formuler devant lui.

C'est arrivé quand j'ai évoqué mes sorties nocturnes dans le quartier. Je lui ai raconté comment je viens en aide aux sans-abri. Il m'a répondu qu'il n'aime pas me savoir seule dans les rues à une heure pareille. Il s'inquiète pour moi. Je lui ai dit de ne pas s'en faire, parce que je commence à bien connaître ces pauvres gars. Leurs surnoms et l'histoire de leur vie. Je ne pense pas qu'ils s'en prendraient à moi, j'ai affirmé. Puis j'ai ajouté qu'ils étaient très seuls, et que je comprenais leur souffrance.

C'est à ce moment-là qu'une idée nouvelle m'a traversé l'esprit.

Moi : Tu veux vraiment savoir pourquoi je vais les aider tous les soirs ? Je vais te dire la vérité, ou une partie de la vérité. Il n'y a rien de mal à être seul. Je le suis moi-même, ou je l'ai été. C'est quand la solitude tourne à l'isolement qu'elle devient un problème. Quand tu commences à voir tout en noir parce que tu es trop isolé. Là, ça ne va plus. Moi, je ne suis plus jamais seule, ni le jour ni la nuit. Même quand je marche dans la rue, je suis entourée d'une foule de gens. C'est comme d'être dans la cage du Venice, mais à l'envers.

Il m'a qu'il était triste d'apprendre que je me sentais seule. Il m'a demandé d'être prudente ; il m'a assuré que j'étais précieuse. Il a serré mes mains dans les siennes. Il vient à New York pour affaires plusieurs fois par an, maintenant. Et ça lui ferait plaisir de prendre un café avec moi à l'occasion de ces courtes visites. Et toi, est-ce que ça te ferait plaisir ? m'a-t-il demandé. Est-ce que tu serais d'accord ?

Journal de Mazie, le 1er juin 1932

Zizi m'a envoyé une carte postale pour me remercier. Au recto, il a écrit : « Suis sain & sauf & aimé. »

Journal de Mazie, le 2 novembre 1932

Trente-cinq automnes. Hier soir, je me suis pointée chez Finny pour fêter ça. La routine, quoi. George Flicker était au bar. J'étais assez pintée pour ne pas m'offusquer de sentir ses yeux rivés à mes seins pendant toute la durée de notre conversation. C'est mon anniversaire : pourquoi ne pas m'amuser un peu ? j'ai pensé. George m'a raccompagnée à la maison. On s'est embrassés sur le chemin, encore et encore, et je l'ai laissé poser ses mains sur moi pendant une minute. Peut-être deux ou trois, je ne sais plus. Il embrasse bien. Les Françaises m'ont tout appris, m'a-t-il expliqué. Et je veux bien le croire.

George Flicker

Elle a dit ça ? Ah, elle l'a écrit ! Eh bien, je suppose que c'est exact, alors. Je n'essayais pas de vous cacher quoi que ce soit. Je vous ai tout raconté jusqu'à présent, non ? Seulement, cet aspect-là de notre relation... j'aurais préféré le garder pour moi. Par respect pour elle, vous comprenez ? De mon temps, on savait montrer du respect aux dames. Ce n'était pas si mal, d'ailleurs. On se sent grandi en tant qu'homme quand on montre du respect à une femme. Alors je m'étais promis de ne pas dévoiler nos petits secrets, à Mazie et moi. Sauf si je ne pouvais pas faire autrement. Et là, je n'ai plus le choix, apparemment.

Journal de Mazie, le 1er décembre 1932

Le froid est revenu, et il ne repartira pas de sitôt. Je me fais du mouron pour les pauvres gars qui dorment dehors. Je mets ma petite monnaie de côté. J'en remplis mes poches, puis je la distribue sans compter. Je prie tous les soirs pour qu'ils ne meurent pas de froid.

Journal de Mazie, le 15 décembre 1932

La nuit dernière, elle s'est mise à faire le ménage dans tout l'appartement. Elle a récuré la cuisine, puis les toilettes, puis sa chambre, et même la mienne alors que je dormais à poings fermés ! Elle était possédée par une sorte de démon qui la poussait à frotter et à astiquer. J'ai d'abord cru qu'elle était devenue somnambule. J'ai essayé de la réveiller. Je l'ai attrapée par les épaules. Rosie, j'ai dit. Arrête, je t'en prie !

Au bout d'un moment, j'ai compris que ça ne servait à rien. Je me suis recouchée, j'ai mis mon oreiller sur ma tête et j'ai attendu qu'elle quitte la pièce.

Je donnerais n'importe quoi pour que ça s'arrête. Cette souffrance m'est familière, à présent. Aussi familière que mon petit doigt. Mais ça ne m'empêche pas de rêver d'une vie différente. Une vie délestée de cette douleur permanente.

George Flicker

Je suis incapable de vous donner la date exacte, mais c'était au tout début de l'année 1933. Il faisait très froid, un froid mordant qui vous glaçait jusqu'aux os. Elle est passée chez Finny ce soir-là, après avoir fait le tour du quartier. Elle avait les joues rouges, elle était ravissante. Elle m'évitait depuis que nous nous étions embrassés. Ou c'est moi qui l'évitais, peut-être. Mais ce soir-là, nous étions si exténués et si contents de nous retrouver que nous avons cédé à nos sentiments. C'était tout simple, en fait : nous nous aimions beaucoup et nous avions envie de discuter. Voilà tout ! Je crois aussi qu'elle avait besoin de parler de sa sœur. C'était un fardeau qui ne la quittait jamais. J'avais mes soucis avec l'oncle Al ; elle avait les siens avec Rosie. À certains moments de la vie, vous avez besoin que d'autres reconnaissent votre peine, qu'ils la prennent en compte. J'en ai fini avec ça, maintenant. Je cohabite depuis si longtemps avec mes petits maux et mes petites douleurs, pourquoi me fatiguer à en parler ? J'ai cent ans. Devinez quoi ? Je suis cassé de partout. Vous voyez, ça ne vous étonne pas. Mais à l'époque dont je vous parle, quand nous étions encore jeunes, Mazie et moi, nous estimions avoir droit à un peu de compassion. Nous pensions qu'il était possible de s'épauler mutuellement. De se changer les idées. Alors ce soir-là, nous nous sommes épanchés. J'ai tout appris sur Rosie, sa manie du ménage, ses plaintes perpétuelles, son comportement obsessionnel. À force d'en parler, nous en sommes venus à imaginer une solution qui réglerait le problème de Mazie, et le mien. Ah ! Nous étions sacrément fiers de nous, croyez-moi. On se trouvait très intelligents. Nous pensions connaître nos proches mieux qu'ils se connaissaient eux-mêmes. C'est notre famille, notre famille à nous, on se répétait. On ne peut pas se tromper ! C'est drôle, quand j'y repense. Nous étions vraiment très loin d'imaginer ce qui allait se passer.

Journal de Mazie, le 14 février 1933

George Flicker et moi avons eu un sacré bout de conversation, ce soir. Intéressant, vraiment. Qui aurait cru que George Flicker puisse être aussi intéressant ?

Il travaille pour un gros promoteur immobilier qui s'apprête à faire construire un groupe d'immeubles dans le quartier. Une fois terminés, ce seront les plus chics du coin, avec un grand jardin dans une cour intérieure réservée aux résidents. George dit qu'il suffira de s'asseoir dans ce jardin pour avoir le sentiment d'avoir quitté New York.

Ce sera difficile de trouver un logement dans ces immeubles. Tout le monde veut y aller. Mais George espère y parvenir. En ce moment, il fait ce qu'il peut pour réserver un petit appartement où il habitera avec son oncle. Il aura tout juste les moyens de le payer, mais il se débrouillera. Il le souhaite vraiment. C'est l'occasion rêvée de quitter le taudis dans lequel j'ai grandi, m'a-t-il confié. Et ce n'est pas tout : si je le souhaitais aussi, il pourrait essayer de nous faire attribuer un appartement, à Rosie et moi. Si bien que nous habiterions le même immeuble. Une fois que nous serions voisins, a-t-il continué (c'est là que ça devient vraiment intéressant), Rosie pourrait veiller sur Al.

George : À t'entendre, j'ai l'impression que ta sœur a juste besoin de se faire du souci pour quelqu'un.

J'ai hoché la tête. Difficile de le contester sur ce point.

Lui : Quant à mon oncle, il a juste besoin que quelqu'un veille sur lui. Je ne pourrai pas m'en charger indéfiniment, Mazie. Je dois vivre ma vie. Et toi, la tienne.

Moi : Tout à fait. Quand peut-on s'installer ?

Il m'a expliqué que les bâtiments ne seront pas prêts avant l'année prochaine. Il faut d'abord détruire les vieux immeubles qui sont sur le terrain, puis construire les nouveaux. Mais ce sera rapide, m'a-t-il assuré.

Lui : Tiens bon, Mazie. Essaie de tenir encore un peu.

Elio Ferrante

Ah, la rue des tuberculeux ! J'ai cessé d'en parler à mes élèves. J'avais rédigé un cours sur le sujet, pourtant. Je l'ai donné deux ou trois années de suite, mais honnêtement, ça les débectait. La soupe populaire, ils pigent ce que c'est, ils m'écoutent en hochant la tête. Alors que la rue des tuberculeux, c'est répugnant ! Ils sont horrifiés, mais je ne leur apprends rien de neuf. Ils sont déjà informés des ravages que peuvent causer les moisissures et l'absence de ventilation dans un logement. Ceux qui souhaitent en savoir plus peuvent s'adresser à leur professeur de sciences naturelles ou au médecin scolaire : je fais confiance à mes collègues pour les renseigner sur les spécificités de certaines bactéries ! En gros, le problème avec ces appartements, c'est qu'ils n'avaient qu'une ou deux petites fenêtres, pas de système d'aération, et que les gens s'entassaient comme des sardines à l'intérieur. Dans ces conditions, ils tombaient rapidement malades.

Le Lower East Side n'était pas le seul quartier rempli de taudis : il y avait d'autres « rues des tuberculeux » un peu partout à New York. La plupart des immeubles de rapport construits au début du XXe siècle n'avaient pas de système de ventilation et se transformaient en foyers infectieux à la moindre épidémie, mais la zone dont vous parlez, située près du fleuve, entre le pont de Brooklyn et le pont de Manhattan, c'est-à-dire au sud-est de Chinatown, s'était rendue tristement célèbre pour ses maladies pulmonaires : une grande partie des habitants du quartier souffraient de pathologies respiratoires. La tuberculose, en particulier, faisait des ravages. C'est une maladie extrêmement contagieuse. Lorsqu'elle surgissait dans une famille, tout le monde l'attrapait. Impossible de se protéger : le bacille était partout. Il proliférait sans difficultés, vu que des centaines de familles vivaient là, toutes entassées dans ces petits logements sans fenêtres. Pour ne rien arranger, le quartier était peuplé de bars et de bordels. C'était vraiment un coin malsain et misérable. À la fin des années vingt, ses habitants tombaient comme des mouches. Quand les autorités et les promoteurs ont enfin pris conscience du problème, savez-vous ce qu'ils ont fait ? Au lieu de rénover les bâtiments existants, ils ont tout rasé et construit d'autres immeubles à la place. Ça, c'est New York ! Et c'est ainsi que le Knickerbocker Village est né.

Lydia Wallach

J'aurais dû avoir deux autres grands-oncles, mais ils sont morts de la tuberculose bien avant ma naissance. Ils n'ont même pas atteint l'âge adulte, en fait. Ils habitaient un immeuble insalubre. Le bâtiment ne l'était pas lorsqu'ils se sont installés, puis il l'est devenu. Quand mes arrière-grands-parents se sont rendu compte du problème, il était déjà trop tard : ils n'étaient plus en mesure de changer le cours de leur destin, ni celui de leurs enfants. Si bien que le père de ma mère a vécu une tragédie dans son enfance ; ma mère a grandi dans l'ombre de cette tragédie ; et j'ai moi-même grandi dans ses vestiges. Rudy et ses crises cardiaques, deux grands-oncles décédés à l'adolescence. Ces histoires-là se transmettent de génération en génération. Vous en entendez parler, vous les revivez. Elles viennent vous hanter.

Pete Sorensen

À partir d'un certain moment, Mazie disparaît : elle n'existe plus qu'au travers des sans-abri dont elle s'occupe. On a parlé de ça, toi et moi. Nous avions le même sentiment – l'impression de l'avoir perdue. Il nous semblait qu'elle mettait tant d'énergie à secourir ces types, nuit après nuit, que les autres parties de sa vie se sont estompées. À moins qu'elle les ait réservées pour quelqu'un d'autre ? Toujours est-il que le journal change complètement. Il n'est plus question que des sans-abri. C'est tout ce qui l'intéresse. Toi, tu me disais que la misère de ces types s'était muée en obsession, et que le journal était là pour en témoigner. Et moi, je répondais : « Je comprends, mais je ne suis pas d'accord. Parce que la vie ne se limite pas à une bonne cause. On est toujours amené à avoir plusieurs centres d'intérêt. »

Journal de Mazie, le 26 février 1933

Un mort de plus, tombé aux heures les plus froides de la nuit. J'ai essayé de le réveiller, mais sa peau a glacé la mienne.

On est de la même couleur, j'ai pensé. Bleus tous les deux.

Puis j'ai compris qu'il était plus bleu que je ne le serais avant longtemps.

Journal de Mazie, le 15 mars 1933

J'ai fait venir six ambulances ce mois-ci. Ils ne peuvent plus me voir en peinture, mais je m'en fiche.

Journal de Mazie, le 1er juin 1933

Ces temps-ci, quand j'arrive au Venice dans la matinée, je trouve un petit groupe de gars plantés devant ma caisse. Toujours les mêmes. Parfois moins, parfois plus. Ils m'attendent. Ils savent que je leur donnerai de quoi s'acheter ce qu'il leur faut pour affronter la journée à venir. Où est le mal ? Ti n'approuverait pas, c'est sûr, mais Ti n'a jamais su s'amuser.

Avec eux, je me sens nécessaire. Je sais que je peux les aider. Je ne peux rien faire pour Rosie, mais eux, je peux les aider.

Journal de Mazie, le 5 juin 1933

Un certain Wilson est mort la nuit dernière. Je ne le connaissais pas, mais tous les sans-abri étaient sous le choc. Ils m'ont expliqué que c'était un type bien, qu'il s'occupait d'eux. Il a été poignardé dans son sommeil, m'ont-ils raconté. Il dormait sur un vieux matelas dans une impasse, et le matelas était tout rouge quand on l'a découvert. Je me suis mise à trembler en les écoutant. Je ne m'en rendais pas compte, mais je tremblais encore quand Rudy est sorti de la salle et leur a demandé de me laisser tranquille. Vous êtes pâle comme un linge ! s'est-il exclamé.

Journal de Mazie, le 13 juin 1933

Un jeune blondinet dans ma file d'attente : seize ou dix-sept ans, déjà défait et usé de la tête aux pieds. Vêtements déchirés, visage balafré, regard triste et fuyant. Frêle et vulnérable. Trop jeune pour en être réduit à faire la queue avec les autres clodos du quartier, voilà ce que je lui ai dit. Trop jeune pour être si abîmé, voilà ce que je me suis dit. Il a raffermi sa voix, m'a juré qu'il bossait sur des chantiers ferroviaires depuis plusieurs années. Comment t'appelles-tu ? j'ai demandé. Rufus. Pas possible ! j'ai pensé. Ça ne peut pas être lui. Je lui ai demandé si sa mère s'appelait Nance. Il m'a répondu que c'était le nom de la femme qui l'avait mis au monde, mais qu'il s'en souvenait à peine.

Moi : Qui t'a élevé ?

Rufus : Personne et tout le monde. Une centaine de bonnes personnes et une centaine de mauvaises.

Ça me rendait malade de le voir dans ma file. Il m'a expliqué qu'il avait participé à la construction du métro, mais qu'il rêvait d'aller ramasser des pommes dans le New Jersey. C'est moins dangereux que de bosser dans le métro, m'a-t-il assuré. Sous terre, il y a que des ivrognes et des problèmes. Alors que dans le New Jersey, paraît qu'il fait soleil tout le temps et qu'on se remplit les poumons d'air frais en cueillant des pommes.

Je lui ai donné quelques gros billets et je lui ai ordonné de se rendre immédiatement dans le New Jersey pour être le premier sur les rangs quand ils commenceraient à ramasser les pommes.

Moi : Je ne veux plus te voir traîner dans le coin, c'est compris ?

Il m'a promis qu'il ne reviendrait pas. Était-il sincère ? Difficile à dire. Ce ne serait pas la première fois que je me ferais embobiner. Mais je saurai que j'ai fait de mon mieux pour le tirer de là.

Journal de Mazie, le 9 août 1933

Elle a remis ça depuis quelques jours. L'odeur l'insupporte. C'est vrai que Chinatown en été n'a rien de plaisant. Là-dessus, je suis d'accord avec elle. Le moment m'a paru bien choisi pour lui parler de la résidence de George Flicker.

Rosie : C'est le coin le plus insalubre du quartier !

Moi : Je viens de t'expliquer qu'ils ont démoli ces vieux immeubles.

Elle : J'aurais l'impression de vivre sur un cimetière.

Moi : Un cimetière ? Ce sera un bâtiment flambant neuf ! Ils sont en train de le construire, Rosie. Il y aura un jardin intérieur. Ce sera la résidence la plus chic du quartier. On pourrait vivre au dernier étage et apercevoir le pont de nos fenêtres. Regarder le fleuve. Pas de mauvaises odeurs, pas de bruit.

Elle était assise à table en face de moi. Elle m'observait avec attention, comme si elle mesurait pour la première fois l'étendue de ma détresse – bien que je sois déjà passée par des moments de désespoir absolu, me semble-t-il.

Moi : C'est l'occasion de tout reprendre à zéro.

Moi : Nous ne pouvons pas rêver mieux.

Moi : C'est ce que j'ai de mieux à te proposer.

Elio Ferrante

Une fois, je suis sorti avec une fille qui vivait au Knickerbocker Village. J'étais en troisième année d'université à Hunter College ; elle était d'origine chinoise. Elle s'appelait Ella. Ce n'était pas son vrai prénom, seulement celui qu'elle s'était choisi. Je crois que je n'ai jamais su son vrai prénom. Je ne m'en souviens plus, en tout cas. C'est étrange, non ? Mais là n'est pas la question. Mes anciennes petites amies n'ont rien à voir avec votre histoire.

Tout ça pour dire qu'il y avait beaucoup de Chinois au Knickerbocker Village. Des Chinois et des Italiens. C'est encore le cas aujourd'hui. Des familles entières viennent s'installer dans l'un des immeubles, puis elles font venir leurs proches ; souvent, une fois adultes, les enfants louent un appartement dans le même immeuble que leurs parents. C'est un endroit où les gens restent. Théoriquement, vous pouvez obtenir un appartement même si vous ne connaissez aucun habitant de la résidence, mais c'est plus compliqué. Il y a une longue liste d'attente. C'est un peu comme le quartier de Stuyvesant Town dans l'East Village, mais en plus petit, et avec un supplément d'âme.

Ella m'a fait visiter la résidence un soir, après une virée en ville – oui, c'est un euphémisme pour indiquer que nous avions beaucoup bu ! [Rires.] Du coup, mes souvenirs sont assez flous. Je revois les deux grandes cours intérieures, une à l'est, l'autre à l'ouest, mais c'est à peu près tout. Je ne pourrai pas vous donner d'autres détails relatifs aux bâtiments eux-mêmes. Ce dont je me souviens est plutôt lié à l'histoire de la résidence. Évidemment, je savais que les Rosenberg y avaient vécu avant d'être exécutés pour haute trahison. Je savais aussi que de nombreux parrains de la mafia new-yorkaise y avaient habité, et j'avais entendu parler de la « rue des tuberculeux », bien sûr. C'est le genre d'information que mon cerveau retient. Ça se grave sur la piste d'enregistrement. Vous comprenez ce que je veux dire, n'est-ce pas ? Vous gravez tout, comme moi !

Je suis resté dormir chez ma copine cette nuit-là. C'était assez bête de ma part, vu que sa mère dormait dans la pièce voisine. J'ai dû filer à l'anglaise au petit matin pour qu'elle ne s'aperçoive de rien. Alors je ne saurais pas vous dire à quoi ressemblait l'appartement. En revanche, je me rappelle très bien avoir entendu des oiseaux chanter dans la cour – la chambre d'Ella donnait sur l'une des deux cours, comme toutes celles de la résidence, j'imagine. Quand je me suis réveillé, j'ai mis un instant à comprendre où j'étais. Je me suis d'abord cru à la campagne… Le jour se levait, on n'entendait pas un bruit, hormis le chant des oiseaux. Quoi d'autre ? Ah oui, les plafonds étaient très hauts – ça, je m'en souviens. Et quand je suis sorti de la résidence, j'ai senti une odeur de pain frais. Je l'ai suivie jusqu'à une boulangerie italienne située de l'autre côté de la rue. J'ai acheté une miche de pain et je l'ai mangée en chemin. J'ai pris le métro à l'hôtel de ville pour rentrer à Brooklyn. C'était une sacrée nuit, c'est sûr ! D'autant que je n'ai plus revu Ella par la suite : sa mère a découvert notre relation et lui a interdit de me fréquenter. J'ai soupçonné l'existence d'un autre garçon, un fiancé de longue date dont Ella ne m'aurait pas parlé… En tout cas, sa mère estimait que j'avais une mauvaise influence sur elle. *Moi*, vous imaginez ?

Pete Sorensen

Nous sommes allés nous promener par là-bas toi et moi l'été dernier, tu t'en souviens ? Nous sortions d'un resto de Chinatown où nous avions mangé des raviolis, et nous avons marché jusqu'au Knickerbocker Village. Tu venais de te faire couper les cheveux et tu m'as demandé une centaine de fois si ça t'allait bien. J'ai fini par te répondre que tu pourrais te raser la tête, tu serais toujours aussi ravissante. On s'est arrêtés devant l'entrée de la résidence et tu as voulu entrer pour voir le jardin. Tu t'es avancée, mais le vigile posté devant les grilles t'a arrêtée. « Je veux juste jeter un œil, as-tu expliqué. — On ne regarde pas ! » a-t-il rétorqué. Tu as essayé de lui faire du charme, mais il est resté inflexible, alors nous sommes partis. Tu étais très déçue. Quand j'ai essayé de te réconforter, tu t'es exclamée : « Je suis sûre qu'il m'aurait laissée entrer si je ne m'étais pas coupé les cheveux ! » J'ai protesté. Je t'ai dit que tu étais absolument splendide, mais tu ne m'écoutais pas. Pourquoi n'écoutes-tu jamais ce que je dis ?

Journal de Mazie, le 29 septembre 1933

Ce matin, la petite bande habituelle m'attendait devant le Venice. Démarche traînante et manteaux crottés. Ils se sont mis en file, main tendue. Bonjour, Mazie ! J'avais la tête ailleurs, je pensais au déménagement – pourvu que Rosie patiente encore, c'est tout ce que je demande –, et je distribuais ma petite monnaie sans lever les yeux. J'ai donné mon dernier nickel au dernier gars de la file, puis je les ai envoyés balader et je suis entrée dans la cage. Je venais de sortir le rouleau de tickets quand un autre type m'a interpellée.

Moi : Attends, mon vieux. Une minute.

Lui : C'est moi, Mazie.

J'ai levé les yeux encore et encore parce que je me trouvais face à l'homme le plus grand que j'avais jamais rencontré. Ethan Fallow.

L'espace d'un instant, j'ai cru qu'il venait quémander un peu de ferraille, comme les autres.

Moi (effarée) : Oh non, pas toi aussi !

Ethan (perplexe) : Comment ça, pas moi aussi ?

Je l'ai observé un peu mieux. Son pardessus était impeccable : pas de trou, pas de tache. Il sentait le savon et ses cheveux encore humides étaient soigneusement peignés sur le côté.

Moi : Tu n'as pas besoin d'argent ?

Il a trouvé ça drôle.

Lui : De l'argent, j'en ai bien assez. Je suis venu te parler de Jeanie.

Moi : Jeanie ? Pourquoi donc ?

Lui : Je me fais du souci pour elle.

J'ignorais qu'il avait de ses nouvelles. Je croyais être la seule personne avec laquelle Jeanie avait gardé contact à New York. Je lui ai demandé pourquoi il se faisait du mouron, et il m'a expliqué, assez longuement d'ailleurs, qu'il lui envoyait de l'argent depuis des années, ce que j'ai trouvé affreusement drôle, vu que je faisais la même chose de mon côté.

Puis il m'a confié qu'il la trouvait triste ces derniers temps, triste et solitaire, ce qui l'avait inquiété. Il était prêt à lui offrir un billet de train pour New York. Si elle revenait, a-t-il poursuivi, serais-tu disposée à l'accueillir chez toi ? J'ai répondu que c'était ma sœur, que je l'aimais de tout mon cœur et qu'elle serait toujours la bienvenue chez moi, mais que s'il se donnait la peine de la faire revenir, autant qu'il la garde pour lui.

Journal de Mazie, le 1er novembre 1933

Une chose est sûre : je suis majeure et vaccinée depuis belle lurette.

Journal de Mazie, le 13 novembre 1933

Aujourd'hui, un camion s'est arrêté devant le Venice juste avant le coucher du soleil. Le chauffeur a laissé tourner le moteur, puis il a couru vers ma cage avec un gros sac qu'il a jeté sur le comptoir.

Moi : Qu'est-ce que c'est ?

Lui : Un jeune gars m'a demandé de vous les apporter et de vous remercier. Il s'appelle Rufus.

J'ai ouvert le sac. Des pommes vertes.

Aussitôt, un clodo a surgi au coin de la rue, puis un autre, puis encore un autre. Comme attirés par l'air pur et le soleil du New Jersey. J'ai distribué les pommes, une par une, et j'ai gardé la dernière pour moi.

Journal de Mazie, le 5 décembre 1933

La Prohibition est finie, mais New York s'en moque. Nous n'en faisons qu'à notre tête depuis si longtemps ! Quand un habitué est venu annoncer la nouvelle chez Finny, des acclamations ont fusé dans l'assistance. Un type a applaudi avant de s'apercevoir qu'il était le seul à le faire.

Au comptoir, un gars s'est lamenté : Moi, j'aimais bien que ce soit illégal de boire un coup ! Ça mettait un peu de piment dans le quotidien.

George Flicker

Quand le grand jour est arrivé, j'étais assez fier de moi, je dois dire. Mon plan marchait comme sur des roulettes ! Nous avons emménagé en même temps, les sœurs Gordon et nous, au douzième étage du bâtiment Est. Elles avaient un trois-pièces situé dans l'angle de l'immeuble ; Al et moi habitions le deux-pièces mitoyen. Les deux appartements offraient une vue splendide sur le pont de Brooklyn. Je crois qu'elles ont vaguement essayé d'obtenir un quatre-pièces au dernier moment parce que Jeanie était censée rentrer d'un jour à l'autre. Sauf qu'elles n'avaient pas vraiment envie de l'accueillir chez elles. Ou plutôt, Mazie le souhaitait, mais Rosie s'y opposait. À moins que ce soit l'inverse ? Je ne sais plus très bien. Ce qui est sûr, c'est que l'arrivée de Jeanie suscitait des tensions. Je leur ai dit que je ne pensais pas pouvoir obtenir un quatre-pièces, et elles ont fait machine arrière. Oh, vous savez quoi ? C'était Rosie, en fin de compte. Rosie ne voulait pas de Jeanie. Je m'en souviens, maintenant. Elle m'a dit : « Elle devra me supplier à genoux pour entrer chez moi, ça c'est sûr ! »

Journal de Mazie, le 10 janvier 1934

Jeanie est revenue. Elle est arrivée en train de Chicago. Pas de chauffeur, cette fois-ci. On s'est retrouvées à la cafétéria, près du Venice. Ses cheveux lui arrivent à la taille, ses yeux sont aussi brillants qu'autrefois, et elle est toujours aussi mince – un roseau dans le vent –, mais elle a perdu sa peau de pêche. Elle a le teint terne et gris comme un bol de porridge abandonné au coin d'une table. Ce n'est plus la même fille, même si, pour moi, ce sera toujours la plus belle. Je lui ai dit qu'elle ne doit pas se sentir obligée de vivre avec Ethan si ce n'est pas ce qu'elle veut.

Moi : S'il souhaite te couvrir de cadeaux pour compenser le temps perdu, c'est son problème, pas le tien. Préviens-moi à la moindre anicroche. Je m'arrangerai pour te loger ailleurs.

Jeanie : Je n'ai aucune envie d'aller voir ailleurs. À lui seul, il est plus gentil avec moi que tous les autres réunis.

Moi : Je ne connais aucun des autres.

Elle : Et tu t'en passes très bien, crois-moi.

J'ai ri. C'était une blague que j'aurais pu faire.

Moi : Tu en as vraiment fini, maintenant ?

Elle : Oui, je crois. J'ai beau chercher, je ne trouve rien qui me fasse encore rêver. Ce sera peut-être un problème, d'ailleurs. Je ne suis pas sûre d'avoir encore envie de quoi que ce soit.

Moi : Tu n'as jamais essayé de rester en place. Tente le coup, tu verras bien !

J'ai ajouté qu'elle pourrait venir travailler au Venice si nécessaire. Je lui ai dit de ne pas s'en faire, qu'elle trouverait toujours un moyen de subvenir à ses besoins. Et que je l'y aiderai.

George Flicker

Nous avons emménagé en 1934. Nous n'avions pas grand-chose, mon oncle et moi : deux lits, quelques vêtements et les bouquins d'Al. En revanche, Rosie et Mazie sont arrivées au Knickerbocker Village avec tout un chargement et une armée de déménageurs russes. Je m'en souviens : j'ai vu passer des malles de vêtements, des dizaines de cartons remplis de babioles, des lits, des lampes, des bureaux, des étagères, des tapis, des tableaux, et même cette immense table en bois ! Il me semble que je m'étais cogné la tête dessus, mais je n'en suis plus très sûr. Bref, Rosie avait pris la direction des opérations. Posez ça là ! criait-elle. Et ça ici ! On se tenait sur le seuil, Al et moi, et on la regardait se démener. Une vraie furie ! Je crois que mon oncle ne l'avait pas vue depuis cinq ans, peut-être dix. En tout cas, s'il l'avait croisée dans le quartier, il ne s'en souvenait pas. Il l'a observée pendant un moment, puis il a émis un long sifflement admiratif. Rien de vulgaire, mais tout de même... Ce n'était pas innocent non plus ! J'étais gêné. Je l'ai rappelé à l'ordre – « Tiens-toi bien, mon vieux, ces dames sont nos nouvelles voisines » –, mais il était complètement subjugué. « Incroyable... Qu'est-ce que j'ai fait au Bon Dieu pour mériter une telle joie ? » m'a-t-il répondu. Là, j'ai haussé le ton : « Al, c'est Rosie Gordon ! Tu te rappelles ? Elle habitait au-dessus de chez nous. Qu'est-ce qui te prend ? Tu ne peux pas la siffler comme ça ! » Rien à faire. Il ne m'écoutait pas. « Je ne comprends pas, a-t-il soufflé. Comment se fait-il que je n'ai pas remarqué cette femme auparavant ? »

Journal de Mazie, le 1er mars 1934

Je t'ai extrait d'un carton pour écrire ce qui vient de se passer. Comme ça, je suis sûre de ne jamais l'oublier. En entrant dans la cuisine hier soir après ma journée de travail, j'ai trouvé Rosie assise sur les genoux d'Al Flicker.

Moi : Bien.

Rosie : Très bien.

Moi : Qu'est-ce qui se passe ici ?

Elle : Mazie, tu te souviens d'Al Flicker ?

J'en ris encore au moment d'écrire ces lignes. Je ne peux pas m'empêcher de glousser au souvenir de son air digne et raffiné tandis qu'elle répondait à mes questions, assise sur les genoux d'Al, les fesses posées sur je ne sais quoi – ou plutôt si, je le sais très bien, justement. Je pouffe de rire en entendant chantonner ces deux dingos dans la pièce voisine. Quand ils ne chantent pas, ils trinquent à leur bonheur. Tchin tchin ! et je me remets à rire. Je ris à la vie. Ce que tu peux être drôle, parfois. Vraiment drôle.

George Flicker

Presque aussitôt après notre arrivée au Knickerbocker Village, il s'est produit un événement que nous n'aurions jamais, au grand jamais, pu prévoir : Rosie et Al se sont épris l'un de l'autre. C'est fou, non ? Nos deux doux dingues ont eu le coup de foudre – littéralement. On aurait dit qu'ils avaient reçu un coup sur la tête. Un gros coup plein d'amour.

9

Extrait de l'autobiographie inédite de Mazie Phillips-Gordon

Ce qui me tue avec ces clodos, c'est qu'ils meurent dans l'indifférence la plus totale. Ils disparaissent de la surface de la terre comme s'ils n'avaient jamais existé. Ils n'ont pourtant pas toujours été anonymes : ils ont eu un père, une mère, comme vous et moi. Plus tard, un médecin ou un ami les a appelés par leur prénom. Mais une fois à la rue, ils ne sont plus connus que de leurs camarades d'infortune. Peu à peu, ils sombrent dans l'oubli. Plus vite qu'ils le souhaiteraient, sans doute. Qui ne désire pas qu'on se souvienne de lui après sa mort ? Nous espérons tous laisser une trace de notre existence. Eh bien moi, je me souviendrai d'eux ! De chacun d'entre eux. Même lorsqu'ils sont en vie, ils ne sont plus personne pour presque tout le monde, sauf pour moi. Je les appelle par leur prénom. Je sais qui ils sont. Et je ne les oublierai pas.

Phillip Tekverk,
membre honoraire des Éditions Tekverk

J'ai rencontré Mazie Phillips en 1939. J'avais vingt et un ans, je travaillais comme assistant d'édition chez Knopf. J'ai été invité à dîner chez Fannie Hurst et c'est là que j'ai entendu parler de Mazie pour la première fois. De la bouche même de Fannie, d'ailleurs. J'étais introduit chez elle par un vieux monsieur qui espérait, me semble-t-il, faire de moi l'un de ses mignons, bien qu'il ne fût pas très sûr de mes dispositions à cet égard. Les gens se sont toujours interrogés sur la nature exacte de mes penchants sexuels. À l'époque, je commençais tout juste à me rendre compte du bénéfice que je pouvais tirer du mystère qui planait sur cette partie de mon existence. Je pressentais que je pouvais le cultiver, et même qu'il serait dans mon intérêt de le faire. Je veillais donc à ne pas dissiper le mystère. Et je dois avouer que j'ai été bien inspiré, car il m'a été extrêmement utile tout au long de ma vie ! Dans une certaine mesure, être insaisissable vous rend puissant. Avoir du charme et savoir en jouer constitue un atout indéniable, certes. Mais laisser les gens dans l'expectative, voilà qui vous rend quasiment inoubliable.

Fannie Hurst était charmante, elle aussi. D'un point de vue strictement professionnel, bien sûr. J'avais le sentiment que j'aurais pu l'écouter pendant des heures, des jours, des semaines entières sans jamais m'ennuyer. Elle était très connue, à l'époque. Ses romans se vendaient comme des petits pains. Ce n'était pas de la grande littérature, mais c'était bien fait et ça plaisait au plus grand nombre. Elle avait aussi la réputation de fréquenter le gotha, les Roosevelt en particulier, ce qui ajoutait à son aura. Je n'ai jamais rencontré les Roosevelt chez elle, mais nous savions tous qu'elle les connaissait, et qu'ils l'adoraient. Bref, tout ça pour dire qu'elle était extrêmement célèbre, même si ce n'est plus le cas aujourd'hui. Son nom ressurgit de temps à autre, mais la plupart des gens l'ignorent. Ce ne serait peut-être pas le cas si elle avait écrit de meilleurs livres, qui sait ?

C'était une femme délicieuse. Vive, pince-sans-rire, et si drôle ! Infiniment drôle. Elle était très engagée politiquement – à tort, parfois. Elle a beaucoup milité pour la reconnaissance de la littérature afro-américaine, par exemple, alors que ses ouvrages n'évoquaient guère la question. Elle aimait s'encanailler dans les bas quartiers de New York. Elle était littéralement fascinée par les classes populaires. Et par la jeunesse. Les noirs, les pauvres, les jeunes – ceux qui n'avaient pas ce qu'elle avait, ou qui avaient ce qu'elle n'avait pas. Au fond, les seuls qui ne l'intéressaient pas vraiment étaient les Juifs : elle était juive elle-même.

Au dîner ce soir-là, elle m'a vite repéré parce que j'étais jeune, joli garçon et, comme je vous l'ai dit, inclassable. C'est vrai, j'étais plutôt agréable à regarder. J'avais hérité du physique de ma mère – une femme superbe, élégante et raffinée. Fannie avait alors une petite cinquantaine d'années. Pour être honnête, elle n'était pas célèbre pour sa beauté, et son apparence ne s'arrangeait guère avec les années. J'avais donc, sur ce point-là aussi, quelque chose qu'elle n'avait pas. Et je tenais à lui faire bonne impression. Je pense avoir réussi, puisqu'elle m'a fait asseoir à côté d'elle dès le début du repas. Elle a même modifié le plan de table au dernier moment, exilant un éditeur de chez Harper à l'autre bout pour le seul plaisir de m'avoir près d'elle ! Pourquoi se serait-elle privée de le faire ? C'était Fannie Hurst, après tout.

Nous étions très nombreux autour de cette longue table, dans une pièce éclairée par une dizaine de lustres. Des domestiques en livrée nous servaient une quantité invraisemblable de vin et de nourriture. C'était impressionnant, comme vous pouvez l'imaginer, mais je ne me suis pas laissé intimider. Je rêvais de rencontrer Fannie et sa coterie depuis un petit moment. Je venais d'une famille fortunée – mon père descendait des premiers colons hollandais, ma mère était une riche héritière espagnole – et ce soir-là, je me sentais dans mon élément. J'étais à la tête d'un joli patrimoine et je me savais à l'abri du besoin pour de nombreuses années. Côté professionnel, en revanche, j'étais en bas de l'échelle. J'avais débarqué de Californie avec quelques recommandations, rien de plus. Nous étions riches, mais mon père s'était coupé de sa famille en épousant une Espagnole. Ma mère rêvait de devenir actrice, ce qui nous avait conduits à Hollywood… Allons ! J'imagine que tout cela ne vous intéresse pas. J'en parlerai dans mes mémoires, de toute façon. Vous ne saurez rien de plus aujourd'hui – ça m'appartient ! Ce que vous devez savoir, en revanche, c'est que la plupart de mes collègues ayant du mal à joindre les deux bouts, j'avais tendance à dissimuler mes origines sociales. Et ce soir-là, j'avais l'impression d'être enfin à ma place.

Au dessert, la conversation s'est orientée sur la politique. Les esprits se sont échauffés, chacun y allait de son commentaire sur Fiorello LaGuardia, le maire de New York, qui venait d'entamer son second mandat. Ce type était vraiment un excellent maire, il avait pris de bonnes orientations, mais on se moquait de lui, malgré tout. À cause de sa taille, peut-être ? Il faut dire qu'il était tout petit… Oui, c'était peut-être ça. Rien de très malin, hélas. Nous avions beaucoup bu. Fannie riait gentiment à nos plaisanteries, puis elle a repris son sérieux et s'est écriée :

« Écoutez-vous, bande de cyniques ! Il n'y a donc pas un seul New-Yorkais dans cette ville qui trouve grâce à vos yeux ? » Elle avait raison. Nous étions affreusement cyniques.

Le débat s'est alors orienté sur le successeur de LaGuardia : quand viendrait le moment d'élire un nouveau maire, pour qui aimerions-nous voter ? La conversation s'est muée en une sorte de jeu de société, où chacun devait énoncer son candidat idéal. Certains ont évoqué des athlètes professionnels, d'autres des personnalités religieuses. Je crois que la journaliste Dorothy Day et la poétesse Dorothy Parker ont été citées. Fannie espérait sans doute que son nom surgirait dans la liste, mais personne ne l'a nommée. Quand est venu son tour de parler, elle a dit : « Mazie Phillips-Gordon ». « Mazie qui ? » avons-nous répondu en chœur. Fannie était ravie de nous avoir coupé la chique. Elle a pris une longue gorgée de vin, elle a passé sa langue sur ses lèvres – le grand jeu, quoi. Puis elle a craché le morceau.

Journal de Mazie, le 12 mai 1934

J'ai revu Ben ce soir. Nous sommes allés à notre endroit habituel, la cafétéria ouverte toute la nuit près du pont de Brooklyn. Il m'a encore posé un tas de questions sur les clodos. Je ne sais pas pourquoi il tient tant à savoir comment je m'y prends avec eux.

Ben : Je ne pourrais jamais faire une chose pareille.

Moi : Ce n'est pas difficile d'aider les gens. C'est le reste qui pose problème. Tout ce qui reste à vivre dans la journée.

George Flicker

Environ six mois après avoir emménagé au Knickerbocker Village, j'ai rencontré une femme absolument charmante. Elle s'appelait Alice. Elle était infirmière, à l'époque. Moi, j'avais eu un petit accident sur un chantier de construction, une brique m'était tombée sur la main, et j'avais dû aller à l'hôpital. Tenez, on aperçoit encore la cicatrice. Là, vous voyez ? C'est Alice qui a fait mon pansement, avec beaucoup de soin. Elle avait grandi dans le Vermont, puis elle avait servi dans l'armée pendant la Première Guerre mondiale, avant de s'installer à New York. C'était une femme pleine de courage et d'audace. Nous avons parlé de la guerre. J'ai lancé une boutade sur les gens qui avaient déjà oublié ce que nous avions fait pour le pays – sauf que je ne plaisantais pas vraiment. Elle a répliqué : « Oubliez donc ce que vous avez fait autrefois. Demandez-vous plutôt ce que vous avez fait récemment ! » C'était le coup de semonce dont j'avais besoin. J'avais toujours été travailleur et ambitieux, mais elle avait raison : je devais arrêter de ressasser le passé. Il était temps de regarder devant moi, pas derrière. Ensuite, elle m'a expliqué qu'elle voulait devenir médecin et souhaitait pour cela s'inscrire à la faculté. Elle avait jeté son dévolu sur l'Université du Michigan parce que celle-ci avait été la première du pays à accepter des étudiantes dans le cursus médical. Après avoir passé des années à observer les médecins, m'a-t-elle affirmé, elle se sentait en mesure de faire ce qu'ils faisaient, alors que le contraire n'était pas nécessairement vrai. À ce moment-là, j'ai baissé les yeux : elle avait nettoyé et pansé ma blessure sans que je m'aperçoive de rien ! Elle avait un pouvoir magique, cette Alice. « Si vous partez étudier dans le Michigan, ai-je lancé, comment ferais-je pour vous revoir ? » Elle a souri. « Vous n'aurez qu'à attendre mon retour. » Eh bien, je n'ai pas voulu attendre : j'ai épousé cette fille six mois plus tard. J'avais eu la chance de la rencontrer. Pas question de la laisser filer !

Journal de Mazie, le 1er juin 1934

Peut-être bien que je me suis offert une partie de jambes en l'air avec George Flicker hier soir. Peut-être bien que c'était assez réussi. Peut-être bien que je ne regrette rien.

George Flicker

Êtes-vous mariée ? Vous ne portez pas d'alliance. Qu'attendez-vous pour sauter le pas ? Êtes-vous amoureuse, au moins ? Je vous enquiquine, je sais. Mais j'ai tant aimé être amoureux ! Je ne peux pas m'empêcher de souhaiter la même chose à toutes les personnes sympathiques que je rencontre.

Journal de Mazie, le 12 juillet 1934

Je viens de passer un moment avec George. Il était tard quand je suis rentrée après avoir fait le tour du quartier à la nuit tombée, comme d'habitude. George était chez lui. Il guettait mon retour : il a frappé au battant quelques secondes après mon arrivée. Je l'ai emmené dans ma chambre. Son visage me paraissait plus familier que jamais, lui que je connais depuis toujours. Il était radieux, comme s'il se déplaçait sous les feux d'un projecteur. Je l'ai trouvé infiniment désirable. Chaque trait de son visage me semblait parfait. C'était d'autant plus étrange que je ne m'attendais pas à éprouver ce genre de sentiment à son égard – à l'égard d'aucun homme, d'ailleurs. Je croyais en avoir fini avec ça. Je ne sais pas d'où c'est venu. Tout ce que je sais, c'est qu'un type bien s'est glissé avec moi sous les draps.

Phillip Tekverk

Fanny a lancé : « Je connais une femme capable d'éprouver plus de compassion que toutes les New-Yorkaises réunies. » L'un des convives a crié : « Toi comprise ? » Elle a répondu : « Je ne suis pas compatissante, juste dévorée par la culpabilité. » Tout le monde a ri, et elle a continué : « Je connais une femme qui travaille du matin au soir dans un petit kiosque. Elle accueille les spectateurs d'un cinéma avec un dévouement dont aucun de vous, bande d'artistes gâtés et capricieux, ne serait capable. Le soir venu, après avoir passé quatorze heures dans cette boîte, elle arpente les rues du Lower East Side pour aider les sans-abri et les miséreux. Aussi crasseux, saouls ou puants soient-ils, elle vole à leur secours et les traite avec respect. Qu'en dites-vous ? Voilà une femme ordinaire qui fait quelque chose d'extraordinaire. Une femme qui agit pour le bien de l'humanité ! Pendant que vous gambergez sur l'ajout d'un point-virgule dans un paragraphe, cette femme-là se remue les fesses et met sa vie au service d'autrui. Alors s'il faut une nouvelle tête à la mairie, moi je vote pour Mazie ! » Elle a peut-être ajouté autre chose, mais ça ne me revient pas. J'avais beaucoup bu et j'étais très jeune, ne l'oubliez pas ! Les convives ont bruyamment acclamé et applaudi la maîtresse des lieux, puis tout le monde est passé à autre chose. Sauf moi. Le discours de Fannie m'avait donné une idée. Après le repas, je lui ai annoncé que je souhaitais rencontrer cette Mazie Phillips-Gordon. « J'ai le sentiment que nous pourrions faire un très beau livre sur elle », ai-je expliqué, et je le pensais vraiment – mais j'espérais aussi que ce projet disposerait Fanny favorablement à mon égard, et qu'elle m'inviterait à dîner chez elle jusqu'à la nuit des temps.

George Flicker

Nous avions l'intention de conquérir le monde, Alice et moi. Elle souhaitait aider les femmes des quartiers pauvres de New York à accéder aux soins médicaux. Elle avait vu tant de femmes immigrées arriver à l'hôpital dans un état déplorable parce qu'elles ne s'étaient pas soignées à temps, faute de parler anglais ou d'avoir des proches attentifs et bien informés ! Un dispensaire dédié aux femmes, tel était son objectif. Quant à moi, je rêvais de racheter tous les taudis du Lower East Side et d'en faire des logements décents. Ne riez pas ! Je savais que c'était impossible, bien sûr. J'espérais parvenir à acheter au moins un immeuble au cours de ma vie, et je m'étais juré d'être le meilleur propriétaire que la ville de New York ait jamais connu. Ce qui, soit dit en passant, était assez inhabituel : peu de propriétaires se donnaient ce genre de tâche, croyez-moi ! En attendant, j'ai épousé mon Alice. Elle est aussitôt partie faire ses études de médecine dans le Michigan. Autant dire que nous ne nous sommes pas beaucoup vus pendant un bon moment ! On a travaillé dur, elle et moi, pour réaliser nos rêves. C'était ma meilleure amie. Elle était belle et intelligente. À nous deux, nous étions les meilleurs.

Journal de Mazie, le 15 octobre 1934

Tout est fini avec George, mais il ne m'a pas expliqué pourquoi. Il n'est plus chez lui aux heures habituelles, et je n'ai pas l'intention de me lancer à sa recherche. J'ai mieux à faire de mon temps – des gens à voir, des endroits où aller.

Il ne veut plus de moi ? Tant pis. Je refuse de courir après un homme.

Journal de Mazie, le 1er novembre 1934

À partir de maintenant, je suis plus près des quarante que des trente. Qu'arrivera-t-il quand je passerai le cap ? Vais-je basculer de l'autre côté ?

Journal de Mazie, le 15 novembre 1934

Coup de froid sur la ville. En quittant le cinéma, j'ai pris de grosses couvertures en laine que j'ai distribuées à ceux qui en avaient besoin. Il faisait très noir. Seule une poignée d'étoiles brillaient dans le ciel. Jeanie est venue me donner un coup de main. Elle m'avait apporté un grand chapeau mou couleur café, qui s'attache sur le côté à l'aide d'un long ruban de soie rouge. Une fois noué (et le nœud est énorme), c'est une fête à lui tout seul, ce chapeau ! Jeanie m'a expliqué qu'elle l'avait acheté en Californie et gardé avec elle sans bien savoir pourquoi, car elle avait emporté peu de chose, finalement. À présent, elle ne le supportait plus, mais ne pouvait se résoudre à le jeter. Je l'ai essayé. Les bords se sont doucement repliés autour de mon visage. Odeurs de musc, de tabac. La Californie.

Jeanie : Il te va à ravir.

Elle avait natté ses cheveux comme autrefois, quand elle était jeune fille. Et elle a retrouvé un teint de pêche, frais et lumineux. Elle s'est lancée dans un long monologue sur sa vie d'aujourd'hui, une vie tellement formidable, plus belle, plus heureuse que jamais. Je l'écoutais en hochant la tête. Je la croyais sur parole, mais elle s'est interrompue d'un air soupçonneux. « Tu m'écoutes ? » a-t-elle demandé, et j'ai cessé de rêvasser. Elle a repris son récit, m'expliquant qu'elle aide Ethan à s'occuper des chevaux à l'hippodrome.

Jeanie : À la fin de la journée, j'empeste le crottin de cheval ! Mais lui aussi, alors nous sommes deux à sentir la bouse.

Moi : La danse ne te manque pas ?

Elle : Je ne me souviens même plus de la fille que j'étais. C'est plus simple comme ça.

En levant les yeux vers le ciel, je me suis laissée distraire par la lune. Que signifiait-elle pour moi autrefois ? Impossible de m'en souvenir. Maintenant, ce n'est qu'une lumière de plus, bien utile pour éclairer mon chemin quand je m'occupe de tous ces pauvres gars dans la rue.

Journal de Mazie, le 18 novembre 1934

George vient de m'annoncer qu'il est amoureux d'une certaine Alice. Une fille bien.

George : Un jour, elle sera médecin !

Moi : Si l'amour frappe à ta porte, ne le laisse pas partir.

Phillip Tekverk

Au printemps 1939, j'ai retrouvé Fannie Hurst dans un bar situé en face du Venice. Le King Kong Bar & Grill, pour être précis. Honnêtement, à part son nom, c'était un établissement tout à fait ordinaire. Le serveur s'étant adressé à Fannie comme s'il la connaissait bien, je lui ai demandé si elle venait souvent. Elle m'a répondu qu'elle s'y arrêtait parfois quand elle passait dans le quartier. « J'aime bien m'offrir un coup à boire de temps en temps. Et ici, ça ne dérange personne. Dans mon quartier, les gens me regardent de travers si j'entre seule dans un bar. Pire encore, ils font des remarques à voix haute, histoire d'être entendus de toute la clientèle ! Ce n'est pas très poli. Je ne m'en plains pas, hein ! Je suis la première à cancaner, moi aussi. Comme tous les écrivains, d'ailleurs. Que voulez-vous ? Nous avons trop de temps libre. De toute façon, je me fiche pas mal de ce qu'on pense de moi. À l'âge que j'ai, ça m'est bien égal d'entendre les gens chuchoter dans mon dos. Qu'ils crient, même, si ça les amuse ! Fannie Hurst boit seule dans les bars des bas quartiers. Et alors ? Qui n'a pas souhaité le faire, au moins une fois dans sa vie ? »

J'ai répondu que j'aimais ça, en effet, et que je le faisais très souvent. « Pour vous, c'est différent : vous êtes un homme », a-t-elle répliqué. Elle avait raison : malgré ses trente ans de plus, son succès et sa fortune, elle était moins gâtée que moi dans ce domaine. « Il arrive qu'une femme ait envie de boire un verre seule, tranquillement, sans arrière-pensée. Comprenez-le comme vous voulez, mais c'est ainsi. » J'ai remarqué qu'elle était au whisky. Sans eau, sans glace. À une heure de l'après-midi. « Mazie comprend ça, elle ! a poursuivi Fannie. C'est une soliste.

Une diva. Une guerrière. Savez-vous qu'on la surnomme la Reine du Bowery ? Moi, je ne serai jamais reine d'aucun royaume. » J'ai protesté vivement : « Allons, j'ai eu la chance d'être invité à dîner chez vous. Croyez-moi : vous êtes une reine, vous aussi ! »

Mazie venait de se faire opérer de l'appendicite. Elle ne buvait plus d'alcool fort. Nous avons acheté quelques bouteilles de bière que le barman a calées dans un plateau en carton, comme ça se faisait à l'époque, et nous avons traversé la rue pour rejoindre le cinéma délabré où Mazie était chez elle. Quelques clochards se tenaient devant les portes. Avant de s'approcher de la caisse, Fannie s'est penchée vers moi. « Attendez-vous à rencontrer une splendeur », m'a-t-elle glissé à l'oreille.

George Flicker

Maintenant, passons aux bonnes nouvelles, si vous voulez bien. Parce qu'il y en a eu, dans ma vie, des bonnes nouvelles ! J'ai épousé Alice, comme je vous le disais, et Alice est devenue médecin. Obstétricienne, pour être exact. Elle a travaillé pendant de longues années au Presbyterian Hospital sur Broadway, tout en œuvrant une journée par semaine auprès des immigrées dans un dispensaire du Lower East Side. Elle s'est arrêtée après la naissance de notre fils Mel (nous lui avons donné le prénom de mon père), puis elle a repris quelques années plus tard, dans le même dispensaire. Ils ont créé un fonds à son nom là-bas, parce qu'elle a beaucoup contribué à l'ouverture et au succès de cet établissement. C'est formidable, non ? Je ne pourrais pas être plus fier d'elle. Mon Alice. C'était ma femme et mon héros, tout à la fois.

Mel a eu trois enfants, Max, Miranda et David, qui ont deux enfants chacun. Des gamins magnifiques, absolument magnifiques. Les réunions de famille sont très animées, vous pouvez me croire ! De mon côté, j'ai réussi à acheter non pas un, ni deux ni trois, mais cinq immeubles de rapport dans le Lower East Side ! Je sais, c'est incroyable. Parfois, j'ai du mal à y croire moi-même – puis je me rappelle à quel point j'ai bossé pour en arriver là, et ça me semble presque logique, en fait.

Le plus extraordinaire, à mon sens, c'est que j'ai fini par acquérir l'immeuble dans lequel j'ai grandi, entassé avec ma famille dans une pièce minuscule. C'était un projet de longue haleine, parce que le bâtiment n'était pas à vendre quand je me suis lancé dans l'immobilier. En attendant, j'ai investi ailleurs, et fini par posséder trois immeubles. Mais toujours pas lui ! J'ai patienté des années comme ça, en gardant l'œil dessus. Au fond, je crois que je rêvais déjà vaguement d'être le maître des lieux quand j'avais cinq ans sans bien comprendre ce que ça signifiait.

Savez-vous ce que j'ai fait quand j'ai enfin mis la main dessus ? J'ai tout détruit. J'ai fait abattre les cloisons de manière à créer un seul appartement par étage, hormis les deux derniers que j'ai réunis en duplex. C'est là que nous avons vécu, Alice et moi, pendant de nombreuses années. Vous devriez voir ça ! Chaque appartement est inondé de lumière, gorgé d'air et d'espace – tout ce à quoi nous avons droit, ou devrions avoir droit, du moins.

Faites-moi plaisir, ma belle. Appelez mon petit-fils et demandez-lui de vous recevoir. Dites-lui que vous appelez de ma part. Vous verrez : le puits de lumière dans la chambre à coucher, c'est quelque chose ! Quand les travaux ont été terminés et que nous avons enfin pu nous installer, Alice et moi, nous restions des heures au lit à regarder le ciel. Nous allions nous coucher tôt et nous passions la soirée à contempler la lune et les étoiles en discutant, main dans la main. C'est dans cette chambre qu'elle a rendu son dernier souffle. J'étais près d'elle. Ma belle Alice, ma femme adorée ! Elle n'y voyait plus rien, à l'époque, alors je lui ai raconté ce que je voyais, tout simplement. Le ciel était nuageux ce jour-là. Des nuages d'hiver. Nous étions en janvier. « Alice, j'ai dit, le soleil est à peine visible, les nuages sont gris-bleu et bordés de blanc à cause du soleil qui se cache derrière. Je crois qu'il fera froid aujourd'hui, très froid. » Elle m'a écoutée, puis elle a lâché ma main, et son cœur a cessé de battre.

Phillip Tekverk

Qu'est-ce qu'une personne splendide, au juste ? Chacun de nous a sa petite idée sur la question. Mazie était-elle drôle et spirituelle ? Oui. Charismatique ? Absolument. La beauté – et je ne m'en excuserai pas – fait partie de ma conception de la splendeur. En ce sens, Mazie n'était plus une femme splendide, bien qu'elle l'ait manifestement été dans sa jeunesse. Décolorés depuis des décennies, ses cheveux étaient jaune paille. Elle portait une visière en celluloïd vert – censée la protéger du soleil, j'imagine. Un truc disgracieux et d'un ridicule achevé. Les contours de son visage semblaient flous, comme si son menton s'apprêtait à fusionner avec son cou, et elle se tenait voûtée sur sa chaise. Pour le reste, elle était plutôt bien balancée. Elle avait une poitrine superbe, qu'elle savait mettre en valeur – et je vous parle en connaissance de cause, moi qui suis entouré de femmes très attentives à la qualité de l'éclairage ! Mais surtout, Mazie était d'un abord franc et direct, ce qui m'a plu. Et puis, Fannie m'avait dit de l'admirer et j'ai obtempéré.

Tout est allé très vite. Fannie lui a tendu une bouteille de bière, et elles se sont saluées comme deux sœurs, avec beaucoup d'affection. Puis Fannie s'est tournée vers moi : « Ma chère, je tiens à te faire rencontrer ce jeune arriviste, qui ambitionne de révolutionner le monde de l'édition. » Je me suis présenté, puis j'ai allumé une cigarette, que j'ai tendue à Mazie. Elle m'a regardé – ou plutôt : elle m'a jaugé, et j'ai deviné que ce n'était pas le genre de femme à accorder sa confiance au premier regard. Elle se méfiait, c'est certain. Mais son jugement n'était pas négatif, au contraire ! J'étais même certain qu'elle m'avait évalué positivement. Peut-être cherchait-elle à flirter avec moi ? Je n'en suis pas sûr. J'étais tout de même très jeune, à l'époque, mais la différence d'âge n'avait pas arrêté les vieux messieurs qui se faisaient une joie de m'emmener à la campagne dans leur voiture de sport… Pourquoi aurait-elle arrêté Mazie ? Nous avons badiné un moment, puis j'ai senti qu'elle se ressaisissait. L'avais-je brusquée ? Honnêtement, je ne me souviens pas assez de notre conversation pour répondre. Malgré son horrible visière verte et ses cheveux jaunes, elle me captivait. Elle n'était pas belle, mais elle avait une sacrée prestance ! Et je suppose qu'elle passait encore pour superbe auprès de nombreux hommes.

En tout cas, ce jour-là, je l'ai entreprise avec mon projet de bouquin. Je lui ai suggéré d'écrire un livre sur sa vie. Elle a commencé par hausser les épaules, mais j'ai insisté en affirmant qu'elle devrait, en tant que reine du Bowery (l'expression de Fannie n'était pas tombée dans l'oreille d'un sourd), raconter l'histoire de ses sujets. J'ignore si elle s'est sentie flattée, mais elle m'a regardé autrement. Le projet la tentait. Elle n'était pas certaine de vouloir s'y mettre, mais j'avais le sentiment de l'avoir intriguée. Elle ne m'oublierait pas de sitôt, je le sentais. Alors j'ai jugé utile de persévérer.

George Flicker

Al et Rosie ont vécu ensemble pendant de nombreuses années au Knickerbocker Village. Ils ne se sont jamais mariés, ce qui aurait pu faire scandale, à l'époque. Cependant, vu qu'il ne restait plus personne dans nos familles respectives pour s'en offusquer, leur cohabitation n'a pas choqué grand-monde. Ils ont fait de leur appartement un havre de paix pour les intellectuels et les marginaux de la résidence. La police est venue à plusieurs reprises interroger mon oncle sur ses opinions politiques – toujours aussi radicales, je dois dire. Là-dessus, il n'avait pas varié d'un iota ! Il se peut même qu'il ait repris du service auprès des anarchistes lorsqu'il s'est installé avec Rosie. Le Knickerbocker Village a peut-être aussi contribué à raviver la flamme : à force de côtoyer tous ces penseurs, il s'est de nouveau senti une âme de militant. Il paraît que les Rosenberg ont dîné chez eux à de nombreuses reprises. Les flics leur ont fichu la paix, pourtant. Hormis les interrogatoires dont je vous ai parlé, ils n'ont plus jamais arrêté ni tabassé mon oncle. Cette période était révolue, Dieu merci. Il avait encore maigri en vieillissant, et Rosie veillait sur lui comme le lait sur le feu. On l'avait surnommée la tigresse, c'est vous dire !

Mazie était partie depuis longtemps. Elle n'est restée qu'une année au Knickerbocker Village avant de déménager. On s'est perdus de vue après ça. Al m'a expliqué qu'elle s'était rapprochée de sa tante maternelle et lui rendait visite à Boston une fois par an. J'ai pensé que c'était une bonne chose. Ses propres sœurs n'étaient pas très fiables, et elle avait sans doute besoin de stabilité. Toujours d'après Al, elle se rendait souvent à l'église. Elle assistait fidèlement à la messe des travailleurs donnée tard le dimanche soir. Ou tôt le dimanche matin ? Je ne sais plus. Al ne portait pas nécessairement Dieu dans son cœur, mais il adorait les travailleurs. Si bien qu'il n'en voulait pas à Mazie d'aller à la messe. Au contraire : il l'admirait pour ça.

Je faisais parfois un signe de la main à Mazie quand je passais devant le cinéma, mais elle semblait toujours occupée. Ce qui avait existé entre nous s'était enfui. Comme s'il ne s'était rien passé. Elle me manquait, mais je ne me sentais pas en position d'aller le lui dire. C'est vrai que nous nous étions rapprochés, elle et moi, au moment où j'ai rencontré Alice. Je ne vous l'ai pas raconté tout de suite parce que c'est à Alice que je pense quand j'évoque cette période de ma vie. Mazie n'était pas le genre de fille qu'on épouse. Alice, oui. Et puis, certains secrets doivent rester cachés. Faut-il vraiment tout savoir sur tout le monde ? Je dois avouer que je commence un peu à en avoir assez de vous voir déterrer mes vieux secrets. Aujourd'hui, en tout cas. Je suis fatigué.

Vera Sung, ancienne habitante du Knickerbocker Village

Je ne parlais pas encore anglais, ou seulement un petit peu, et pas très bien. En dépit de ma nombreuse fratrie, j'étais une enfant solitaire. Nous étions entassés dans l'appartement, mais nous nous estimions heureux de l'avoir obtenu, parce que le Knickerbocker Village était vraiment une belle résidence, agréable et bien entretenue. Et nous n'étions pas les seuls membres de la famille à vivre là : d'autres proches avaient emménagé dans l'immeuble, si bien qu'il y avait toujours quelqu'un pour nous garder ou nous préparer à manger quand ma mère ne pouvait pas s'en charger. Ça l'a beaucoup aidée après le divorce. Je vivais avec ma mère et mes quatre frères. J'étais la seule fille, et c'était encore plus dur.

J'étais très silencieuse, rêveuse et aventureuse. Je grimpais aux arbres comme un petit singe et j'étais si menue que je pouvais passer par des fenêtres très étroites, là où les autres enfants devaient renoncer. Il y a tant de couloirs à explorer là-bas ! Les caves des différents immeubles sont toutes reliées entre elles. Et il y a beaucoup d'entrées et de sorties latérales qui vous permettent de quitter la résidence sans être vu. Tout cela m'a été très utile par la suite, quand j'ai commencé à sécher les cours, puis plus tard, quand je traînais dans l'East Village avec des mauvais garçons en blousons de cuir et jean moulants... J'ai plein d'anecdotes là-dessus. Je pourrai vous les raconter, si vous voulez.

Mais quand j'étais petite, si je me glissais hors de l'appartement, c'était pour aller dans le jardin. J'aimais écouter le chant des oiseaux. Je jouais à Blanche-Neige. Je me disais que mes frères étaient des nains à mon service. Je tendais les mains et j'attendais que les oiseaux viennent se poser sur mes épaules et sur mes bras. Aucun d'eux n'est jamais venu, mais je continuais quand même. Tôt le matin, quand tout le monde dormait encore chez moi, je me glissais par la fenêtre et j'allais me promener dans le jardin pour chanter avec les oiseaux.

C'est comme ça que je suis tombée sur ce couple de personnes âgées. Juifs tous les deux. Je ne les avais jamais croisés auparavant, mais j'ai appris par la suite qu'ils s'appelaient Rosie et Al. Ils étaient assis côte à côte sur un banc derrière une grande haie. On était en septembre, mais ils étaient emmitouflés dans de gros manteaux parce qu'ils étaient très âgés, et que les personnes âgées ont souvent froid. Elle ronflait bruyamment, si bruyamment qu'elle couvrait le chant des oiseaux. C'est pour ça que j'étais allée dans ce coin du parc. Je voulais savoir d'où venait le bruit. Lui ne ronflait pas. Il avait une longue barbe grise, une casquette de pêcheur, et la peau presque bleue. Je n'avais jamais vu de mort, mais j'ai tout de suite compris que c'était son cas. Cet homme était mort.

Soudain, je me suis aperçue que les oiseaux s'étaient tus. J'ai secoué la dame pour la réveiller. J'ai crié « Madame, madame, réveillez-vous ! » C'était la première fois que je parlais autant depuis le début de l'année. J'avais quatre ou cinq ans. Elle a fini par ouvrir les yeux. J'ai pointé le doigt vers son compagnon et j'ai dit : « Il est malade. » Je mentais, bien sûr, mais je ne pouvais pas me résoudre à lui annoncer la nouvelle. Elle a poussé un hurlement et je me suis enfuie en courant. Quand je suis entrée chez moi, toujours en courant, j'ai entendu une ambulance arriver dans la rue. J'ai observé toute la scène depuis la fenêtre de ma chambre. Je n'ai rien dit à ma mère.

Deux jours plus tard, je me suis de nouveau glissée par la fenêtre pour aller dans le jardin, et j'ai trouvé la femme, Rosie, sur le même banc. Elle était morte, elle aussi. Là, j'ai fondu en larmes. La première fois m'a effarée. La seconde m'a traumatisée. Impossible de cacher la nouvelle à ma mère, en plus. Il fallait bien que quelqu'un appelle les secours ! C'est elle qui s'en est chargée. Puis elle m'a serrée dans ses bras et elle a demandé à mes frères de faire pareil, l'un après l'autre. À partir de ce jour-là, je suis devenue un vrai moulin à paroles.

Journal de Mazie, le 1er décembre 1934

J'ai du retard, je suis enceinte, ça devait arriver, c'est sûr. Il est de George et de personne d'autre.

Journal de Mazie, le 3 décembre 1934

Et si je le gardais sans lui dire ? C'est la question que je me suis posée toute la journée. Je pourrais déménager de façon à ce qu'il ne sache jamais rien. Sauf que je n'ai jamais voulu être mère. Pourquoi le voudrais-je maintenant ?

Journal de Mazie, le 4 décembre 1934

Et si je me réveille une fois de plus sur un matelas rouge de sang ? Aucune de nous n'a été capable de mener une grossesse à terme. On a le ventre en vrac, nous les sœurs Phillips.

Journal de Mazie, le 5 décembre 1934

Il est fou de son Alice. Je les ai aperçus aujourd'hui. J'étais assise à ma caisse, ils marchaient sur le trottoir d'en face, elle en blouse d'infirmière, lui dans son plus beau costume. Elle tenait un bouquet de fleurs à la main, il l'enlaçait par la taille ; elle parlait, il hochait la tête. On aurait cru deux tourtereaux. Rien à voir avec lui et moi. Nous n'avons fait que nous mettre à l'horizontale, voilà tout.

Journal de Mazie, le 6 décembre 1934

Je l'ai croisé en rentrant hier soir. Il était sur le palier. J'ai senti mon cœur se gonfler plus que d'ordinaire. Je crois l'aimer maintenant qu'il m'échappe. Il s'apprêtait à ouvrir la porte de son appartement, moi la mienne. J'ai réfléchi à toute allure. Fallait-il lui dire la vérité ? Je savais qu'il se sentirait concerné parce que c'est un type bien, mais qu'aurions-nous à y gagner ? Mon aveu ne changerait strictement rien à la situation. Ni à ma propre décision. Une fois informé, George changerait peut-être d'avis, en revanche, mais pas pour de bonnes raisons. Non, j'ai pensé. Inutile de lui dire. Il n'a pas besoin de le savoir. Nous étions là à nous tourner le dos, chacun devant sa porte. Quel silence entre nous ! Il a duré, duré, puis l'un de nous a dit : « Dors bien » et l'autre répondu : « Toi aussi. » On ne s'est pas regardé. Seulement souhaité une bonne nuit de sommeil.

Journal de Mazie, le 7 décembre 1934

Ben était encore en ville pour affaires. Lui et ses réunions ! Monsieur ne porte plus que des costumes de prix et ses cheveux sont passés du brun au gris. Il faut qu'il ait l'air important. Ceci dit, c'est toujours le même homme. Le même, en plus prestigieux. Moi, je suis la même en plus vieille.

Il m'a emmenée boire un café et manger une brioche après le boulot. Je n'avais pas l'intention de lui parler de ma grossesse (surtout pas à lui !), mais j'en ai parlé quand même.

Moi : Le monde est pourri. Il l'a toujours été et le sera toujours.

Ben : Tu le penses vraiment ?
Moi : Non. Pas vraiment.

Il est persuadé que je serais une excellente mère, mais il tenait à me mettre en garde : les enfants, c'est difficile, m'a-t-il dit. Plus difficile qu'il l'aurait cru.

Lui : Je ne comprends pas pourquoi ils refusent d'obéir. Et pourquoi ne se calment-ils pas quand on leur demande de se calmer ?

Il m'a demandé ce que je comptais faire. J'ai répondu que je n'avais encore rien décidé, mais ce n'était pas tout à fait vrai. Je crois que je sais. Que ferais-je d'un bébé quand tous les sans-abri du quartier ont besoin de moi ?

Il m'a longuement serrée dans ses bras avant de partir. Quoi qu'il arrive, m'a-t-il promis, je ne cesserai jamais de t'aimer et je respecterai tes choix.

C'est sans doute mon meilleur ami, j'ai pensé. Mon seul véritable ami en ce monde. Qui l'aurait cru ? Je suis pote avec le capitaine, maintenant.

Benjamin Hazzard Junior

Mon père parlait d'elle sans arrêt. Sa chère New-Yorkaise, la célèbre Mazie ! À l'entendre, il ne faisait absolument aucun doute qu'ils couchaient ensemble. Moi, je n'en ai jamais douté, en tout cas. Parce que c'est toujours ainsi que ça se termine entre un homme et une femme. Je pourrais en parler pendant des heures, mais qui voudrait m'écouter ?

Son histoire avec Mazie ne me fâchait ni plus ni moins que les autres. Je lui en voulais, bien sûr, mais pas spécialement à cause d'elle. Quand il est mort, c'est à elle que j'ai pensé, mais seulement parce que je connaissais son prénom. Mazie. Ça ne s'oublie pas, un prénom pareil.

Journal de Mazie, le 1er février 1935

Je déménage demain. Tu vas encore te retrouver dans un carton. Et la table à laquelle je me suis assise tant de fois en ta compagnie va se retrouver ailleurs, dans une autre maison que la mienne. L'Armée du Salut viendra la chercher demain matin.

Rosie : Je ne veux pas de cette table.

Moi : Moi non plus. Que veux-tu que je fasse d'une table pareille ?

Elle : Je l'aurais bien gardée, mais Al préfère la table qu'il a déjà, et je ne veux pas le froisser. Il est si tatillon !

Moi : Vous faites la paire, alors.

Elle (en frappant le plateau de son poing fermé) : Une si belle table… Tu es sûre que tu ne veux pas la garder ?

Moi : J'aurais l'impression de dîner avec des fantômes.

Elle : Et alors ? J'aime bien les fantômes, moi !

Moi : Je sais.

Elle : Ils nous tiennent compagnie.

Moi : Je fais tout ce que je peux pour les oublier.

George Flicker

Je ne connaissais pas cette partie de l'histoire. Non, je n'en savais rien. Elle ne m'en a jamais parlé. Je suis tellement… tellement triste ! Oh, ma pauvre chérie. [Il se prend la tête dans les mains, inspire profondément et se redresse.] Est-ce qu'on peut s'arrêter maintenant ? Je suis fatigué. Je suis un très vieux monsieur. Je n'ai pas beaucoup d'énergie à dépenser. Vous êtes une fille superbe. Très convaincante. Mais je ne peux pas continuer. C'est fini.

Pete Sorensen

Ensuite, elle a disparu pendant cinq ans. Silence complet. Aucune entrée dans le journal. Comment pouvait-elle nous faire une chose pareille ? Cinq ans sans Mazie. Cinq années à remplir en faisant travailler notre imagination. Cinq années de blancs à compléter.

Elio Ferrante

Que s'est-il passé durant ces cinq années ? New York a continué de changer, bien sûr. Cette ville ne cesse de se transformer. N'essayez pas de l'arrêter, c'est impossible ! Le monde aussi a changé : la guerre se préparait. Je vous épargne les détails. Vous êtes une femme cultivée. Vous connaissez les grands événements historiques.

Phillip Tekverk

Je suis navré d'avoir été si difficile à joindre. J'étais à l'étranger. On m'a demandé d'aller donner une conférence à Paris. Comme je vous avais transmis tous les documents que j'ai sur elle, je pensais que ce serait suffisant. Ce n'est pas le cas, apparemment.

Nous nous sommes vus à plusieurs reprises, Mazie et moi. Dans un café, à chaque fois. J'essayais de lui expliquer comment elle devait s'y prendre pour écrire un bouquin. La première fois, je lui ai demandé quel genre de livre elle aimait. Elle m'a répondu qu'elle ne lisait que des magazines féminins. La presse du cœur, essentiellement. Nous avons alors évoqué les témoignages qui constituent l'essentiel de ce genre de revues, et elle s'est exclamée : « Je n'arrive pas à croire que des femmes ordinaires soient prêtes à étaler leur vie privée dans les pages des magazines ! » Elle n'avait pas l'air de comprendre qu'elle devrait étaler la sienne si elle souhaitait écrire son autobiographie. Je me suis un peu inquiété. « Vous savez que vous allez raconter l'histoire de votre vie, n'est-ce pas ? Comme le font les femmes qui témoignent dans ces magazines. » Elle a pris la mouche. « Je n'ai rien à voir avec elles, a-t-elle répliqué. Je suis une dame, moi ! »

Je me suis senti embarrassé. Je ne savais plus très bien comment redresser la barre. J'ai pensé que j'étais dépassé, puis je me suis ressaisi. J'étais jeune, têtu et je me croyais parfaitement légitime. J'étais là parce qu'une femme brillante et intelligente m'avait suggéré de m'intéresser à Mazie, et je l'avais fait. Sauf qu'à l'époque, j'étais trop immature pour comprendre en quoi Mazie était intéressante. À mes yeux, c'était une femme du peuple, et j'estimais pouvoir gérer ce type d'individus. Je lui ai dit qu'elle devait commencer par résumer son propos. Si elle parvenait à en écrire les grandes lignes, je pourrais montrer ce canevas à mon patron, qui me donnerait peut-être le feu vert pour acheter le manuscrit, quand il serait terminé. Si elle avait besoin d'aide, nous pourrions sans doute embaucher quelqu'un pour travailler avec elle. « Mais avant cela, la première chose à faire, ai-je insisté, c'est de cerner votre sujet. De quoi voulez-vous parler ? Ou plutôt, quelle histoire avez-vous à raconter ? »

Lydia Wallach

Je voulais juste vous dire que j'ai enfin ouvert les cartons. Il n'y avait pas de photos d'elle, malheureusement. Mais j'ai trouvé une photo de la plaque que Mazie a fait fabriquer après la mort de Rudy, pour lui rendre hommage. Elle l'avait apposée sur le dossier du fauteuil qui se trouvait à l'extrémité du dernier rang. Il adorait se glisser dans la salle et s'asseoir là à la fin du dernier film de la journée. Quand le cinéma a fermé, l'un de mes grands-oncles a réussi à se procurer la plaque. Mazie y avait fait graver la phrase suivante : « Ici s'asseyait Rudy Wallach. C'était un type bien. Maintenant, levez les yeux et regardez l'écran. »

Journal de Mazie, le 13 mars 1939

Je n'aime pas me replonger dans tes pages. Il m'est arrivé de jolies choses dans la vie, mais à te lire, j'ai l'impression d'avoir surtout vécu des choses tristes. Mieux vaut garder certaines de mes pensées pour mes prières, voilà ce que je crois, et voilà ce que je fais maintenant. N'empêche que je sais pas mal de trucs. J'en connais un rayon sur les miséreux. Je devrais écrire sur ces gens-là. Pour qu'ils ne soient pas oubliés.

Journal de Mazie, le 15 mars 1939

La nuit dernière, j'ai marché jusqu'au pont de Manhattan. Je me suis approchée de la passerelle pour observer les sans-abri qui faisaient du feu dans de vieux barils de pétrole abandonnés. Je me réchauffais moi aussi, en tirant sur une cigarette défendue. « Mamzelle Mazie ! » a crié l'un des gars en me faisant un signe de la main. Son visage ne m'était pas familier. Peu importe, j'ai pensé. Si je ne le connais pas, je finirai par le connaître. Je les croise tous un jour ou l'autre.

Je lui ai donné dix cents et une savonnette en lui faisant promettre de s'en servir.

Puis je lui ai tenu compagnie pendant un petit moment, baignée dans la chaleur et l'odeur de la fumée qui montait du baril enflammé. Il m'a raconté son histoire – triste à pleurer, bien sûr. J'étais riche autrefois, et j'ai tout perdu, m'a-t-il dit. Ah oui ? Ça, c'est original ! j'ai pensé. J'aurais dû lui souhaiter bonne nuit et passer mon chemin, mais je suis restée là, à l'écouter en hochant la tête comme s'il était le type le plus fascinant du monde. J'espérais que le récit prendrait un tour différent. J'avais très envie qu'il devienne un autre homme, qu'il vive quelque chose d'intéressant. Alors, j'ai attendu. En vain. Pour ces types-là, l'histoire se termine toujours de la même façon : dans la rue, sans un sou en poche.

Soudain, j'ai compris ce que j'attendais vraiment en restant là, avec ce type : j'espérais voir surgir Ti. Elle m'aurait pris le bras et nous aurions traversé le quartier ensemble, comme autrefois. Pour chaque homme affalé sur le trottoir, elle m'aurait murmuré à l'oreille ce qu'il fallait faire – lui venir en aide car il était blessé, ou le laisser cuver son vin tranquille. Ce n'était pas la première fois que ça m'arrivait. La nostalgie me rattrape souvent. Pas toutes les nuits, et de moins en moins. Elle est revenue ce soir parce que je t'ai sorti du tiroir. J'ai repensé à Ti en te lisant, à sa manière de me donner le bras dans les rues du Lower East Side. Dans cette ville où chacun lutte pour préserver son espace vital, Ti sacrifiait volontiers le sien pour vous parler à l'oreille.

Quand le type en est venu à me raconter comment il avait tout perdu par la faute d'Untel, mais pas de la sienne – très original, là aussi –, j'ai glissé une autre pièce de dix cents dans sa paume et lui ai souhaité bonne nuit. Que Dieu vous bénisse ! m'a-t-il lancé. Vous aussi, j'ai répondu. Une bénédiction contre une autre. Fragiles paroles de réconfort. Je me suis dirigée vers Bowery Street, que j'ai remontée pour rentrer chez moi. J'étais à la fois avec Ti et sans elle. J'ai donné tout ce que j'avais sur moi. Je voulais terminer la nuit sans un sou en poche.

Extrait de l'autobiographie inédite de Mazie Phillips-Gordon

J'avoue qu'il peut être réconfortant d'observer un ivrogne endormi sur un banc, enroulé sur lui-même et ronflant à grand bruit, une larme de whisky au coin des lèvres. A-t-il succombé à trop de douleur ou de plaisir ? Difficile à dire, mais à les voir ainsi, je prie toujours pour qu'ils aient sombré dans une rêverie délicieusement alcoolisée. Je m'en voudrais de les tirer de là : ils ont mis toute la nuit à y parvenir.

Phillip Tekverk

Je me suis sans doute montré désinvolte avec elle.

Extrait de l'autobiographie inédite de Mazie Phillips-Gordon

Les asiles de nuit ne sont bons qu'à ça : offrir un asile temporaire où ronfler tout son saoul. On y dort à peine mieux que dans la rue. Les murs sont couverts de moisissures, les dortoirs pleins de puces, les draps fins comme du papier à cigarette et les matelas vous aspirent comme une bouche d'égout sur la chaussée. Mais on peut s'y doucher (pour ceux que ça intéresse) et en hiver, il y fait meilleur que dehors. Une nuit au chaud. Parfois, il n'en faut guère plus à un homme pour lui donner l'impression d'être champion du monde.

Lydia Wallach

Vous savez, je suis contente d'avoir enfin ouvert tous ces cartons. J'ai jeté la majeure partie de leur contenu, mais j'ai aussi trouvé des choses intéressantes, dont certaines ont réveillé de vieux souvenirs. Alors, vous avez bien fait de me poser tant de questions, et vous avez bien fait de me pousser à trier tout ça. Je voulais vous en remercier, vraiment.

Pete Sorensen

Tu te souviens du jour où nous avons marché jusqu'aux anciens chantiers navals de Navy Yard ? Le jour où je t'ai montré le fossé qui sépare le grillage du trottoir. Je t'ai dit que c'était là que j'avais trouvé le journal intime de Mazie. Eh bien, je t'ai menti. En fait, je n'étais plus très sûr de l'endroit exact, mais j'ai pensé que toi, tu préférais le savoir. Alors je t'ai raconté ce petit bobard. Je ne pensais pas à mal, au contraire ! Mais maintenant, je veux que tu le saches : je t'ai menti.

Ensuite, nous avons passé un moment à essayer de comprendre comment ce carton avait pu arriver là. Comment des trucs emballés à Manhattan dans les années 1930 s'étaient retrouvés sur les quais de Brooklyn en 1999 ? C'est vite devenu une sorte de jeu. Chacun de nous y allait de sa petite hypothèse. D'après moi, le plus plausible, c'était que quelqu'un avait vidé l'appartement de Mazie après sa mort. Il avait tout emporté, sauf ce carton-là, oublié à l'arrière d'une voiture ; ensuite, cette même voiture avait fini sa vie à Navy Yard, avant d'être considérée comme un véhicule abandonné et enlevée par la municipalité. De ton côté, les hypothèses étaient nettement plus fantaisistes. Notre discussion s'est orientée sur les collectionneurs de journaux intimes, les voitures volées et les pigeons voyageurs... C'est tout toi, ça ! Nadine, la reine des scénarios invraisemblables. En fait, je ne connais personne qui sache mieux que toi compliquer les choses les plus simples.

Phillip Tekverk

Au bout du compte, le texte qu'elle m'a remis était impubliable. D'abord, elle l'avait rédigé à la main. D'une écriture quasiment illisible. Vous le savez, vous aussi. Même si vous ne détenez que des photocopies, vous comprenez forcément ce que je veux dire. Elle buvait beaucoup depuis des années, et je pense qu'elle avait la tremblote. Je ne m'en étais pas aperçu lors de nos entretiens, mais aujourd'hui je ne vois pas d'autre explication à l'aspect déplorable du manuscrit. Même les feuilles de papier sentaient l'alcool, comme si elle les avait traînées dans ses bars favoris ! Quant au contenu… Honnêtement, le peu que j'ai réussi à déchiffrer n'avait aucun intérêt. Elle dissertait pendant des pages entières sur les clochards, les soins à leur apporter, leurs combats, leur nature profonde. Que voulez-vous que je fasse avec ça ? Moi, je rêvais de publier des petites histoires pleines d'humanité qui feraient sensation dans les dîners en ville le samedi soir. Pas un traité sur la distribution de nourriture aux sans-abri ! J'ai quand même gardé le manuscrit, comme tous les documents qui ont atterri sur mon bureau au cours de ma vie professionnelle. Je ne pouvais rien en faire, mais je lui trouvais de la valeur en soi.

Pete Sorensen

Ce jour-là, tu m'as laissé prendre ta main, puis passer un bras autour de tes épaules, et tu as posé ta main sur ma taille. Nous avons découvert tant de façons de nous enlacer, rappelle-toi ! Puis nous avons longé les quais jusqu'à Williamsburg. Là, on s'est assis à la terrasse d'un vieux rade et on a bu une bière en regardant passer les bateaux. C'était une belle journée de printemps, fraîche et ensoleillée, j'avais l'impression d'être à mille lieues de chez moi, et j'ai pensé : « C'est ma chérie, maintenant. Ma petite chérie. »

Phillip Tekverk

Je me suis montré froid avec elle. Trop froid. Je le regrette maintenant. Je n'ai même pas eu la courtoisie de me déplacer : je me suis contenté de téléphoner au Venice pour lui annoncer que je ne pourrais pas travailler avec elle. Je me suis justifié en disant que personne ne s'intéressait à ce genre d'histoires. Un autre éditeur aurait su quoi faire de son texte. Pas moi. Je n'étais pas cet éditeur-là. Nous avons tous nos points forts et nos points faibles, n'est-ce pas ? C'est important de les connaître afin de pouvoir en tirer profit. J'étais trop jeune pour m'en rendre compte, mais je le sais maintenant : j'ai très peu d'imagination. Je crois que Mazie l'avait compris bien avant moi, parce qu'avant de raccrocher, elle m'a lancé : « Heureusement pour vous, le Seigneur nous aime tous, même les imbéciles. »

Extrait de l'autobiographie inédite de Mazie Phillips-Gordon

Je n'ai jamais eu besoin de me protéger. La nuit, je n'emporte que ma canne et ma lampe électrique. Je sais qu'aucun d'eux ne lèvera la main sur moi. Ils m'appellent tous par mon prénom. Ils savent que je suis là pour les aider. La plupart d'entre eux ne feraient pas de mal à une mouche. Ils n'ont pas de toit, voilà tout.

Phillip Tekverk

Fannie m'a appelé le lendemain. Elle m'en voulait terriblement d'avoir traité Mazie avec si peu d'égards. « Je vais te briser » m'a-t-elle dit. Et elle l'a fait ! [Rires.] J'ai mis un bon moment à me remettre sur pieds, en tout cas. Elle s'est débrouillée pour que je perde mon boulot et mes nouveaux amis m'ont laissé tomber. Mais ce n'était pas si grave que ça, en fin de compte. Quand j'ai compris ce qui m'arrivait, j'ai demandé à mon père de m'acheter une petite maison d'édition au bord de la faillite. Je l'ai redressée en me spécialisant dans la publication de romans de guerre écrits par des hommes d'âge mûr qui n'avaient jamais tenu un fusil. Un bon filon, croyez-moi ! En partant à la retraite, j'ai confié les rênes à mes subalternes, qui se sont lancés dans un type de littérature plus expérimentale – des romans adulés par toute une frange d'étudiants très intellos originaires du Midwest. La maison a déjà remporté une brassée de prix littéraires avec ces bouquins-là. Et moi, une brassée de compliments dans les dîners en ville. Quand je suis invité, bien sûr. Ce qui m'arrive encore assez fréquemment, je dois dire. Quant à Mazie, Joseph Mitchell a écrit sur elle dans le *New Yorker* à peu près six mois après que j'ai refusé son manuscrit. Comme quoi, Fannie a fini par trouver la bonne personne pour raconter son histoire !

Elio Ferrante

J'ai trouvé ces infos-là plus facilement que je le pensais. Jeanie Fallow est enterrée à Queens près de son mari, Ethan Fallow. Rosie est enterrée près d'Al Flicker, à Queens également, mais pas au même endroit, car eux sont dans un cimetière juif, tandis que Jeanie et Ethan sont dans un cimetière non confessionnel. Mazie repose dans le caveau familial à Boston, avec sa mère, son père et sa tante. Si vous voulez le nom exact des cimetières, je vous les enverrai par mail. Là, tout de suite, je ne m'en souviens plus.

Pete Sorensen

Et tant pis si tu ne m'aimes plus, si tu ne m'as jamais aimé. Tu peux même me détester, si tu veux ! Mais j'espère bien que non, parce que moi, je ne te déteste pas – plus maintenant, du moins. Si tu as rencontré quelqu'un d'autre, j'en suis heureux pour toi. Si tu es obnubilée par ton boulot et que tu n'as pas le temps de m'appeler, je le comprends aussi. Disparais, si ça te chante. Personne ne comprend mieux que moi ce que ça veut dire d'être obnubilé par son boulot. J'adore mon atelier. Je sais ce que c'est ! Et je serais content de savoir que tu as enfin trouvé de quoi t'occuper, en dehors de ta fichue coupe de cheveux. C'est toujours bien d'avoir un but dans la vie. Mais tu ne peux pas garder le journal. Il est à moi. Je ne te l'ai pas donné. Je te l'ai prêté, nuance. Je ne sais pas ce que tu fiches avec, mais tu dois me le rendre maintenant. Tu veux me quitter ? Très bien. Mais rends-moi le journal.

Elio Ferrante

La mort, voilà la vraie fin de l'histoire. Tu ne crois pas, chérie ? Maintenant, débranche ce satané magnéto et viens te coucher !

Phillip Tekverk

Savez-vous qu'elle écrivait un journal intime ? Je le tiens de Fannie, qui l'a aperçu une fois en venant la voir au Venice. Elle l'a surprise un stylo à la main derrière sa caisse, penchée sur un gros carnet relié de cuir brun. Mazie ne l'avait pas entendue arriver. Quand Fannie a tapé contre les parois de la cage, Mazie a sursauté et elle a refermé le carnet d'un coup sec. Les mots « Journal intime » étaient inscrits en lettres dorées sur la couverture. Un journal intime, vous imaginez ? Ce que j'aurais donné pour le lire ! La voilà, la vraie histoire. C'est là qu'elle se trouvait. Je n'ai jamais vu ce carnet, hélas. Et vous ?

Journal de Mazie, le 15 août 1939

Pendant un petit moment, j'ai cru que c'était important pour moi de partager ce que je sais. Je l'ai cru, mais je ne le crois plus. Je me suis trompée. Ce n'est pas la première fois que ça m'arrive ! Maintenant, je sais que j'en ai déjà assez dit à certaines personnes. J'ai assez écrit dans ce journal. Je suis contente que tout cela me soit arrivé. C'est déjà bien. Et je suis contente d'avoir vécu jusqu'à maintenant. Contente de dormir dans un bon lit tous les soirs. Ça me suffit. Ça me suffit amplement.

Extrait de l'autobiographie inédite de Mazie Phillips-Gordon

Ils ont été aimés autrefois, et vous n'avez pas besoin d'en savoir plus.

Remerciements

Ce roman s'inspire de la vie d'une femme évoquée par Joseph Mitchell dans un long article titré « Mazie ». Initialement paru dans le *New Yorker*, cet article figure, avec l'ensemble des textes écrits par Mitchell sur New York et ses habitants, dans un recueil absolument essentiel intitulé *Up in the Old Hotel*. Mille mercis à John McCormick et à Vannesa Shanks de m'avoir fait découvrir cet ouvrage fabuleux, et à John d'avoir trouvé le titre de ce livre.

Merci à Lisa Ng de m'avoir entraînée dans les couloirs, les cages d'escalier et les jardins du Knickerbocker Village. Je garde un souvenir ému de cette visite époustouflante. Je suis très reconnaissante à Kate Christensen, Bex Schwartz, Lauren Groff et Courtney Sullivan d'avoir lu les premières versions du manuscrit. Pour leur affection, leur soutien et leur hospitalité, je remercie Rosie Schaap, Wendy McClure, Stefan Block, Molly Dilworth, Sunil Thambidurai, Rien Fertel, Alex Chee, Roxane Gay, Brendan Fitzgerald, Ron Currie Jr, Kerri Mahoney, Gabrielle Bell, Cinde Boutwell, Matt Laska, Jenn Northington, Maris Kreizman, Rachel Fershleiser et Amanda Bullock. Vous êtes tous merveilleux.

Mon agent, le génial Doug Stewart, et l'équipe de Sterling Lord Literistic m'offrent depuis dix ans un soutien indéfectible et des conseils inestimables. J'écris pour impressionner mon éditrice Helen Atsma, une femme aussi brillante que généreuse. Helen, Sonya Cheuse et

Grand Central Publishing m'ont donné confiance en moi et changé ma vie pour toujours – et ce, d'autant plus qu'ils font extrêmement bien leur travail. Mille mercis, mille tendresses à vous tous.

Avec tout mon amour, comme toujours, à l'ensemble de ma famille.

Les Escales

Chantel Acevedo
Lointaines merveilles

Jeffrey Archer
Seul l'avenir le dira
Les Fautes de nos pères
Des secrets bien gardés
Juste retour des choses
Plus fort que l'épée

M.J. Arlidge
Am stram gram
Il court, il court, le furet

Jami Attenberg
La Famille Middlestein

Laura Barnett
Quoi qu'il arrive

Fatima Bhutto
Les Lunes de Mir Ali

Daria Bignardi
Accords parfaits

Jenna Blum
Les Chasseurs de tornades

Blanca Busquets
Un cœur en silence

Chris Carter
Le Prix de la peur

Catherine Chanter
Là où tombe la pluie

Janis Cooke Newman
L'incroyable et audacieuse entreprise de Jack Quinlan

Melanie Finn
S'enfuir

Justin Gakuto Go
Passent les heures

Lena Gorelik
Tolstoï, oncle Gricha et moi

Iona Grey
Lettres à Stella

Olga Grjasnowa
Le Russe aime les bouleaux

Titania Hardie
La Maison du vent

Cécile Harel
En attendant que les beaux jours reviennent

Casey Hill
Tabou

Victoria Hislop
L'Île des oubliés
Le Fil des souvenirs
Une dernière danse
La Ville orpheline

Linda Holeman
Les Secrets d'Angelkov

Emma Hooper
Etta et Otto (et Russel et James)

Yves Hughes
Éclats de voix

Peter de Jonge
Meurtre sur l'Avenue B

Gregorio León
L'Ultime Secret de Frida K.

Amanda Lind
Le Testament de Francy

Gilly Macmillan
Ne pars pas sans moi

Owen Matthews
Moscou Babylone

Colette McBeth
À la vie, à la mort

Sarah McCoy
Un goût de cannelle et d'espoir

David Messager
Article 122-1

Hannah Michell
Dissidences

Derek B. Miller
Dans la peau de Sheldon Horowitz

Fernando Monacelli
Naufragés

Juan Jacinto Muñoz Rengel
Le Tueur hypocondriaque

Chibundu Onuzo
La Fille du roi araignée

Ismet Prcić
California Dream

Paola Predicatori
Mon hiver à Zéroland

Paolo Roversi
La Ville rouge

Sandip Roy
Bien comme il faut

Eugen Ruge
Quand la lumière décline
Le chat andalou

Amy Sackville
Là est la danse

William Shaw
Du sang sur Abbey Road

Anna Shevchenko
L'Ultime Partie

Liad Shoham
Tel- Aviv Suspects
Terminus Tel-Aviv
Oranges amères

Priscille Sibley
Poussières d'étoiles

Marina Stepnova
Les Femmes de Lazare
Leçons d'Italie

Karen Viggers
La Mémoire des embruns
La Maison des hautes falaises

A.J. Waines
Les Noyées de la Tamise

Pour suivre l'actualité des Escales,
retrouvez-nous sur www.lesescales.fr ou
sur les comptes Facebook et Instagram Éditions Les Escales.

Composition et mise en pages
Nord Compo à Villeneuve-d'Asq

Cet ouvrage a été achevé d'imprimer en avril 2016
sur les presses de Normandie Roto Impression s.a.s.
61250 Lonrai (Orne)
N° d'impression : 1601308
Dépôt légal : août 2016

Imprimé en France